哈佛百年经典

文学和哲学名家随笔

[法]蒙　田　等◎著
[美]查尔斯・艾略特◎主编
高黎平 / 刘世英◎译

北京理工大学出版社
BEIJING INSTITUTE OF TECHNOLOGY PRESS

图书在版编目（CIP）数据

文学和哲学名家随笔 /（法）蒙田等著；高黎平，刘世英译. —北京：北京理工大学出版社，2014.8（2019.9重印）

（哈佛百年经典）

ISBN 978-7-5640-8628-2

Ⅰ. ①文… Ⅱ. ①蒙… ②高… ③刘… Ⅲ. ①文学评论 - 文集②哲学 - 文集 Ⅳ. ①I06-53②B-53

中国版本图书馆CIP数据核字（2013）第296394号

出版发行 / 北京理工大学出版社有限责任公司
社　　址 / 北京市海淀区中关村南大街 5 号
邮　　编 / 100081
电　　话 /（010）68914775（总编室）
82562903（教材售后服务热线）
68948351（其他图书服务热线）
网　　址 / http://www.bitpress.com.cn
经　　销 / 全国各地新华书店
印　　刷 / 三河市金元印装有限公司
开　　本 / 700 毫米 × 1000 毫米　1/16
印　　张 / 22.5
字　　数 / 334千字
版　　次 / 2014 年 8 月第 1 版　2019 年 9 月第 2 次印刷
定　　价 / 61.00元

责任编辑 / 刘　娟
文案编辑 / 刘　娟
责任校对 / 周瑞红
责任印制 / 边心超

出版前言

人类对知识的追求是永无止境的，从苏格拉底到亚里士多德，从孔子到释迦摩尼，人类先哲的思想闪烁着智慧的光芒。将这些优秀的文明汇编成书奉献给大家，是一件多么功德无量、造福人类的事情！1901年，哈佛大学第二任校长查尔斯·艾略特，联合哈佛大学及美国其他名校一百多位享誉全球的教授，历时四年整理推出了一系列这样的书——《Harvard Classics》。这套丛书一经推出即引起了西方教育界、文化界的广泛关注和热烈赞扬，并因其庞大的规模，被文化界人士称为The Five-foot Shelf of Books——五尺丛书。

关于这套丛书的出版，我们不得不谈一下与哈佛的渊源。当然，《Harvard Classics》与哈佛的渊源并不仅仅限于主编是哈佛大学的校长，《Harvard Classics》其实是哈佛精神传承的载体，是哈佛学子之所以优秀的底层基因。

哈佛，早已成为一个璀璨夺目的文化名词。就像两千多年前的雅典学院，或者山东曲阜的“杏坛”，哈佛大学已经取得了人类文化史上的“经典”地位。哈佛人以“先有哈佛，后有美国”而自豪。在1775—1783年美国独立战争中，几乎所有著名的革命者都是哈佛大学的毕业生。从1636年建校至今，哈佛大学已培养出了7位美国总统、40位诺贝尔奖得主和30位普利策奖获奖者。这是一个高不可攀的记录。它还培养了数不清的社会精英，其中包括政治家、科学家、企业家、作家、学者和卓有成就的新闻记者。哈佛是美国精神的代表，同时也是世界人文的奇迹。

而将哈佛的魅力承载起来的，正是这套《Harvard Classics》。在本丛书里，你会看到精英文化的本质：崇尚真理。正如哈佛大学的校训："与柏拉图为友，与亚里士多德为友，更与真理为友。"这种求真、求实的精神，正代表了现代文明的本质和方向。

哈佛人相信以柏拉图、亚里士多德为代表的希腊人文传统，相信在伟大的传统中有永恒的智慧，所以哈佛人从来不全盘反传统、反历史。哈佛人强调，追求真理是最高的原则，无论是世俗的权贵，还是神圣的权威都不能代替真理，都不能阻碍人对真理的追求。

对于这套承载着哈佛精神的丛书，丛书主编查尔斯·艾略特说："我选编《Harvard Classics》，旨在为认真、执著的读者提供文学养分，他们将可以从中大致了解人类从古代直至19世纪末观察、记录、发明以及想象的进程。"

"在这50卷书、约22000页的篇幅内，我试图为一个20世纪的文化人提供获取古代和现代知识的手段。"

"作为一个20世纪的文化人，他不仅理所当然的要有开明的理念或思维方法，而且还必须拥有一座人类从蛮荒发展到文明的进程中所积累起来的、有文字记载的关于发现、经历以及思索的宝藏。"

可以说，50卷的《Harvard Classics》忠实记录了人类文明的发展历程，传承了人类探索和发现的精神和勇气。而对于这类书籍的阅读，是每一个时代的人都不可错过的。

这套丛书内容极其丰富。从学科领域来看，涵盖了历史、传记、哲学、宗教、游记、自然科学、政府与政治、教育、评论、戏剧、叙事和抒情诗、散文等各大学科领域。从文化的代表性来看，既展现了希腊、罗马、法国、意大利、西班牙、英国、德国、美国等西方国家古代和近代文明的最优秀成果，也撷取了中国、印度、希伯来、阿拉伯、斯堪的纳维亚、爱尔兰文明最有代表性的作品。从年代来看，从最古老的宗教经典和作为西方文明起源的古希腊和罗马文化，到东方、意大利、法国、斯堪的纳维亚、爱尔兰、英国、德国、拉丁美洲的中世纪文化，其中包括意大利、法国、德国、英国、西班牙等国文艺复兴时期的思想，再到意大利、法国三个世纪、德国两个世纪、英格兰三个世纪和美国两个多世纪的现代文明。从特色来看，纳入了17、18、19世纪科学发展的最权威文献，收集了近代以来最有影响的随笔、历史文献、前言、后记，可为读者进入某一学科领域起到引导的作用。

这套丛书自1901年开始推出至今，已经影响西方百余年。然而，遗憾的是中文版本却因为各种各样的原因，始终未能面市。

2006年，万卷出版公司推出了《Harvard Classics》全套英文版本，这套经典著作才得以和国人见面。但是能够阅读英文著作的中国读者毕竟有限，于是2010年，我社开始酝酿推出这套经典著作的中文版本。

在确定这套丛书的中文出版系列名时，我们考虑到这套丛书已经诞生并畅销百余年，故选用了“哈佛百年经典”这个系列名，以向国内读者传达这套丛书的不朽地位。

同时，根据国情以及国人的阅读习惯，本次出版的中文版做了如下变动：

第一，因这套丛书的工程浩大，考虑到翻译、制作、印刷等各种环节的不可掌控因素，中文版的序号没有按照英文原书的序号排列。

第二，这套丛书原有50卷，由于种种原因，以下几卷暂不能出版：

英文原书第4卷：《弥尔顿诗集》

英文原书第6卷：《彭斯诗集》

英文原书第7卷：《圣奥古斯丁忏悔录 效法基督》

英文原书第27卷：《英国名家随笔》

英文原书第40卷：《英文诗集1：从乔叟到格雷》

英文原书第41卷：《英文诗集2：从科林斯到费兹杰拉德》

英文原书第42卷：《英文诗集3：从丁尼生到惠特曼》

英文原书第44卷：《圣书（卷Ⅰ）：孔子；希伯来书；基督圣经（Ⅰ）》

英文原书第45卷：《圣书（卷Ⅱ）：基督圣经（Ⅱ）；佛陀；印度教；穆罕默德》

英文原书第48卷：《帕斯卡尔文集》

这套丛书的出版，耗费了我社众多工作人员的心血。首先，翻译的工作就非常困难。为了保证译文的质量，我们向全国各大院校的数百位教授发出翻译邀请，从中择优选出了最能体现原书风范的译文。之后，我们又对译文进行了大量的勘校，以确保译文的准确和精炼。

由于这套丛书所使用的英语年代相对比较早，丛书中收录的作品很多还是由其他文字翻译成英文的，翻译的难度非常大。所以，我们的译文还可能存在艰涩、不准确等问题。感谢读者的谅解，同时也欢迎各界人士批评和指正。

我们期待这套丛书能为读者提供一个相对完善的中文读本，也期待这套承载着哈佛精神、影响西方百年的经典图书，可以拨动中国读者的心灵，影响人们的情感、性格、精神与灵魂。

目
Contents
录

蒙田随笔

Montaigne Essays

〔法〕米歇尔·德·蒙田

主编序言

米歇尔·德·蒙田，现代散文的创始人，1533年2月28日生于佩利格尔的蒙田古堡。他来自一个富裕的葡萄酒商人家庭，在吉耶纳学院接受教育，在他的导师中有伟大的苏格兰籍拉丁语学者乔治·布坎南。之后他学习了法律，并担任各种公职；但当他三十八岁时，他退隐归田，远离当时国内的战乱，专注于学习和思索。1580—1581年期间，他在德国和意大利游学。他也曾被选举为波尔多市长，并担任市长一职四年时间。他于1565年结婚，并育有六女，但只有一位长大成人。他的著作《尝试集》的前两卷于1580年发表；第三卷于1588年发表；四年之后他便与世长辞。

以下是蒙田一生中主要的外部表象：他声称在他书中的自画像是“我所描绘的自己”；而在与他自身息息相关的文学作品中，无处不彰显着他的魅力和率直。他率真自我，却谦虚、不招摇；极富智慧，却时常声称自己无知；博学，却粗心、健忘、反复无常。他对人类生活的观察细致入微，研究的主题广泛、包罗万象。世人皆知，他曾创作出对友情最好的颂文。培根熟悉蒙田的作品，并从中汲取灵感，也对友情进行了一番论述；而两位作者的散文之间的差异，正是两位作者之间个性差异的真实反映。

蒙田逝世后不久，他的作品《尝试集》就被约翰·弗洛里奥翻译成英语。译文并不是精确地忠实原文，而是用饱含莎士比亚戏剧时代风韵的格调行文。这里所出版的例子显示作者在轻松和严肃时不同的情绪，而在散文《论友谊》中则显示了作者慷慨激昂的一面。

查尔斯·艾略特

致读者

读者，这是一本寓意深刻的书。在你们开始阅读之前我就要提醒你们，我写这本书的目的完全是为了我的家庭与我本人，完全没有考虑过它要对你们有用，也没有想过为自己赢得荣誉，这是我能力之外的事。我是为了方便我的亲人和朋友才写这部书的：最终，当我不在人世时（这是不久就会发生的事），他们可以从中重温我的个性和爱好的某些特征，从而对我获得更加完整的了解且更加持久。若是为了哗众取宠，我就会更好地装饰自己，就会酌字斟句，矫揉造作。我宁愿以一种朴实、自然和平平常常的姿态出现在读者面前，而不做任何刻意的努力，因为我描绘的是我自己。我的缺点，我的幼稚的文笔，将以不冒犯公众为原则，活生生地展现在书中。假如我仍生活在大自然原始法则下的国度里，自由自在，无拘无束，那我向你保证，我会很乐意将自己完整地、赤裸裸地描绘出来。因此，亲爱的读者，我本身就是这部书的素材：你不应该把闲暇浪费在这样一部毫无价值的书上。

再见!

蒙田

1580年3月1日

相信直到死我们才会幸福

你必须要始终等待着一个人的末日的到来：
在他死亡前，没有什么人能知道他是否幸福。

孩子们都知道这样的一个故事：克洛伊索斯国王被赛勒斯篡夺了王位，并被判处死刑，在等待执行时他大声呼喊："梭伦啊，梭伦！"这事被报告到赛勒斯那儿，赛勒斯问他这喊的是什么意思。克洛伊索斯向他解释说，梭伦曾给过他一个警告：无论命运对人们是如何地笑脸相迎，但直到你看到他们经历生命的最后一天为止，他们才能称得上幸福，因为世事千变万化、各不相同，稍有变幻都难以预料。而现在他正以自己的生命为代价对其加以应验。这就是为什么阿格西劳斯给一个人——这人说波斯王是幸福的，因为波斯王年纪轻轻就继承了这么一大笔的财产——这样的回答："是的，可当普里阿姆到了那把年纪时，他并非不幸。"亚历山大大帝的后代其本身都是马其顿国王，在罗马却成了细木匠和代笔人；西西里岛的专制君主在科林斯却成了教书匠。大半个世界的征服者，一个统领三军的大将却在埃及国王手下谋求一个小官员：那不过是庞培大帝所经历的五六个月的时间。在我们父辈的那个年代，米兰的第十个公爵路德维柯·斯福扎在意大利长期以来一直处于霸主地位，可人们却在罗锡城堡看着他作为囚犯死去——这不过（最糟糕的是）是他在那儿生活了十年之后发生的事。基督教帝国最伟大的国王遗孀，最美丽的皇后不也死在刽子手的刀下吗？哦，这是多么野蛮的行径！这样的例子不计其数。正是因为暴风骤雨似乎对着我们桀骜不驯的大楼的高度勃然狂怒，所以好像我们的头顶上才有了一股又一股的精神之气，这时我们才会对大楼之下的任何宏伟壮观的景物艳羡不已。

某种隐藏的力量显然推翻人们所作所为，
似要践踏辉煌的霸权和扈从坚韧的斧头，
与此同时，轻蔑嘲笑地将它们统揽手中。

命运有时似乎正好埋伏在人生的最后一天，以展示其力量，这种力量顷刻间就将推翻命运在数年间所建立的积累，让我们跟随拉贝里乌斯，并且大声喊出：“我已经活到这一天了，比我该有的寿命多活了一天。”梭伦的善意劝告可以用这种方式加以领会。可他是一个哲学家：至于这种情况，命运的眷顾和惩处并不像幸福或不幸一样排列，而且对它们来说，显赫名声与高官重权实际上都是无关紧要的东西。所以，或许在我看来，他的期待超出了这一点，他想告诉我们，人生的幸福（就像现在所做的一样，取决于天生高贵精神的安宁和满足，也取决于有规矩之人的决心和信心）绝不可归因于任何人，直到我们已看到他在人生戏剧中的谢幕表演，这一表演无疑是最难的。在其余的演出中，他可能是戴着演员的面具：那些精彩的哲学辩论可能只是做一做姿态；无论什么降临在我们的头上，也不可能马上就考验我们，还是能让我们有一阵儿的面不改色心不跳。可是，在死亡与毫无伪装的自我之间所表演的这最后一幕中，我们必须不再拐弯抹角，必须卸下一切伪装，将心底的一切开诚布公：

只有那时的肺腑之言才最真实。
撕掉那虚假的面具：留下真实。

这就是为何人生中所有其他的行为都必须在最后行动的试金石上磨砺。这块试金石就是主日——评价其他一切东西的一天；它就是（一位古人说过）评价我现在和过去一切岁月的一天。我的研究成果只有到盖棺才可定论。到那时，人们便会明白我的论点是否言由衷发。我注意到几个人，他们的死给他们的一生带来或好或坏的名声。庞培的岳父西比奥的一场好死为他挽回人们一直以来对他的很差评价。当伊巴密浓达被问到在夏比利亚、伊菲克拉底与他本人当中，哪一个最值得尊敬时，他回答道："在做出这种评价之前，你必须先看到我们都已去世。"（的确，如果任何人想掂量伊巴密浓达的价值，而又不知道他生命结束时的荣誉和伟大，那么对他的评价肯定会大打折扣。）在我所处的时代，在我所知道的最可恶、最声名狼藉的人当中，有那么三个人，他们虽各有各的令人厌恶的一面，可他们的死却被安排得井然有序，各方面都已得到完美的协调：上帝最大的快乐莫过如此。有些人死得其所，死得幸运。我认识一个人，他的生命轨迹是朝着飞黄腾达的方向发展的，可这条生命线却突然断了。他死得如此灿烂辉煌，以至于在我看来，他对荣誉有着深深的内心探索可是仍然没能把握住任何一样像生命轨迹断裂般崇高的东西：他对准了目标，甚至在他动身之前就到达目标；这比他曾经期望过的任何东西都更加伟大，更加光荣。当他倒下时，他超越了他的人生历程所渴求的权力和声誉。当评价人的一生时，我始终期待着看其生命是如何结束的：我对我自己生命的结束最为关心的一点是，生命应该有一个美好的结局——换句话说，以一种悄然平静的方式告别人世。

（高黎平　译）

探究哲理就是学习死亡

西塞罗说，探究哲理就是做好面对死亡的准备。因为学习和沉思在某种程度上能把我们的心灵从身体中抽离，并将其运用于我们的躯体之外，这就如同在学习死亡，与死亡相像。抑或因为这世上所有的智慧与思索归结为一点便是教会我们不去惧怕死亡。诚然，理性要么嘲弄我们，要么满足我们，总之，它倾力让我们过得舒服，正如《圣经》所言，它让我们轻松自在。因此，这世上五花八门的思想，即便形式各异，但都认为追求快乐是我们的终极目标，否则，它们一经问世就会遭到世人的排斥。毕竟，无人愿意自己的人生会以痛苦和烦恼告终。各个哲学流派在这个问题上的分歧只停留在口头上。“不要在这愚蠢和无聊的琐事上纠结了!”太多的固执与纠缠是对神职的亵渎。但是，无论人们扮演什么角色，他们始终是在演自己。不论人们以勇敢之名说了些什么，他们所追求的终究是一种快感。快感一词听来相当刺耳，但我乐于用这个词来冲击人们的耳膜。若说快感一词意味着极度的快乐与满足，那么勇敢则是助人获得快感的不二之选，它让快感变得健硕有力、孔武刚毅，使其成为一种严肃的精神乐趣。我们应该用快乐来为勇敢命名，而不像从前那样用力量来给它下定义。因为相比之下，快乐这个词更讨喜、更甜美、更自然。至于那些低级的快感，即便它们配得上这个曼妙的名字，那也应该毫无特权地参与竞争。我觉得，比起勇敢，低级的快感总带有许多莫名的不便与磨难，那种滋味稍纵即逝，犹如昙花一现，想要尝到它就必须得去挨饿、熬夜、受苦受难，甚至流血流汗。尤其是种种不堪的情感让人痛不欲生，把追寻它的人要得团团转，无异于活受罪。不要以为这些不便是低级趣味与美好滋味的刺激物和调味品，正如自然界中，任何事物都在其对立面的衬托下显得生气十足一样；也不要说，成败将勇敢压垮，使它难以被接近。在困难的作用下产生的非凡且完美的快乐使得勇敢更加高贵、强烈和动人。有些人所获得的快乐和付出的代价相互抵消，既不了解它的可爱之处，也不懂它的用途，那他的确不配获得这种无上的快乐。有些人总是告诉我们，享受的过程其乐无穷，但是追求快乐的过程却充满困难与艰辛，其言下之意不是说快乐原本就不快乐吗？他们认为人类无法获得纯粹的快乐，最完美的境界也只是尽力去追求它、接近它，但却无法占有它。可是，他们错了，放眼我们所知的一切快乐，去追求它们，本身就是一件快乐的事。行动的价值体现在与它相关的事物的质量上，因为这是事物的重要组成部分。在勇敢中闪耀着的幸福和快乐铺洒在条条通道之上，从第一个入口到最后一道栅栏，无处不在。勇敢的最大功绩在于它藐视死亡，这使我们的生活充满了恬静安逸，给我们纯洁和温馨，否则，快乐就会黯然凋零。因此，一切规则都在不惧死亡这个问题上不期而遇。尽管这些规则都共同引导我们不惧痛苦、贫穷和其他的一切不幸，但这和不惧死亡不同。因为，遭遇不幸不是必然，大多数的人安然度过一生，不贫穷不痛苦，无病无灾。就如音乐家诺菲吕斯在他生命的106个年头中，一直都是健健康康的。如果实在走投无路，只要我们愿意，我们随时可以一走了之，用死来斩断一切烦恼。但不管怎么样，死亡都是我们无法逃避的。

我们都被推往同一个地方，
命运在骨灰盒中骚动，
迟早它都会从里头出来，
将我们送上死亡之舟，

驶向永恒。

因此，如果我们恐惧，我们面临的就将是无穷无尽的折磨，永远得不到安宁。死亡无孔不入，不管我们匿藏在哪里，都不能逃离死亡的最终归宿。我们东张西望，如同处于可疑之境，死亡随时可能，正好比吕狄亚王头顶上的那块悬石，永世不得摆脱。法院总在犯罪地点审判和处决罪犯，在去处决地点的路上，沿途让犯人欣赏最壮观的建筑，竭尽所能地要让他们感到愉悦。

王者的盛宴无法挑逗他们的味觉，
鸟鸣和琴声无法让他们安然入眠。

你觉得这些罪犯在途中真的会感到愉悦吗？他们的下场在旅途的终点，近在眼前。美景和欢愉真的能改变什么吗？

他一面探路，一边掐算时日，
估摸着还未走完的路程，
想着未来的苦痛，
不免悲从中来。

死亡是人生的终点，是我们不得不瞄准的目标。倘若我们惧怕死亡，我们就无法昂首阔步地向前。最一般的做法就是不去考虑它。但如此粗俗的盲目是多么的愚昧，就如同拽住驴子的尾巴以试图阻止它前进一样。

蠢人朝着倒退的方向前行。

人们常陷入困境，这不足为奇。人们谈死色变，大多数人一谈到死亡就如同听到了魔鬼的姓名，惶恐不安。因为遗嘱总是和死有关，我敢打包票，没人愿意立遗嘱——除非医生下了最后的通牒，告诉他们死亡就近在眼前。只有天知道，在痛苦和恐惧的夹缝中苟延残喘的他们会立个什么样儿的遗嘱。死亡这个词儿听起来太刺耳，它的拼读充满了不祥和厄运。所以罗马人学会了用迂回曲折的方法来婉言死亡。他们不说“他死了”，而说“他的时日已尽”或“他曾活过”。只要是生命，无论活着与否，这种说法都会让人感到些许宽慰。法语中的“已故某某人”就是从罗马人那里借用来的。也许可能如俗话说的那样，时间就是金钱。我呢，生于1533年2月末，凌晨11点到正午之间，按照现行的历算，一年始于1月，因此目前我三十九岁又两周。我至少还可以再活这么些岁数。现在就操心这么遥远的事，是不是很蠢？可怎么会呢？无论年轻还是年长，人都有随时死去的可能。人有生有死，无一例外。再怎么虚弱、衰老的人，只要想想玛士撒拉就会觉得自己再活个二十年没有问题。再说了，你这头脑简单的家伙，到底谁规定你的死期啦？别去理会医生那些吓人的诊断书。回过头来想一下现实吧，按照普通人的平均寿命，你活到现在已是上天的眷顾了，你已经活得比一般人长啦！不信你细数一下你熟识的人，那些尚未活到你这个岁数就已死去的人肯定要比还活着的你这个岁数的人多得多。我敢保证，你再数数，就连那些地位尊贵、声名显赫的在三十五岁前逝世的人也比活过三十五岁的人多。集智慧与慈爱于一身的耶稣基督在三十三岁的时候便与世长辞，亚历山大也在这个岁数过世。死亡到底有多少突袭的方式？

> 纵使身手不凡，依然防不胜防。

姑且不说疟疾和胸膜炎，谁能想象一位来自布列塔尼的公爵——我以前的邻居——会在克雷芒五世教皇进入里昂时被拥挤的人群挤死？你没看到我们的一位国王在比武场上丧命吗？他的一位祖宗更是悲剧性地因为猪的冲撞而致死了呢！埃斯库罗斯从一座即将倒塌的屋子中逃生，当他安全地逃离到空地上时，居然还是难逃一死，从飞鹰爪子中滑落的乌龟壳刚好将他活生生地砸死。有人被葡萄籽噎死。有位皇帝因为梳头的时候抠破了头皮而暴毙。埃米利乌斯·李必达被门槛绊倒在地，奥菲底乌斯在进议会大厅时一头撞在了大门上。更有很多人死在了女人的裙下，如教士科内利尤斯·加吕、罗马夜巡队队长蒂日利努斯、吉·德·贡萨格的儿子吕多维克、曼格侯爵，还有更不堪入耳的例子，那便是柏拉图学园的哲学家斯珀西普斯和我们的一个教皇。我们可怜的法官伯比尤斯，他给了一场官司八天的裁决期限，可自己却在判决之日前撒手人寰。有位叫凯尤斯·朱利乌斯的医生在给病人治眼疾的时候，死神却先让他永远地闭上眼睛。再举个悲剧的例子好了，我的一个兄弟圣马丁，他才二十三岁，英勇有才。有一次在打网球时，不小心被球打到了右耳上方，之后没有任何的擦伤或泛红，因此他没有休息——六小时之后他就死于中风，死因是那颗击中他的球。这样的例子数不胜数，不断地在我们眼前上演。这让人怎么不会联想到死？怎能不时刻疑神疑鬼地觉得死亡正扼住我们的喉咙？只要能不再被死亡困扰，你会告诉我，无论怎么做你都愿意。我也是这么想的，不管用什么方法，只要能逃脱死亡的魔爪，就算把自己包裹着藏进牛的肚子里，我都不会畏缩。只要这足以让我自在地生活，好好消遣，做什么都可以。至于这么做是否荣耀，是否值得效仿，那就不关我的事了。

我宁愿被当作傻子笨蛋，
也不愿小心翼翼，烦恼惆怅。

但是，想用这种方式来逃避死亡，显然是荒诞的。人来人往，他们时而快步小跑，时而手舞足蹈，从不谈及死亡，一切如此美好。然而突然有一天，死亡悄然而至，灾难降临到他们、他们的妻儿或是朋友身上，猝不及防。他们悲痛号哭、愤怒、绝望。那种沮丧、低落、心烦意乱的样子见所未见。因此，人要直面死亡，要及早做好准备。若那种对死亡粗鄙的漠视扎根于一个有识之士的心中——我认为这不可能，那么死亡就会让他付出惨痛的代价。如果死亡是靠人的智慧就能躲避的敌人，那么我建议人们要拿起怯懦这个武器来。但既然死亡无法用任何方式避免，那就不论是胆小鬼、落跑者、诚实之人还是勇敢之士，都终究不能幸免。

它既追捕逃跑的壮汉，
也不会轻饶孱弱的后生，
瞄准他们的腿和背。

还有，既然没有铠甲般刀枪不入的性格来保护你，

纵使躲在铜盔里也是枉然，
死神也会把他的头揪出来。

那么，就让我们学着直起腰板儿，意志坚决地与死亡斗争吧！为了扭转颓势，我们要一反常态，去习惯死亡、了解死亡、用平常心去面对死亡、无时无刻不把死亡牢记于心，想象着它以最丑恶的方式、以各种各样的面目出现，预设死亡的各种可能性：从马背上跌落、被落石砸中、被针头刺到。这时，我们要立刻思量并问问自己：如果死了会怎么样？然后昂起头颅，运用我们的智慧沉着应战。酒席宴会狂欢中，要时刻不忘自己所面对的现实，不要放浪形骸，而要有节制、不放纵，以免乐极生悲。不要忽视或者遗忘有多少欢愉与无度会让死亡乘虚而入，夺走人的性命。这就是为什么埃及人要在他们的宴会中途，在宾客们酒过三巡之后，突然抬出一堆骸骨，用以告诫人们行乐需有度。

把光鲜的每一天当作最后一天来活，
欣然接受恩赐，即便希望已不在。

我们无从得知死亡在哪里等候，就让我们设想着它无处不在。对死亡的预期就是对自由的预期。谁学会了死亡，谁的身心就不再被牵绊。若人能真正参透被夺去生命并不是一件坏事，那么，生命中的任何事便都不会是坏事。学会了死亡，就能把我们的心灵从束缚和限制中释放出来。马其顿国王在战败时曾乞求保尔·埃米尔不要将他当作战利品而俘走。保尔·埃米尔这么答复：“让他求他自己吧！”事实上，如果天意弄人，任

凭你能力再大也寸步难行。就拿我来说，我这个人并不悲观，不过是爱天马行空地乱想罢了。我想的最多的莫过于想象死亡的样子，即使是在我最放荡的年纪亦是如此。

人不风流枉少年。

当我徘徊周旋于窈窕淑女当中时，很多人觉得我是在借此消除猜忌并思考那些不定的希冀。老天爷就知道，就算在此刻，我也不忘提醒自己：一些和我一样满脑子闲适、情爱和玩乐的人前几天纵欲归来，兴奋过度而猝死。若我和他们一样无度，那么我的下场要么是染病，要么就直接一命呜呼，总之，我和他们应该也相去不远了。

时光荏苒，一去不返。

想象死亡和想象其他事情一样，不会给我带来困扰，我甚至不会皱一下眉头。在刚刚尝试考虑死亡的时候，难免有些躁动和不安，但如果不带偏见地直面它、思考它，时间一久便会慢慢习以为常。否则，就会觉得害怕、苦痛，惶惶不可终日。没有人如我这般轻视生命，轻视自己的存在。一直以来，我都很康健，极少生病，但健康或疾病都未曾助长或减少我的希望。我的生命似乎每时每刻都在消逝，我不停地问自己，未来某天将发生的事也许今天就会来到。其实，危险和意外都鲜能置我们于死地，但仔细想来，除去那些能危及我们生命的意外，这世界上还有其他成千上万种意外在威胁着我们。我们会发现，无论是健康还是疾病、神采奕奕还是萎靡不振、在海上还是在陆地、在户外还是在家里、在打仗还是在和平时期，死亡都近在咫尺。每个人都不会比他人更脆弱，也不会对明天更有把握。即使给我一个小时做好死前准备，我也觉得远远不够。不久前，有人翻动了我的书桌，无意中发现了我的一本备忘录，里面写有我临死前的各种交代，这确实是我认真记录下来的。我告诉他，当时我离家不到一里地，身体健康，精神饱满，可不知为何，我无法确定我能安全抵家，于是，我匆匆记下了这个备忘。这类的想法时常在我心头酝酿，我甚至做好了应对任何突发情况的万全准备。这样，即使死亡一时兴起悄然而至，我也不会措手不及。人要做好随时上路的准备，并做好自己该做的事情。

> 岁月苦短，有太多做不完的事。

做完自己的事已经够难为人的了，哪儿还有闲工夫去操心别的。有人抱怨死亡，其实他是在抱怨死亡阻断了他即将到手的胜利；有人哭天抢地，表示不想在女儿出嫁或者孩子们完成学业前就撒手人寰；还有人不舍妻子的陪伴或者无法离开儿子，妻子儿女似乎是他们人生中最大的牵挂。感谢上天，让我在说这番话的时候已经对人世间的事物了无牵挂，我随时等待着死亡的召唤，可以从容离开。我告别友人，告别一切，就是没向自己告别。没有人像我这样做好了简单而充分的准备，了无羁绊的离开是一种荣耀的离开。

> 可怜啊可怜，生命的乐趣就这样消散在一天里。

而建筑师说：

> 建筑工事未完成，高墙危耸着。

做一些短期的计划，至少做一些能目睹它完成的计划。人生来就是为了不停歇。

> 但愿我死时手中的工作也已过半。

愿每个人都有所作为，让工作充实生命的每一天。当我在菜园子里侍弄我的那些卷心菜的时候，若死神抓住我，我会对它的突袭不以为然，更不会因为那些未整理好的菜畦而惋惜。我看见有个人，在病榻上奄奄一息，仍旧在抱怨命运的不公，抱怨死神无情地中断他手头的工作，因为此时他正在撰写我们第十五位还是第十六位国王的传记。

> 谁也没想到这一点，无论什么东西，
> 生不带来，死不带去。

人应该摆脱这些庸俗、有害的可笑想法。如吕库尔戈斯所说的那样，公墓傍着教堂或立于繁华的闹市区，为的是让平民百姓、妇女和儿童看到死人而不害怕。经常看到骸骨、坟头和葬礼，可以时刻提醒人们自己身处的境地并得知自己生命的结局。

> 古时欢迎宾客的方式，
> 莫过于宴会上伴着杀戮。
> 刀光剑影，鲜血洒满席，
> 杯盘狼藉，惨不忍睹。

埃及人在宴会上吃饱喝足之后总会向来宾展示死神的画像，拿画的人在一边哭喊："尽情畅饮享乐吧！这就是你们死时的样子。"我从他们的这一习俗中得到启发，不仅要在心中想象死亡，更要时常把死亡挂在嘴边。我最感兴趣的事是被告知人之将尽时的情形，也就是说，他们说了些什么、他们的面容和面对死亡的表情如何。我读史书时，最耐心品味的也是关于死亡的描述。我举的例子无疑都和死亡有关，我对这个题材爱不释手。如果让我编本书的话，我就摘录汇编一本关于各种死亡的评论集，在书中教会人们怎么面对死亡，这样他们也就能学会怎么活着。狄凯阿科斯曾编撰过这个题材的书，但目的和我不同。有人对我说，理想总是高出现实太多，技艺再高超、头脑再会算计，到紧要关头难免有所疏失。他们爱说什么就说去吧！预先考虑死亡的事情，总无害处。再说，不慌不忙，镇定自若地走向死亡，难道不是很了不起的事吗？况且，上天会助我们一臂之力，给予我们勇气。如果我们死得突然而且惨烈，那连害怕死亡的空闲都不会有。不然，如果是抱病在床，随着病情愈来愈严重，自然而然地就不会那么害怕，渐渐地也就把死亡看轻了。我发现，在身体健康时做好死的决心比身患重病时下决心要难得多。身患重病时我对世间万物已不再眷念，也逐渐失去兴趣，因而看待死亡时也觉得它不再那么狰狞了。这给了我希望，我同生命渐行渐远、同死亡越走越近，我越来越习惯生与死的交替。正如恺撒所说，很多时候，很多事物当我们远望时往往显得比我们走近时更大。我试了很多次，的确如此。在我身体状况极佳时远比生病时更害怕疾病。当我沉浸在快乐的生活中，疾病和死亡总显得与欢愉和健康格格不入，想象它们的样子总是会加重我的不安与负担。但当我真的被疾病所困时，这种慌乱事实上并没有我之前想象的那样严重。我希望这种观念能帮我适应死亡。看看我们自己日常变化和身体的衰退，就可以知道我们是怎样在不知不觉中老去的。对一个年迈的人来说，年轻时的活力、年轻时的美妙时光还剩多少?

年迈之人还剩多少生命?

恺撒帐下有个士兵已是老弱病残，有一天他乞求恺撒赐他一死。恺撒看着他残弱的样子，打趣地说：“你觉得你还活着吗？”如果我们突然死掉，我觉得我们是无法承受这种突变的。但如果死神温柔地牵着我们的手，带我们渐渐走下缓坡，一步一步，它带我们进入苦难的境地，一天一天，它使我们慢慢习以为常。我们的青春逝去，我们却丝毫未感到震撼和变化。青春的逝去从本质上说是一种更为艰难的死亡，比生命衰微、年事已高、即将老去更让人难以忍受。从活得没有质量到不活之间其实没有太大的跨度，就如同一个生活充满快乐与幸福的人突然变得痛苦一样。佝偻的脊背、步履蹒跚的身躯已没有力气承受重担，我们的心灵也是如此。我们应该挺直腰杆让心灵顶住逆境的压力。心里若是害怕，就没有安宁之日。如果心灵能超越人类当前的生存之境，坦然面对死亡，那么它也许会夸耀说，不安、痛苦和恐惧都不算什么，它才不会因为这些情绪而郁郁寡欢呢!

什么都无法撼动一颗坚定的心，
无论是暴君威逼的脸孔，
亚得里亚海上的狂风，
还是朱庇特手中的雷霆。

心灵会涤荡欲望与贪婪，制服放纵与羞耻，克服贫困与苦难。我们要竭尽所能地获得这一优势，因为这囊括了真切和崇高的自由，教会我们蔑视暴力和不公，无视监牢、手铐和脚镣。

我将为你戴上手铐和脚镣，
把你交给残暴的狱卒看管，
你祈祷着上帝会来解救你，
你宁愿用死换来解脱。

我们的宗教从没有比藐视死亡更坚实更雄厚的基础。理性地推理就可以得出这个结论。既然逝去的不可叹，那为什么要害怕逝去呢？况且，各种各样的死亡威胁着我们的生命，那么与其什么都怕，还不如勇敢地面对其中的一个。既然死亡不可避免，那什么时候死又何妨？有人告诉苏格拉底“那三十个大贵族已经判你死刑了”，苏格拉底回答道：“上天会惩罚他们的。”死亡能免除一切痛苦与烦恼，为什么还要因为死亡而怅然若失呢？随着我们的出生而发生的一切，在我们死时也必然随着我们一同逝去。因此，我们不必愚蠢至极地为一百年后我们已不在人世时的事情落泪，如同我们不必为一百年前我们尚未来到人世时的事情哭泣一样。死亡是另一种重生。就这样，我们恸哭着，花了很大力气，揭掉往日的面纱进入新的生命。为了只发生一次的事而悲痛是没有必要的，就好像我们没有必要为一件短暂的小事而长期担惊受怕一样。不管是长寿还是短命，死了都一样。对已经不复存在的事物，长短其实没有多大意义。亚里士多德说，希帕尼斯河畔上有一种小生物，它的寿命只有一天。如果是早晨8点就死了，那就是夭折，如果下午5点死就是寿终正寝。当我们用幸福与不幸来判断这种瞬间的永恒时，谁也不要笑。如果将我们的生命同永恒或者同高山、河流、星辰、树木以及其他一些生物做比较，那么我们生命的长短就算不上什么了。我们注定会死。天意告诉我们离开这个世界，就如我们来到这个世界的时候一样。从死回到生，一路上没有激情也没有惊愕。从生再到死，这不过是生命秩序中的一步，是世界生命的一分子。

人类繁衍生息，将生命的火种代代相传。

难道我要为了你来打破这个严密而完善的结构吗？这就是人类的境况，死亡必须是你生命的一部分。你逃避死亡就是在逃避自己。你所享有的一切既属于生也属于死。从你出生的第一天起，就注定你会一步一步迈向死亡。

一出生就注定了死亡。
有始就会有终。

你所存活着的光阴都是从死神那里偷来的，是要付出代价的。生命的不懈经营就是在滋养死亡。你活着就是在死去，因为当你死去的时候，你便不再活着。或者，你喜欢活一遭再死，但当你活着的时候你也是个将死之人。死神对将死之人的打击比对死去的人来得更严苛、更真切，也更本质。所以，如果你已经享受够了人生，那就请心满意足地离开。

为什么不像酒足饭饱的来宾，
不再留恋地离开。

如果你不懂得如何充分利用人生，让生活过得不够充盈，那么失去生命又有什么可惜？多活久一点又有什么意义？

为何还要延长生命，
余生苦痛悲怆，
何苦要延长？

生命本身没有好坏之分，是好是坏要看你怎么做准备。如果你只活一天，你就会看得真切。活着的一天等于一生中的所有天，不会有多余的白天也不会有多余的黑夜。同样的太阳，同样的月亮，同样的星辰，同样的日月变幻照亮过你的祖先，也将照耀你的后代子孙。

你的祖先未曾见到的，
你的后代也不会看见。

如若做好最坏的打算，那么我所上演的喜剧，每个场次都要在一年内安排演完。如果你观察过我生命四季的变换，你就会发现它包含了世界的幼年、青年、壮年和老年。四季按照规律扮演着它的角色，周而复始，它知道这是规律，别无其他。

我们始终在这里，
时而进，时而出，
但一直都在。
岁月规则地围绕自己更替变换。

我并不打算为你提供新的消遣。

我所设计与建构的一切已无法取悦你，
因为所有的消遣都毫无新意可言。

别人腾出位子给你，现在你也该腾出位子给别人了。平等是公正的基石，既然所有人都被列在死亡清单上，你还有什么可抱怨的？所以，即便你活得够长，你也不能减少你死亡的时间，一切都是徒劳。只要你依旧保有惧怕死亡的状态，那就如同你被裹在襁褓中时便已死去一般。

你可以如愿活得长长久久，
但死亡还是在等着你。

然而，我会尽力取悦你，让你没有丝毫不满。

你必须知道，
死神不会让另一个你站在你的遗体旁，
苟延残喘，不停哭泣。

也不会让你对生命感到渴望、留恋。

没人会想起逝去的生命，
也不会因此伤心。

还会有什么比无更少？死亡真的没有什么好怕的。

死亡和你的生或死无关。生是因为你还存在，死是因为你已不在。寿命未尽时没有人会死，你死后的时间不再属于你，就和你出生前的时间不属于你一样，这些都和你没有任何关系。

切记，在我们之前逝去的时光，
与我们毫不相干。

生命无论何时停止，它都是一个完整的过程。生命的意义不在于寿命的长短，而在于它的效率。有些人活得很久，但生命的意义浅薄。活在当下，请好好生活。你活得够不够久不在于你活的年头，而在于你生活的意志。你觉得你一直努力要去的地方永远到不了吗？每条路都是有尽头的。

你认为有人陪你同行会好一些的话，那么，这世上所有的人不就都走在同一条路上了？

> 你走后，一切事物也都随你而去。

世间万物不是都和你同步，与你同行吗？许多东西不是都和你一起变老吗？多少人、多少动物、多少各种各样的生物也在你死去的瞬息之间离开世界。

> 每昼每夜，新生儿的啼哭声
> 混着葬礼上的哭丧，
> 从未停歇。

既然无路可退，那为何还要后退？你会发现很多人庆幸自己能死去，因为死也免去了他们太多太多的苦痛。但是，你可曾见过有人因死而受伤害？所以，轻易指摘自己或者别人未见过、未经历过的事显得太轻率。你为什么抱怨我或者抱怨命运？我们做错什么了吗？是应该由你来指导我们，还是应由我们来控制你？虽然寿命未尽，但无论是小人物还是大人物，只要你的生命已经完成，那便是一个完整的过程。人和他的生命是不能用尺子来衡量的。喀戎拒绝了父亲萨图恩——掌管时间和生命的神开出了让他获得永生的条件。想象一下，你获得了比自己该有的寿命更多的时间，但换来的是更多的痛苦和煎熬，那么你依旧得不偿失。如果让你不死，那么你会不停地诅咒我，说我剥夺了你死亡的权利。我故意掺了苦味进去，以免你看到了死亡的益处便迫不及待地就要拥抱死亡了。为了起到调和作用，让你像我要求的那样，既不逃避生也不躲避死，我就让生带甜，死带苦。我教会了你们的第一个圣人、智者泰勒斯一个道理，那就是生和死没有区别。这让他机智地回答了关于他为什么还没有死的问题，他的答案是："因为活着与死去都一样。水、土、空气、火等宇宙中的一切，不仅是你的生命，也是你死亡的组成部分。为什么要害怕生命中的最后一天？这一天已没有罪孽，也不会对死有更大的作用。这是生命的最后一步，但它不会引发疲惫，它只会宣告你已经精疲力竭。在这之前的每一天都是在朝着死亡前进，只有这最后的一天是正式踏入死亡。”

以上都是自然母亲给我们的忠告。我常想，在战争时期，死亡的面孔（不管是我看到的还是别人看到的）都没有平时在家中、在病榻上的时候那么可怕、狰狞，因为没有医生在那里忙进忙出，也没有家人在那里哭哭啼啼。同样是死，村子里的人和生活在社会底层的人总是比其他人更能坦然接受。我坚信，当我们用惊恐的表情将死亡团团围住时，这些东西比死亡本身——一种全新的生活的方式，更令人害怕。老母亲在哭喊，妻儿在号叫，朋友们闻讯赶来惊慌失措，佣人们脸色惨白，不知所措，昏暗的房间里烛光闪闪，床头围着医生和布道者，总之，恐慌和惊悚将人们紧紧环绕，人还未死就好比已经入殓埋葬。孩子们看到朋友们戴着面具就会害怕，大人也一样。罩在人和事物上面的面具应该统统拿掉，一旦将其摘掉，你就会发现面具下什么也没有。死亡也是如此，若将它的面具摘掉，你就会发现我们面临的死，和不久前某个仆人所经历的死一样，简简单单，没有恐惧没有惊慌。若能免去死亡前种种无聊的准备，那该是多么幸福的事。

（徐广贤　译）

论教育机构与儿童教育

（致戴安娜·富瓦和居尔松伯爵夫人）

我从没见过一个父亲会完全抛弃自己的儿子或不承认儿子是自己的骨肉，无论他的儿子是畸形还是残疾。而且就算他并未开口承认（除非他只是太过糊涂或因为喜爱而无视这一点），他显然注意到了他儿子的不完美，并对此有所感触。但尽管如此，这毕竟是自己的儿子。对我来说，也是如此。我比任何人都心知肚明，我所写的不过是一个涉世未深且仅仅触及真知表皮的人的盲目的想象，里面所提到的只有笼统且无形的印象，看似无所不包，但都浅尝辄止，这是法式风格。简而言之，我知道有涉及医学、法学，四个部分谈到学术，而且没有完全忽视他们的趋向。或许我也知道，科学的大意和主旨是为了服务于我们的生活。但论及追根溯源，潜心研究亚里士多德（现代学术的教父），或坚韧不拔地对任何一个学科进行研究，我承认我从未这样做过。也没有任何一个学科是我所擅长，并能说出所以然的。任何一个有学问的人（哪怕是个小学生），都可以认为他比我聪明，因为我甚至不能反驳他们第一节课上的知识。如果我被迫这么做的话，我只好硬着头皮从基础知识中引入一些问题，借以猜测判断他们天生的判断能力。他们对这一课一无所知，一如我对他们的课程一窍不通。我没有阅读过任何著作，除了普鲁塔克和塞涅卡的作品。我（像丹尼亚斯的五十个女儿一样）从他们的作品中汲取水分，不停地浇灌却立刻干枯。我把从中获得的一些东西记在纸上，但对自己却毫无增益。至于书籍，我主要研究历史，也对诗歌尤为钟情，并且受益匪浅。如克雷安德所说，当被压抑在喇叭狭窄的管子中的声音，最终发出来的时候必然会更加强大而尖锐，正如我从韵律鲜明的诗歌中领略到的，诗句被巧妙且严密地表达，效果更加强烈，让我感同身受。论及我与生俱来的（随笔中有所释的）能力，我觉察到他们已不堪重负。我的观点和看法虽在向前艰难跋涉但却迟疑不决，它只是向前摸索，摇摆不定，每走一步都跌跌撞撞。当我用尽全力前行了一段之后，却丝毫不能自鸣得意。因为走得越远，我想看的就越多，但前方烟雾缭绕，而我的视力微弱，犹如雾里看花很难分辨。然后开始淡然地说，出现在我脑海中的一切，用我与生俱来的直觉说话。如果运气好，它（事实上它总是）像我从优秀作家那儿看到的一样，那么它将为我照亮那些我即将前往的阴暗，甚至正如我在写这一段时对普鲁塔克做的，读着他对想象力的论述。与那些智者相比，我意识到我是如此的微不足道、迟钝麻木，让我不禁自怨自艾、自轻自贱起来。然而，我依然不胜欢喜，因为我的观点常常与他们的不谋而合，至少我能紧紧跟上他们，附和他们的老生常谈。此外，我了解智者和自己之间的最大差别，并不是所有人都能做到这一点。然而尽管在与他们作品的比较中，我发现自己的观点是如此虚弱无力并让我备受煎熬，我依然保留他们创作时的样子，不做修改和粉饰。要追随这些智者的脚步，需要挺起腰杆儿。本世纪[①]一些行事轻率的作家，在他们平庸的作品中常常攫取古代作家的整段文字，并与自己的文字混合在一起，寄望于通过偷梁换柱的手段为自己脸上贴金，结果往往适得其反。因为巨大的差异和通过虚饰得到的光泽，使得他们的脸显得苍白、可憎与丑陋，人们对智者的尊敬，使得他们的行为得不偿失。有两种针锋相对的有趣做法：哲学家克吕西甫习惯在自己的作品中插入别的作家的长篇论述。不仅如此，有时甚至插入别人的整部著作，例如在一部作品中他全篇引用欧里庇得斯的《美狄亚》。阿波罗多罗斯曾

① 指16世纪。——编辑注

表示，人们应该在自己的作品中引用别人的东西，若非如此他的作品将是一片空白。但伊壁鸠鲁的做法却与他截然相反，在他留给后人的三百卷作品中，没有一条引自他人的作品。我偶然读到一段文章，其文字直接又浅薄，从意义到内容都空洞无物，最后我发现它只不过是一段平庸的文字，我有幸在读完这篇既乏味又令人厌恶的文字之后，恰巧遇到一篇高超、富含深意，甚至不赞一词的文章，若要说之前所读的文章，让这篇文章更能使人感到些许的愉悦与轻松倒也是言之有理，但是之前的作品犹如一个深渊，我费尽力气才从中爬出，可刚刚读了六个字就感觉被带入了另一个世界，因此我才意识到刚才坠入的深渊是如此的阴森，我没有更多的勇气来冒险再下去一次。若我用精美的词句来丰富我自己的文字，显然会让我的其他作品相形见绌。指责别人作品中出现的与我相同的错误，对我来说就像斥责我的作品中出现的他人错误（我常常这么做）一样让我无法忍受。错误一经发现就应该被当即指出，不能给它们留下庇护所。然而我深知，无论何时要同我抄袭的文字比肩，都需要巨大的胆量，更别提与它们携手前行。心怀细微的希望期盼或许能够瞒过洞察敏锐的鉴赏家，使抄袭的文字能鱼目混珠。但这一方面受益于我的努力，另一方面归功于我的想象力和影响力。而且我并不会暴怒地上前，与那些年老的智者贴身肉搏，只不过是通过奇思怪想、有利条件、试探性的行动来寻找扳倒他们的机会，若可以的话，要狠狠地扳倒他们。我不会鲁莽地与他们肉搏，我只是轻触他们，即使我决定这么做了，最终我也不会实行。如果我能与他们势均力敌，那我也算是个诚实的人了。因为我不仅敢于挑战他们，而且还是挑战他们擅长的方面。我看到一些人，把自己藏于别人的盔甲之下，甚至不敢将指尖露出来，参照先贤的作品对自己的作品修修补补（例如对于相对聪明的人来说，在同一个普通学科内，这是件简单的事），直至将他们融合成一体。那些人极力掩饰自己从别人那儿抄袭了文字，并将它们变成自己的作品，自己创作不出有价值的作品来炫耀，便盗用别人的面具来标榜自己，这样做首先显然有失公平，其次这是个怯懦的表现。不仅如此，他们通过欺骗的手段来获取平庸之人愚昧的赞赏（噢，这是多么愚蠢），丝毫不怕被博学之士（他们的褒奖才是真正有价值的）一眼看出他们的作品是抄袭之作，从而揭穿其无知的真相。对于我来说，没有什么是比抄袭更让我不愿意做的事了。我从不引用别人，除非引用他们能有助于我更好地表达自我。这不是关于混合许多别人观点的编著，而是希腊人口中的狂文，是将我（自从到达为人谨慎的年纪之后）看到的、最精妙而充满智慧的作品汇编起来出版的作品。我只是这么做的其中之一人，除了众多古代贤人之外，还有一位精于此道的人名叫卡皮普鲁斯。这些都是杰出的智者，他们的作品很快便会在世界各地流传，正如最近风头正劲的利普休斯和他呕心沥血所写的博学之作《政治》。但无论什么，尽管多数时候只不过是愚蠢的想法，我都没有想要掩饰他们。正如我的一张满头灰发且谢了顶的画像，可能画家所画的并不是一张完美的脸庞，但那却终究是我的脸庞。因为，无论如何那只是我的情绪和意见，我写下他们是为了表达我当时的看法，而不是告诉你们我应该怎么想。我这么做只是为了展示自己，而现在的自我可能（如果学到的新鲜事物让我改变的话）明天就会变成另外一个样子。我没有任何权威让别人相信我，我也不值得让别人相信，我自知自己才疏学浅，没有能力教育别人。一位读过我的文章《论学究》的人，不久之前在我家里对我说，我应该在我的演讲中稍微对关于儿童教育的问题展开一下讨论。但（女士）我若要有一丝这方面的才能的话，除了将它献给您肚子里即将出世的小男孩之外就没有更好的选择了。而您（伯爵夫人）是如此的慷慨大方，所以您的头一胎必定是男孩。我曾有幸促成了您幸福的婚姻，因此我可能有权利和兴趣要去关心一下您从婚姻中获得的家庭兴盛繁荣。不仅如此，我将一直为您服务，对您无比崇敬，并真心祝您万事如意。然而，说实在的，我只是想让您明白，培养和教育幼子，是最困难也是最重要的问题。这正如耕作一般，人们需要播种、插秧、栽培，播种本身最为简单有把握。但是，一旦种子被播种、插秧、栽培后有了生命，在它成熟之前，会有很多困难和各种各样的不同的栽培方式。对人来说也如此，培育一个新的生命并不用耗费很大力气，但他一旦诞生到世界上，作为父母和导师就需要无微不至地照顾他，还需要不时地嘘寒问暖、殚精竭虑，一直等到他长大成材那一天。人在年少时，爱好不确定，性情易变，前途不定，愿望也不切实际，前进的脚步充满未知数，所以很难（甚至对最有智慧的贤人来说）对他们有一个明确的判断，或确保他们在未来会成功。纵观西门、地米斯托克利以及众多其他人，他们日后的改变、进步与其本来面目有巨大的区别，超越了人们对他们的期望。第一眼看去，狗和熊的后代显示出的总是其原始的天性，而人类总是能迅速地追随潮流、迎合主流意见、接受这样那样的爱好、遵守各种法规，所以人类很容易被改变，而且善于伪装自己。但靠外力强行改变人的天性是很难的，这就是为什么常有人孜孜不倦地让其子女去做他们的本性就不喜欢的事情，而到头来花费了许多时间，却总是因为没有预见到正确的道路而徒劳无功的原因。尽管有诸多困难，我认为应该引导他们做最好、最有益的学习，应该稍微忽视盲目轻信的预兆，以及具有欺骗性的征兆，避免对他们的未来进行精确的预测。我甚至觉得（虽然不常提起）柏拉图在他的《理想国》之中，也赋予儿童很大的权力。

夫人，学问和真知是独特而又优美的装饰，是有极大用处的工具，尤其是对拥有您这样多的财产的人来说。说实话，学问落在底层的卑劣之人手中，是不能展现其真正形象，且不能显示出其美丽的轮廓的。（著名的托尔夸托·塔索曾说："哲学是富裕而高贵的女王，她知道她自身的价值，只接受门当户对的王子和贵族殷勤的笑和示爱，把他们收为裙下之臣，温柔地赐予他们宠爱；然而与此相反，如果她收到底层的小丑、工匠之流的求爱和告白，她会将其视为是对自己的贬低和羞辱，因为他们配不上自己。由以往经验得出，如果一个真正的绅士或贵族对她情有独钟，并坚持不懈地对她求爱，他会了解和学到更多关于她的事情，一年之内便会对她有更深层的认识，而一个假绅士或底层的人需要七年，然而到时他们已经不是对她专心致志了。"）与其说学问在他们手中是为了确立逻辑论证、进行文字创作、为某件诉讼案提出意见、开药方，还不如说是为了促进和指挥一场战争，企图附庸风雅、命令臣民、迎合某个国家的君王以获得和平。还有太多请恕我无法一一列举，（尊贵的夫人）鉴于你的自身的教养以及继承家族的高贵和学问，尤其是您已品尝过学问的甜头，请遗忘或忽视这一点吧。因为我们依然保存着您祖先高贵的富瓦伯爵博学的作品，您的丈夫继承了他的文采，而您的子嗣也将继续继承下去。您可敬的叔叔，弗兰西斯·康达勒大人，每日笔耕不辍且硕果累累，因此高深的学问将在您的家族代代传承。所以，我将让您了解一些我个人的想法，而这些想法与我通常所持的观点有所不同，这是针对教育问题我所能做的全部。将您的孩子委托给哪一位导师，事关他将受到的教育之主旨。我将不会对导师的其他职责发表任何看法（因为以我之所学，我无法再发表更多的看法）。在我想说的话中，我想冒昧地对导师提出一些建议，若他觉得我说话公正合理，便会采信。出身于富贵且继承了家族传承的真知，那些绅士自小便耳濡目染，学习的目的便不再是为自己图利（因为相对受缪斯女神恩泽和垂青的他们来说，那个目的十分不值一提。此外，是否有益取决于别人。），也不是炫耀或装饰，而是丰富其内在，期盼其变成一个有充足才干的人，而不仅仅是一个有知识的人。因此我希望，那些绅士的家长和监护人需要十分谨慎与周全，而且要慎重选择其导师。满腹经纶，不及沉着且克己的头脑，当然要是两者兼备自然最好。宁可要一个有智慧、判断力强、通晓民俗习惯且为人谦虚的，也不要一个光有学问的导师。希望他能有自己全新的指导方式。一些人不停地在我耳边嘀咕（就像沙漏中的沙一样）让我接受他们的方法，然而他们的方法只是重复那些被灌输进他们脑袋里的东西。我希望您请的导师能改变这一状况，他一上任就要让您的儿子展现出他自己的智慧，然后以此为依据，教会他靠自己的能力鉴别世间万物。有时要为他指点迷津，有时却要让他自己领悟。我不希望导师一个人唱独角戏，有时他应该倾听他的学生说话。苏格拉底以及后来的阿凯西劳斯都让自己的学生先讲，然后他们再说。多数情况下，当老师的太过权威会妨碍其学生学习。

因此，导师应先让学生在前面小跑，这样他就能对其学生的步伐有更好的判断，能猜出他能坚持多久，以便针对学生的状态制定适合的强度。因为如果没有达到良好的平衡，教学就会被弄糟。而导师做出一个好选择，预知一个人能跑多远（依然保持一个正确的估计），是我知道的最难的事。知道如何跟在学生之后屈尊放慢自己，以适应幼稚学生的步伐然后教导他们，这是高尚的象征和有眼力的表现。就我而言，我更喜欢山路上稳重的脚步。通常情况下，一些老师面对众多心智不一的学生都上同样的课，采用一致的教学方法，所以他的众多学生中仅有少数几个，能在他的调教下出类拔萃也就不足为奇了。我不仅要求导师能够对他们的授课中包含的词汇了然于心，而且要知道它们的意义和所指。评价学生成绩时，不仅仅是根据他们是否记住了这些词汇，而是根据他们有没有生活的智慧。对于刚学的知识，应按照柏拉图的教学方法，让他们举一反三，然后反复对他们进行测试，借此判断他们是否真的理解吸收，变为自己的东西。一个人吐出吃下去的东西来证明他的消化不良，即使他一再地吃下相同的东西。除非肠胃改变了食物的形状，才说明它运作正常。

（我们看见人们不求名誉而只追求学问，当他们说一个人博学，他们认为那就是对他最大的褒奖。）受制于权威，被迫接受别人乏味的教诲，我们的思想受人随意摆布、受人奴役，被迫服务于他人的幻想；我们被套上沉重的锁链，无法施展自己的意志；我们的智力和自由荡然无存。“他们不可能做自己的导师。”我有幸熟识一位在比萨的智者，他将亚里士多德的理论奉为万无一失的经典，所以亚里士多德的教义便是可靠的现象和完美的真理；无论什么，只要与其不符，便是盲目的幻想和无根据的猜测，因为亚里士多德见多识广，而他所说的话无所不包。他的这个主张被一些人过度诠释和恶意中伤，让他长期都处于被罗马调查的麻烦之中。我会让他谨慎地过滤所学的知识，而不是仅仅因为权威或信任而记忆别人所说的东西。这样，亚里士多德的信条对他来说，将与斯多噶和伊壁鸠鲁的理论无异，不再是自明的真理。如果他采用了我的建议，他将有可能分辨真理和谬误，如果没有，他将依然是受到怀疑的。

大胆的怀疑与坚实的肯定一样让我欢欣鼓舞。

因为，若是他能够自己讲出色诺芬和柏拉图的观点，那么这些观点就不再是他们的，而是他自己的了。那些跟在别人后面亦步亦趋的人，终将一无所获。“我们不受任何国王的控制，人人都能挑战自己，至少有权知道应该知道的东西。”就像工人应该知道自己的戒律一样，学生应该知道自己所学的东西，何时从哪儿学到这些东西，这样才能让他们知道如何去运用，不容易忘记。真理和理智对众生平等，不分先后，也不管它出自柏拉图的言论还是我的，因为他跟我所看到的和所理解的一致。蜜蜂四处采蜜，但酿成蜂蜜之后，那些蜂蜜就不再是花朵或牛蛭的了。同样，学生从别人那边获取的残篇，经过合法的加工上色，变成自己的满意之作，那就成了他自己的作品。他付出的判断、辛勤的劳作、所学的知识，都是为了完成这一得意之作。他会小心翼翼地掩盖他是何时从哪儿获得的帮助，不让别人发现任何蛛丝马迹，只给人看他自己的成果。剽窃或抄袭的人，只会给人看他的成果，而不会让人看他抄袭的部分；你不会看到法官背地里收受委托人的贿赂，只会清楚地发现他们创造的结盟、他们为其子女争取的荣誉、他们为自己建的豪宅。没有人会公开自己的收入，只会将它默默收进腰包。学习带来的好处（至少它应带来的好处）是让人变得更好、更聪明、更诚实。（厄皮卡玛斯说）理解的力量让人看得到、听得到，它能从任何事情中获益，它能支配、移动、影响以及统治一切，其他任何东西都是盲目的、无法感知的、缺少灵魂的。诚然，我们禁锢理解的力量，剥夺了它做自己的自由，以至于让它更加过分屈从且唯唯诺诺。谁曾问过自己的学生对修辞学、语法，或者西塞罗这条或那条格言的看法？这些被过分神话（好像它们就是神谕一样）的东西，被人们塞进我们的脑子里，每一个字符、每一个音节都是主体不可或缺的一部分。通过死记硬背得不到精确的学问，那只不过是记住别人的东西，不值得称赞。人们直接获得的知识，他们自己就会灵活运用，不需要再翻书复习或向榜样学习。完全由书本上得来的能力是不合人心意的。我所期待的只是让它成为我的行为的点缀，而不是基础。根据柏拉图的思想，人们所说、所坚持、所信和真诚是真正的哲学，至于其他只不过是耀眼的装饰。我倒是希望与我们同时代且舞艺高超的舞蹈家帕瓦罗和庞培，在教授他们的技巧和跳跃时，只让我们看他们完成的那些动作，而不让我们离开自己的位置，正如一些老师在教我们思考却不让我们开动脑筋一样；我希望那些教我们骑马、标枪、射击、弹琴和声乐的老师，不需要让我们练习一样，正如我们的老师在教我们鉴赏和如何正确地演讲时，不需要我们练习鉴赏和演讲一样。然而也许正是生活中出现在我们眼前的不论何种行为或事物，都能代替书本服务于我们——小男孩的恶作剧、侍应的无赖事迹、男仆做的蠢事、无聊的传言或其他各种道听途说，无论是开玩笑说说还是郑重其事地讲，在餐桌边或是在人群中，这样言谈对我们来说都是新的内容。对于此，更进一步的学习是与人进行商业交易或广泛地社交。周游列国观察陌生的事物是非常必要的，但这不仅仅是（追随法国贵族的方式）关注圣罗通达教堂台阶有几层、长宽各多少；或者利维娅小姐的服饰有多么华丽；或像某些人一样，争论在意大利某处的废墟中见到的尼禄的脸，比在另一处的遗址中看到的更长或更宽……而是应该专注于观察，并能够把他们在别国的所见所闻带回来，从而也许能更好地借鉴别人的东西来锻炼和完善自己的才智。因此，我甚至希望从孩子年幼时起就带他们周游列国。为了一举两得我会先带他们去那些语言与我们国家有很大差别的邻国，因为如果不趁着他们尚在年少时就训练他们的语言，一旦他们到了一定年纪后就再也不能很好地掌握一门外语。再者，智者都认为在父母的怀抱和监护中长大的孩子，多数被过分溺爱。因为天然的骨肉之情或者（我称为）温柔的溺爱，甚至会让最明智的父母变得过于无所适从、谨小慎微或心慈手软。父母既不忍心看着他们的孩子遇到阻碍、被改正或被责打，也不能看到他们被粗暴地教育、远离高雅或太过危险，即使这是必须要经历的；若他们看到自己的孩子练习归来时汗流浃背或满身尘土，他们会感到心疼，即使这些训练是作为一名绅士必须要接受的；他们也见不得自己的孩子在酷热和严寒中训练；若看到自己的孩子身骑未驯服的烈马、与娴熟的剑术家一对一练习或操练火枪时，他们也会感到焦虑。若想自己的孩子成材就别无良策，绝不能过分迁就，而应该时常主动或被迫违反医学规律。

> 让他自生自灭，身处绝望。

光使他思想强大远远不够，还需要加强他的身体。思想若没有了身体的支撑便会不堪重负，身兼两职的负担对他来说太过沉重。我能感觉到因为我娇弱敏感的身体，我的思想在太重的压力下会气喘吁吁。在课堂上，我时常发现我的导师们在作品中赞赏高尚和力量时，常常提及它们来自钢筋铁骨。我认识一些男人、女人和儿童，他们天生身强力壮，挨一棍子就像用手弹了他们一下，丝毫不能伤害到他们。他们是如此的迟钝和强壮，甚至从不搅动舌头或眨眼睛，也不可能被击倒。当与哲学家比赛耐力时，他们展示的更多的是身体的力量，而不是心灵的力量。习惯旅程的艰辛，就是习惯忍受悲伤。“劳动能让人忘却悲伤。”要训练孩子习惯于面对痛苦和艰辛，这样他也许能忍受腹痛、灼伤、摔伤、扭伤或其他人体疾病带来的痛苦。是的，他也许要忍受牢狱之苦或其他的折磨，但在特殊的时间和地点，好人就像坏人一样也会经历这一切。我们要经得起考验。有些目无法纪的人会对好人进行伤害和勒索。此外，如果父母在场，导师的权威（在学生面前必须至高无上）便会被中断或妨碍，而且家庭为他带来的敬畏和尊重，以及让他从小就知道自己出身名门贵族，在我看来会对一个年轻的绅士有不小的阻碍。在商业领域和人的社会中，我常常发现这样一个不良习惯，那就是人们只是竭力让别人知道我们，而不常去了解他人；我们更加愿意讲出自己有的商品，而不是去多了解，然后买入新的商品。沉默和谦逊这两个特性，对人与人之间的交往来说十分有利。还有一点也是十分必要的，那就是当他拥有财富时，必须教育他要勤俭节约而不是挥霍无度，要适度地掌握好自己的财富。在听到任何可能传到他耳朵里的愚蠢言论时，都不要怒形于色，因为一听到不符合自己脾气的事情就勃然大怒继而出言反驳，是非常粗鲁的行为，要让说这些话的人自己意识到错误，然后自我改正。要教育他在别人做了自己拒绝做的事时，也不必责怪他人，也不要与世俗格格不入，“不卖弄炫耀，不盛气凌人，乃真贤人也”。要教育他不要飞扬跋扈，不要行为粗鲁，也不要小小年纪就雄心勃勃，天哪，太多需要注意的：比如炫耀自己并不具有的才华；为了受人欢迎就把自己标榜为根本不能成为的人；通过指责他人和标榜自己的作品曲高和寡，只会为自己带来喜欢标新立异的名声。因为只有伟大的诗人才能享受艺术的自由，也只有崇高的智者和杰出的思想家才能撇开传统独树一帜。“即使看到苏格拉底和阿瑞斯提普斯的作品背离了传统和习惯，也请人们不要幻想能步其后尘，是他们超凡脱俗的才华使他们获得了这一特权。”要教育他不要轻率地发表言论或参加竞赛，而只是在能够与棋逢对手的冠军一决高下时才这样做，这时我也不会建议他使出浑身解数，而只使用那些让自己占据最有利形势的招数。要教育他在选择自己的理论时要保持好奇，热爱有针对性的言论，因此便能言简意赅。综上所述，要教育他一旦遇到或发现真理便要立即缴械投降，不论真理出自他的对手，或是吸取别人建议而得出的。因为他被置于高人一等的讲台，并不是为了重复预先设置好的说辞；他也不能为任何原则辩护，除非他个人已经赞同它；也不要用现金来交换悔恨的自由。“他也并不是非得为规定好的或命令他的观点进行辩护不可。”如果他的导师与我志趣相投，那么他便会让他的学生立志于效忠他的君主，涉及君主的荣誉以及国家的利益的关头，他就要肝脑涂地无所畏惧，而这样的忠心耿耿只限于执行公务时，他必须心无旁骛。除此之外，许多不便因素严重限制了我们的自由，源于以下这些特殊的关系：一个人若是被雇用或收买，他也就不再自由和真诚，或变得害怕疏忽或忘恩负义。做一个心思缜密的侍臣，既不能遵守常规，也不能说或想超出其君主所望的事情；君主于万千臣民中唯独挑中了他，并且一手培养他。这些善举和宠爱，腐坏了侍臣的自由（缺乏一些理性色彩），扰乱了他的判断。这就是为什么我们常常看到这些侍臣的语言与其他同阶层的人大有区别，也因此缺乏可信度。因此要让孩子的言谈闪烁着良知和道德的光芒，而理性是其主要的指导。要教育他当发现自己的论述有错误时，即使除了他自己之外没有旁人发现，也要承认这些错误，因为这是判断力强和真诚的明显表现，而这两种品质是他所竭力追求的。而固执己见、据理力争地为自己的错误辩护，是平庸的品质，这种品质在越低下的人身上越明显。要知道接受建议、改正自我，在最郑重其事时放弃一个错误的决定，这是难能可贵的品质，是只有哲学家才有的品质。在人群中，他必须眼观六路、不留死角，因为我发现最重要的位置总是被最平庸、最低贱的人所占据，而最好的机遇很少与最出众的才华相联系。当我在餐桌前端听到那些人为了取乐便谈论房间内的帷幔有多么美丽、杯中的酒有多么醇香之时，在餐桌的另一端的高谈阔论却被完全淹没。他应该判断每个他所见到的人的价值，无论是放牧人、泥瓦匠、陌生人还是旅人，所有可以利用的一切都调动起来，因为每个人都有他的价值，要博采众长甚至别人的愚蠢和单纯都对他有教育意义。通过观察别人的风度和举止，他能学会从善弃恶。要让他对自然和所有事物的起源保持好奇，对稀少的和非凡的事物进行调查，无论是一栋房子、一眼泉水、一个人、任何一个战役的战场，还是恺撒大帝或查理曼大帝的故事。

哪片土地上烈日炎炎，哪片土地上天寒地冻，
什么风温柔地吹拂着意大利的海岸。

他将了解这些君主的习惯、才能、领土、联盟和姻亲，这些东西学起来不仅快而且不乏趣味，他也将从中受益匪浅。通过了解这些伟大的人，我的意图是，他主要是能理解他们的所作所为，而不仅仅是熟记书本上所记载的东西。他将通过历史与各个时代最伟大的人物进行交流。这也许是徒劳无益的学习，但他也可能从中受益，这取决于他自己。正如柏拉图说的，这是斯巴达人唯一重视的学习方式。通过阅读普鲁塔克的作品，孩子们怎么能不感同身受继而从中获益呢？但作为导师要时刻谨记自己的职责，不要仅仅只是让学生牢记迦太基灭亡的日期，而忽视了汉尼拔和西皮奥的品行；不能只让学生知道马塞勒斯死亡的地点，而不告之他的死有辱使命。导师不仅要告诉学生历史事件，而且还要教会他如何判断历史内容。这是我最为认同的观点之一，也是我认为人的大脑最应该关注的内容。我从泰特斯·李维的著作中读到很多东西，这些东西也许从未被别人读到，而普鲁塔克却乐于从中得到知识，他从中得到的要百倍地多于我，或许也超过作者本人。一些人做的仅仅是纯粹的语法研究，但另一些人却是在进行完整的哲学分析，从中可以探索人类天性中最隐秘的部分。在普鲁塔克的作品中有许多论述颇值得大家一读，因为以我的判断，他是这一类作品的宗师。但他在成百上千的论述中，也只是蜻蜓点水般地为愿意求知的我们指明前进的方向。有时他也乐于简明扼要地为我们指出某个论述中最主要的观点，为了让人通过勤奋的学习将它抽离出来，对它仔细地研究。他曾经说过，亚洲的人民只侍奉一个人，因为他们不能对他说“不”，也许这句话给了我的好友启发，也因此他创作了《自愿受奴

役》。普鲁塔克甚至可以仅从人们生活中的一个细微动作或者一个词中获得灵感，继而创作一部作品。可惜的是，理解力强的人都喜欢简明扼要，毫无疑问他们将因此而声名鹊起，而我们则只能望文兴叹。普鲁塔克宁愿我们称赞他明断是非，而不是学识渊博，他更希望我们一直对他保有兴趣，而不是对他产生厌倦。他深知人们对于好的东西总是赞美得太多，亚历山德里达就曾公正地指责那些对执政官过分赞扬的人，并指出他们的行为令人生厌。“噢！外乡人，你用最不该用的方式说了最该说的话。”那些身材纤细修长的人，往衣服里塞衬垫来充胖子，正如那些思维平庸的人，总是尽量多说话来显示自己的聪明才智。人与人之间的交往和与外界经常的接触，会对人的判断产生不可思议的作用，或者我会说有一定的启发作用。我们所有人都太过自我，导致我们的眼里就只能看到鼻子底下所发生的事情。当苏格拉底被问到他是从哪里来的之时，他不是回答“我从雅典来”，而是回答“我从世界来”。因为他有天马行空的想象力，接受整个世界为他的故乡，将他的知识、他的学会、他的喜爱延伸至全世界和全人类，而不是像我们那样目光短浅。如果霜冻偶然间侵袭了我们村庄的葡萄藤，村里的牧师便会主张说是上帝的愤怒已经高悬于我们头顶，将威胁所有的人类，并且断定疾病已经降临至蛮族之中。

看到我们相互间的内斗不断，谁不惊呼世界马上就要消亡，审判日就要来临？也不想想我们见过的比这坏得多的革命，当我们在悲痛中颤簌、被忧伤淹没时，世界上其他的无数个地方的人们正享受着幸福的恩赐，正沉浸于喜悦之中，而从不像我们这样？而当我关注我们的生活、我们的放纵和罪过时，我却惊讶地看到它们既温柔又随和。有的人头上落了一块冰雹，就以为整个半球都处在狂风暴雨中。愚笨又秃顶的萨瓦人说，如果那位头脑简单的法国国王能够熟练地管理国库中的财富，就能很好地胜任他主人的管家一职了。萨瓦人有限的想象力使得他难以想象出有什么人能够比他的主人更加伟大，而我们所有人都会不知不觉地犯类似的错误，而这样的错误会导致严重的后果和巨大的偏见。但无论是谁，只有让他像看摆在面前的桌子上的照片一样，真切地看到宇宙的大自然母亲身着最华丽的礼服，坐在她雄伟的王座上的形象；从她的脸上读出世界整体不断地千变万化，并缘此观察到不仅仅是我们本身，就连整个王国都不是一个完美的圆，而只是能想象得到的最微小的圆点时，我们才能根据事物的大小和比例来判断它的价值。如果我们想知道自己是否是一个精确的点，或者我们是否身处正确的位置，这个伟大的宇宙（其中一个属性物种下面可以衍生出成倍增长的不同种类）是一面我们必须照的镜子。总而言之，我会让我的学生以这个世界的构架为他们的教科书。各式各样的性情、宗教、看法、观点、法律和习俗，教会我们正确地判断自己，并指导我们的判断力去承认自身的不完美和天生的弱点，这可绝非易事。见惯了国家的革命、王室的衰微、公众命运的转变，会让我们学会不去奢望奇迹降临在我们身上。众多名字、胜利和征服都被遗忘掩埋，让我们想通过抓住十个骑兵或攻下一个不为人所知的小村庄而名垂青史的愿望，变得尤其可笑。我们对怪异但华美的外观、宫廷的庄严和雄伟感到自豪，这些都能证明和肯定我们的眼界，让我们毫无畏惧地接受故意的冒犯或如雷鸣般的掌声，而不眨一下眼睛。成千上万的人在我们之前就长眠于地下，这激励我们不再焦虑或害怕到另外一个世界去找寻良师益友，如此等。（毕达哥拉斯说过）我们的人生正如一场场面盛大而参加人数众多的奥运盛会，其中一些人赢得了奖牌和荣耀，也锻炼了他们的身体；而另一些人，只为了钱，把商品带到那儿去卖；剩下的人（并非最差的人）则只是旁观每件事的原因和结果，而不参与任何事。通过观察别人的生活和行为，他们也许可以做出更好的判断并指引自己向前。所有最有益的哲学观点都可以适用于以上的例子。哲学应是人类行为的奠基石，应该用哲学来约束人类。它也许会告诉我们，

> 你可以许什么样的愿望，辛勤工作换来什么收益，
> 朋友和国家有什么要求，上帝要把你变成什么样，
> 把你放在人群中的哪里，你究竟是谁，
> 为什么在这里的生活如此无聊。

何为知之，何为不知（即学习的范围），何为勇猛，何为节制以及正

义；抱负和贪婪、束缚和自由、臣服于自主之间有何区别，借此让人可以辨别何为真正的、绝对的满足，和知道当面对死亡、悲伤和羞耻时应该展现出多少痛苦而不为过。

劳工们该如何去屈从，以及忍受日复一日的鞭打。

告诉我们什么是我们前进的动力源泉，什么是我们不断运动的原因。因为在我看来，对孩子们上的第一课，应该教授那些能够约束他的习性和引导他的感官的东西，这样可以既教会他去认识自我，又能让他知道他应该为何而活，及为何而死。从各个自由学科之中，让我们从能让我们真正自由的学起。的确，所有这些学科能从一定程度上替代我们，成为我们生活的指导。我们应该运用它们，正如为达到这样或那样的目的，而运用一切其他事物一样。但我们应该慎重选择一门最直接、最中肯的学科为我们服务。如果我们能限制我们生活的附属物于正确的位置和自然的极限内，并让其适应这种状况，我们就能发现那些学科运用中最好的部分，并不在我们的行为习惯之中，虽然它们也有大用处，还含一些范围广、内涵深的有益知识，但我们最好还是将其抛弃在一旁，根据苏格拉底的教诲，把我们的学习限制在对我们有切身利益的领域。

要勇于成为智者：快点开始让自己变强，
迟迟不敢行动的人，就像愚昧地期待着
河水流干了以后再过河的人，而那河水
不到世界末日的那一天，是不可能干的。

这仅仅是直率地教育我们的孩子，

双鱼座会移动，狮子座散发着热情的光亮，
摩羯座沐浴在西方的星河之中。

关于星座的知识和第八行星的运动，在他连自己的星座都还没有搞清楚的时候，

> 就算是七大行星，又或者牧夫座，
> 与我又有什么关系呢？

阿那克西明尼在信中对毕达哥拉斯说："不断地有死亡和奴役出现在我的眼前，叫我如何有心情沉浸于探索星座谜面的乐趣中？"因为正在那时，波斯的国王正在准备与他的国家开战。而所有的人都应该这样说："野心、贪婪、鲁莽和迷信会将我们打败，更何况生命中还有其他需要担心的敌人，我们为什么要关心和学习宇宙的运动和变化？"一旦被教会适合他的、能使他变得更优秀和聪明的方法之后，他便会乐于学习逻辑学、自然哲学、几何学和修辞学。然后他便建立起了他的判断能力，痴迷于某一学科，并在短时间内在这一领域登峰造极。教学有时可以通过口述，有时可以通过阅读书本，导师可以根据教学的目的和动机，时不时地让他读同一个作者的作品，有时要告诉他已经熟悉的作品中的精髓和主旨。若仅凭他自己的能力无法完全了解书中的内容，那么找出书中能够对其产生影响的著名论述，对他来说也许会相对容易一些。指派一些博学的人陪伴在他的身边，在任何他有需要的时候给予他最需要的东西，这样做有百利却无一害，最终他将使这些东西发挥最大的作用。谁会怀疑这种教学方式不比加扎的更简单和自然呢？加扎在授课时讲的都是佶屈聱牙、艰深晦涩的箴言，以及毫无根据、丝毫无关的话语，只有一小部分能被学生接受，丝毫起不到启发智慧的作用。相比之下，按照我说的方法培养人才，很快就能硕果累累。然而到了我们这个时代，甚至最有智慧和理解力最强的人，也认为哲学只不过是个无意义的、虚幻的名称，不论从专业性的鉴定角度还是从其影响的角度看，它都既无大用也无价值，这是个值得让人深思的问题。我认为是诡辩术造成了这一切，它们先发制人堵住了哲学发展的各条道路。它们不怀好意地将哲学描绘成一副满脸皱纹、皱着眉头的脸孔，使孩子们觉得哲学遥不可及；谁给哲学戴上了一张苍白丑陋的面具？没有什么比哲学更美丽，没有什么比哲学更讨人欢喜，没有什么比哲学更能让

人愉快，我甚至可以说也没有什么比哲学更能让人肆无忌惮地喜欢。因为哲学不对你进行说教，只让你运动和消遣。在它的领域里没有哀伤，也没有意志消沉。语法学家德米特里在德尔福斯神殿看到一群坐在一起的哲学家，便上前问他们："不知是因为我眼花，还是因为你们愉快的样子太过真切，难道你们不是在与你们的自我进行着一场严肃郑重的辩论？"听他如此提问，其中的一位哲学家麦加拉学派的赫拉克利翁回答道："只有那些忙于研究动词的将来时态是否需要双写，或者研究一个词的词源、比较级或最高级的人，才会在探讨他们的学科时发怒或焦躁。而哲学的讨论常常让其研究者觉得其乐无穷，而不是使他徒生烦恼。"

> 你也许会感觉到心灵上的折磨，
> 藏于病体之中，但也能发现心灵的快乐，
> 因为它们都从脸上体现出来。

怀有哲学的心灵，可通过心灵的健康来促进身体的健康。它将把心灵的满足打磨至发亮并显露在外，按照自己的模子来打磨和塑造所有外在的行为举止。这样做的结果，就是让拥有这样心灵的人雍容华贵、活泼勇敢，言行举止得体，面容充满欢乐。拥有真正智慧最明显的象征就是始终如一地保持快乐，境界就像月球上的所有物体，永远清晰透彻、一直发光发亮。是传统逻辑学让那些追随者变得精神空虚，而不是哲学。他们难道不是只靠耳朵来学习哲学吗？难道不是哲学平息了人们内心的风暴吗？难道不是哲学教会了身处灾难、饥荒和疾病中的人们怎样去微笑吗？但它并不是通过想象中的天文学来达到这一切，而是通过自然而明显的推理。除了美德，她不推崇任何事物，那是她唯一的追求。而美德并不像学校里教授的那样，处于人类难以触及、高高在上的山巅，因为恰恰相反，那些有接触过美德的人都证实它位于欣欣向荣的平原上，从那儿的瞭望塔上，它能够洞悉一切。为了向它效忠，任何一个只要知道路和入口的能人，都会奔向它的宫殿。因为通向它的道路生机勃勃、绿草茵茵，空气中弥散着甜蜜的花香，路途平坦、轻松，丝毫不会让人感到疲乏，就像通往天堂的道

路。美德威严地坐于雄伟的王座之上，她心地善良、美丽动人、含情脉脉且勇气可嘉，她与尖刻严厉、禁欲苦行、恐惧害怕以及强制逼迫水火不容；她以天性为指导，与运气和快乐为伴。但由于他们鲜与美德有过接触，便根据自身的弱点来想象勾画她的特质，把她的形象描绘得愚蠢、悲伤、严酷、挑剔、乖戾、恐怖、轻蔑，把她的面孔描绘得丑陋恐怖，把她置于不毛沙漠中陡峭、崎岖、人迹罕至的峭壁之上，周围有乌鸦和昆虫骇人的叫声，以此来恐吓大众。而导师要知道，他不仅仅设法让学生从思想上敬畏、尊崇美德，而且还要，甚至更要让他们敬畏、尊崇爱情，要告诉他们，诗人总是遵循普遍的性情，将爱情作为永恒的主题；要让他们清楚地觉察到，相对于通往雅典娜书橱的道路，诸神更愿意将劳力和汗水洒落在通向维纳斯房间的道路上。

当孩子开始觉察到他的知识能够让他拥有切合实际的自我认识的时候，把布拉达曼或安格莉卡当作情人介绍给他，一个美得自然、活泼、大方、纯情，并非丑陋或高大，但又无忧无虑且充满活力，另一个美得温柔、敏感、俏丽；一个身着年轻男性的衣服，头戴闪光的头盔，另一个穿着打扮就像个无理的妓女，头戴珍珠装饰的无边软帽。如果他的选择不是佛里吉亚那位略带女人味的羊倌的话，那么他毫无疑问地会认为他的爱情充满阳刚之气。对他来说这是新的一课，让他知道奖赏、荣耀和真正美德的高贵，存在于练习的能力、受益和快乐——远没有那么困难，不论是孩子还是成人，头脑简单或充满智慧，都能一学即会。谨慎节制而不强迫，是使他获得美德的手段。苏格拉底（美德最宠爱的人）放弃了所有强迫的手段，在通往美德的路上一路愉悦、自然、自愿且郑重地获得她。她就像全人类所有快乐的保姆和母亲一样，让它们合情合理、恰到好处，同时也让它变得真实且率直。通过节制快乐，她使它们精神振奋、生气勃勃。如果她拒绝节制或去掉多余的快乐，就会让我们对其余的快乐更有兴趣；如果给我们本性所需的所有快乐，就使我们能够尽情享受如母亲一般的关怀，直至心满意足，直至心生厌倦，除非我们能偶然提及规矩和控制，它让嗜酒者未饮先醉，贪食者未食即饱，淫邪者未图即止，但它们是快乐的死敌。如果美德没有通常的好运气，那么她便干脆避开它、忽视它，或者构建一个完全属于自己的命运，而不再转瞬即逝或摇摇晃晃。她知道如何成为富人、强者和智者，如何睡在香熏过的床上。她热爱生活，为美丽、荣耀和健康而欣喜。但她具有固定的和特别的使命，其一是知道如何有节制地使用这些财富，其二是知道如何应对时常失去它们。与其说这使命艰难，不如说它高尚，没有它，生命的所有进程都变得不自然、骚动且畸形，那么人们就会遇上暗礁、荆棘和丑陋的怪物。如果这个学生一反常态地喜欢听导师说奇闻逸事，胜过一次愉快的旅行经历，或值得注意的或明智的劝告；或他的伙伴们在听到战鼓和军号的声音而热血沸腾时，他却转身去看街头艺人的把戏或其他无聊耗时的运动；如果他觉得汗流浃背地从战斗、摔跤或驯马中成功归来没什么意思，更希望在网球场、舞蹈学校或其他类似地方赢得奖励或荣誉……那么对这样一个学生，我认为最好的纠正办法就是把他发配到底层、小镇或类似的地方工作，哪怕他是公爵的儿子。因为根据柏拉图的法则："孩子将来在社会上的职位，不应该根据他父亲的财产多少而定，而是应该靠他自己的本事。"既然哲学教会我们如何生活，不管是少年时期还是其他年龄段，都能直截了当地从中受益，那么为什么不将它传授给年轻的学生呢？

> 他的模子既湿润又柔软，必须在转轮还在轻快地旋转时，
> 对它反复塑造，直至成型。

人生接近结束的时候，我们才学会如何生活。许多学生在还没有读到亚里士多德关于节制的专著之前，就染上了令人厌恶且深至骨髓的疾病。西塞罗常说："就算他能有两次生命，他也绝不会花时间去学习抒情的作品。"而我发现那些诡辩者比想象中更加不堪和无用。我们的孩子要投身于更伟大的事业，他生命的前十五年或十六年都必须接受教育，而剩下的生命则用于行动。时间是如此的短暂，所以我们要让他们学习必需的东西。教学生纷繁复杂的诡辩论是错误的，应该把它从逻辑学中删除，因为它不能对我们的生活有丝毫改善。应该知道如何去选择哲学论述，并适当地利用它们，它们比薄伽丘的故事更容易被接受。从吃奶时起，孩子就

有接受它们的能力，这比读书或写字更容易。哲学既有适合老者的论述，也有适合孩子的观点。我同意普鲁塔克的观点，他觉得亚里士多德在教导他的首席弟子时，不太注重构架演绎推理或几何原理，而更热衷于教他有关英勇、强大、宽容、节制以及对任何事物都无畏无惧的戒律。当把这一切都传授给他之后，亚里士多德就派当时依然十分年轻的他去征服世界，而只给他三万步兵、四千骑兵，以及四万两千枚钱币。普鲁塔克说，对于其他学术和科学，亚历山大也怀有深深的敬重，并赞扬它们很优秀、很高雅，但是依他的兴趣，他不会轻易对它们产生实践的愿望。

> 少年或老人，请您从您的脑中（的学识中）
> 选择值得信赖的东西，以备风烛残年时的需要。

伊壁鸠鲁在写给迈尼瑟斯的信中开头便写道："希望孩子们不逃避哲学，而老者不厌倦哲学。换句话说，没有机会快乐地生活，要么是因为时候未到，要么就是已经错过了。"然而，我不希望你的孩子被囚禁，也不愿将他交给一个喜怒无常或郁郁寡欢的导师教导。我当然更不愿他因为受苦受累，而使正开始发育的心灵受到腐蚀，每天像苦力一样学习十四五个小时。如果他性格孤僻或忧郁，过分埋头苦读，而人们明知这样对他不好还姑息迁就，我也认为这样不太合适，因为这样常常会使孩子对社交和更好的消遣活动不感兴趣。我见过太多人，因为过分贪求知识，结果变得愚笨不堪。卡涅阿德斯深陷书海不能自拔，或者说他在书海中迷失，以至于他连剃头发和剪指甲都无暇顾及。我也不会让别人的野蛮和粗鲁影响到他高贵的习惯。法国人的智慧启蒙早，但多数都不能持久，这在很久以前便是众人皆知的。事实上直至今日，我们仍然觉得法国的孩子们是最优秀的，但是大多数时候，他们都辜负了我们的期望，因为他们一旦成年，就变得不再出类拔萃。一些博学的贤人认为，正是因为人们把孩子送进（为数众多的）学院，才让他们变得愚笨。然而反观我们培养的学生，不论是在陈列柜旁、花园里还是在桌子旁、床上，不论是孤身一人还是有人相伴，不论是白天还是夜晚，他们每时每刻地都在学习，哪里也都可以成为他们学习的场所。而哲学（作为判断的基础、习俗的模范）将会成为他的主要课程，它将有权每时每刻、无所不在地介入他的生活当中。演说家伊索克拉底曾经在宴会上被要求对他的演讲艺术做一次陈述，当时在场者都觉得他言之有理，他说道："现在的时机不适合做我最擅长的事，所以我不会这么做。因为在一群本应在一起狂欢或庆祝的人面前进行演讲或修辞学的辩论，与身处的环境显得格格不入。"其他所有的学科也都不适合在宴会上进行讨论。但所有的智者都认为为了顾及言谈的礼貌，不应该在宴会或运动场上舍弃哲学，尤其是其中涉及为人处世以及人的职责和义务的部分。柏拉图曾经邀请她到他的私人宴会上，我们可以看出她是如何用她多变的举止来娱乐大家，适宜地融入现场的气氛之中，哪怕她是最高贵、最有益的哲学论述。

> 哲学对穷人和富人都有益处，与之相同，
> 不管是老人还是孩子，如果冒犯了哲学都将被鄙视。

所以毫无疑问，他不会像其他孩子那样无所事事。就像行走在画廊中，即使走的路是计划的两倍，我们也不会感到疲倦一样。我们的课程完全融入于生活，遇到什么就讲什么，没有严格的时间和地点限制，将会在不知不觉中被彻底了解。所有的运动和练习都是他学习的一部分，包括跑步、摔跤、音乐、舞蹈、狩猎、操枪、驭马等。我会将他外在的行为举止和内在的个人心性，与他的思维塑造成为一体。因为我们不是仅仅塑造一个思维或一副躯体，而是一个完整的人，所以我们不能将它们分开。正如柏拉图所说的，我们不能厚此薄彼，而应该公平对待，就像两匹套在一副笼头的马一样。听到他这样说，证明他并没有花更多的时间和精力在身体的锻炼上，而是认为思维的锻炼同样重要。此外，这样的教学应该刚柔并济，而不是按一些人的做法，将他们的孩子置于书海中不管不顾，这样做只会让他觉得读书是件十分恐怖且残酷的事。就让我把所有的暴力和强制的做法都去除。在我眼里，再没有任何事能像这样的做法一样，使温和的孩子们晕头转向、智力衰退了。如果你要让你的孩子害怕羞耻和惩罚，就

不要让他习惯它们。要耐心地教导他们忍耐汗水和寒冷，不惧狂风和炎热，藐视一切危险。把他身边良好的服装、床铺、食物和饮料都拿走，要让他对什么环境都能适应，这样他不会变成一个白净柔弱的男孩，而会成为一个强壮有活力的男孩。不管是在我儿童的时候，还是现在年老的时候，我始终这样觉得。但在其他方面，我永远不能认同我们大多数学校的处罚方式。如果他们稍微温柔宽容一点，那么也许对孩子的伤害会小一点。学校是有魅力的孩子们的监狱，当孩子们还没有变得放荡淫乱时就随意地对他们进行惩罚。在他们上课的学校，你只能听到鞭打和吵架的声音，学生们备受折磨，而老师被愤怒冲昏了头脑。孩子们是如此的脆弱和害怕，而老师却为了激发他们读书的欲望，板着脸孔手握木棒。噢，这是多么恶劣而有害的教育方式啊！就此问题我们可引用昆体良的著名言论，导师专横的权威，比如用木棒体罚学生，会带来危险的后果。我们本应在他们的学校教室内看到满地的树枝和花朵，而不是带有血迹的木棒。如果依我所想，我会按照思博西普斯所做的，在教室里挂上欢乐女神，以及女神弗洛拉和格蕾丝的画像。教室是他们收获的地方，同时也应该是他们娱乐的地方。对孩子们的胃健康的肉类应该被涂上蜜糖，而那些有害的应该被涂上苦味。令人惊奇的是，柏拉图在构架他的法律时，对他所在的城市中年轻人消遣、打发时间的活动观察得细致入微，对他们的训练、运动、歌唱、跳跃和舞蹈都做了扩展论述。对此，他说道，这些活动是由神来领导和支持的，比如阿波罗、缪斯和密涅瓦。当谈到身体和思维的锻炼时，他口若悬河，引用了一千多条箴言。但对学术研究的兴趣就没有达到如此程度，好像特别称赞诗歌，只是因为它的韵律。我们习惯和举止中的所有古怪特性，都应该避免，因为它们是社交的大忌。亚历山大的总管得摩丰，在阴影下流汗，在烈日下颤抖，谁看见这样独特的体质而不会感到惊讶呢？有的人觉得闻到苹果的味道比被火枪射击更令人惊恐，有的人看见老鼠就感觉心惊肉跳，有的人看到一团奶油就想吐，有的人害怕看到别人拍打羽毛床垫，正如日耳曼库斯不能忍受看到公鸡，或者听到它打鸣。这里也许隐藏着一些自然属性，在我看来如果处理得及时，这些怪癖是可以轻易克服的。教育就使我发生了改变（我必须承认我经历了巨大的艰辛），比如，除了啤酒之外，我吃什么都津津有味。当身体尚未成形时，应该让他适应各种习俗和习惯。（假如能控制他的欲望和意愿，）应大胆地让年轻人适应在各个国家生活，与各种人交往。如果有需要的话，甚至可以让他过一过昼夜颠倒、纵欲无度的生活。让他自己熟悉各种习俗。他应该有能力做任何事，而不是只爱做那些值得称赞的事。一些严厉的哲学家不赞同，甚至指责卡利斯提尼斯，仅仅因为他不愿与自己效忠的君主一起豪饮，而失去了他的主人亚历山大的宠爱。我们的孩子要与君王一起说笑、闲混，甚至一起堕落。即使在堕落的过程中，我也希望他能比他所有的伙伴在精力和毅力上略胜一筹。当他停止做邪恶的事，不是因为他缺乏力量或知识，而只是他缺少做的意愿。"不想做坏事和没有能力做坏事之间，有巨大的不同。"我想对一位绅士表示尊敬（作为一名有规矩的法国人，他与身边放荡骚动的人们格格不入），因为当我问他在派往德国期间，面对善饮的德国人，曾经几次为了我们国王的利益，出于公务需要而酩酊大醉时，他回答与德国人打了个平手，醉过三次，并告诉我每次的时间和喝醉的方式。我认识一些人，就应该十分需要这种本事，因为每当他们有机会与德国人打交道时都困难重重。我常常十分钦佩亚西比德的卓越天性，他能轻松地让自己适应好几种不同的习俗和习惯，也不会伤害到自己的身体。有时比波斯人还要奢靡，有时比斯巴达人还要严厉、节俭；在斯巴达时他布衣蔬食，在爱奥尼亚时则奢侈淫逸。

> 在智者阿丽思蒂普的眼中，
> 所有的颜色、国家、事物都是适宜的。

我要把我的学生培养成他那样，

> 我赞叹那些无论身上的衣服好坏都能应付自如的人。
> 也许身上的衣服并不合身，但身心健康才是关键。

这是我的经验，如果你将它付诸实践，那么你会比那些只知晓而不行动的人收获更多。如果你看到这条经验，那么请采纳它；如果你听到别人说起它，那么请你留意。有人在与柏拉图的对话中说，“但愿哲学不需要学很多东西，也不是艺术的演练”。“如何过良好的生活是所有艺术种类中最重要的一种，它通过生活而逐渐获得，而不是学习或写作。”弗里阿斯的君主利奥问赫拉克利德斯·本都库斯专攻哪一学科，后者回答：“我既不专攻艺术，也非科学；但我是一个哲学家。”一些人指责戴奥真尼斯是一个愚昧的人却不自知，还去干预哲学，对此他这样回答：“正是因为愚昧，我才有更大的决心去干预它。”赫格西亚斯曾经请他为自己读一本书，他回答道：“您真有趣，既然您会选择纯天然的、无上色无添加的无花果，为什么不选择真实而天然的书籍呢？”孩子学习知识不只是为了记住知识本身，而更大程度就在于能付诸行动，他应在行动中反复练习所学的知识。我们必须观察他的计划是否明智，行为是否正直、谦虚、公正，谈吐是否优雅、有见地，面对疾病是否勇敢，运动中是否能自控，消遣时是否有节制，住处是否井然有序，以及对于食物和饮料的口味是否讲究，不论是肉、鱼、酒还是水。“一些人把学问当作生活的法则，而不是炫耀知识的手段。那么他会遵守自己的法则，做该做的事。”

我们的人生是一面真实的镜子，反射出我们的理论。当被人问及为什么斯巴达人不把勇气训令记录在书本上，好让年轻人阅读时，泽克斯达姆斯的回答是“因为他们希望年轻人惯于身体力行，而不是读书写作”。等到孩子们十五六岁的时候，把他与那些学院里只会炫耀拉丁文的孩子相比，你会发现那些孩子只学会了如何说话。世界上尽是废话连篇喋喋不休的人，我还从没有见过任何一个人能够惜字如金，尽管我们大半辈子也浪费在其中。我们花费了四五年时间来学习基本的词汇，然后把它们串成句子；又花同样长的时间学会如何写长篇文章，并把它分成均匀的四五个段落；至少还需要五年时间，我们才能知道如何简洁地将它们交叉组合在一起，呈现出微妙连贯的形态用于诡辩之中。还是让我们把它交给仅以此为职业的人来做吧。曾经在去奥尔良途中靠近克利里的平原上，碰巧邂逅了两位向波尔多赶路的文学院教授，他们之间有五十步的距离。在他们身后的不远处，有一队人马，骑行在最前端的是他们的主人、已故的洛西斯富科伯爵。我的一位仆人上前询问第一位教授他后面的那位绅士是谁，我的仆人意指是他的同事，而那位教授似乎因为没有看到后面还有一队伯爵的人马，便打趣地回答："他才不是什么绅士，他只是个语法学家，而我是一位逻辑学家。"然而与之恰恰相反，我们要培养的不是一位语法学家，也不是一位逻辑学家，我们要培养的是一位有造诣的绅士——让那些学者去浪费他们的时光吧，我们有别的重要事情要做。所以我们的学生将学到足够多的知识，这能让他妙语连珠；如果他是沉默的人，至少那些话语会储存在他的脑海里。我听到一些人用不知道如何表达自己的意思来为自己辩解，造成满腹经纶只因缺乏口才而无法说出或展示的表象。这只不过是故弄玄虚罢了。知道对此我是怎么看的吗？那是因为他们还在酝酿虚幻的、不切实际的想象，甚至他们自己都无法区分或分析他们；他们自己都不了解自己，所以自然无法表达。如果你的观察细致入微，当他们艰难且结结巴巴地表达出他们的观点时，你就能发现他们的观点十分幼稚，就像不足月的婴儿用舌头探索得出的结论。至于我，我支持苏格拉底的观点，认为脑海中有清晰的、充满活力的想象的人，一定能够轻松地把脑子所想表达出来，哪怕他说的是贝加莫土话或威尔士语——即使他是聋哑人，也能够用手语或身体语言。

如果对讨论的问题颇有见解，我们必定能滔滔不绝。

有人在他的散文中提到："如果物质具有意识，那么它一定会追寻自己的话语。"又如有人说："事物本身会抓住和携带话语。"我们的孩子不必知道离格、连词、名词，也不用懂语法；他的仆人以及集市上买牡蛎的大妈也一样对那一窍不通。但如果你想和他们交谈，你会发现他们能说会道，语法的使用得心应手，可与法国最好的语言学家相媲美。我们的孩子可以不必懂得修辞学，也可以不必知道在演讲进入正题前说个前言，以此吸引善意而温和的读者，他也不用知道这些东西。真实的世界里，过于艳丽的装饰容易在朴实无华的事实面前黯然失色。因为这些精致而古怪的装饰只能愉悦那些庸俗的人，那些人不喜欢也没有能力消化真正纯粹而坚实的东西，正如科尼利厄斯·塔西佗笔下的阿法尔所清楚地表明的那样。萨摩斯岛的使者为前来觐见斯巴达王克莱奥梅尼而准备了一篇冗长的演讲，意图鼓动他起兵加入反抗暴君波利克拉塔斯的队伍。然而在认真地听完他们的演讲后，克莱奥梅尼回答："您演讲的开头我已经忘却了；中间部分我也不记得了；至于结尾部分我完全没有要做的意愿。"（在我看来）这是一个不仅适合、甚至非常精彩的回答，它将这些演说家置于无比尴尬的境地，使他们无所适从。另一个例子是怎么说的呢？雅典人要从两位精巧的建筑师中，选出一位来建造一座巨大的建筑。其中的一位装模作样且行事冒昧，他在所有人面前进行了一次顺利的演讲，谈论他对这次项目的看法，以便多争取群众对他的支持。而另外一位建筑师只说了以下几个字："雅典的贵族们，前面那位建筑师说的正是我要做的。"西塞罗最伟大的天赋便是他的口才，许多人对此钦佩不已，但加图对此却付之一笑，他说："他难道不就只是个可笑的执政官吗？"一个机智巧妙的论点，和一句充满智慧的话语，不管是先说还是后说，总是适宜的。如果它既不与前面所说相连贯，也不与后面的内容有关系，那么这句话本身也是好的、值得称赞的。一些人认为好的韵律能成就好的诗句，我并不这么认为。如果孩子的想法既独特又优秀，他的智慧和判断力很好地发挥了作用，那么就让他（如果他想）把一个音节加长好了，这不是什么大不了的事情。我会说他就是一位优秀的诗人，虽然不是一个优秀的韵文作者。

即使一个人的感官能够细致入微，创作一首诗歌也是很难的。

（贺拉斯说）应该让诗人把作品中所有的接缝和韵律都去掉。

重置节奏和语气，将第一个词移到最后，
最后一个词移到最前边，使其焕然一新；
然后发现散开的诗句紧密地联系在一起。

他将全力以赴，心无旁骛，写出来的每一个字都将成为美丽诗句的一分子。米南德答应创作一部喜剧，可交稿日期渐渐临近，他却依然没有开始动笔。人们以此指责他，他却回答说："我早已成竹在胸，现在万事俱备，只差在剧本里加入韵文了。"因为他早已在心中想好了情节的安排和分配，剩下的如韵文的音节、音步和韵律，都只不过是无足轻重的小事。自伟大的龙沙以及博学的贝莱让法国诗歌上升到享誉盛名的高度之后，没有一个民谣作者或学习韵文的学生不模仿他们那浮夸的文风。"声音洪亮，但内容空虚，毫无价值。"对那些庸人来说，文坛从未出现过如此多的诗人。但真正优秀的却是凤毛麟角，虽然他们轻易地掌握了如何表现格律，但在模仿龙沙细致的描绘和贝莱独特的创见时，就显得心有余而力不足。但如果有人用三段论的诡辩法迷惑我们的孩子时，他该怎么办呢？比如"腌猪腿让人想喝水，喝水能解渴，因此，腌猪腿能解渴"。那就让他被嘲笑吧，被嘲笑总比回应这样一段言论来得机智。他应该借鉴亚里斯提普那句反击诡辩术的俏皮话："既然被捆绑着让我十分难受，为什么不解开呢？"有人建议用逻辑学本质来应对克莱安西斯，克里希波斯则对那些人说："让他和孩子们玩他那套糊弄人的把戏去吧，一个成年人的思维不应该考虑如此无聊的事情。"如果那些愚蠢的诡计，"那些错综复杂而又布满圈套的诡辩"，是要让人相信谎言的话，它是危险的；但如果它不能起任何作用，只能让我们的孩子付之一笑，我看不出为什么他需要对其有所防备。一些人十分愚蠢，为了寻找一个少见的新词而误入歧途。"或者他们不是根据内容寻找词汇，而是取内容于千里之外来配合词汇的意思。"还有一些人，"受他们喜欢的词的诱惑，而去写他们本不想写的内容。"我宁愿改变一句机智的名言警句使它能够为我所用，也不愿改变我的思路去迎合它。与之相反，词汇应该紧跟内容，为内容服务，而不是改变内容来照顾词汇，如果法语里无法找到合适的词，那就在加斯科尼语或其他语言里找。我希望内容高于一切，学生听完以后脑子充满想象，这样他会忘记所有的词汇。无论是在书本中，还是从别人口中说出，我都喜欢自然、简单、不矫揉造作的语言，简明扼要、内容充实、强而有力的语言，而不是精雕细刻、无病呻吟的语言。

恰到好处、掷地有声，能够给人以震慑的文字才是好文字。

与其单调乏味、空无感情、杂乱无章、鲁莽冒失，还不如虽然难懂，但每个字都实实在在；那不是学究式的、僧侣式的，也不是律师式的语言，而是士兵式的语言，正如苏埃托尼乌斯称尤里乌斯·恺撒的语言是士兵式的语言一样，虽然我不知道他为什么如此称谓。我有时通过模仿年轻一辈狂放不羁的穿着来取悦自己，漫不经心地将披风搭在一边肩膀上，大衣斜披着，袜子松松垮垮地挂在腿上。这样的奇装异服代表了目空一切的气度和对艺术漫不经心的态度。但我觉得将它应用到语言形式中会更值得赞赏。对于侍臣来说，任何形式的装模作样都是不讨人喜欢的，尤其是关于快乐和自由方面。而在一个君主政体的国家，每一位绅士都必须按照侍臣的仪态举止来训练自己。因此我们稍微倾向于天然、随意的行为举止是完全正确的。我不喜欢那些接缝和断片能看得一清二楚的织物，正如一副漂亮的躯体不应让人一眼看清骨头和血管。“真话应该简明扼要，毫不矫揉造作。说话小心翼翼的人，难道不会很不适宜吗？”雄辩术有损于事物，然而正是这一点吸引我们注意到它。用特殊的、不常见的奇装异服来吸引别人的注意力，这是胆怯的征兆；与此相同，在正常的语言中追求新奇的短语和鲜为人知的词汇，也是出于迂腐而幼稚的目的。愿我只用巴黎菜市场里使用的语言。剧作家阿里斯托芬就不屑于此道，他模仿伊壁鸠鲁，在用词上十分简单，在他神剧艺术创作的后期，剧本里几乎所有的话语都是浅显易懂的。因为模仿一个人说话并不难，所以不久之后大众都能跟上。然而，模仿一个人的判断和创新就没那么简单了。众多读者以为，因为他们找到了同样的长袍，就错误地认为他们拥有同样的身体。外表的衣服和斗篷可以借，但是肌肉和力量是借不来的。大部分与我交谈的人，说话的风格都与我的《随笔集》相似，但我不知道他们是否心里也是这么想。（据柏拉图证实）雅典人十分重视演讲的流畅和口才；斯巴达人注重简明扼要；而克里特人重视丰富的内涵超过语言本身，这些才是最重要的。齐诺常说：“我的学生有两类，一类是语史学家，对学习知识保持好奇，因为那才是他的最爱；另一类是美丽词汇的爱好者，他们除了语言本身什么也不尊重。”但没有人能说能言善辩的人是不礼貌仁慈的或是不值得称赞的，只是相对于行动派的人来说没那么优秀罢了。而我伤心地看到我们是如何花费一辈子中大部分的时间，却仅仅只学会说话这一件事。首先我要把自己本国的语言学好，然后还要学习最常互通贸易的邻国的语言。我们必须学会希腊语和拉丁语，因为那是对一位绅士来说最好的装饰，但学会它们的代价太大。我会告诉那些正在学习希腊语和拉丁语的人一种更好、代价更小、耗时更短的方法，这个方法已经被亲自验证过了。先父当年曾尽一切努力、通过各种手段，从最具智慧和理解力的人当中，寻找最细致、最完备的教育方式，并对其不便之处做了审慎的反思。借此得知，我们国家最优秀的年轻人，需要花费太多时间来学习罗马人和希腊人能不费吹灰之力就能学会的语言，是我们不能达到像他们那样精湛技巧和渊博知识的唯一原因。我不相信这是唯一的原因。但无论如何，我先父找到的权宜之计是，在我还在襁褓之中且尚未开口说话之前，将我交给一个完全不懂法语但却精通拉丁语的德国人（此人后来成为一位法国医术最精湛的名医，并客死法国）。我先父特意花了大代价将其请来，成天把我抱在怀里，成为唯一的一位全天候的监护人。还有两个学问稍不及他的人与他一道，他们的任务是照顾我，以及时不时地陪我玩耍，在这整个过程中他们只能对我说拉丁语。同时，对于其他家庭成员来说也有一条不可违背的规矩，那就是无论是我父亲本人，还是我的母亲、仆人、侍女，都不允许和我说我们国家的语言，他们只能用他们知道的为数不多的拉丁语跟我聊天或逗我玩。令人吃惊的是，我们家里的每一个人都从中受益匪浅。不仅我的父母因此能够听懂拉丁语，而且甚至连家里的佣人都是这样，而正是由于他们有更多的时间陪伴我，因此这对我的学习来说意义重大。简而言之，我们之间所有的谈话都是用拉丁语，就连我们周围的几个小镇也加入了说拉丁语的行列，因此甚至直至今日，许多工匠和工具的拉丁语名字还在他们之间使用。对于我而言，我在六岁的时候，懂得的法语或佩利格尔方言并不比阿拉伯语多，于是我在不依靠技巧、书本、规则、语法，没有被鞭打，不需要掉眼泪的情况下，学会了跟我的导师一般纯熟的拉丁语，只因为我不可能将它与其他语言混淆在一起。如果一篇散文他们会先给我一个主题，但通常学院的做法是给学生一篇法语散文，让他们译成拉丁文，而给我的却是一篇充满语病的拉丁文，让我改成地道的拉丁文。著有《论罗马人民集会》的尼古拉斯·格鲁奇、评述亚里士多德的威廉·格恩特、著名的苏格兰诗人乔治·布坎南，和在法国和意大利（生活过）被公认为最优秀的演说家的马克·安托尼·米雷，都曾是我熟悉的导师，他们经常告诉我，在我还年幼时我的拉丁语就十分娴熟、精确，以至于他们都有点害怕跟我交谈。后来遇见布坎南先生时，他正追随布里萨克伯爵马歇尔先生，他告诉我，他正要撰写一部关于儿童教育的专著，而在专著中要以我为例子和榜样。那时，他受命教育年轻的布里萨克伯爵厄尔——他后来被证实成了一位可敬的、勇敢的首领。至于希腊语，我仅仅知道一点点。我的父亲意图通过人为的方式让我学会希腊语，但却是用新的、背离传统的方法，即消遣和训练相结合的方法。我们把词汇的变格和结合扔来扔去，就像一些人通过某种特定的桌上游戏来学习数学和几何一样。因为有人特地劝说我的父亲，相对其他的事情，不能靠强迫我的意愿来教我体验和理解责任和科学，要让我自己做出选择，要让我在没有强人所难和疾言厉色，只有和风细雨和自由自在的环境中成长。一些人认为以粗暴的方式惊醒或使处于深度睡眠（他们的睡眠比我们成年人更深，睡得更熟）中的少年受到突然的惊吓，会使他们的大脑产生巨大的骚乱和病变。我的父亲相信了这种迷信的说法，所以他每天早上会用乐器的声音将我唤醒，我身边从未缺少过会弹奏乐器的仆人。这一例子足够为其余的举措提供判断的依据，而且应该称赞一位如此小心翼翼和充满爱心的父亲所做出的正确判断和温柔宠爱。倘若尽管做了如此细致入微的耕耘，然而得到的成果却与之不匹配，那么就不能责怪他了。有两个阻碍因素，首先是土壤太过贫瘠，不够适合：尽管我身体健康且足够强壮，生性温顺随和，但我太过笨重，行动迟缓，思维迟钝，以至于（除了叫我出去玩之外）人们不能使我摆脱无所事事的状态。我看事物，总是看得一清二楚；在这沉重的、懒惰的性格下，我有着超越我年龄的大胆想法和意见。我的精神行动缓慢，别人引领我多远，它才能前进多远；我的理解力受到阻碍，且缺乏创造力；除此之外，我的记忆力差得令人难以置信……也难怪我的父亲无法将我培养成在任何一个方面都尽善尽美的人了。其次，我父亲十分担心自己如此上心的事情会出现任何闪失，正如那些身患重病、强烈渴望恢复健康的人一样，我的父亲有点“病急乱投医”，盲目听从所有的劝告，最后也就随了大流。当那些从意大利来的、给予他启蒙教育的人离开他身边之后，他也就只好屈服于习惯，在我六岁的时候就将我送到吉耶纳学院——当时在法国发展得繁荣昌盛且享誉盛名的学院。在那里他仍然费尽周折为我提供额外的照顾，为我挑选了能找到的最好且最博学的导师，对我其他方面的教育也非常关心，这样做有违学院通常的习惯，但他也让他们为我保留了下来。可是那毕竟是学院，由于停止练习，我的拉丁语每况愈下，最终我就再也不说拉丁语了。这种新式的教育方法仅仅在我刚进入学院时派上一次用场，让我能跳过低年级直接就读高级班了。当我十三岁离开学院时，我已经完成了所有的哲学课程（他们这样称），但受益少之又少，对我现在的生活毫无用处。我第一次品尝到阅读书本的乐趣是源于阅读奥维德的《变化》。当时只有七八岁的我完全沉醉于阅读这本书，而对所有其他的趣事视而不见。更何况那本书是用我的母语写的，对我来说是最简单的书，而且书中的内容也是最适合我这个年龄的。在别的孩子津津有味地读着那些既浪费时间又缺乏智慧的拙劣作品，如《亚瑟王》《湖中的朗斯洛》《阿玛迪斯》以及《波尔多的于翁》时，我连它们的名字都不知道，直至今日我也不知道它们的主题和内容，因为我对书的挑选是十分严格的。因此，我在学习其他规定课程时变得更加的无精打采。然而大出我意料之外，我碰巧遇上一位考虑十分周全的老师，对我的出格行为和其他类似的错误总是睁一只眼闭一只眼。通过阅读维吉尔的《埃涅阿斯纪》，泰伦提乌斯、普洛提斯以及其他意大利喜剧，我被欢乐的主题深深吸引。如果那位老师十分愚蠢地禁止我看那些书，那么我想学院只能带给我对书本的憎恨和蔑视，正如它带给其他贵族子弟的一样。正是由于他的谨慎和巧妙的行为，即使看见了也假装什么都没有看见，这样才更激发了我争取一切时间偷偷阅读这些书的愿望。至于其他规定的课程，他总是十分温和地引导我。因为我父亲在为我选择老师时，最主要的就是看重他们温厚随和的性格。说句实话，我没有其他的缺点，我的毛病就是倦怠懒惰。危险不在于我会做坏事，而是在于无所事事。

没有人会怀疑我将会成为坏人，但有人担忧我会成为无用之人；预见到我不是诡计多端的小人，而是游手好闲的庸人。我自己并不这样认为，但我觉察到事实正如人们所料。我耳边每天都会有这样的抱怨：无所事事、冷漠、对友谊的义务疏忽大意、对父母和亲属缺乏责任感；在公众生活中我太过桀骜不驯、特立独行。对我最不公正的控诉不是“为什么他偷东西？”或“为什么他不付钱？”而是“为什么他不放弃？”或“为什么他不愿意给予？”人们希望我付出额外的努力，这是我愿意接受的。可是他们在苛求我做出额外的努力时，他们却不要求他们自己把分内的事情做完，这未免也太不公平了。当我为别人做事时，那是因为我的意愿在起作用，我的天性中不会主动做好事，所以当我这样做时更应该受到赞扬。因此，我能更加自由地支配我自己的财产，我拥有的财产越多，我就能支配得越好。尽管如此，如果我想为我的行为锦上添花，我也许会强有力地回击那些针对我的质疑，因为我这样做得还不够，也许按照我的实力我还能进行更有力的回击。但与此同时，我的思维却依然运行良好，它会根据它所知的各个对象进行真实和公开的判断；它会独自将其消化，不借助任何帮助，也不进行任何交流。我十分坚信，它也不会屈服于其他任何事物，如它已经证明它不会屈服于武力和暴力。我在致力于扮演好各种承担的角色时，是否应该说明或讲述一下我自小便有的能力：我醒目的外形、温柔的声音、得体的姿态。因为我在还未满十二岁时，便在布坎南、格朗特和米雷的拉丁文悲剧中扮演主要角色。那些悲剧曾经在吉耶纳学院的大舞台上演出过。安德烈·戈维亚校长在履行自己的职责方面无人能居其右，堪称全法国最好的校长，而我（从未自夸过）若没有被认为是这些剧中的领衔主演，也至少是主要演员之一。我十分赞成年轻的绅士参加悲剧的演出，出演适合他们的角色，我看见我们的君主（也模仿一些古人的行为）也这样做，这是值得称赞的行为。从前，演戏对有身份的人来说是一项合法的训练和一个可以接受的职业，尤其在希腊。“他向悲剧演员阿里斯顿透露了事件的内容，后者的家境和出身都十分正直，而且他的职业也并没有令他们感到耻辱，因为在希腊演员并不是一个遭轻视的职业。”

我一直都认为，指责他们不礼貌，贬低这一消遣，拒绝优秀和诚实的丑角或（我们称他为）喜剧演员进入我们的城市，只允许人民进行如体育运动类的活动，是极其不公正的行为。合理的秩序不仅是要关注把公民们聚集起来参加诸如严肃的宗教献祭活动，而且也要让大家参加合理的消遣活动。这样才能拥有和促进普通大众之间的交往和友谊。除此之外，还会有什么娱乐活动，能比大众集体参加甚至上到行政长官本人也在场监视的活动，更加正式及符合规定？如果我的观点能有影响，我认为君主自己出适当的钱，让民众消遣娱乐，是十分合理的做法，这既体现了父亲般的关怀，也显示了他对臣民的宠爱。在人口众多和君主经常驾临的城市，应该有专供这类演出的剧场或其他的场地；也有能让那些不方便在公众面前表演的、秘密的娱乐活动得到展示的地点。但言归正传，没有更好的方法能够刺激孩子们的热情和欲望，否则培养出来的只是死读书的书呆子，要用棍子才能让他们看管好装满知识的口袋。我们不仅仅要在脑子里装载知识，更应该将它与我们的大脑合为一体，这才是最好的做法。

（高远　译）

论友谊

我注视着我属下的一位画家在作画，突然觉得有一种模仿他的欲望。他在墙中央给画挑选了最好的一块地方，想充分施展一下自己的才华；然后，他还在画的周围用怪异的图案填满了空间，这些怪异的图案都是些荒诞不经的绘画，它们的诱人之处只在于千姿百态、新颖独特。事实上，若不是变形和怪异图案一起对各色各样奇形怪状的肢体做了修修补补，配以纯粹偶然连贯的次序和比例，那么这些散文又算什么呢？

上身是美丽的姑娘，
下身却长着鱼尾巴。

我可以设法达到那个画家第二阶段的水平，不过我尚未达到他那第一阶段较高的水平——我的绘画技艺不精，因此我不敢着手画一幅色彩浓郁的装饰画，以及按照艺术的规则打磨润色、装饰美化。于是，我决定从埃蒂安·德·拉博埃西那儿借一幅“画”，它将给我所有的作品带来荣誉——我的意思是这幅画就是他的那篇题名为“论甘愿受奴役”的论文，而不是指别人在不甚了了的情况下又给起了“反独裁”题目的那篇论文。

还在很年轻的时候，他就把这篇文章写成了一篇评论文以抨击专制并向自由致敬。这篇论文在具有评价能力的读者中长期传阅——颇受赞誉，备受推崇，因为它确实是一篇上乘之作，正如它看上去就那样出色一样。然而，它远不是一篇他所撰写的上乘之作。如果在我认识他的时候他正好是在更成熟的年纪，他就已构思出像我这样的计划、写下自己所思所想的话，那么我们现在肯定会看到许多文学精品，以让我们近距离领略古典作品的壮丽；因为特别就天赋而言，我知道没有人能与他比肩。然而，除了这篇之外，他就再没什么传世之作了——甚至那也是出自偶然。我认为当他完成后就再也没有看过它，以及给我们的内战弄得臭名昭著的关于《一月敕令》的《思考文集》——我或许可能发现这部集子在其他地方还有一定的市场。这些就是在他留给后人的文学作品中我所能重新看到的一切了。我是他的继承人，在他弥留之际，他非常钟情地将书籍和手稿——除了我出版过的他那部小册子之外——遗赠给我。可是，我对那篇论文尤为心存感激，因为它让我们初次结识彼此：在认识他之前我就早已见过他，同时也第一次知道了他的大名；因此，为了我们之间那可爱的友谊（如上帝所乐见的）天长地久，我们将之培养得那么完美无缺，以至于可以肯定我们之间的这种友谊在作品中几乎看不到，在现今人当中也根本无迹可寻。这份友谊的发生需要如此之多偶然的条件，所以它已经成为只有靠运气才能在三百年里实现一次的东西。我们之间的伙伴关系胜过一切，这似乎是我们的本性使然。亚里士多德说过，好的立法者对友谊比对正义表现得更为关切。伙伴关系之间尽善尽美的极致在于友谊；因为以快乐或利益、以大众需要或个人需要铸就或培养起来的一切友谊，不太美好、也不太崇高——因而也就不太“友谊”——因为除了友谊本身之外，它们还带有某种意图、目标和结果。它们也不符合古代的四种爱：自然之爱、社会之爱、好客之爱和性欲之爱。子女对父亲，更多的是关于尊敬的问题；友谊是通过相互交流培养起来的，而由于他们过分不平等，所以友谊就不存在于他们之间；友谊还可能妨碍他们自然的义务：因为父亲所有私密的想法，由于担心招致不适当的亲近而无法与他们的子女分享，所以孩子们无法向父亲提出劝告和改正（构成友谊的重要义务之一）。过去在一些民族中，子女按风俗杀死父亲，而在另一些民族中，父亲按习惯杀死子女。他们之所以这样做，都是为了避免一方给另一方构成障碍：自然而然，一方的生存取决于另一方的灭亡。过去，有些哲学家对如此自然的亲情关系持藐视态度——那就目睹一下阿里斯底波吧：自从孩子们从他身上降生以来，他一直亏欠他们感情。正当受到这种感情压抑时，他开始倾诉说：就算我们怀上虱子和虫子，那也得把他们生下来。还有一位哲学家，普鲁塔克试图劝他与他的兄弟言归于好，可是遭到反驳："我们虽同母所生，可他不再与我有什么瓜葛。"兄弟这个名称真的是一个美丽的名称，并且充满爱意：这就是我和拉博埃西结成兄弟情谊原因之所在。但是，随着分享财产或分割财产而来的是，一个人变富裕导致另一个人变贫穷，它会令人惊讶地离间情同手足的兄弟并使兄弟之情削弱。兄弟们必须同舟共济，沿着同一航向奋力前行：他们势必常常相互冲撞和争抢。此外，为什么在他们之间会产生真正完美、密不可分的关系呢？父子之间可能是完全不同的情形，兄弟也可能如此：他是我的儿子，而他是我同胞，可他可能很愚蠢、很邪恶、很易怒。到了他们成为由法律和天然关系所支配的亲情关系时，那就更少有自己的选择了，也更少有"心甘情愿的自由"了。我们心甘情愿的自由本身才能够恰当地产生感情和充满爱意的友谊而非其他。这并不是说我无法分析别的因素所带来的影响，只是由于我有过最好的父亲，甚至在他弥留之际他依然是最宽容的父亲。他像我一样出身名门贵族，这个家族就兄弟般的情谊而论，堪为一世代相传的楷模：

> 众所周知，我待兄弟有如父亲般的关爱。

你不能把友谊与男女的爱情相提并论，即使这种爱情出于我们自己的选择，你也不能将它们归入同一个范畴。我必须承认爱情的火焰——

> （因为我不是不认识那位——将甜蜜的辛酸与情人的呵护糅合在一起的女神。）

更活跃、更激烈，也更热切。可它是一缕匆匆忙忙、变幻无常的火焰，上下起伏、飘忽不定；它是一缕狂热的火焰，易于遭到扑灭，只能照亮我们生活的一角。而对朋友的爱则是一股人间普遍的热情，温和平静；又是一股永恒而稳定的热情，一切都那么轻柔坦荡，既不尖锐也不强烈。而且，性爱不过是一种我们对难以得到的东西的狂热渴望：

就像猎人追野兔，
度过严寒与酷暑，
越过崇山与峡谷，
猎物逃跑他追捕，
一旦抓住不珍惜。

爱情一进入友谊的领地（即各种念想同时起作用的地方），就变得衰弱无力。享受爱情就等于失去爱情：爱情的目标在于人的身体，因而便受到满足的支配。相反，友谊的获得和我们的意愿是成正比的：因为友谊是关于思想的问题，随着我们的灵魂，友谊在实践中被净化，友谊只有在我们享受它的时候才能喷涌而出，得到滋养并茁壮成长。在如此完美的友谊深处，那些变幻无常的爱情曾经在我的心中找到一席之地——更不必说在拉博埃西的心中了，他在他的诗篇中向大家坦白了太多太多。于是，友谊和爱情这两种情感进入我的内心，它们都意识到彼此的存在却从来不互相攀比，前者在高空自豪的翱翔中保持自己的航向，轻蔑地看着后者沿着在它下面的道路奔跑。至于婚姻，作为一项交易，除了准入是自由的之外（婚姻期限受到约束，取决于我们意志之外的东西），它是一场受其他意图束缚的交易；在婚姻之内，人们不得不很快解开无数纠缠不清的死结，这些死结足以切断活生生的爱情之线，扰乱它的进程；而在友谊之中，除了存在自我之外，既没有买卖也没有交易。再者，女人的确通常难以对支撑起神圣友谊的亲昵和相互信赖做出回报，她们的心灵似乎也没有坚定到足以承受得住这般长久紧绷的死结。实际上，如果不是因为如此，如果有可能使这样自愿又自由的关系得到实现，在这种关系中不仅心灵充满乐趣，肉体也在其中得到愉悦——整个人全身心地投入其中——可以肯定地说这可爱的友谊将会更加充实，也更加丰富。但是，尚无先例显示女性能达到如此的境界，并且参照古代哲学流派达成的共识，女性从不在此列。希腊人的同性恋应该为我们的习俗所憎恶；因为当他们进行同性相恋时，要求爱人间要有悬殊的年龄和有差异的偏好，所以这既不是完美的结合，也不是我们现在追求的和谐。“这种友谊的爱情算什么呢？为何没有人会爱上一个丑陋的年轻人或是一个英俊的老头子呢？”因为在我提及它时，即使我想柏拉图学园描绘的肖像亦不能不与我的相符：维纳斯儿子在情人心中激起对青春美少年的最初迷恋（此时他们允许一切无度的热情可能产生的过分打情骂俏）只是建立在身体美的基础上，这是身体产生的假象（因为它不能建立在尚未呈现出来甚至正在孕育中、因太幼稚而难以萌芽的精神的基础上）；假如有人疯狂地迷恋上一个青春少年，那么追求爱情的手段就是财富、礼物、加官晋爵和其他，这是为学院派所指责的低劣手段。假如爱情之火在更为高尚之人的心中点燃，那么爱情的动机同样也是更高尚的：给对方哲学方面的指导，为对方上尊敬宗教的课，教对方遵守法律并为国家利益而献身……这些都是英勇无畏、智慧和正义方面的榜样。有了这些榜样，求爱者要努力使自己因为优雅和美丽的心灵而值得被接受（他身体的美早已消逝），并希望通过这种精神上的结合促成更稳定更持久的组合。当这种搭配产生结果时——在适当的时期（当他们不要求求爱者费功夫去考虑许诺时，他们却严格要求被爱者这样做，因为他必须从观察中对那种内心的、难以辨别和发现的美进行判断）——在被爱者的心中便产生一种以心灵美为媒介而构想出来的精神上的欲望。在他看来，这种美是卓越的，外表的美是次要的也是偶然的——这与求爱者的看法恰恰相反。由于这种原因，学院派的哲学家们对被爱者持更加尊重的态度，并且表明上帝也是这么做的；他们严厉训斥诗人埃斯库罗斯在阿喀琉斯和帕特洛克罗斯的爱情中赋予阿喀琉斯以求爱者的角色——他当时还是尚无胡须的青涩少年，是全希腊最美的人。一旦这种普遍的交流得以确立，就利用爱情更有价值的一面来履行义务、支配爱情。学院派的哲学家们说：爱情会为个人生活和大众生活结出有用之果；爱情是国家的力量，在那些国家爱情既是可以接受的风俗，也是对正义举动与自由的重要维护——哈莫迪和阿里斯托格同的爱情故事可以为证。这就是他们称爱情为神圣的原因所在。他们认为，只有暴君的暴行和人们的卑鄙行为才与爱情势不两立。然而，在该说的都说了、该做的都做了之后，我们可以向学院派的哲学家们做出的唯一让步是，爱情原本就是以友谊为结果的恋爱——这一点完全符合斯多噶学派哲学家的爱情定义：“爱情就是要努力将友谊建立在美的外表上。”我现在回到更加稳定也更加公平的爱情话题上：“随着岁月的流逝，友谊中的人物变得坚强起来，如此的友谊才能被称为友谊。”此外，我们通常所称的朋友和友谊，不过是由于某种机会或某种相配而结识的熟人和熟悉的关系，通过这种关系，我们的心灵相互支持。在我所谈论的友谊中，各种心灵在如此普遍的交流中融为一体，从而抹去了将它们结合在一起的接缝，以至于连接得天衣无缝、无迹可觅。如果有人逼我说为什么我爱他，我觉得爱无法用言语来表达，除非我回答说：“因为那是他，因为这是我。”引发这种结合的媒介超出我所有的推理，也超出了我能够专门谈论的一切——大概是某种难以解释的命运之力量吧。在我们彼此看到对方前，我们都在寻找对方，这是因为我们每个人已经从别人那里听到种种议论（这些议论给我们的情感带来了比应有的更为激烈的冲击）。而且，我相信，还因为上帝的某种天命：我们借由名声知晓彼此，并且初次见面碰巧是在一个拥挤不堪的城市节日场合，我们发现两人如此互相吸引，如此相互了解，如此联系在一起，从此我们再不会跟别人像跟我们之间那么亲密无间了。他写过一部优秀的拉丁文《讽刺文学》，该作品已出版，他通过这部作品为自己做了辩解，并且解释了我们之间迅速发展到完美境界的关系的突然性。持续的时间短，开始得又晚（因为我们两个都长大成人——他比我大几岁），没时间可以浪费在遵循松散而普通的友谊模式中——这种模式需要经过长期的交往后进行深思熟虑。这种友谊除了自身之外别无法则可循；除了自身之外，也别无他物可比较。这样就不存在特别的顾虑——也不存在一而再、再而三的顾虑，更不存在没完没了的顾虑——不过，倒是有一些难以理解的可贵之处：它们全都混淆在一块儿，这些东西捕获我的意志，促使我的意志钻进他的意志，然后在他的意志中失去意志；这些也捕获他的意志，促使他的意志钻进我的意志，而后在我的意志中失去意志，彼此都带着同样的渴望和仿效的心态。我是真心实意地在说“失去意志”；我们都对自己毫无保留，不分彼此。在罗马执政官（对底波里斯·格拉居斯的谴责迫害了已成为他亲信的那些人后）面前，拉里乌斯最终问格拉古的最亲密朋友凯厄斯·布莱修斯：他到底为他都做了多少事？他回答道：“无所不为。”“什么！无所不为？”拉里乌斯继续道，“如果他命令你放火燃掉我们的神殿，你会怎么办？”布莱修斯反驳道：“他从来没叫我做这事呀。”拉里乌斯补充道：“但是，假使他已经命令你了。”他回答道：“那我就遵命。”现在如果他真的像历史所断言的那样，是格拉居斯那么亲密无间的朋友，那么他就没有理由用最后那句鲁莽的话激怒执政官，而且绝不该放弃对格拉居斯希望他所做之事的信任。但是，指责他的回答像在煽风点火的那些人，并不完全明白友谊的奥妙，也无法接受凭他的影响以及他的学识，他可以对格拉居斯的想法了如指掌的前提。与其说他们是公民关系，倒不如说是朋友关系；他们比朋友还要朋友；比起国家的敌人，他们更是朋友；比起野心勃勃、钩心斗角的朋友，他们也更是朋友。彼此完全将自己托付给对方之后，他们各自完全支配彼此的欲望；假定这两个人由品德来指引并由理智来引导（没有理智就不可能将他们维系在一起），布莱修斯就会如实回答了。如果他们的行为出现裂痕，那么依我看，他们既不是彼此的朋友，也不是他们自己的朋友。再者，如果有人这样质问我：“假设你的意志命令你去杀死你女儿的话，你会杀死她吗？”那么我的回答听起来肯定跟他们的并无二致，我说我会。那并不证明我同意这么做了，因为我对我的意志并不存疑，比我对这样一位朋友的怀疑更少。世上的一切争论都无法左右我对朋友的意图和决定的信任。他没有一次当着我的面做出行动的决定——不论看起来是什么行动决定——而我不能即刻发现其动机。我们就是如此地心有灵犀，以如此强烈的感情相互关注，抱相同的感情各自向对方赤诚袒露心扉。这样不仅使我能像了解自己的思想一样去了解他的思想，而且我对把自己托付给他比托付给自己更为信任。别让任何人将普通的友谊与这种友谊相提并论。我了解他们——这一类人中最完美的——也了解其他人，可我得奉劝你们不要混淆他们的规定：你会自欺欺人。在其他友谊中，你必须小心翼翼明智前进，将主动权掌握在手中：这种关系并非如此牢靠，所以没有理由怀疑这一点。“爱一个朋友，”奇洛说过，“就像有一天你必然要憎恨他一样；恨他，好像你必然要爱他一样。”这条训诫在那种至高无上的友谊中是如此令人厌恶，可相比你们会用到的亚里士多德经常重复的“啊！我的朋友，没有一个是朋友！”这句格言，这条训诫在践行司空见惯的友谊中倒是健康有益的。各种付出和帮忙可以培养其他的友谊，可这些在这段崇高的友谊关系中简直不值一提：这是由于我们的意志已经浑然一体。正如我独自感觉到的友谊之爱并没有增加一样——无论斯多噶学派哲学家会怎么说——我也不会为得到了帮助而感到庆幸，正如我不会对我为自己做了好事而欣喜一样。所以这样的朋友关系真的是太完美了，让他们失去了付出的意识，憎恶和剔除他们之间的各种形式的隔阂，诸如帮忙、义务、感恩、请求、感激等东西。他们的意志、财产、妻子、孩子、荣誉和生命，这一切他们都是共有的；根据亚里士多德最恰当的定义，他们之间的联系在于两个分身共有一个灵魂，所以他们既不需借让也不需给予对方任何东西。这就是为什么那些立法者禁止夫妻互赠礼物，以此用某种可以想象的相似去颂扬婚姻是神圣的关系，期望能借此表明所有一切都必须属于他们俩，因此在两人之间没什么可以分开或割裂的。在我所谈论的这种友谊中，如果一方能给予另一方东西，其实是受惠的一方给他的朋友施以了恩惠。重要的是，他们各自都在寻找对方的好处，结果是提供途径和机会的那一方其实更为慷慨大方，因为他给了朋友去帮他实现最大愿望的快乐。当哲学家戴奥真尼斯手头拮据时，他不说叫朋友给他一点钱，而说叫朋友还给他一点钱！为了说明现实生活中这样的事如何发生，我只想引用古代的一个例子。柯林斯人欧达米达斯有两个朋友：卡里色努斯和阿里休斯，前者是西西奥尼亚人，后者也是柯林斯人。当欧达米达斯在穷困潦倒中即将去世时，由于他的两个朋友很富有，所以他就立了如下遗嘱：“我遗赠给阿里休斯：由他照顾我母亲并给她养老送终；我遗赠给卡里色努斯：由他照看我女儿直到她结婚，并尽可能给她提供一套最齐备的嫁妆。假如他们当中有一个碰巧去世，那么我指定幸存者替他履行我的遗嘱。”最初看到遗嘱的那些人嘲笑这份遗嘱；可是，当那两个继承人得知此遗嘱时，他们只是快乐地接受了该遗嘱。其中的卡里色努斯五天之后真的去世了；继承遗嘱的希望因而就落在了阿里休斯身上，他精心照料朋友托付的母亲；然后从五英担①银子的财产中，他拿出两英担半给自己的独生女办婚礼，又拿出另两英担半给欧达米达斯的女儿，并在同一天为她们举办婚礼。这算是最完美的例子，除了一个条件：里面不止一个朋友。我刚才所谈论的完美友谊是不可分割的，每个人都将自己如此彻底地交给自己的朋友，以至于再无剩余的东西去跟另外一个人分享。相反，他感到伤心的是自己分身乏术，不能一分为二、一分为三，甚至一分为四；他没有几个灵魂，也没有几个意志，否则他就能将它们全都送给他所爱的那个人。普通的友谊是可以共同分享的。你可以爱第一个朋友的英俊潇洒；爱第二个朋友的和蔼可亲；爱第三个朋友的宽宏大量；爱第四个朋友的慈父般深情厚意；爱第五个朋友的兄弟般手足之情等。但是，在这段友谊中，爱占据灵魂并用至高无上的统治主导它：这种事情是无法复制的。如果两个朋友同时叫你帮助他们，那么你马上赶去帮哪一个呢？如果他们的请求发生冲突，那么谁又会先得到你优先的帮助呢？如果一个人叫你避而不谈对另一个人有益的事情，那么你如何摆脱这种尴尬的局面呢？唯有最高尚的友谊能够摆脱所有其他的束缚。我已发誓不对任何人透露秘密，我可以无惧对誓言的违背去告诉他而不是别人——他就是我。人自己的身高要是能加倍，这绝对是一大奇迹：可人们没意识到，当他们谈到一个人身高是现在的三倍时，他究竟是多高的人。再高也无法与之相匹配。如果有人提议说我在两个朋友中能像爱一个那样爱另一个，还提议说他们能够彼此相爱，并且就像我爱他们那样爱我，那么他就变成一个多面人，甚至变成一个同盟，这样的同盟是最多“个体”的同盟，也是最团结一致的同盟。哪怕是一个这样的例子在这世上也难以找到。这个故事的其他部分与我刚才所说的如出一辙：当欧达米达斯因自己的需要而利用朋友们时，他就是将恩泽和实惠赠予了他们。他将继承人们的慷慨留给了他们自己，这

① 1英担≈50.802千克。

份慷慨借由他们帮助他而送到他们自己的手里。毋庸置疑，相比起阿里休斯，友爱的力量在他的行为中表现得更为淋漓尽致。概而言之，这些行为超越了任何未曾尝试过它们的人的想象力，他们令我对一位年轻士兵的回答肃然起敬。赛勒斯在问那个士兵愿出多少钱卖掉那匹为他在比赛中获奖的马时说道："为了一个王国，你愿意把马卖掉吗？""不卖，真的，陛下；可如果我能找到一个值得结交的人，那么为了得到一位朋友，我还是愿意将马送出。"好一个"如果我能找到"的假设！因为你能轻而易举地找到泛泛之交。可对于我们这种友谊，这种可以让我们在其中毫无保留地交流最深最隐秘的思想的友谊，毫无疑问我们的一切动机都必须是纯洁到极点的。在那些只依靠目标来维系的关系中，我们只需提防出现特别影响目标实现的那些瑕疵。我的医生或我的律师信什么教与我无关，这种顾虑与他们亏欠我的友好的付出毫不相干。在这种交易中，我以在家里和仆人们交流的相同方式来对待：我几乎不去调查我的男仆的贞操问题：我想知道他是否勤奋工作；我对一个赌徒赶骡夫的关注不会超过对一个白痴的关注，我对一个起过誓的厨子的关注也不如对一个不称职的关注。告诉世人该怎么做（相当多的人那样做）并非我所关切的事，而我在这世上该怎么做就跟我不无关系了：

> 这就是我要做的事：做你该做的事。

为了桌面上亲密的友谊，我挑易相处的人而不挑聪明的人；上床睡觉，我先挑美女，后挑贞女；在社交谈话中，我挑有本领的人——即使是不诚实的人。诸如此类。就像那位骑在木马上与自己的小孩玩耍的哲学家对那个看到此景感到很吃惊的人所说的一样，在他自己有孩子之前不要做出评论，评价那些将会在他心灵中涌现的情绪，将会使他成为此番举止的一个好的评判者。所以我多么希望我对着说话的那些人能明白我在说什么。不过，意识到这份友谊离一般的现实有多远，同时也意识到这份友谊有多稀罕——我不指望可以找到一个对它公正的评价，因为古人留给我们的这个主题的作品，与我的所思所感相比似乎微不足道。在这个例子中，这些结果胜过哲学上的那些至理名言。

> 当我的理智处于正常时，我不会用任何东西与一位令人快乐的朋友相比拟。

在古代，米南德断言，哪怕一个人仅仅遇到过朋友的影子，他也是幸福的。他这么说肯定是对的，尤其是如果他实际上已经品尝过友谊的滋味。事实上，如果我比较一下我的余生——尽管靠上帝的恩惠我甜蜜舒适地生活，平静的心灵免受哀伤的打扰（除了这位朋友的死亡），自满自足于与生俱来的自然恩赐也再别无他求——要是我说把这种生活与我被赠予的跟那样一个男人成为朋友和伙伴的四年时光相比，这种生活不过是过眼烟云，也不过是一个漆黑沉闷的夜晚。从我失去他的那一天起，

> 我曾拥有的将是我永远挥之不去的痛，尽管也将永远是一种荣幸。
> （既然上帝这么明示。）

我只不过疲倦地苟且偷生。我得到的那些快乐并没给我带来慰藉——它们因为他的故去反令我备感伤心。每样东西我们都是各分一半——我感觉我正从他那儿窃取他的那一份：

> 曾与我分享一切的他离我而去时，
> 我想，我在享受快乐也是不对的。

我已经如此习惯于在一切事物中成为二分之一个，以至于我现在感觉我只不过是半个人：

> 既然不合时宜的打击
> 夺走了我灵魂的一部分，

我为何依旧徘徊在乐趣渐少、

残缺不全的生存中？

那一天就是我俩一起倒下的时间。

既不存在我不惦念他的行为，也不存在我不怀念他的思想——就像他肯定怀念过我一样；因为正如他在能力和品德上远远超过我，他为友谊所做的努力也已胜过了我：

为如此亲爱的人忧伤

会有什么羞耻或限度？……

我是多么不幸的人啊！

失去这样一位好兄弟。

一切的欢乐随你消逝，

活着时你的爱呵护它；

你啊，我亲密的兄弟，

你的死毁灭我的快乐；

我的灵魂和你埋葬在一起。因为失去了你，我已追溯

心中曾有过的思想和灵魂所体验过的快乐；

是否我再也不能和你说话，

再也不能听你说你做了些什么？

是否我再也看不到你，

兄弟，比生命更贵重的你？

但是无论如何，我一定永远爱你。

让我们听一会儿这个十六岁的男孩说的话吧！

我已经发现，这部作品的出版已造成恶劣的后果，因为出版它的人试图扰乱和改变国家的政治局面，却不在乎是否能把它变得更好；而且他们已将这部作品列为他们自己的重要核心著作之一，因此我将违背将其放在这里的决定。这样，在那些无法知道他的观点或行为的人中，作者的名

誉就不应该受到损害。我告诉他们，该主题纯粹被他当作年轻时的练习看待，这只不过是一个稀松平常的主题，成百上千本书中都提及过。我并不怀疑他相信自己所写的东西，因为他太讲良心了，即使是在一部轻松的作品中，他也不会说假话。此外我还知道，如果他有选择机会的话，他宁愿生在威尼斯，而不愿生在萨拉特。这种想法是对的。可是，他还有一条铭刻在心中的最高准则：服从并且最审慎地屈从与生俱来的法则。从来就没有一个再比他更好的公民、再比他更忠于国家安宁的公民，或者比他更反对他所处时代的骚乱和异端的公民。他本应以其能力将他们扼杀，而不是提供资源去把他们鼓动起来。他的思想气质是在数百年的模型上浇铸出来的，与我们的截然不同。所以，我将用另一部作品取代那篇严肃的论文，那部作品与《甘愿受奴役》写于同一个时期，不过写得更加华丽，也更加幽默。

（高黎平　译）

论书籍

我对自己经常谈论的问题颇有自信，但仍旧觉得若由专家们来谈论的话会更好、更有道理一些。这篇随笔纯粹基于我自己的内心感受而并非我的学问，所以有人会觉得我在胡说八道，但我不会在意。我无法告诉人们我写作的理据，因为我自己也不大清楚，甚至我对自己的某些观点也无法完全苟同。如若有人要从中得到些知识，那就只能看他自己了，因为做学问我并不在行。随笔里全是我天马行空的怪谈，为的不是让大家了解某事某物，而是了解我。也许某一天我会了解这些事物，抑或在此前我已对它们有了认识，可是当命运在我面前展示它们真实的面貌时，我却无从回忆。若说我是一个博览群书的人，那我也是个过目即忘的人。我构想的事情没有定性，有的也只是说明一下此时此刻我认识到了什么而已。不要指望从我谈论的事情本身得到什么，而是要从我谈论事情的方式入手。考量一下我所援引的词句，然后告诉我是否用了得当的措辞来美化或者传达我的这些突发奇想。因为这些援引的词句是在我觉得自己词不达意的时候灵感一现而记录下来的。因此我的引证不能以数而要以质来衡量，如果我只为了追求数量而引用的话，那我可以多引出两倍的例子。这些例子大多都出自古代名家，不需要我多做介绍，它们就能不言自明。为了推理、比较和议论的需要，我把这些例子嵌入我的文章或者将它们的观点与我的相融合，我有意隐去这些大师的姓名，旨在给那些动不动就轻率地评判任何作品的人们一点教训。他们尤爱批评那些当代的年轻作家，批驳别人的想法和观点，惹来众人的非议。我要让他们把普鲁塔克和塞涅卡的话误以为是我的话而大肆批判，因此让大家笑话；我要把我的弱点隐藏在这些大人物的背后。我很乐意有人能理顺或者直接拔掉我身上的羽毛，我是指有人能通过清晰的判断来分辨文章的力量和美。因为我的记性不好，没法将我引用过的东西分门别类，但我深知自己能力有限，在我的土地上无论如何也是开不出如此绚烂的花朵来的，自己园子里的果子也比不上大师园子里的果实甜美。如果我的文章不达意或者矫揉造作，而我自己没有发现或是在别人指正之后仍无法辨别，那么这是我的责任。许多错误往往能逃过我们自己的眼睛，但如果在别人告知我们之后仍无法察觉的话，那就是我们缺乏明智判断的表现。人非完人，有时拥有知识和真理却缺乏判断，有时独具判断力却没能同时拥有知识和真理。因此我认为，承认自己的无知是证明自己具有判断力的最可靠的方式。我写东西没有什么章法可言，都是想到什么就随意记下来。有时候这些想法堆叠在一起涌现出来，有时候则是缓缓地接踵而至。我喜欢按我自己日常的步调行事，尽管看上去松松垮垮、有些许凌乱。这样最能展现真实的我，所以我继续慢悠悠地走下去。这些情况都是不能忽略的，而且不能妄自断言、夸夸其谈。我希望能够更加透彻地了解事物，但我无法付出昂贵的代价。我的目的是平静地度过自己的余生且毫不费劲。没有任何事物是我愿意为其呕心沥血的——即便是能带来无上荣誉的做学问一事。我在书海中翻寻是为了消遣时光，享受生活的乐趣。如果我做学问，寻找的知识也不过是教会我如何认识自己，如何享受人生和如何坦然面对死亡。

> 我的马儿一边奔跑一边大汗淋漓，
> 这是它要达到的目标。

当我在阅读中遇到困难时，我并不会因为它们感到烦躁，仔细想过两三遍之后若还是不理解的话，我就把它们跳过不管了。如果我在这些问题上纠结，那么就是在浪费我的时间和生命。我是个随性的人，如果在我第一眼看到时不理解，再看的时候也依然是一样。如果没有愉悦的心情，我什么事儿都做不成。孜孜以求、刨根问底反而会使我头晕目眩、无从判断，我的视线也变得模糊不清。因此我必须暂时停下来，等到时机适宜时再重新思考。就好比我们学习如何判断红布的色泽时，必须先把视线集中在布上，然后从不同角度扫视，眨一眨眼，再反复观察，方能做出评价。如果某本书太枯燥，我就会丢下它看另外一本，除非是在我非常无聊无事可做的时候才会再来读它。我对当代的作品不怎么感兴趣，因为我觉得古代哲人的作品更丰实、更缜密；我也不是很喜欢希腊人的作品，因为我蹩脚的希腊文水平还不足以理解它们的精髓。在那些纯属用于消遣的当代作品中，我比较欣赏薄伽丘的《十日谈》、拉伯雷的作品，还有让·塞贡的《吻》（如果可以把它们归为一类的话）。至于《阿玛迪斯》这类的作品，就算是孩童时代的我也不会感兴趣。如果斗胆直言，亚里士多德和奥维德的作品也无法取悦我这颗垂垂老矣的心。奥维德新奇的构思和离奇有趣的风格曾让我如醉如痴，可如今鲜能提起我的兴趣。我对一切事物都自由地发表意见，其中包括超越我理解的范围和我未曾涉猎的领域。我所表达的内容并不是指向事物本身，而是在于显示我的见解。但当我觉得不喜欢柏拉图的《阿克西奥切斯》时，认为这么平凡的作品竟出自这么一位大师之手，我也不会认为自己的见解就是正确的。我不至于自负到胆敢挑战古代贤人们的评论，人们对柏拉图的作品推崇有加，我自然是赞同大家的观点为好。有人责骂自己、否定自己，觉得自己看事物流于表面，没有透过现象看到核心，或是从错误的角度去观察事物。但只要是能省去麻烦就心满意足，因而对于自己的缺点立马承认不讳，对于呈现在面前的现象努力去给予恰当的解释，但在大多情况下这些解释是浅陋和残缺的。伊索的大部分寓言都有着多种不同的意义和解读，那些把伊索寓言当作神话来解读的人，总是选取能够与之相匹配的方面来自圆其说。但在大多情况下，这种做法是粗糙且肤浅的。因为整部作品有着其他更生动、更内在、更本质的部分等着人们深入去挖掘。我研究的对象就是这些部分。根据我的想法，我认为在诗歌方面，维吉尔、库克莱修、卡图鲁斯和贺拉斯的作品都是上乘之作，尤其是维吉尔的《乔其克》，是一部无懈可击的诗作。相较之下，可以清楚地看出，如果维吉尔还活着的话，《埃涅阿斯纪》里的一些章节其实可以多多梳理和完善。我认为《埃涅阿斯纪》的第五章写得尤其出色。我也喜欢卢卡努的作品，常常爱不释手，我喜欢的不是他的文风，而是他本身的价值和不偏不倚的观点和评论。至于泰伦提乌斯，他尽现拉丁语的美妙与优雅，也展现了自己的自信和才思敏捷。他的作品生动地表现了心灵的悸动和我们的生活方式，所以我们的日常行为总会让我联想到他。他的作品我百读不厌，每次阅读都会有新的发现，作品中的典雅和美总是源源不断。那些和维吉尔差不多生活在同一时代的人常抱怨说怎能把库克莱修和维吉尔相提并论，我也觉得这个比较有失妥当。然而，当我在库克莱修的诗篇中流连忘返时，之前的想法被完全颠覆了。如果人们对这个比较颇有微词，那么当他们得知如今有人将维吉尔和亚里士多德做不伦不类的比较时，会有什么反应？亚里士多德不知会怎么想？

> 哦！这个没有智慧和没有想象力的年代！

比起将库克莱修和维吉尔相提并论，把普劳图斯和泰伦提乌斯（他比较贵气）相较会让我们的古人们更加愤愤不平。泰伦提乌斯名声大噪的原因在于罗马的雄辩术之父西塞罗经常提及他，以及罗马诗人的第一法官贺拉斯对他的评价。我很好奇，我们这个时代那些写喜剧的人（意大利人乐此不疲）是怎样把泰伦提乌斯和普劳图斯剧本的三段或四段据为己有、自编自话的。就算是一场独幕喜剧，也能看得出堆砌了四五则薄伽丘故事的痕迹。他们把这么多故事拼凑在一起，说明他们对自己的才华没有信心，他们的能力无法挑起创作的担子。他们不得不绞尽脑汁寻找故事发展能依赖的主体，并不断填充情节来取悦我们，通过抄袭前人的事例来获得效果。在这点上，我所提到的大作家泰伦提乌斯就与他们截然不同，他优雅的风格、完美的语言使我们都忘却了故事的主题是什么。我们自始至终都被他清丽典雅的词句吸引，他又把作品自始至终地演绎得娓娓动听。

就如同一条清澈见底、清流湍湍的大河。

我们的心被优雅的语言填满，竟忘却了故事本身。说到这里，我又想到了更多的事情。我发现古代优秀诗人的作品毫不做作，没有西班牙人和彼特拉克信徒的那种荒诞与夸张，也没有随后几个世纪的作品中那种华丽的粉饰。但凡好的评论家都会认为他们的作品可圈可点，认为卡图鲁斯的短诗流畅清新、甜美丰腴，其效果远远超过了马提亚尔诗作结尾那些辛辣讽刺的语句。就连马提亚尔本人也说自己的作品“故事的情节取代了才华”。前者不必大费周章就能写出人们喜闻乐见的作品，惹人发笑的素材信手拈来，完全不必自己给自己挠痒痒。后者则需要加油添醋，因为缺少才华，所以需要更多的情节来支撑。他们骑在马背上，是因为他们的双腿不够有力，无法步行前进。好比跳舞，那些舞技差的教师展现不出高贵的气质，所以只能冒险用一些危险而且怪异的动作来吸引眼球。女士们也是这样，而有些人胡乱地晃动身体，有些人则保持自然的本色，用轻缓稳重的步伐移动，更显得体态优雅端庄、清水出芙蓉。我见过出色的演员，穿着他们日常工作的服饰，带着他们平常的妆容，全凭艺术才能让我们心服口服。而那些资历尚浅的新晋演员，就不得不浓妆艳抹、盛装打扮，用奇怪的妆容和剧烈的动作来引观众发笑。将《埃涅阿斯纪》和《愤怒的罗兰》进行比较更能证明我以上的言论。前者像大鸟展开丰满的羽翼，在高空翱翔，从容地从一站飞到下一站，直到到达它的目标。后者模糊地从一个故事跳到另一个故事，就像鸟儿跌跌撞撞地从一个树枝跳到另一个树枝，它怀疑自己的能力，它的力量和气息只能胜任短途飞行，不得不飞飞停停。

它偶尔鼓起勇气探寻外面的世界，
但往往止步于眼前。

关于这个主题，上文里提到的作家都是我喜爱的作家。至于我要谈的另一个话题则有趣还有益。阅读使我的逻辑更加清晰，也让我更加了解我的能力。使我受益良多的是普鲁塔克（自从他被译介到法国后）和塞涅卡的作品。他们的作品很对我的胃口，作品形散神不散，因此不用特地挪出整块时间去阅读，这实在是让我欢欣，因为花长时间阅读不是我的强项。普鲁塔克的《短文集》和塞涅卡的《道德书简》是他们作品中最精彩、最有益的章节。我不必大费心神去阅读它们，随手翻开亦可随手放下，因为篇章之间相互独立，在结构上没有太大的内在联系。这两位作家在很多观点上出奇地一致，他们同处一个时代，都担任过罗马皇帝的导师，都来自国外，身家富裕且深得当局者的信赖。他们的学说是哲学高深的精华所在，但他们的行文方式却平实、简洁、正中要害。塞涅卡复杂多变，他花大力气去武装自己，提高道德水平去克服脆弱、恐惧和不良欲望。而普鲁塔克始终如一，似乎不去在意这些问题，也不愿调整自己的步调与之相适应，并加以防范。普鲁塔克的观点是柏拉图式的，温和并关注社会群体。塞涅卡则延续斯多噶和伊壁鸠鲁的观点，远离尘嚣。依我看，我觉得后者的观点更适切，更独具一格。很明显地，塞涅卡貌似更屈从于他那个时代的君主暴政，我敢肯定，他是迫于压力才谴责刺杀恺撒的勇士的。普鲁塔克则随遇而安，无拘无束。塞涅卡笔锋犀利，普鲁塔克言之有物；前者让你读了之后心潮澎湃、热血沸腾，后者则让你心平气和、大受裨益；前者为你开路，后者为你导航。至于西塞罗，他那些给我莫大帮助的作品都是哲学或是伦理方面的。但恕我直言（既然已经越矩，那就干脆畅所欲言吧！）他的写作方法千篇一律，十分枯燥。因为绪言、定义、分类、词源占据了大量的篇幅，他敏捷的才思、精辟的见解都被这些陈词滥调淹没了。如果我花了一个小时去阅读，这对我来说已是太长了，再让我回忆我从书中读到了什么，我只能说几乎没有。因为他还没谈及让我觉得受益的问题，也没有解答我的困惑。这些逻辑学和亚里士多德式的理论对我来说没有太大的用处，我只希望自己变得明智充实，而不是狡黠雄辩。我希望作者一开始就先告知我结局，因为我已经听腻了死亡和欲望，不需要作者重复不停地剖析。初读一本书时，我立刻寻找书中是否有可靠的理据来助我应对不测。处理问题靠的不是微妙的语法、缜密的逻辑，也不是华美的措辞与巧妙的修辞。我喜欢文章开门见山、一针见血。但西塞罗的作品多是辞藻华丽、兴味索然。这类的文章适合用于学校教学、法庭诉讼、演讲或者布道。那样的话我们可以在期间打个瞌睡，睡上个一刻钟，醒来还可以接着往下听。这样的说话方式只能用于死乞白赖地说服法官或者不厌其烦地给孩子与凡夫俗子讲明道理。我不需要有人使出浑身解数要引起我的注意，就好像传令官那样扯着嗓子大喊："听着，罗马人在他们的祭祀仪式上会喊'请注意'，而我们应该喊'鼓起勇气来'。"这对我来说就是一堆废话。我既远道而来必是有所准备，你不必加重口味来挑逗我的味蕾，我的胃足以消化生肉。这些虚饰的繁文缛节和冗长铺垫反而使我觉得反胃。我对前人作品放肆地批驳不知是否能得到时代的宽恕，我觉得柏拉图的《对话录》因为堆砌了太多东西而显得臃肿拖沓，像他这样的大家理应有更多的重要的事要叙说，而他竟把时间精力浪费在如此冗长、空洞的文章上。也许是我无知，我实在无法欣赏他言语的美。我想要的是以学问为主导的书，而不要把学问作为装饰品的书。我最喜爱的两本书还包括大普林尼以及和他类似的书。这类书中没有那种"请注意"，而是写给有所准备的人看的；即便是有"请注意"的成分，那也是实在的、言之有物的"请注意"，任意截取一部分也能独立成篇。我也爱读西塞罗的《给阿提库斯的信》，不仅因为作品中包含了他那个时代最丰盈的史实和事件，更在于作品里洋溢着他特有的幽默秉性。正如我在其他地方提到过的，我满心好奇地想去发掘我喜爱的作家们的思想、心灵、真性情和天生敏锐的判断力。通过他们传世的经典、他们在世界舞台上的出色表现，我们只能得知他们的才华，却无从窥探他们的生活习惯和最真实的自我。我不下千百次地感叹，布鲁图论美德的那本书早已失传，因为从行动家那里学习理论犹如亲身经历，不过布道和布道者可是两码事。我喜欢从普鲁塔克或是从布鲁图自己的书里了解布鲁图。比起他开战前夜与士兵们的对话，我更想知道他在帐中与二三密友说了些什么；比起他在参议院和公开场合的一言一行，我更想知道他私底下都做什么。至于西塞罗，我赞同众人对他的评价。他博学多闻，但过于雄辩。他是个好公民，诚实温和，是一个普通的率性的胖子。但说真的，他野心勃勃，爱慕虚荣，我不知该如何原谅他胆敢公开夸耀他诗作的行为。诗写得不好不能怪他，但他竟如此盲目，毫不发觉自己的诗作是他鼎鼎大名的败笔。我敢断言他的雄辩才能之高，前无古人、后无来者，但他的儿子，除了继承了他的姓氏之外别无其他。小西塞罗在亚洲任职时，碰巧有天设宴，席间有许多陌生人坐在下座，当时大户人家设宴时，常有外人坐在那个位子蹭饭，其中有赛斯提厄斯。小西塞罗询问他的仆人那是谁，仆人告诉了他。但小西塞罗不懂在神游什么，竟然忘记了他已经问过了这个问题，随后又多问了两三次。仆人感到不耐烦，就想提起点事好让主人记住赛斯提厄斯。仆人说："这是您刚才问到过的赛斯提厄斯，他说他的口才是令尊不可比拟的。"小西塞罗闻言大怒，叫人将可怜的赛斯提厄斯从席间拉出，当场毒打了一顿。好一个没有礼数的野蛮主人啊！即使在那些认为西塞罗的辩才举世无双的人中间，也有人不遗余力地指出他的错误。正如伟大的布鲁图曾说他的辩论不够连贯，就好像关节上有问题。和他同一时代的一些演说家也指出，他在每段论述后面匪夷所思地加入一些长句，而且经常使用诸如"貌似"这类的词语。我喜欢诗作的节奏短促有力，音调抑扬顿挫。西塞罗有时也会将音节随意组合，但是很少。我特别注意到这个地方："我宁愿在该老的时候老去，也不愿未老先衰。"历史学家的作品读起来更加得心应手，因为它们更加通俗易懂、令人赏心悦目。比起其他类型的作品，我想要了解的人物在他们的笔下更生动、更完整：他们内心世界的真实感受和变化、他们创作时的不同想法、面对威胁和问题时的表现。那些描写事件的结果重于描写事件本身、描写内在重于外在的历史传记更合我的胃口。这也就是为什么普鲁塔克是我最喜爱的历史学家的原因。我总感叹我们要是能有一打的第欧根尼·拉尔修这样的大师，抑或他这类的人没有被更多人了解或接受就好了。因为我对这些大师的命运和生活的好奇程度并不亚于对他们五彩缤纷的信念和学说的渴求。研究这类史学时，我们应该不遗余力地翻遍所有作家的作品，无论是古代的、现代的还是国内的、国外的，只有这样才能从中了解到不同作家对史实的态度。我觉得在众多大家中，恺撒最值得我们去深入研究，不论是从历史的角度还是从个人的角度，他都是一个完美无瑕的优秀典范，他胜过了所有的人，包括萨卢斯特。在读恺撒时，我总比读其他作品时更带有几分仰慕与敬畏。有时对他的行动和伟大的事迹钦佩有加，有时对他璀璨无比的优雅文笔肃然起敬。正如西塞罗所说，他超越了一切历史学家，包括西塞罗本人在内。他就连对敌人的评价都情真意切，若非要指出他有什么缺点，那便是他对自己罪恶事业和骄奢腐化、污秽野心的粉饰以及对自己事迹的缄口不言。因为，如果他所做的只是我们从他流传下来的书上所知的那些事，那么，他神圣而伟大的事业从何而来？我欣赏的历史学家，要么简单质朴，要么锋芒毕露。简单质朴的历史学家小心翼翼、勤勤恳恳地收集材料，不做删减或扭曲，也不妄加自己的评论，将纯粹的史实留给我们做全面真实的判断。

这类历史学家有平实善良的让·富华萨。他撰写历史时自由真实，若有人指出哪里有谬误，他都大胆地承认并改正。他对各种各样的新闻、事件和报道进行翔实记载，这些材料是天然的、不成形的、未经雕琢的，每个人根据自己的能力和理解从中各取所需。锋芒毕露的杰出历史学家有挑选值得被世人所知的史料的能力，能够从两个不同的版本中辨别真伪，能够根据君王的地位和品性推断出他们的决策，还原适合他们身份的言辞。他们相信自己有让我们信服的权威，但实际上具备这种权威的历史学家为数不多。除了以上这两类历史学家，还有一类人（而且这类人占大多数），他们把一切都弄得一塌糊涂：他们为我们包办一切，自己擅自制定评论的法则，根据他们的想象修改和揉捏材料。因为，当评论一边倒时，人们无从选择，只能让自己的评论随波逐流。他们挑选着他们自己认为有价值的东西，时不时地删去对我们有引导作用的语句和秘密，把他们不懂的事当作荒诞的事处理，把他们无法用流利的拉丁语或者还过得去的法语描述的事情省去。他们可以大胆地展示他们的雄辩和才华，也可以畅所欲言表达自己的观点。但他们不能将事实随意地修改、删减，而是应该将它们最纯粹、最完整的样子留给我们，让我们加以评论。我们这个时代，编写史书的重任往往落在那些能言善辩，但实际上卑劣、无知和呆板的家伙身上，好像我们学历史是为了跟他们学语法一样。当然，他们有他们的理由，既然是受雇于当局，为了完成使命，自然要发挥他们能说会道的特长。他们把在街头巷尾道听途说而来的材料缀上精心挑选的华丽辞藻，而后连词成句，拼拼凑凑成华美的长篇大论。一部好的史书，应该由那些亲自指挥、亲身参与重大事件、联合指挥或者至少要有幸参加其他类似事件的人来撰写。希腊人和罗马人就是这样的。因为如果由众多目击者共同编写一个主题（当然，要在那个人才辈出的时代），就算记载有失偏颇也不至于很严重，抑或要记载的事件本身就是一宗无头疑案。若由医生来指挥作战、由小学生来探讨君主们的心中的盘算，我们能期待有什么收获？如果想知道罗马人在记述历史时多么小心谨慎，以下的例子便是最好的说明。阿西尼厄斯·波利奥发现恺撒的作品中出现了一些疏失，原因在于军中大小烦琐的事务他都无法亲力亲为、他十分依赖的亲信经常上报一些不实信息，或者他无法从他的将领那里毫无遗漏地获知他离开军中期间发生的事情。由此可见，要获得真相并非易事。因为要获知战事，不能单从指挥官那里打听，也不能单从前线的战士那里询问。除非严格依照法规程序，将目击者面对面地集中在一起，比较他们的供词，要求他们提供证据。事实上，我们对我们自己事务的了解匮乏且无力，关于这点，让·博丹讲得很中肯，和我的想法出奇地一致。我这个人比较健忘，所以为了弥补这个缺点我会习惯在读过的书的末尾（我指的是读第一遍时）写下阅读的时间和我的评论，以便我在下次翻阅时能回忆起这部书大概在讲什么。很多时候，当我拿出一本书时，我会以为那是一本新书或是我未曾读过的书，但只要我翻开之后，就会发现自己在几年前已经仔细阅读过这本书而且密密麻麻地写满了注释。在此，我愿转录一些我的注释，尤其是我十年前读圭查尔蒂尼作品时的笔记（无论我看的书是由什么语言写成的，我的注释都是用我自己的语言来记）。他是一个勤勤恳恳的历史学家，依我看，他呈现给我们的史料之真，是其他历史学家不可比拟的，因为在很多时候，他都是那些重大历史事件的直接参与者。没有迹象表明他因为仇恨、敌意、偏爱和虚荣而掩饰或篡改事实。他对时代人物，即那些提拔他、对他委以重任的人，如克雷芒七世教皇的评价，不受束缚、不偏不倚，经得起反复推敲。至于他最愿意发扬光大的部分，是他的借题发挥和个人言论，其中不乏上乘之作，文笔优美、洋洋洒洒。但他似乎又过分沉溺于此，因为材料丰富庞大、取之不尽，他又不想省去其中的任何一部分，因此使他的某些作品流于平庸，成为学究式的枯燥冗谈。此外，我还发现，他众多的作品里对各式各样的人物、事件、动机、结局做出评论，却只字不提美德、信仰和良心，仿佛这世界上不存在这些东西。在他记述的一切行动中，无论是多么高尚，他都将其动机归因于一己私利和恶意。无法想象他评论的无尽的行动中，竟没有一例评价是出于理性的。这天底下又不是所有的人都是恶人，总会有人出淤泥而不染。这让我不得不怀疑是不是他自己心术不正，或者他以自己之心度他人之腹。我在菲利普·德·科明书里的注释这样写道：语言甜美柔和、清新流畅、真诚质朴，行文纯净、天然。由此可见作者的赤诚之心，谈到自己时不虚荣不浮夸，谈到别人时不偏爱不忌妒。他的演讲和劝说善意而纯净、庄严肃穆、精彩绝伦，显示出他出身高贵、阅历丰富。至于杜·贝莱兄弟的《回忆录》，我写下了以下的评论：阅读由亲身参与、熟悉事件来龙去脉的作者编写的史书是一大乐事，但是不能否认的是，这两位勋爵的作品中鲜有他们前辈作品中的坦诚与自由，这些前辈包括让·德·儒安维尔（圣路易王的侍从）、艾因哈德（查理曼大帝的枢密大臣），以及离我们较近的让·德·科明。这部作品读来不像是部历史书，而像是弗朗索瓦一世对查理五世的声讨。我不愿相信他们对至关重要的事实进行篡改，但他们多次违背理智更改或回避评论、隐瞒君主的一些不雅事件却是显而易见的。比如忘却德·蒙莫朗西和德·布里翁失宠的事实、只字不提埃斯唐普夫人的事件。人总是会想掩盖或粉饰一些私密的事件，但对世人皆知且已对公众造成重大影响的事件避而不谈，则是无法原谅的疏忽和错误。总之，要获取弗朗索瓦一世本人和他那个时代的完整信息，若信得过我的话，不妨去他处看看。这部书的可取之处在于它对那些大人物参与战事的记载十分详尽、观点特殊；同时也记录了那个时代的君王们私下的会议、谈话和逸事；还有朗杰勋爵亲自指挥和促成谈判的全过程。书中收录了大量值得一读的事件，文笔也超凡脱俗。

（徐广贤　译）

圣伯夫随笔

Sainte Beuve Essays

〔法〕查尔斯·奥古斯汀·圣伯夫

主编序言

查尔斯·奥古斯丁·塞因特-贝夫是19世纪法国最重要的批评家。在许多人看来，他是世界上最伟大的文学批评家。塞因特-贝夫1804年12月23日出生在海滨城市布洛涅。他曾学医，可很快弃医从文。在弃医从文之前，他尝试创作诗歌和小说，可成绩平平。1865年，塞因特-贝夫成为法兰西大学和师范学院的教授，并被任命为参议员。1837年他在洛桑担任文学课，这成就了他的伟大作品《波特罗亚尔历史》，而在利兹担任的另一门文学课则成就了他的《夏多布里昂及其文学团体》。但是，塞因特-贝夫最著名的作品是定期发表在《国家宪法》《绅士》和《时代》等刊物上的批评论文，后来这些论文收集成册，分别题为“文学批评与人物描写”“现代人物描写”“星期一散文”和“星期一小说”。在其作品流行的巅峰时期，这些“星期一散文”成为欧洲的重大事件。塞因特-贝夫于1869年去世。

塞因特-贝夫的作品远远超过其文学批评，因为那类写作在他所处的时代之前通常已构思而成。为了代替纯粹分类的书籍以及传递对其或好或坏的评价，他试图从研究生活、环境和作家的写作目的等角度，通过比较其他时代和其他国家的文学来阐释文学作品。因而，他的作品既是美学的，又是历史的、心理的和伦理的，要求有广阔的知识和无比宽广的文学视野。除此才能之外，他还具有良好的鉴赏力和值得赞美的写作风格。他以其普遍性、渗透性和平衡性，将评论家的专业提高到一个新水平。

查尔斯·艾略特

蒙　　田

当法兰西这艘好船正开始一段有点儿随意的航程，驶入未知的大海，准备在被领航员（如果有一名领航员）称为有暴风雨的海角的地方加速时，当桅杆顶上的瞭望员心想，他看到巨大的阿达马斯托幽灵从地平线上升起，许多体面而平和的人照样在继续工作和学习，把他们特别喜爱的事干到底或尽其所能时，此时此刻，我认识一个有学问的人，他正在做校对工作，干此活比他早期曾做过的不同版本的拉伯雷都要认真——请你留意，在这些版本中只保留一部手抄本，该手抄本中的第二部分尚未找到：某些文学的和大概哲学的成果得自他认真校对的文本，这些文本与法国的卢西恩-阿里斯多芬尼斯有关。我认识另一个学者，他忠诚并崇拜一位与众不同的人——波斯维特：他正在准备为这位伟大的主教撰写一部完整、精确且详细的生活及创作的历史书。由于品位不同，“人类的幻想分为一千种情况”（蒙田如是说），蒙田也有其热爱者，这位学者本人曾是其中微不足道的一个——一支教派以他为中心形成。他此生结识了古内小姐并与之相爱，生有一女，女儿与他在一个联盟，且郑重其事地忠实于他。他的弟子查顿与他紧密相随，亦步亦趋，只想努力将师傅的想法安排得更为秩序井然、有章有法。在我们的业余时间，聪明的人从事宗教用的是另一种方式：他们专心致志地搜寻这位散文作家的点点滴滴，搜集作家留下的细小遗物。佩恩博士可能被任命为该搜寻小组的组长。几年来，佩恩一直在撰写有关蒙田的书，该书的题目会是——

“米歇尔·德·蒙田，搜集这位作家关于自己的家人、朋友、赞美者和贬低者未曾编辑或鲜为人知的实情、散文、书籍和其他作品。”

在我们等待该书的结尾、蒙田一生的职业生涯及其所享的乐趣时，佩恩博士简单地告诉我们关于蒙田他所创作的不同小册子以及所做的各种发现。如果我们把近五六年间所总结出的发现与纷纷扰扰的争吵、争论、苛责、自吹和诉讼（因为已经有过所有那些情况）分开来看的话，它们在于这——

1846年在（当时的）皇家图书馆收藏的《杜皮伊选集》中，梅斯先生发现了一封1590年9月2日蒙田致国王亨利四世的信。

1847年，佩恩先生打印了一封蒙田1588年2月16日写的信或信的片段，这封信因破损而不完整，出自卡斯特拉讷伯爵夫人博尼的选集。

但是，最重要的是，1848年，霍拉斯·德·威尔-卡斯特尔先生在伦敦大英博物馆发现了蒙田的一封不平常的信——1585年5月2日，当时波尔多市长致国王在市区的副官马丁农。极为有趣的是，信显示蒙田第一次竭尽所能小心翼翼地完全卸任。这位假装的懒人与其准备做懒人，毋宁在需要时变得更加活跃。

德彻威利先生是一位波尔多市长档案的保管人，他发现并公开了（1850年）蒙田的一封信，这是一封当时波尔多市长于1585年7月30日致市政官或市参议员的信。

阿切尔·朱比纳尔先生在国家图书馆的手稿中发现并公开（1850年）了一封蒙田的信，这是一封1590年1月18日蒙田致国王亨利四世的不同寻常的长信，幸运的是，这封信与梅斯已经发现的那封信相符。

最后，为了做到不挂一漏万以示公平，一篇题为“参观蒙田在彼里高德的邸宅”的报道于1850年面世。在这次参观中，伯特兰德圣-杰曼描绘了那个地方，指出不同的古希腊和古拉丁碑文，这些文字在蒙田的小楼第三层（地下一层算第一层）房间里还能读到，因为哲学家蒙田把这个当作他的书房。

佩恩先生将各种各样的通告和发现收集在一起，并在他最后小册子中对其做了评论。所有这些东西并非同样重要，却让自己受到人们略带夸张的赞美，可我们不能责备他。溢美之词用于赞美如此崇高、极为单纯、毫无兴趣的主题时，确实只是神火的火花——它所产生的研究成果有时会让人立刻撇开本不太高涨的热情，有时还会导致有价值的结果。然而，在下列佩恩的例子中，对那些理智理解和高度赞赏蒙田的人来说，甚至以他们的热情牢记智者和大师的忠告总是件好事吧。说到他的时代评论家，他说："比起在解释事情本身方面，在解释那些解释方面有更多事要做；比起关于任何其他主题的书，有更多关于书的书要读。我们什么事都没做，可每件事都随着评论家蜂拥而至。在作家中存在一件极为罕见的东西。"作家在所有的时代都是无价之宝，极为罕见——换句话说，作家真正增加人类知识的总数。我应该喜欢所有写关于蒙田的人，他们给我们描写出其研究和发现的详细情况，想象出每一件事——蒙田本人读过它们并且评论过。"对我以及我想把他向公众评价的方式他会做何评价呢？"如果抛出这样的问题，该问题就会大大抑制无用的措辞，缩短空谈的时间！佩恩的最后一部小册子献给了一个像蒙田那样同样值得高度赞扬的人——波尔多的古斯塔夫·布鲁内特先生。说起佩恩先生，他在一部书中指出蒙田正文多处有趣的修改，并说："他可能马上决定发表他的研究成果——他对未来的蒙田学肯定毫无保留。"蒙田学！天啊！对这样一个为纪念蒙田而杜撰的词，蒙田会说什么呢？你让他如此有功地将你自己内心占据，而我想，你之所以不会要求以他的名义让他合适你自己，是因为你爱上他，是因为我们大家通过一个或大或小的标题而爱上他——从来不会，我恳求你，用如此的词汇。它们有着兄弟关系和派别的味道、卖弄学问的味道以及学派喋喋不休的味道——与蒙田全然不一致的东西。

蒙田思想朴素自然，为人和蔼可亲，天性十分快乐。这些都得益于他有一个出色的父亲。其父虽没接受太多的教育，却以真正的热情投身文艺复兴运动，接触他那个时代所有思想开放的新生事物。通过极大的修正和合理的反省，这个儿子纠正了从父亲身上继承下来的那种过分的热情、活泼和温柔，不过儿子并未放弃原来的基础。正是差不多在三十多年前，16世纪每每一被提起，就会被说成是一个野蛮的时代，因为该世纪有过失误与无知。而蒙田只是一个例外。16世纪是一个伟大的世纪、多产的世纪、强大的世纪、博学的世纪，在某种程度上也是文雅的世纪，尽管在某些方面该世纪显得粗野，充满暴力，似乎粗俗。假如鉴赏力意味着明确完美的选择能力和美观要素的解脱能力的话，那么16世纪特别缺乏的就是鉴赏力。但是，在之后的几个世纪中，鉴赏力迅速变得十分乏味。然而，假如在文学领域，在真正所谓的艺术领域，在那些手工和雕刻领域，鉴赏力在16世纪尚未成熟，甚至在法国具有鉴赏的特征，比之后的在两个世纪出现的鉴赏力都要大得多：它既不贫乏也不巨大，既不沉重也不扭曲。在艺术领域，法国的鉴赏力丰富且颇具品位——同时不受限制，纷繁复杂，既古典又现代，其本身既特别又新颖。在道德领域，鉴赏力泥沙俱下，鱼龙混杂。16世纪是一个对比的时代，同时又是一个对比都很生硬的时代；16世纪是一个哲学和盲从的时代，同时又是一个持怀疑主义和有强烈信仰的时代。每样东西都会引发争吵，导致冲突，没有什么东西可以掺混统一；每样东西都在发酵。16世纪是一个大混乱的时代；每一缕光线都会引起暴风雨。16世纪不是一个温和的时代，也不是我们称为光明的时代，而是一个竞争和奋斗的时代。区别蒙田并形成蒙田现象的东西是，在这样的一个时代，他身上应该已经具有温和、谨慎和次序的特性。

蒙田出生于1533年2月的最后一天，小时候以游戏的方式受古代语言的教育，甚至在摇篮中被乐器声唤醒。他似乎更不适合生活在粗野、剧烈的时代，而适合生活在商业区和音乐圣殿。他稀有的良好感官校正了其早期教育中的那些太理想、太诗意的东西。不过，他却保留下以新奇和才智表达一切的快乐天赋。年过三十，他才娶了一位与他相伴了二十八年、值得尊重的女子，似乎已把激情只投入友谊。他永远钟爱艾蒂安·伯伊蒂，四年的甜蜜生活和密切亲近后，他失去了她。蒙田在波尔多议会当了一段时间的顾问，四十岁之前，退出公众生活圈，放弃野心，好在蒙田小楼度日，享受自己的社会生活和自己的聪明才智，完全放弃了自己的观察与思考——从我们所知道的一切活动与幻想之类的忙忙碌碌、无所事事中彻底解脱出来。《随笔集》第一版于1580年面世，只包括两本书，其形式只阐述我们在后几版所具有的最初大体描述草稿。同年，蒙田动身到瑞士和意大利旅行。正是在那次旅行期间，波尔多的市参议员选他为市长。起先他表示拒绝，为自己找托词，不过他告诫，要是国王发令他来任职，他完全可以接受市长一职。他说："既不放弃也不得到别的，比履职的荣誉更加美妙。"蒙田任职四年，即1582年7月到1586年7月，头两年之后改选过一次。因而，五十岁的蒙田有点违背自己的意愿，在国家处于内乱的前夕再次进入公众生活圈。这场内乱虽平静歇息了一段时间，可在联盟的叫嚣下更猛烈地爆发。尽管通常教训起不到什么作用，既然智慧和幸福的技巧无法传授，那就让我们自己别否认倾听蒙田的快乐，让我们看一看他的智慧与幸福，让他说一说公共事务、革命与动乱、他自己履行公共事务的行为方式吧。我们不想提出一种模式，不过想提供给我们的读者一种宜人的文娱活动。

虽然蒙田生活在一个如此骚动、如此激烈的时代，一个人们已度过恐怖（被道诺先生称为整个历史上最悲惨的世纪）的时期，但是他绝对不会认为他此时的年龄是最差的年龄。他并不属于抱有偏见和深受折磨的那类人，那些人都会以他们的视觉眼界衡量一切，根据他们的现有感觉评价一切，他们总是声明，他们所患的病比之前人们所经历的任何疾病都要重。他就像苏格拉底，不认为自己是城市公民，而认为自己是世界公民。他以其广泛完整的想象力拥抱所有国家和所有时代的普遍性。他甚至更加公平地判断使其成为见证人和受害者的真正邪恶。他曾问道："看到我们这些因内战而引发的血腥浩劫，不大声抱怨世界这台机器接近分解，不大声抱怨评价之日近在眼前，不考虑已经明白许多的更糟糕的大变革，同时也不考虑地球上其他一千个地区的人民正在为所有这些而欢乐，谁会是这样的人呢？就我看来，考虑到总是参加这样的动乱而得到许可并不受惩罚时，我钦佩他们如此温和，没有闹出更多的恶作剧。对于他来说，就感觉像是有暴雹在他耳边疾速拍打着，整个半球好像都将处于暴风雨之中。"由于蒙田的思想越来越高，将自己的痛苦减少到使其处于自然的程度，不但把自己而且把整个王国都看作无限纯粹的缺点，因此在预示帕斯卡的话语中，以及在其概述和突出点帕斯卡未曾轻视借用的话语中，蒙田补充说："但是，无论谁都像在一幅图画中一样，想要对着自己的幻想描绘出我们的大自然那伟大的母亲形象，以大自然完美的壮丽和十足的光彩加以描绘；无论谁在大自然的面容上，都想要解读出如此一般如此恒定的变化；无论谁在那种想象中想要观察自己，都不会看到自己而是看到整个王国，在整体的比较中自己并不大于一支铅笔的最小一画或一戳，这个人只能根据事物的真正估计和富丽程度评价事物。"

因而，蒙田给我们上了一课，没用的一课，可是我之所以同样要说明这一点，是因为在我们已经写下的许多无益的东西中，这一点或许比大多数东西都更有价值。我无意低估法国现在正卷入的种种事件的严重性，因为我相信，迫切需要将法国所拥有的一切精力、谨慎和勇气团结起来，以便国家可能带着荣誉出来。[①]然而，反省一下吧，我们记得，撇开作为内部事件曾平静了一段时间的帝国不谈，在繁荣昌盛的1812年之前，我们大声抱怨着，却在1815年与1830年之间和平生活了15年之久。我们还记得，仅仅在7月份的前三天就开启了所有事情的另一种秩序，这些事情18年来保证了和平与工业繁荣，一句话，32年的安宁。暴风骤雨的日子来临过，骚乱爆发过，这种骚乱无疑将再一次爆发。让我们学会如何度过这样的日子；可是，当我们有倾向大声抱怨时，别让我们每天都在大声抱怨，就像我们在忍受着暴风雨的同时也祈祷着今后不会再有暴风雨发生在世上一样。为了走出现有的感觉状态，为了使我们的判断恢复明晰和均衡，那就让我们每晚都读一读蒙田的书吧。

蒙田对他那个时代的人的批评使我印象深刻，这种批评对我们这个时代的人来讲正好也有着同样的影响。我们的哲学家在某处说过，他知道相当多的人具有的各种各样的好品质——其一是才智；其二是感情；其三是谈吐、良心或知识，或语言方面的技能。每一种技能都有其共享："但是，就作为一个整体的伟人而言，他同时具有多种多样的品质，或者具有那样的优良品质以至于我们应该钦佩他，或者拿他与我们过去所尊敬的那

① 该篇随笔于1851年4月28日发表。——编者注

些人作比较。遗憾的是，这样的一个人从未在我眼前出现。”后来，他破例赞成他的朋友艾蒂安·波伊蒂，可是，他是属于尚未成熟就已死去的伟人的友伴，做过允诺却没有时间践诺。蒙田的批评招致冷笑。他在自己的那个时代——霍皮塔尔、科利尼与吉斯同处的时代——却没见过一个真正完全伟大的人。好吧！在你看来，我们这个时代的伟人似乎又如何？我们拥有许多像蒙田时代那样的伟人，第一个因其才智而卓越，第二个因其心地而著名，第三个因其见识而出众，某个（稀罕物）因其良心而杰出，许多人因其知识和语言技能而出名。但是，我们太缺少完美的人了，而这样的人深受人们期待。几年前，我们时代最聪明的观察者之一德·雷米萨承认并声明了这一点：“我们的时代正缺少伟人。”①

蒙田作为一个大城市的长官是如何履行其职责的呢？如果我们从字面上匆匆看他一眼，应该会相信他因精神松弛缺乏活力而卸任。为己做出荣誉的霍拉斯不是说过，在战争中他总有一天会让盾牌滑落吗？我们不必太过匆忙从字面上的记录去寻有鉴赏力的人，这些人往往厌恶高估自己。有良好品质的才智之士与其倾向于自我表白，毋宁对自己的行为小心谨慎。我几乎可以肯定，自吹自擂、大吵大嚷的人在战斗中肯定没有霍拉斯勇敢，在会议中肯定没有蒙田谨慎。

一进入政坛，蒙田就小心告诫波尔多的市参议员们，别指望在他身上找到更多真实的东西；他毫不假装地将自己呈现给他们，“我诚恳尽职地向他们阐述所有我感觉自己应该是什么样的东西——我这个人没记性、不记仇、没抱负、不贪婪、不暴虐。”当他掌管市政公务大权时，他应该感到很遗憾，他对此的感觉就是做作，就像他那可敬的父亲也曾感到过的做作一样，而他父亲在最后既失去了职位又没了健康。焦急而强烈地发誓要满足一种冲动的欲望，可这并不是他的做法。他的看法是，“你必须将自己借给别人，而只将自己给予自己”。蒙田重复他的想法——按照他的习惯，以各种各样的隐喻和别致的形式，他再说到，如果他有时允许自己受人敦促去管别人的事，他也只是答应把这些事抓在手中，而不是“放在心

① 《哲学随笔》第9卷第22页。——编者注

上”。因而，我们受到启示之后，我们知道我们期待什么。市长和蒙田曾是两个截然不同的人。在他执政的角色中，他给自己保留一定的自由度和秘密的安全感。尽管蒙田为了托付他的事业忠诚履行职责，可是他继续以自己的方式公正地判断事物。他绝不批准甚或托词在他的党派内所看到的一切事务。他能够判断他的对手，并对他们加以评价：“他做那件事是居心叵测，而做这件事却合乎道德。”他补充说：“我总得让事情在我们这边顺利进行，可如果它们进行得不顺，我也不会发疯。我会衷心地支持正确的一方，可我不会受影响而去在意别人的特别对手。”而他开始做一些琐碎的小事，以及做一些在那时算是够刺激的应用。然而，就让我们做一番评论吧，以便解释并证明其有点广博的公正专业。党派的三个首领都叫亨利，当时十分引人注目，他们被数罪并罚，都是值得重视的出名人——亨利，吉斯的公爵，联盟主席；亨利，纳瓦拉的君主，反对党领袖；任命蒙田担任市长的国王亨利三世，国王在前两个亨利之间指手画脚。当党派既没有领袖也没有头脑时，当党派只为某一主体所了解时，换句话说，在骇人听闻且令人难以忍受的现实中，公正对待不同的党派，给每个党派指定其共同行动，显得更加困难，也更加危险。

在蒙田的行政管理中，他的指导原则是只看事实，只看结果，而不动声色，不看外表：“好结果不在吵闹，我要大吵大嚷，反而让善行大打折扣。”因为总令人担忧的是，好结果更多是为了吵闹做出来的，而不是出于善行：“商品摆在货摊上，出售了一半。”那可不是蒙田的工作方法——他不作秀，尽可能不动声色地管人管事，以一种有益的方式，比如把真诚和安慰当作礼物送给大家。天性所赋予他的个人魅力是人事管理中最高价值的人品的体现。蒙田宁愿告诫恶人，而不愿自己接受压制恶人的荣誉：“有人期望自己生病以便可以看医生行医吗？要是有医生会希望瘟疫在我们中间传播，以便他可以将自己的医术用于行医中，这样的医生难道不值得鞭笞吗？”蒙田绝不期望城市事务出现问题和混乱，给予其政府以荣誉。他曾说，他非常乐意为城市的安宁和市民的舒适而力所能及奉献一切。他并不属于那类市政荣誉可以令其陶醉并得意非凡的人，也不属于那类他所称的“办公室的高官显贵”，其一切发号施令都可以“从一个十字路传到另一个十字路”。如果他是一个沽名钓誉的人，那他早就认识到，名誉是一种比行政管理更为重大的东西。然而，我不知道是否甚至在一个更广阔的领域，他已改变了其行动的方式方法。不知不觉为公众行善，在他看来总好像是工作技能的理想和幸福快乐的顶点。他曾说：“人们不要因为秩序井然、风平浪静而感谢我，因为这些伴随我的行政管理，却无法以我的好运为题使我失去属于我的份额。”同时，蒙田不知疲倦地用生动优雅的词句，描述各种他相信他已提供的颇有影响却感觉不到的服务——这些服务比俗艳的辉煌功绩要优越得多：“工人粗心且无声的亲手行动最有魅力，某个诚实的人后来选择这种魔力，从他们的默默无闻中带来这种魔力，为了他们的利益推进行动，去寻找希望与光明。”因而，命运为蒙田服务到尽善尽美，甚至在他的事务管理中，在困难的关键点，他从不必掩饰自己的准则，也从不过于背离他已计划好的生活方式：“在我看来，我赞扬过一种悄然的、独居的、寂静的生活。”他达到了地方官吏几乎对自己满意的目标，完成了他对自己所许诺的任务，而且完成了比他许诺别人的多得多的任务。

霍拉斯德威尔卡斯特尔先生最近发现的那封信，证实蒙田在公众生活时期自我表现与自我批评的章节。佩恩说：“那封信完全是关于事务。蒙田是市长；波尔多近来骚乱，似乎受到刚发生的骚动的威胁；国王的副官离开了。今天是1585年5月22日（星期三）；现在是夜间，蒙田醒着，他在给省总督写信。”那封信与对此感兴趣的非常特殊的地方利益有关，可以用以下这些话加以概括——蒙田后悔离开马蒂农元帅，担心其延长的后果；正在与他联系，并总是继续保证他能认识所有接近的人，请求他在条件允许的情况下就立刻返回。“我们正在看守大门和警卫，在你离开期间我们更加小心……如果有什么重要的新鲜事发生，我就立刻派使者给你捎信，以便如果你听不到我的消息，你可能还以为什么事都没发生呢。”然而，蒙田请求马蒂农元帅记住，前者可能没时间告诫后者，“恳求你考虑一下，这样的骚乱一般都是突如其来，结果是，如果这些骚乱确实发生了，它们就能掐住我的咽喉，让我无法提出任何告诫”。此外，他要竭尽全力事先查明事件的进展。“我要做我所能做的事，以便从各方听到消息。为了达到此目的，我得拜访各方人士，观察各种各样的人的爱好。”最后，仍旧保持将一切情况告知元帅的习惯——包括在城内广为流传的最小传闻之后，蒙田催促元帅返回，使他确信“我们不放松警惕，如果需要的话，以忠于国王的态度来维持一切事情的运转”。蒙田从来不爱多费口舌，以免浪费了赞扬。对别人来说仅仅是一种言语形式的东西，对他来说则是一种真正的许诺和真理。

然而，事情变得越来越糟：内战爆发，友好或敌对的双方（差别并不大）都侵扰着国家。无论何时有公务职责，即使这种公务接近任期，蒙田还是尽可能多地去他的乡村房屋，并不强迫自己一定要待在波尔多，以便接触到每一种侮辱和伤害。他曾说：“我在疾病中忍受着它给我带来的种种不便。我同情所有的人手。在皇帝党眼里，我是一个教皇党员，而在教皇党眼里，我却是一个皇帝党员。”在个人不满时，他可以脱离，提升自己的思想境界，既反思民众的不幸，也反思人们个性的退化。蒙田仔细考虑党派的骚乱，以及所有发展如此之快的不幸的倒霉事，他惭愧地看到，颇有声誉的领袖由于怯懦的得意而屈身降格自己。因为在那些情况下我们知道，像他一样，“用命令前进的字眼、制定文件、转动机构等，我们确实听从他，但是其余的所有人却放荡自由”。“令我高兴的是，”蒙田曾反讽地说，“看到那儿有那么多胆怯和懦弱的人有抱负；而这种抱负以多么可怜卑屈的方式到达其目的。”既然他曾经鄙视抱负，所以看到这种抱负被如此实践揭示，在他的视野中即使变得堕落，他也并不感到悲哀。然而，蒙田内心的美德胜过他的自傲和轻蔑，他悲哀地补充说：“看到善良慷慨的本性能够伸张正义，每一天都在这种混乱的管理和指挥中腐败，这令我大为不快……我们都有图谋不轨的灵魂，不足于损害慷慨善良的人。”他宁可在那种灾难中寻求能够强化自己的机会和动机。可这机会与动机却被许多令人不悦的恶行所击破，他得更加愉快地忍受着恶行成堆，即同时发生——受战争、瘟疫和所有疾病（1585年7月）的追逐。在此过程中，事情正在发生变化，他早已自问他和他的同事能求助于谁，他到了这把年纪还能请求谁的庇护和生活费。在周围进行彻底搜寻之后，他发现自己竟然极端穷困，也已身心俱毁。因为“让一个人从如此之高的地方垂直落下，这个人理应落入一个坚固的、健壮的、幸运的友人怀抱。假设有这类情况发生的话，那么实在是少之又少”。以如此的方式说话，我们会发觉拉·波蒂已经去世一段时间了。当时，他感觉他在苦恼时毕竟必须依靠他自己，必须赢得力量；把他用其一生从哲学家的书籍上所积累到的有益教训，不失时机地加以实施。他再次用心，取得高尚的品德：“在平常寂静的时刻，一个人为缓和一般的意外事件做准备，可在我们这三十年所处的混乱中，每个法国人不论是在特别情况下还是在一般情况下，每时每刻都看到自己处于彻底毁灭和颠覆命运的关键时刻。”蒙田坚决不泄气，也绝不诅咒命运让他出生在这般暴风骤雨的年代，他突然庆贺自己：“让我们感谢命运没让我们生活在柔弱的、懒惰的、衰弱的时代。”既然充满好奇心的智者在各种状态下寻求动乱的过往，以便认识历史的奥妙，就像我们应该说的那样，主体的整个生理是社会的，“于是，我的好奇心，”他表明，“使我稍微让自己高兴地亲眼看到民众值得去关注死亡的场面、死亡的方式以及死亡的症状；同时，看到我自己因为无法阻止这种死亡，并且将这种死亡归结于命中注定，从而得到心理上的满足，进而教育了我自己。”我并不想给大多数人提那种安慰；大部分人并没有阿克加拉斯和老普林尼这两位英雄的急切好奇心，这两个勇敢者直接闯入火山和大自然的骚乱中，以冒着死亡和被毁灭的危险在密闭的住所里考验着自己。但是，对一个具有蒙田性质的人来说，那种恬淡寡欲的观察思想甚至能在真正的邪恶中给他安慰。考虑到虚假和平与可疑停战的情况，昏暗深刻的腐败的政权又先于眼前的动乱，蒙田几乎庆贺自己看到了它们的中止。至于亨利三世的政权，他曾说：“它是一个特殊成员的普遍接合体，腐败到彼此效仿，大多数人都有积习难改的溃疡，既不需要也不接受去治疗。因此，这一结论真正下得更加鼓舞人心，而不是使我沮丧。”请注意，他的很一般的健康状况在此提高到了道德的层面，经历了不同的动乱之后，他所遭受的可能足以影响到他的健康状况。他曾有过满足感，是他有心想要把握住命运，可命运却总是给他更大的打击，给他带来压力重重。

另一个更谦逊、更高尚的念头在蒙田烦恼时支撑着他，这种安慰出自一般的不幸、大家分担的不幸和别人有勇气的见解。人民，尤其是真正的人民，他们是受害者而不是强盗，是他的行政区的农民。这些人用他们忍受跟他的一样的烦恼，甚或比他的更大烦恼的方式感动了他。那时流行于国内的疾病或瘟疫主要是给穷人带来压力。蒙田从他们身上学会顺从和实践的哲学。“让我们蔑视我们所看到的分散在地球表面上的穷人，他们专心致志于自己的事，既不知道亚里士多德，也不知道卡托，既不知道范例，也不知道规则。自然每天甚至都从这些人身上提取坚贞和耐性的果实，比起我们在学校如此好奇地所学的那些，他们的坚贞与耐性更纯粹、更有男人味。”同时，他继续描写他们劳作到以痛苦结束，甚至在悲伤中，甚至在疾病中，直到力不从心为止。“今天上午他在我的花园里翻土时，就已埋葬了他的父亲或者他的儿子……除了死，他们从不保存床铺。”整个章节写得很好，哀婉动人，思想坚韧，中肯扼要。有崇高的表现，也有和蔼可亲、爽快的性情。蒙田曾说，这种性情具有真实性，是他通过遗传得来的性情，他在此性情中已得到滋养。除了某一部不够人性却真正具有神圣的书籍的一个章节之外，没有什么能胜过被视为“民众大灾难中的安慰”，在那一章节，上帝之手应该无所不见，并不是敷衍了事，就像有了蒙田一样，而是真实出现，亲切可爱。实际上，蒙田给予自己和别人的安慰，或许跟无须祈求便能得到的人类的安慰一样崇高，一样美妙。

蒙田在所描述的邪恶期间，也是在那些邪恶终结之前，写出他本人的第三本书中的第十二章。他以其优雅、理想化了的方式，用收集的例子给该章节做了“一堆外国花”结论，对此他仅仅为把例子紧紧拴在一起提供了那条线索。

这就是蒙田的生活。无论他说话多么严肃认真，生活也总是极具魅力的。想在他的风格上形成一种看法，你只需满不在乎地在任何一页将他打开，倾听他讲述的任何主题；没有什么他不能使其生气勃勃，也没有什么不能做出暗示。比如，在“论说谎者”这一章，在扩大他缺乏记忆的宝库，列出一张可能安慰自己的理由表之后，由于健忘，所以他突然补充以下一条新鲜的、趣味横溢的理由——“我重访的地方和我重读的书籍，总是在富有朝气、新奇地向我微笑。”正是这样，他在其所触及的每一个主题中，不断成为新生事物的创作源泉。

蒙田曾有一次令人难忘地惊叹说：“那四位伟大的诗人，柏拉图、马勒伯朗士、沙夫茨伯里和蒙田！”这是多么真实的蒙田啊！没有一位法国作家（包括本来的诗人）能像他一样有如此崇高的诗歌思想。“从我幼年一开始，”他曾说，“诗歌曾给我力量，让我欣喜若狂，刺透我的心灵。”蒙田那时显示出洞察力，他认为：“比起诗歌评论家和诗歌翻译家，我们有更多的诗人。写作比理解更容易。”他的诗歌以其本身及其纯粹的美向定义挑战；无论谁期望一眼就认出诗歌，辨明诗歌实际所包括的内容，都肯定不过明白了“闪电闪烁的光彩”。蒙田在其写作风格建构和持续的过程中，拥有十分丰富的生动大胆的明喻，自然也多产的暗喻，这些暗喻从不脱离其思想，却能在其中心和其内在抓住思想、融入思想，并与其结合在一起。从这个意义上说，蒙田充分顺从自己的才华，有时甚至已经超越了自己的语言天赋。他简洁有力和总是强行的创作风格，以其辛辣的笔触强调和重复意思。可以说，他的创作风格是连续不断的警句，或是不断更新的隐喻，是一种仅仅由曾经的法国人蒙田本人使用过的风格。如果我们想要模仿他——假使我们有过此能力，能自然而然地适应这种风格——如果我们期望以他严格的态度、精确的比例、人物和转换的不同连贯等方式来写作，那么，就有必要迫使我们的语言比我们平常惯用的更加强大，而从理想化的角度看更加完整。风格在蒙田看来是调和的，在系列分类的暗喻中千变万化，苛求一部分组织本身的创造，以把握隐喻。在不同之处的纬线应该加以放大和伸长，以便将隐喻编入风格之中，这是绝对必要的。可是，在给他下定义时，我变得几乎像他一样在创作。法国语言，以及其实多少总有点谈话风味的散文，自然没有画布的手段和内容，于是也没必要继续画面。与活生生的隐喻放在一起进行比较，法国散文往往会显示出意外的欠缺和某种薄弱之处。在用像蒙田做过那样的大胆和创造填补这一欠缺中，在创作中，在想象创作所需要的措辞和惯用语中，我们的散文应该好像同样写完。在许多方面，风格对蒙田来说总是与伏尔泰的风格公开进行交战。风格只能形成并繁荣于16世纪完全自由的环境下，16世纪处于坦率、创新、快活、敏锐、勇敢和净化的思想中，这种思想是一种独特的标志，在那时甚至是自由的、有点放纵，而且受到源于古代纯粹直率精神的激发与鼓励，却不陶醉其中。

像这样的蒙田是法国的霍拉斯。在创作基础方面，即往往在表达形式方面，蒙田具有霍拉斯的风格，尽管在这方面他有时接近塞尼卡。蒙田的书是道德观察和经验的宝库；无论在哪一页，无论在什么样的思想情况下，读者必能发现以一种惊人的、持久的方式表达的某种明智思想。他的书立刻与自身分离，并将自身铭刻在思想上，作者用丰满且有说服力的词汇，将一种绝妙的意义在强有力的一句话中表达出来，这样的句子或耳熟能详或引人注目。他的整本书，按艾蒂安·帕斯克蒂尔过去的说法，是真正漂亮、惊人的句子的发源地，这些句子都是如此美妙，以至于无须刺激读者的眼球，也能让他们迫不及待浏览下去。蒙田生命中的每一年每一刻都会相应产生某些东西：任何时刻你阅读他的书都无不填充思想，使思想深刻，无不让思想得以全副武装、全面包裹而变得更好。我们刚才都已明白，如果人们为各自的生命而生，却降生在动乱与革命的年代，那么，蒙田的书所包含的劝告和安慰对这样一个高尚的人是多么有益。对此我想补充的是，蒙田对我本人还有与我熟悉的许多人都提出过劝告，因为他们蒙受政治动乱不是以任何激怒他们的方式，而是以相信自己能避免动乱的方式。正如霍拉斯向来所做的那样，当他们忧虑来自远方的一切，却未预先全神贯注于这样的事情时，蒙田就会劝告他们，以便趁着愉快的时刻和聪明的间隙结束。他的一词一句都来自他的辛辣明智的比喻。依我看，他用其中最妙趣横生的一个比喻就能得出结论。并且，一个比喻完全适当又适时——它十分荒唐且令人烦恼，他曾说：“以便在圣约翰取出你的毛皮大衣，因为你在圣诞节时会需要它。”

（陈卉　译）

什么是经典

对于一个微妙的问题，根据不同时代和不同时期，人们可能给出略微不同的解决方案。有个智者给我提出这样的问题，如果不是为了解决该问题，我至少想试一试与我的读者面对面地调查并讨论该问题——这只是说服他们自己回答问题，而如果可能的话，我想弄清他们和我对问题要点的不同看法。而在评论中，对待那些不属于个人的主题，我们不再谈论某个人而谈论某件事，为什么我们不该时而冒险论述其中的某些主题呢？我们邻国的英国人十分成功地创造了一种文学的特别分支，并谦逊地冠以“随笔”的称号。说真的，在写这种总有点抽象的以道德为主题的文章时，可取的做法是，在一个安静的季节去论说这样的主题，以弄清我们自己的意图和别人的意图，抓住友善的法国人不常赋有的沉着节制和悠闲的某一刻。即使在法国人想变得聪明起来而不想闹革命时，他们的杰出才华也几乎不能容忍谈论这些主题。

所谓典范，根据通常定义，是受人钦佩而被正式宣布为圣人的老作家，并且是在其特别创作风格方面的权威。“Classic”一词在这方面的意思最初是由罗马人使用的。并不是所有跟他们在一起的不同等级的公民都适合被称为典范，而只有那些有相当固定收入的头等公民才堪称典范。

那些收入较少的人用“infra classem”（即低于优等）这一术语来称谓。“Classicus”一词原来由奥鲁斯·格里厄斯当比喻意义用，用来指作家：一个有价值、与众不同的作家。而“classicus assiduusque scriptor”则指一个有真正财产、在无产者人群中为人所知的重要作家。这样的措辞意味着，那是一个已做出某种文学评价和分类的足够先进的时代。

最初唯一真正的典范对现代人来说是古代人。古希腊人靠奇特的好运和思想的自然启迪，除了自己没有典范。他们开始的时候于古罗马人而言是唯一称得上是典范的作家，古罗马人想方设法地去模仿古希腊人。历经了古罗马文学的伟大时期，到了西塞罗和维吉尔之后，轮到古罗马人有了自己的典范，这些典范几乎独自成为随后几个世纪的典范作家。中世纪对拉丁古迹并不像人们所想的那样无知，可是不均衡，缺乏鉴赏力，混淆了等级和次序。奥维德名列荷马之上，而波埃修斯却与柏拉图是同样的典范。15、16世纪的文艺复兴有助于理顺这种长期混乱的次序，然后只是加以正确均衡的赞赏。从那时起，古希腊和古拉丁的典范作家在光辉背景中开始引人注目，被和谐地分列为两座文学巅峰。

与此同时，现代文学诞生了一些像意大利人那样更早熟的作家，他们已经拥有了古典风格。但丁就是那时候出现的。从一开始，后辈就尊他为典范。意大利诗歌自那以后就大大缩短了与前辈的差距。不过，意大利诗歌每当期望缩短差距，总是再次被发觉，并保留其高高源头的推力和回音。诗歌源自高处的起点和典范的源头，比如是源自但丁而不是吃力地源于马勒布，这可不是一件无足轻重的事。

现代意大利已拥有其典范的作家。同时，西班牙有权利相信，在法国还在寻找自己的典范作家的某个时期，西班牙也已有了自己的典范作家。一些富有创意、生机勃勃的天才作家创造过一些辉煌的成就，他们特立独行，不随大流，即便受到过阻止，也得到过人们的一再推崇，可他们还不足以为一个国家创造文学的财富，奠定坚实且壮丽的基础。典范的概念意指具有连续性和一致性的某种东西，这种东西能展现统一性和传统性，能时尚自身、传播自身，并能持之以久。只有在路易十四的辉煌年代之后，这个国家才震颤而骄傲地感觉到，如此的好运已降临在自己身上。每一个声音都在向路易十四传递着这种好运，这种声音带有奉承、夸张和强调的语气，还带有某种真实的感情。然后，出现了一个异常惊人的矛盾：以佩罗特为首的那些人，以及最迷恋路易伟大时代奇迹的甚至到了为今人而牺牲古人地步的那些人，目的甚或在于提高那些他们看作积习难改的对手的水平，并规范其行为。

布瓦洛为古人报仇，气冲冲的他支持古人，反对佩罗特，因为佩罗特赞美今人——高乃依、莫里哀、帕斯卡，以及与他同时代的杰出人物，其中包括在最杰出行列的布瓦洛。代表博学的胡埃参加辩论的友好人士拉·封丹认为，撇开他既有的缺点不说，况且这也不是他即将可以自诩典范的时候。

范例是最好的定义。在法国能近距离注视路易十四统治的时代，法国人从这个时代起，比任何争论者都更清楚地知道典范意味着什么。甚至在18世纪一切都还杂乱一团的时期，这个世纪由于出现了四个伟大人物，所以通过几部优秀的作品强化了典范这一概念。请读一读伏尔泰的《路易十四时代》、蒙田的《古罗马人的兴衰》、布封的《自然的时代》，以及卢梭的《萨瓦牧师的信仰自由》等书中对幻想和自然的美妙描绘。请说一说在这些难忘的作品中，18世纪是否不懂得如何使传统移植于发展的自由和自立。但是，在18世纪初帝国的统治下，在首先明确要尝试全新的、有点儿冒险的文学看得见的地方，典范的概念有点妨害思想，其外延也莫明其妙地被缩小，这与其说是苛刻，毋宁说是悲哀。科学院出版的第一部辞典（1694年）仅仅把典范作家定义为“多数人认可的古代作家，被认为是其所论学科的权威”。1835年科学院出版的辞典更缩小了该定义，给出精确的解释，甚至将其限定于一种相当模糊的形式中。该辞典将典范作家描述为“在无论什么语言中都已成为范例”的那些人，在随后的所有文章中，其措辞、范例、作为写作和风格的固定规则、人们所必须遵从的严格的艺术规则，这些东西都不断重现。显然，典范这一定义是由那些可敬的院士、教授给下的，他们面见当时被称为浪漫的东西——换句话说，见到了敌人。在我看来，该到了为放弃那些胆怯的限制性定义而解放我们对这些定义的想法的时候了。

真正的典范就像我想听到的定义一样，是这样一个作家：他丰富了人类思想，增加了人类思想的宝库，将人类的思想向前推进一步；他发现了某种道德和无可置疑的真理，或者揭示了某种内心深处似乎明白并找到的永恒感情；他表达了自己的思想、意见或发明，只要它们无论以什么方式都具有其广泛性和重要性，精练而明智，本质上健全而绝妙；他对大家做过的演讲有其独特的风格，一种人们发觉也是整个世界的风格，一种新而不含新语、新中有旧、既有丰富的现代感又有一切时代特色的风格。

这样的典范可能一时具有革命性的意义；它似乎已如此，可并非如此。它仅仅鞭打和颠覆了任何阻止秩序和恢复平衡美感的事物。

如果想要这样的典范，人们可能把不同的名称用在这一定义上，而我希望有意使该定义变得既宏伟庄严又起伏不定，总而言之，就是包罗万象。在这一点上我应该提及莫里哀，他是法国所拥有的最全面的诗歌天才。批评家之王歌德曾经说过：

> "莫里哀如此伟大，以至于每当我们读他的作品时，他都会让我们再次惊讶。他是一个天外来客；他的剧本接近悲剧，没有人有勇气尝试仿效他。在他的《悭吝人》中，罪恶毁掉父子之间的一切感情，它是最崇高的作品之一，最扣人心弦。在一部剧本中，每个情节就其本身而言都应该是很重要的，并且应该引起更重大的情节。在这方面，答尔丢夫是一个典型。该剧的第一场是一段多么美妙的解释！从一开始，每件事都包含一个重要意义，并且引出某种可预见到的更重要的事。可能提及的莱辛某一剧本中的解释是妙不可言，然而世人只想看答尔丢夫曾经的解释。这是我们在这类解释中见过的最好的一个解释。每年我都要读一部莫里哀的剧本，就像我时不时地要去凝视在那位伟大的意大利大师死后雕刻出的某件作品一样。"

我并不想隐瞒自己的观点，我刚才所下的典范定义有点儿超出平常对该术语所归纳的概念。首先，我应该考虑一致性、智慧、适度和理性方面的情况，这些方面主导并包含所有的其他方面。我得赞美鲁瓦耶·科勒先生，德·雷穆斯先生曾经说过："如果他从我们的典范中得出鉴赏的纯洁性、术语的合适性、语句的多样性，认真关注措辞适宜于思想，那么他应该只把自己归功于他所赋予的一切作品中的那些颇有特色的文字。"显然，在此分配给典范属性的那一部分，似乎多半取决于表达式的协调融洽和细微差异，也取决于优雅的、适度的风格——最一般的评价也不过如此。在这种意义上，优越的典范总是一些二流作家，他们用词精确，富有感知，文字优美，思路总是十分清晰，可是他们有高贵的感觉和轻盈的力量。玛丽-约瑟夫·谢尼埃在其诗行中描述过那些温和熟练的作家的诗歌，并给他们幸福的弟子看：

> "很有道理的是，理性决定一切，——品德、天赋、心灵、才干和品位。——什么是品德？品德是应用于实践的理性；——什么是才干？才干是表达得很有风采的理性；——什么是心灵？心灵是微妙释放的理性；——什么是天赋？天赋是崇高的理性。"

显然，在写这些诗句时，谢尼埃想起蒲柏、布瓦洛和他们当中的大师贺拉斯。有种理论曾使想象和感觉本身服从于理性，卡斯利杰或许给出过该理论在现代人中的第一迹象。严格地说，这种理论是拉丁的理论，一直以来首先也是法国的理论。如果适当应用这种理论，如果不滥用理性这一术语，那么这种理论便具有某种真理。但是，很显然，理性这一术语已被滥用。比如，如果理性能够与诗歌天赋混淆起来，并使得有理性的人出现在道德书信中，那么，这种理性不可能像天赋那样，在其表达戏剧或史诗的感情中如此千变万化，还有如此多元的创意。在埃涅伊德的第四本书和狄多的狂喜中，你会在何处找到理性呢？即使如此，激发该理论的精神使得一些人处于典范的前列，那些人不是沉溺于该理论的人，而是支配自己灵感的作家。肯定应该把维吉尔而不是将荷马排在典范的前列，而拉辛也应该优先于科奈叶。理论喜欢提及的杰作《亚他利雅》，实际上把谨慎、力量、发脾气的冒失、道德高度和伟大等所有的东西结合了起来。在后两场战役中的杜伦尼和《亚他利雅》中的拉辛，当其天赋达到成熟的阶段，还有了最大的胆略时，他们都是聪明人和谨慎者能干的范例。

布封在他的《关于风格的讲话》中坚持设计、安排和实施三者的统一，这三者都是真正典范作品的标志。布封曾经说过："每个主题就是一个，而无论这个主题多大，它都能包含在一部论述中。在许多主题的处理中，由于必须提到错综复杂又不尽相同的大事，所以当富有才华的思路因众多障碍而中断、因必要的情况而收缩时，只好采用中断、停顿和细分的方法。否则，完全不能使一部作品的基础更加坚实，大量的分割就会打破其部分与部分之间的统一。整本书看起来似乎更加清晰，可是作者的计划仍然是模糊不清的。"他继续评论，对孟德斯鸠的《论法的精神》进行了考察，从心底感觉那是一本好书，可细说起来：著名作家在生命终结前就已精疲力竭，无法将灵感注入其所有的想法，以安排所有的事。然而，我几乎可以相信，布封也正以对比的方式想起波斯维特的《关于世界史的讲话》，这确实是一个大主题，可又是如此的统一，以至于这个伟大的演说者能够将这个大主题包含在一部论述中。当我们打开此书的第一版，即后来引进的1681年的那一版本，在从空白到正文的章节划分前，每样东西都在一个单一系列中进行，几乎一气呵成。可以说，这个演说者在此扮演了像布封所提及的大自然的角色。也可以说，"他已经制订了一个永久计划，从这一计划起他就已无处逃离"。于是，他似乎已进入有先见之明的惯用策划与设计。

《亚他利雅》和《关于世界史的讲话》，是那种严格的典范理论既能呈现给其朋友，又能呈现给其敌人的最伟大的杰作吗？尽管在如此独特作品的成就中有其值得赞美的质朴和庄严，然而，在艺术的兴趣上，我们应该想要将那种理论扩展一点，想要表明，有可能不放松压力地扩展那种理论。我想就以这样的一个主题引用歌德曾经说过的一段话：

> "我称典范为健康，称浪漫为病态。依我看，那首《尼伯龙根诗歌》跟《荷马史诗》一样堪称典范。这两首诗既健康又有力。那个时代的作品之所以浪漫，不是因为它们新颖，而是因为

它们虚弱、生病或者是一种病态。古代的作品之所以成为典范，不是因为它们古老，而是因为它们有力、新奇和健康。我们如果用这两个观点来看浪漫和古典，应该很快就会持有相同的观点。”

真的，在确定对这一点的种种看法之前，我应该喜欢每一种做环球旅行的公正想法，致力于考察有原始活力和多种多样的不同文学。会看到什么呢？其中最主要的是，堪称典范世界之父的荷马，比起整个时代和半野蛮半开化社会的大量活词句，却是一个更小的鲜明个体。为了使他成为一个真正的典范，后来有必要把他的成就归因于设计、计划、文学发明、典雅言辞的特性，以及他的那种肯定从未梦到过的、又在其天生的灵感中强盛生长着的温文尔雅。同时，谁会出现在荷马的身边呢？会是奥古斯特、可敬的古人、埃奇鲁西斯和索福克勒斯或是残疾人，固然，还只会为我们呈现出他们自己的碎片、无疑跟他们幸存一样有价值的许多其他人的残存物，但是谁又已经向时代带来的伤害屈服了呢？这种想法只能教一个有公平思想的人不要用过于狭隘受限的观点来看待古典文学的全部；这样的人会懂得，在我们赞美的过去名人中，向来已大大占优势的、确切而匀衡的排名顺序都只是人为的结果。

而到了现代世界，情况又会怎样呢？在文学起点看到的最伟大的名字往往是那样的一群人，他们打破并反对什么是诗中的美妙且合适的某种固有观念。例如，莎士比亚是典范吗？是的，对现在的英国和世界来说，莎士比亚就是典范。但是，在蒲柏的时代，莎士比亚并不被认为是典范。蒲柏和他的朋友们则是仅有的典范。他们死后似乎永远成了典范。正如他们值得成为典范一样，现在他们还是典范，但是，他们只是排在第二阵容的典范，还永远处在次要的位置，其排名也公正地降至又达巅峰状态的莎士比亚边上的位置。

然而，并不是我想要说蒲柏和他弟子们的坏话，尤其是在他们有像戈德史密斯那样哀婉动人的性格，也那样的自然时——在最伟大的作家作古之后，他们现在或许是最合读者口味的作家，以及最适合给生活增添魅力的诗人。从前，博林布鲁克勋爵写信给斯威夫特时，蒲柏补充了附言，在该附言中他说："我认为，如果我们三人在一起生活三年的话，就会发现有些利益必然要改变我们的时代。"毫不自夸地说，有权说这种话的人肯定不会轻易地说出：才华横溢的人能提出这种东西而没有嵌合体的幸运时代，是相当令人羡慕的时代。用不带感情的词义，冠以路易十四或安娜女王名字的时代，是唯一真正经典的时代，这样的时代给真正的天才提供保护和有利的气候。我们十分了解在我们这个不受限制的时代，经受过时代的不稳定及其暴风雨后，天才们是如何迷途消散的。然而，让我们感谢我们时代的一部分人及其巨大的优越——真正至高无上的天才能够战胜致使别人失败的真正困难：但丁、莎士比亚和弥尔顿能达到顶峰，创作出不朽的作品，尽管他们遇到过艰难险阻、暴风骤雨。拜伦对蒲柏的看法被人大议特议过，对这一看法的解释可在一种反驳中寻找到。凭借这种解释，撰写《胡安和哈罗德公子》的诗人赞美纯粹古典学派，宣布这个学派是唯一的好学派，而他自己正扮演如此不同的角色。

歌德评论道，靠诗歌的流动和来源变得伟大的拜伦担心，莎士比亚在创造和实现其人物方面比自己更强。"他总想否认这一点；如此不受自负影响的高尚却激怒了他；他感觉接近这一高尚时就无法自由自在地表现自己。拜伦从不否认蒲柏，因为拜伦并不敬畏蒲柏；他知道蒲柏只是在他身边的一堵矮墙。"

正如拜伦所期望的那样，如果说蒲柏学派曾经保持着最高的地位以及一种在过去象征着荣誉的帝国，那么拜伦在其特别的风格上肯定是第一诗人。蒲柏墙的高度从视线上障蔽了莎士比亚这样的伟大人物，而当莎士比亚以其伟大一统天下时，拜伦只能屈居第二。

在路易十四统治的时代之前，法国还没有伟大的典范。但丁和莎士比亚，这些人迟早要返回寻找的早期权威，这正是法国的和平时代所缺乏的典范。曾经只有像马蒂兰雷尼尔和拉伯雷这样伟大诗人的速写，却没有任何的思想，也没有感情深度和规范化的严肃性。蒙田是一种早熟的典范，出自贺拉斯家族，可因缺乏相称的环境，他像一个被宠坏的小孩，把自己交给肆无忌惮的幻想，想象自己的风格和幽默。所以，碰巧法国比任何其他国家都更少在其古代作家中找到一种权利，一种在某一时代强烈要求文学解放与文学自由的权利。也碰巧正在自我解放的法国更难留下典范。然而，只要有莫里哀和拉·封丹在法国伟大时期的典范之中，就没有什么理由可以正当拒绝那些有勇气有能力的人。

现在的要点似乎对我来说，在延伸时就是要支持思想，维持信念。典范的造就无须通过人为的评比，而需经历岁月的淘洗，这一点应该得到明确的认识。相信一个作家经过对纯粹、适度、精确和优雅等特性的模仿后，具有独立的风格和灵感而成为典范，等于相信父亲拉辛死后就有了儿子拉辛的一席之地。乏味而值得尊重的角色是诗歌中最差的角色。此外，在同时代的某人的视野中，要是没有对手太快取得典范的位置，这是很危险的。在这种情况下，存在不用跟后代一起维持地位的良机。拉·封丹在他的时代被他的朋友们当作纯粹的典范。请看一看25年间他这颗典范之星是如何确定的。

有多少这样的早熟典范现在按捺不住，因为只能名噪一时啊！我们转了一上午，诧异的是，没有发现他们正站在我们后面。塞维尼女士机智幽默地说，他们只是具有易消散的色彩。至于典范，至少期待表明是最杰出也是最伟大的——宁可在精力充沛的天才中寻求他们，他们永垂不朽，流芳百世。

显然，在路易十四时代的四位伟大诗人中，最典范的是莫里哀；他当时与其说受到人们的尊敬，不如说受到了人们更多的喝彩；人们喜欢他，却不懂得他的价值。在莫里哀之后，拉封丹似乎最该成为典范——两百年之后，再观察这两位作家，他们的结果何在？他们的名气远在布瓦洛之上，甚至在拉辛之上，难道我们现在不能毫无异议地认为，他们在最大程度上拥有包括一切的道德特征吗？

同时，也不存在牺牲或贬损任何东西的问题。我相信，鉴赏的神殿即将重建。但是，重建只是一件扩建的事情，以便重建后的神殿可以成为所有高贵者的家，也可以成为所有不断增加才智之士快乐和财富的创造者的家。至于我，显而易见，在任何程度上都无法佯称自己是这样一座神殿的建筑师或设计师，我得克制自己，只表达一点诚恳的愿望——可以说，为了提交几张扩建神殿的图案。首先，我就希望在有价值的人中别排除任何一个人，每个人——从最自由的创作天才也是无人不知的最伟大典范莎士比亚，到排名有点儿靠后的典范安德里厄——都应该在神殿中占有自己的一席之地。

“创始人的每一座大厦都不只一个房间。”那应该像真实的上帝王国一样，是我们脚下这片土地中真实的丽人王国。荷马无论在哪里总应该名列第一，他最像上帝。可是，在荷马的后面，好像拥有三位聪明的东方君主，他们会被视为三位伟大的诗人，即长期被我们忽视的三个荷马，他们写过供亚洲古老民族阅读的史诗，他们就是诗人印度人跋尔密吉、维亚萨和波斯人伏多斯——在鉴赏的领土上人们很想知道有这样一些人的存在，而不是想去划分人类。

我们对所认识的东西的敬意一被感知到，我们就不必再迷茫下去；我们的眼睛应该快乐地注视着成百上千的能够使人愉快或者宏伟庄严的景象，应该喜悦地注视成百上千的各种各样的惊人的结合体，这些结合体只是表面上混乱，绝不可能没有和谐一致的东西。最早的智者和诗人是为人类道德制定准则的那些人，是以朴素的方式歌唱人类道德的那些人，他们总是用罕见且温和的言语交谈，而不诧异于听到第一句话才理解彼此的意思。梭伦、赫西奥德、赛阿格尼斯、约伯、所罗门和孔子（为什么不是他？），他们一定会欢迎最聪明的现代人拉罗什富科和拉布吕耶尔。当倾听这两个人说话，他们一定会说：“他们知道我们所知道的一切，而在循环的生活经验中，我们却什么都未曾发现。”

站在山岗上，大多数人容易看得清楚。而在大多数易接近顶峰的人中，维吉尔在米南德、提布鲁斯、特伦斯和费内伦的包围下，在与富有极大魔力和神圣魅力的这些人对话中占有一席之地：维吉尔温文尔雅的面部表情总能发出内心的光芒，透露出谦逊的气息。总有一天，当他进入罗马剧院时，正当他们朗诵完他的诗篇，他会看到人们不约而同地站起来，给予他像致给奥古斯都一样的敬意。在离他的不远处，他后悔与如此亲爱的朋友贺拉斯分开，轮到他指挥（直到一个如此熟练且聪明的诗人能够指挥）那批富有社会生活经历的诗人。维吉尔在讲话，尽管他们在唱歌——在歌唱者当中有一个是蒲柏，另一个是布瓦洛，前者变得不太易怒，后者变得不太挑剔。

蒙田是一个真正的诗人，总是与他们为伍，总能添上画龙点睛的一笔，这一笔会让一个文学流派的风采大为失色。在这一流派中，拉·封丹会忽略自己，变得更不快活却不再感到疑惑。伏尔泰会受此诱惑，可从中要找到快乐时，肯定会没有耐性保持快乐。跟维吉尔一样站在同一座山岗的低些地方的色诺芬，有着单纯的忍受力，看上去一点也不像普通人，而是颇像缪斯的司祭，会看到在他的周围矗立着一座座的顶楼，是由每种语言和每个国家搭建而成的顶楼。阿迪森、佩利逊、沃夫纳格都感觉到轻易的说服、细腻的质朴、从容的疏忽混与修饰的价值。在这一区域中心，在这座主殿的门廊内（因为会有几个人在围墙内），三个伟大诗人（仅此三个，却没有第四个）想经常会面，可当他们聚集在一块时，总梦想着要加入谈话或保持沉默。在他们当中，人们能看到美丽的东西、巨大的均衡，以及那种好像只是在曾经的世界充满着的青春的完美和谐。柏拉图、索福克勒斯和德摩斯梯尼三人的名字成为艺术的理想。我们看到无数熟悉的精神伴侣，仿效那些受人尊敬、受人崇拜的伟人，这些伴侣有塞万提斯迷，有莫里哀迷，有生活的实践画家，也有宽容的朋友，这些朋友或仍是捐助者的首批对象，或笑哈哈地拥抱全人类，将人类的体验变成乐事，并知道一个感知的、热忱的、合法的快乐者如何强有力地工作。我并不希望做这番描述，如果此番描述完整的话，肯定会填补容量、增加篇幅。请相信我，在中世纪，但丁一定占据神圣的高度——整个意大利会像一片花园在这位天堂诗人的脚下展开；薄伽丘和阿里奥斯托会在那儿自我娱乐，而塔索会再次发现索伦托的那片橙色园林。通常，会为每个不同的国家保留一个角落，但是，那些作家会以离开这一角落为乐。而在我们很少期盼这一角落的地方，在他们的旅行中会认出同胞们或大师们。例如，库克莱修会喜欢跟弥尔顿讨论地球的起源，以及减少混乱恢复秩序的话题。不过，两人都会从他们各自的角度进行争辩，却又会在以诗歌和自然的神圣画面的话题上持相同的观点。

这些就是我们的典范。每个个体的想象都可能完成一篇速写，选择其较为喜欢的群体，因为有必要做出选择。在人们获得一切知识之后，鉴赏的首要条件就不在于不断的旅行，而在于止步休息，不再流浪。没有什么像不停的旅行一样使鉴赏力大为迟钝乃至消失。诗歌的精神并非永世流浪的犹太人。然而，说到止步休息，做出选择时，我的意思不是说，我们要去模仿在我们过去的大师中最吸引我们的那些人。让我们满足于了解他们、看透他们、钦佩他们，就可让我们这些后来人努力做好自己。让我们在自己的思想和感觉中拥有真实性和自然性。这么多的要求是可能做到的。如果可能的话，那就让我们再增上更难的东西，如高度、目标等，直至达到崇高的目标。在讲我们自己的语言、屈从我们所处时代的环境时，我们从何处获得力量，又在哪里存在不足？让我们抬头面对一座座巅峰，双眼锁定那群可敬的凡人，时不时问一问自己：他们会对我们说些什么？

但是，为什么总是谈及作家和作品呢？也许不再有作品的时代渐渐来临。那些能反复阅读的人，那些在阅读中能随心所欲的人，他们是多么快乐啊！一生中这样的一刻即将来临：我们所有的旅程都结束，我们所有的体验都结束，没有什么快乐享受能胜过学习和彻底检验我们所知道的东西，胜过在我们所感觉的东西和反复看到我们所热爱的人中取乐——我们成熟的种种纯粹的快乐。那么，这就是典范一词所蕴含的真正含义，该含义是由一种不可抗拒的选择为每个有鉴赏力的人而界定的。然后，鉴赏力一旦形成，就定型确定；然后，如果我们完全拥有了该定义，良好的感觉就会在我们内心得以完善。我们既没有更多的时间做此试验，也没有一种继续寻找新牧场的欲望。喝老酒、看旧书、忆老友，通过长期的交流，我们向朋友们证明我们紧贴着他们。跟伏尔泰一起，我们对着自己朗诵这些趣味横溢的诗句：“敬爱的贺拉斯，让我们享受，让我们写作，让我们生活吧！……我活得比你长久：我的诗篇并非永远流长。可是，在墓旁我得专心致志——聆听您的哲学课；在享受生活中藐视死亡——阅读您那充满吸引力、富有判断力的著作，就像我喝一杯老酒让我们恢复感觉一样。”

实际上，正是贺拉斯或另一个人才是我们更喜欢的作家，他们在其一切成熟的精神财富中反映出我们的思想。我们时时刻刻都得恳求与过去的杰出的才智之士中的某个人面谈；都得向他们中的某个人请求建立真正的、不辜负于我们的友谊；都得向他们中的某个人呼吁平静舒适的感觉（我们常常需要这种感觉），这种感觉将使我们与人类、与自己和睦相处。

（艾治琼　译）

凯尔特民族的诗歌

The Poetry Of The Celtic Races

〔法〕欧内斯特·勒内

主编序言

欧内斯特·勒南1823年出生在布列塔尼的特雷吉耶。他受过圣职教育，但没有当牧师，而是去做了教师，但他没有放弃自己在宗教和哲学领域上的研究。他受政府指派，走访了叙利亚，回到法国后，在法兰西学院担任希伯来文的教授。他曾因有人抗议他“邪恶的教学”而被停职过一段时间。他于1892年去世。

勒南的研究分为两部分。他以“基督教的起源”和“以色列历史”为题材出版的作品，成了他第一部分研究的巅峰之作。对于这些作品的科学价值，也有人提出批评的观点。当然，对这种以非严谨的科学为题材的作品出现异议，也是情理中的事。然而，他把希伯来历史中的人物刻画得如此细致入微、栩栩如生，他把民族思想分析得如此一针见血，这两点是不容人否认的。

勒南研究的另一部分涉及的内容比较零碎，但绝大部分是关于哲学和人物传记的内容。勒南虽然深信科学的研究方法，但是没能为伦理学或形而上学找到科学的研究基础。最后，他对科学的研究方法产生了怀疑，他的作品也不免受到神秘主义的影响。

“他是一位杰出的作家，”法盖评论说，“无法解释勒南的研究方法和过程，这让部分评论家的批评声音彻底消失了；他充满智慧，机敏过人，性格天生柔韧而随和；在他看似有着女性般优雅的背后，彰显着其强大的个性力量；他比其他19世纪的作家更具有人格魅力；他以一种爱抚写作的方式，影响并最终征服了读者。”

在风景描写方面，勒南在他所有类型的作品当中展现了他超凡脱俗的风格，这也充分体现在他《凯尔特民族的诗歌》中的描绘布列塔尼自然风景的部分。同时，此作品还体现了他对民族特性分析的深入透彻。这部作品把勒南这两个文学方面的能力展现得淋漓尽致，令人佩服。

查尔斯·艾略特

每一位到过阿摩力克半岛的游客都会有同感，诺曼和缅因州一直以来都是让人感到愉悦的地方，当离开与之接壤的地区，进入真正的布列塔尼大区时，游客们总能豁然开朗，是这个地区的语言和种族让这个地方成了名副其实的、真正的布列塔尼大区。寒风袭来，夹杂着一种模糊的悲伤，把其灵魂吹进了人们的思想当中。荒凉主宰着大地，造就荒原遥遥无际。每走一步，花岗岩碎石就从浅得见底的泥土中冒出来；阴沉沉的海水呻吟着，始终环抱地平线。

同样的反差也呈现在人们身上：诺曼人粗俗无理，但他们富足繁荣，他们快乐地生活，但他们自私自利，正如这些终日享乐并战胜了内心的胆怯与保守的人，在外表上，他们大大咧咧，但内心思想却深刻细腻，并且他们对宗教信仰的谨慎和虔诚也是令人称道的。类似的差异是显而易见的，据我所知，从英格兰到威尔士，到苏格兰低地，再到盖尔高地，英国人的语言和举止存在明显的差异。但是，如果只是待在爱尔兰的某一个地方，由于周围人群种族的单一性，没有外来混血，这就犹如置身于另一个世界的地下阶层，从某种意义上来说，就像但丁描述的从地狱的一个圈子到达了另一个一般。

直到今天也显而易见，尚存古老的种族的特殊性并没能得到足够的重视，他们生活在西方一些偏僻的岛屿和半岛上，虽然受到外界的影响与日俱增，但他们仍然忠于自己的语言、自己的记忆、自己的习俗和自己的智慧。尤其难以忽略的是，如此微不足道的民族，即便如今生活在世界的边缘，生活在嶙峋的山峦之中，他们在文学上的造诣，外人也无法匹敌。这些造诣在中世纪产生了巨大的影响力，并改变了当今的欧洲文明；尤其是他们的诗歌，甚至征服了几乎整个基督教世界。然而，人们只需踏入聪慧的盖尔人生活的山峦就能发现，这个对文学有如此影响力的民族，自我拥有着怎样独特的情感和思想。在此山峦，永恒的幻觉散发出让人迷惑的色调，在逐渐趋于同化的人类文明中，几乎没有一个民族能够像他们那样，有着如此感人至深的情感和思想。唉！这块镶嵌在西方文明之海中的翡翠，它也是注定要消失的啊！阿瑟不会从他的仙境之岛返回了，圣帕特里克告诉奥西恩，说："你为之哭泣的英雄，他们都死了，他们还能重生吗？"此言在理。是时候醒悟了，逐渐趋于同化的人类文明势不可当，这些文学作品中的英雄挥别离去之际，神话故事也就从眼前消失了。难道批判之声就能够唤醒这远古的文明，能够唤回消失的民族了吗？不能。接踵而至的非理性的批判声排斥着远古的文明，难道批判只能是负面的吗？

威尔士潜心专研现存的古代文学作品，这些有趣的文献也使他在科学和文学领域都有建树。然而，从非常严格的、具有批判精神的角度来看，他并非才华出众，但其成就却是值得高度赞扬的。正是归功于这些激情澎湃的、专注于研究欧洲文明的非专业学者的工作和成就，欧洲的文明的研究成果才显得更有价值。一位名为欧文·琼斯的农民，在1801—1807年，他以"威尔士麦唯瑞安的古代作品"为书名，出版发行了一个作品集，这些作品已经成为古老的布立吞语的瑰宝。一群博学而充满激情的学者，如安奈林·欧文、克里克豪厄尔的托马斯·普赖斯、威廉·里斯和约翰·琼斯，他们踏着这位农民文学家的脚步，立下壮志将其作品完成，并从中受益颇丰。一位名为夏洛特·格斯特的女士，致力于编写《马比诺吉昂》[①]作品集，该作品集被誉为“盖尔文学的皇冠宝珠”，也是威尔士之凯尔特民族智慧的最完整的体现。作品集历时十二载完成，并有幸得到英格兰富有的文学爱好者的肯定，将其引用到了他们的出版物中，这部鸿篇巨制将在本世纪[②]的某一天栩栩如生地展现凯尔特民族的深刻感悟。可以说，正是对其文化和民族的挚爱之情激发了这位女士，才使其建造起这座文学的丰碑。目前，对苏格兰和爱尔兰的古代历史的研究已经非常成熟。对我们自己的布列塔尼的历史的研究，尽管以前缺乏文献和批判方面的探索，但现如今已经涉及诸多方面，并为凯尔特文化的研究做出了贡献。提到今天的研究成果，不得不提及德拉·维林玛克，我们已经把他的名字与这些研究紧密相连。他的贡献是毋庸置疑的，公众已经对他如此热情和认可，即便有贬低批判之声，也不会影响公众对他的肯定。

第一部分

如果种族的卓越性是通过对其人种的纯度以及其国民的不可侵犯性进行判断，那么我们不得不承认，现存的凯尔特民族的高贵是无以匹敌的。[③]还没有一个人类的民族能够如此地与世隔绝，其人种如此之纯，没

① 《马比诺吉昂》，出自李弗柯克·欧哈吉斯特以及其他古老的威尔士手稿，附有英语翻译和注释，夏洛特·格斯特夫人著。伦敦，兰多维，1837—1847年。马比诺吉（马比诺吉昂的复数形式）一词意为威尔士特有的浪漫叙事文体，此词的起源和原始意思已不确定，夏洛特·格斯特夫人将此词用于全文，值得商榷。——著者注

② 指19世纪。——编辑注

③ 为了避免误解，应该指出的是，我这里所用的凯尔特一词，并非指整个古老的凯尔特民族——当时他们几乎占据了整个西欧的人口。我所指的是四个民族，正如日尔曼和新拉丁语民族，他们是：（1）威尔士或坎布里亚，以及康沃尔半岛的居民，他们保留着古老的称呼，即布立吞人；（2）布列塔尼的布列塔尼人民，或居住在法国布列塔尼半岛的说布列塔尼语的人民，他们代表从威尔士到布立吞人的移民;（3）在苏格兰北部的盖尔、讲盖尔语的人民；（4）爱尔兰人，虽然明确的分界线把爱尔兰从凯尔特家族分离。——著者注（有必要指出，勒内在此篇文章中用“布列塔尼”一词，既指代布列塔尼半岛的居民，也指代凯尔特民族的英国成员。——译者注）

有混入任何外来的血统。在那些被遗忘的岛屿和半岛上，他们建造起一个不可逾越的屏障，用来隔离外部影响；他们独立地、孤独地生活在自己的土地上。正因如此，凯尔特人民铸造了其坚实的独立性，乃至对外来人员有着强烈的排斥感。当今，这已经成为了凯尔特人民的基本特性。罗马文明曾企图踏入这片土地，但几乎没能留下丝毫的痕迹。日耳曼人的入侵曾使得凯尔特人民一时退却，但也未能渗透其中。如今，凯尔特民族对外来的入侵仍然时刻坚守抵御着，哪怕是现代文明的侵蚀。无论当地的还是他国的现代文明，都可能对其文化产生破坏性。特别是爱尔兰（在此，我们知道一个秘密，那就是她无法弥补的弱点）成为欧洲唯一的，即使从黑暗的史前时代开始，其所孕育的人民也确实能把享受的权力传于后裔的国家。

正是由于这种隐居生活和与世隔绝，我们必须以探索的姿态去了解凯尔特民族的性格特征。凯尔特民族作为独居者，不乏其弱点和优点，他们曾经自豪又胆小，也曾是思想的巨人和行动的矮子，他们在家时自由奔放，面对外界却显得笨拙且尴尬。他们不信任外界的人，因为他们认为外来人会更加世故，会利用他们的单纯。并且，凯尔特民族无视外界对他们的敬仰之心，他们只关心他们自己的事情。他们是一个很居家的民族，乐于享受家庭生活和炉边的欢乐。他们坚实的家庭给其成员带来更多的责任感，同时，也让其成员在各个方面都更依附于家庭，这一点是其他任何的民族也无法企及的。凯尔特民族的任何社会公共机构或制度都处在发展的萌芽阶段，仅仅是其家庭的延伸。即便举一个普通的传统习俗的例子也能说明，布列塔尼半岛上的这种了不起的社会关系制度，是现今世上保存得最为完好的。在那个国度，存在一个广泛的信念，那就是血统是至高无上的。比如，在世界的两个不同角落，有两个从未相识的亲戚，如果他们相见，他们会立即通过一种神秘的情感感知到对方，并彼此认可。他们对亡者的尊重同样遵循这一信念，世界上没有一个民族对死者的崇敬能够比得上布列塔尼民族，没有一个民族能像布列塔尼人民那样，在赋予死者墓碑的时刻有着那样丰富的回忆和祈福。这正是因为，人生对于他们来说并非是一次个人独立承受风险和艰辛的冒险，每个人的一生就如同整条长链其中的一环，生命是被赐予的，应该传承下去，生于此世就应偿还前世欠下的债，履行好自己的职责。

显而易见的是，当布立吞民族的优越性被世界感知之时，他们的天性又显得与这个世界格格不入。这就是为什么布立吞民族对于外界而言，一直被认为是一个非主流民族。他们缺乏向外扩张的手段，他们也绝对不会想到用侵略或征服他族的手段去扩张，他们绝不企图把自己的思想强加于外界，他们只知道如何归隐到外界留给他们的空间，并在他们唯一有限的栖息地上，对外来的敌人筑起坚不可摧的防御。他们始终顽固地屈服并忠于征服者，即使征服者已抛弃了他们。他们奋起反抗罗马教，直到最后想保卫自己宗教独立的民族，但他们最终却成为天主教最坚固的要塞；他们在法国也奋起反抗君主，直到最后想保卫自己政治独立的民族，但他们最终却成为世界上最后的保皇派。

因此，凯尔特人在长期的斗争中，在绝望的反抗中疲惫不堪。在历史的任何阶段，凯尔特民族从未显示出对政治有任何的兴趣，他们的生活中心只有家庭，无暇顾及社会机构或制度的发展；他们自己也从不关心外界的发展。对他们而言，生活似乎是一个固定模式，人是无法改变生活的。上天没能赋予他们主观能动性，他们往往看低自己的能力，认为自己常常处于被保护的状态，他们轻信命运并服从于命运。他们在上帝面前如此胆怯，很难相信这个民族是雅弗的女儿。

因此，悲伤随之而来，带走了六个世纪吟游诗人的歌曲。他们更多是在为战败哭泣，而并非为胜利歌颂。这个民族的历史本身就是一首挽诗，他们被放逐和漂洋过海的岁月仍历历在目，即使在偶尔的欢愉时光，欢声笑语的背后也藏着闪烁的泪滴；他们从不明白，忘却生活和命运里的烦恼能给自己带来欢乐，却只是渐渐消沉着，把痛苦当成另一个世界的回忆。从未有人像他们那样沉浸于孤独的精神中还能产生自得其乐的欢悦感，这些诗歌般的回忆同时触动着生命里的每一种情感，是那样的模糊、那样的深刻、那样的尖锐。这样的情感能使人惜别此世，不知是因为苦涩，还是甜蜜。

凯尔特人的情感是那样的微妙，这与他们对专注的需求密切相关。在内心深处，他们反对扩张，但这样的情感越是深邃，他们就越不能表达出来。因此，我们有了迷人的腼腆、含蓄而微妙的严肃，这样的情感绝不等同于拉丁族对情感的修辞，更异于德国人对情感的简单。德拉·维林玛克的民谣对此就有生动的集中体现。凯尔特人民显现出的保守性时常被理解成冷漠，这是因为腼腆的内向性让他们认为一旦情感被表达出来，它就失去了一半的价值，人的内心世界不应有其他的旁观者。

如果让我们把民族用男女性别来划分的话，那么我们可以毫不犹豫地说，凯尔特民族，特别是其中的布立吞和布列塔尼两个分支，是女性民族。没有民族能像他们那样对爱注入如此丰富的神秘感。他们就像贤惠的主妇那样，对家庭投入所有的感情，并全身心地服务于家庭。这是一种中毒、一种疯狂、一种眩晕。去阅读一下《佩雷德传奇》，或它的法语版本《帕塞沃乐加洛瓦》；它的字里行间，无不渗透出丰富的女性情感。在书中，女性成了模糊的幻影，女性维系着人类与超自然世界的联系，我从来还没有读过类似的文学作品。比较吉尼维尔或伊瑟尔德与北欧的复仇女神，如古德和柯瑞海德，你会承认女性的侠义是一种理想的甜美和魅力，可以成为人生的最高目标。这个特质并非经典，也不符合基督教徒或日耳曼人，但确是凯尔特民族的特点。

想象力几乎总是与对情感的专注度成正比的，但想象力涉及不到外界的发展。希腊人和意大利人的想象力十分有限，这是由于来自南方民族的扩张，使得他们的心都飞到了国外，忽视了对自己的反思。与传统有限的想象力相比，凯尔特人民的想象力确实是无限宽广的。在《马比诺吉昂之马森之梦》中，皇帝马森在梦中遇见一位极其美丽的年轻少女，醒来时，他发誓在他以后的生活中不能没有她。于是，他命令特使去寻找这位少女，在很多年之后，特使走遍了全世界，最后在布列塔尼半岛发现了她。这就是凯尔特民族，他们会为实现梦想而不遗余力地奋斗，哪怕只是追求梦中虚幻的美景。凯尔特人的诗意般生活，其基本要素就是冒险，也就是说，对未知的追求、对欲望中闪念的追求会永不停息。正因如此，才能有圣布兰登那大胆的梦想，还有佩雷德寻觅自己神秘的骑士精神以及骑士欧文渴望着他神秘的旅程。这是个充满无限欲望的民族，他们渴求并不遗余力地追寻着欲望，哪怕就是进了坟墓和地狱。根据六个世纪的传统观念，布列塔尼民族的这种典型的酗酒和放荡，就是他们最终遭受灾难的缘由，是不可抗拒的幻想毁了他们。这并不是因为他们沉溺于享乐，没有一个民族能像他们那样，对纵欲表现得无动于衷。不，布列塔尼人民以他们自己特有的方式，像欧文、圣布兰登以及佩雷德那样走着自己的道路，他们对虚幻的世界充满了幻想。直到今天，爱尔兰的醉酒活动依然是万圣节不可或缺的一部分，也就是说，这个节日最好地保留了他们当地最传统和最通俗的元素。

在那里，深刻的未来感的产生，和对其种族命运的永恒思考，造就了布立吞族，并让他们保持年轻——尽管他们的征服者们已渐渐老矣。在那里，基督教所信奉的英雄会复活教条，似乎已经生根。在那里，凯尔特族信奉“救主即将降临”，他们相信未来的复仇者会重建坎布里亚，并把她从压迫者手中解放出来，就像梅林向神秘的琳敏诺克、阿摩力克的李斯比雷兹以及威尔士的亚瑟许诺过的一样。[①]当亚瑟之剑落入沼泽，一只手伸出来并抓住了剑，然后挥舞了三下，这寓意着凯尔特民族的希望。这就解释了很少会有富有想象力的民族去报复他们的征服者。感觉自己内心强大但身体虚弱；他们会提出异议，也会欢欣鼓舞——这种形式的抵抗释放了他们的力量，使他们能够创造出奇迹。几乎所有实现超自然力量的人们，都是那些只抱有一线希望的民族。我们自己的时代，已经孕育了最顽固而又最无能为力的民族——饱受侮辱的波兰，还是以色列？他们也梦想着用自己的精神去征服整个世界，而梦想也即将实现。

第二部分

乍一看，威尔士文学正好划为三个不同的分支：第一种，吟游或抒情，以6世纪的塔力森、安奈林和李沃克·黑恩的作品为突出代表，后人模仿他们的作品，并连续不断发展至今；第二种，《马比诺吉昂》，又称传奇文学，曾在12世纪盛行，但这种文学分支早在遥远的凯尔特民族时代

① 奥古斯丁·蒂埃里曾评论说，在中世纪，威尔士预言家之所以得到声望，是因为他们能坚定地断言他们种族的未来（《英格兰的征服史》）。——编者注

就诞生了，并为后来的发展奠定了基础；第三种，神学和传奇文学，有着自己独特的特点。这三种文学类型似乎能够同时存在，彼此又毫无联系。吟游诗人，一方面以吟游诗严肃的措辞而自豪，他们不屑于民间流传的故事，认为流传的故事，形式都过于随便；另一方面，吟游诗人和传奇诗人似乎又与神职人员毫无关系，这导致吟游和传奇诗人很容易被误认为无视基督教的存在。在我们看来，凯尔特人的智慧存在于《马比诺吉昂》之中，但令人惊讶的是，面对这样一种有趣的文学，欧洲几乎所有浪漫文学的源泉，都这样被世人所忽视——直到今天我们才认识了它。其原因显而易见，那就是威尔士手稿散落四方，直到上个世纪[①]，英格兰人由于担心手稿内容具有煽动性，会影响其统治地位，才把散落各方的威尔士手稿收齐。手稿曾经常落入无知的人群，他们的怪念或恶意阻碍了对其手稿的重要研究。

现存的《马比诺吉昂》文学主要以两种形式存在，其中一种来源于13世纪亨格特图书馆，由沃恩家族收藏；另一种源于14世纪，被称为“赫格斯特红书”，现藏于牛津大学耶稣学院。毫无疑问，这些传奇的文学作品给困在伦敦塔里的倒霉蛋儿利奥林带来了欢悦的时光；然而，在他被处决的时候，连同其他威尔士的书，作为与他囚禁的同伴也一同被烧毁。夏洛特·格斯特夫人的版本是基于在牛津的手稿完成的；然而，万分遗憾的是，由于经费不足，她没能参考到更早年的手稿，而后者竟成为了现在唯一的版本。令人更懊悔的是，部分威尔士手稿的文本，曾被发现并在50年前复制过，可到现在竟然也不见了踪影。面对这样的事实，人们开始相信，要改变以前的做法，对于那些在过去具有破坏性的作品，它们的完好保存对文学发展有着丰碑性的意义——那么应该把它们集中收藏，只有这样它们的安全才得以保障，今人才有机会阅读和研究它们。

总的来讲，《马比诺吉昂》文学作品的风格与其说诗意，不如说传奇。生活被视为天真无邪，而非困难重重。英雄的个性得到极大的张扬，他们有着自然而高尚的天性，并得以自由施展。每个人似乎都是拥有超自

① 指18世纪。——编辑注

然能力的半人半神。这种超自然能力总是与一些神奇的物品息息相关，在一定程度上，这种神奇之物代表了其拥有者的个人神力的特点。在社会的底层阶级，人们不爱抛头露面，鲜有英雄主义的作为，当然，要排除他们劳动的行业，他们因自己的劳动而受人尊敬。有些人制作的复杂的东西常被赋予生命，并被人们安排了特有的神奇力量。许多类似这样的物品是有其名称的，如饮水杯、矛、剑、亚瑟的盾，以及格温多林的棋盘（在格温多林的棋盘上，黑棋方的棋子能自动移动，与下白棋的人一拼高低）；拜兰格德的牛角杯，从里面人们总能喝到梦寐以求的美酒；摩根的马车，它能把人带到任何想去的地方；泰容的罐子，它会拒绝给懦夫煮肉吃；图柁的磨刀石，它只肯为勇士磨利宝剑；帕登的外套，只有高尚的人才能穿上它；替根的斗篷，只有贤惠的淑女才可以披上它。[①]动物则被赋予了人的性格，它们有名字，也有个体的特性，并根据其意愿和思想给予了角色。同一个英雄可以是人，也可以化身成动物，在人和动物之间并无明确划分。

《马比诺吉昂》文学作品中，最特别的莫过于《库尔威奇和奥尔温》的故事了，它讲述了亚瑟与野猪王塔赤图斯的抗争，故事中，亚瑟解救了被野猪王和他的七个儿子关押起来的圆桌骑士。可维亨三百只乌鸦的冒险形成了《罗纳布威之梦》的主题。这些作品几乎都不涉及道德上的优缺点。故事中邪恶的人或物会欺辱女性、会欺压邻里，他们以作恶为乐，因为这是他们的天性；然而，故事中邪恶的人或物似乎没有得到应有的报应。亚瑟的骑士们追随着他，他们并非罪犯，而是淘气的同伴。其他的生物似乎是完美和公正的，而或多或少富有天分。这就是一个和蔼可亲、温文尔雅的民族的梦幻，他们把邪恶的看成命运的必然之物，而非人类良知的负面产物。故事中，世间万物如同被施了魔法，无限多的奇幻生物栩栩如生，这都印证了这个民族想象力的丰富。基督教则总是内敛的；虽然人们偶尔能感受到基督教的亲近，但是，基督教无论在哪方面都不改变万物所产生的纯粹的自然环境。在餐桌上，一位主教坐到了亚瑟的旁边，但他的作用仅仅是为菜肴祈福。爱尔兰的圣人们，曾是爱尔兰人自己的化身，

---

① 可以确定，这是《兰斯洛特的湖》里的最有趣的章节，讲述了法庭审判的起源。——著者注

他们祝福亚瑟并受益于他，他们的民族被描绘得模糊难懂。没有中世纪的文学能不受传奇文学的影响。而且，我们可以确切地说，威尔士吟游诗人和说书人远离教会，他们的文化和传统也与之划分界限。

《马比诺吉昂》的主要魅力在于，它刻画出凯尔特人心灵的和蔼可亲与平静淡然，他们既不悲伤，也不欢悦，情绪永远浮于欢笑和眼泪之间。如同一个不知怎么区分富贵与平凡的小孩，他的吟诵如此单纯；那是一个带有淡淡愉悦的世界，那样的沉着安静，就像阿里奥斯托的诗句，能让我们身临其境。中世纪后期，法国和德国学者相继效仿其写法，但都无法领悟其叙述方式的魅力。就连写作技术娴熟的克雷蒂安·德特鲁瓦和沃尔夫勒姆的埃申巴赫，在这方面也远不及威尔士的说书者。应提及的是，当德国评论家首先发现了《马比诺吉昂》，他们欢喜雀跃，并且过分夸大了其优点。他们沉浸在冗长的描述中，而淡忘了他们自己叙述文的艺术性。

凯尔特民族的文学作品，富有想象力，与日耳曼文学作品相比，其温文尔雅的文风能给人留下深刻印象；不像《埃达和尼伯龙根》里，充满了可怕的复仇。再比较日尔曼和盖尔民族的英雄，例如贝奥武夫与佩雷德，他们真是有天壤之别：一个，恐怖野蛮，乱杀无辜，嗜酒放纵，冷血漠然，可以这样说，是为毁灭和死亡而生的；另一个，则有强烈正义感，虽然高傲自豪，但勇于奉献，极度虔诚。《黑人》中刻画了一个残暴的人，简直是个怪物，就像勒斯屈耿和荷马的独眼巨人，他们残暴可怕，与凯尔特文学描述中人物的善行形成鲜明对比；而凯尔特文学故事中的坏人，就像一位温柔虔诚的母亲所养育的小孩那单纯思想里面的坏人。日尔曼文学中的粗人则肆意屠杀，令人憎恶，他们对残暴的嗜瘾让他们获得了更多的对抗技能和力量，让他们更加无情残暴。而布立吞民族的英雄则相反，即使在他们最疯狂的战斗中，他们也流露出善良的本性和对弱者的同情。同情是凯尔特人最深刻的情感。就连犹大也会同情他人。圣布兰登发现他在极地海洋之中的磐石上，每星期他都会花一天时间用地狱之火来考验自己。他会把一个曾经给了乞丐的斗篷挂在面前，来缓解他的痛苦。

如果威尔士有权以《马比诺吉昂》为自豪，她还不能为此庆祝，因为她还没有找到能够翻译《马比诺吉昂》的译者。要正确理解这些原始的文字描述，需要能对威尔士的叙事文准确无误地理解和欣赏，而且要具备处理简单顺序的智慧，这是博学的翻译家所不具备的。只有女人的智慧才会孕育如此不寻常的美好想象，因此，要翻译这些文字，唯有女性的译者才能胜任。简单、愉悦，没有辛劳或粗俗，夏洛特·格斯特夫人的翻译就像一面明镜，清晰忠实地反映了布立吞文学作品的原文①。即使从文献发展的角度，她的翻译也经历了后人的改善，但这并不妨碍人们对她的博学和才华给予出众的评价。

在《马比诺吉昂》中，格斯特夫人把她认为可以收纳进来的作品都囊括入册，书中的作品可以明确地分为两类：一类作品的一部分是与威尔士和康沃尔半岛相关的，围绕亚瑟的英雄人格展开；另一部分则与亚瑟无关，地域包括在英格兰布立吞族的一部分，而非整个大不列颠，这部分的作品把我们带回了古罗马占领统治的后期，展示了当时的民风和传统。第二类比第一类的作品更为古老，至少就作品的主题而言，作品中刻画了更多的神奇人物，运用了更多不可思议和神奇迷幻的写作形式，语言上大量运用了压头韵和双关。例如，《皮威尔的故事》《布兰雯的故事》《玛纳怀登的故事》《麦斯恩威之子麦斯》《马森王之梦》《露德和来佛利的故事》和《塔里森传奇》。

与亚瑟的故事相关的人物，欧文、格兰特、佩雷德，他们的故事包括《库尔威奇和奥尔温》和《罗纳布威之梦》。值得注意的是，最后提到的两部作品都有非常古老的特点。在这两部作品中，亚瑟居住在康沃尔，而不像在其他作品中，亚瑟是在卡尔利昂。在这两部作品中，亚瑟有着独立的个性，参与打猎，并参加战斗；而在更近的作品中，他就是个无所不能、冷漠无情的国王，游手好闲的英雄，但仍然有许多英雄追随着他。《库尔威奇和奥尔温》则反映了完全原始的一面，比如，故事里，对野猪行为的描写完全符合凯尔特神话的精神，人物具有超自然和神奇的能力，含沙射影的情节总是令人难以琢磨，这些都形成了一个循环。作品给我们

① 德拉·维林玛克于1842年，以“布列塔尼的民间故事”为标题出版了此书，当时夏洛特·格斯特夫人的英文翻译译本已经面世。——编者注

展现了，在布立吞文化受到外界的影响之前，他们是如何的纯净。在此，我并不企图来分析这些诗篇，但我希望通过展现部分摘录，能让大家感受到这些作品的远古感和原创性。

科力登王国的国王库尔德有个儿子，他叫库尔威奇，当王子听说耶帕达·登朋卡尔有个女儿，名叫奥尔温时，王子就疯狂地爱上了她。之后，他就找来亚瑟帮忙；实际上，他并不知道自己的爱情到底会在哪个国度开花结果。耶帕达·登朋卡尔与一个可怕的暴君住在同一城堡里面，进去的人都没有活着出来的，他的命运与他女儿的婚姻息息相关。[①]亚瑟派了他手下最英勇的武士去帮助王子。长途跋涉之后，骑士到达这座城堡，并看到王子的梦中情人。经过三天坚持不懈的奋力攻战，他们从奥尔温父亲那儿得到了答复，但她父亲提出了不可实现的条件。王子和骑士们的艰苦征程是漫长的，这段名副其实的传奇史诗以一种不连贯的形式展现。手稿对库尔威奇王子这段历险的描写，格斯特夫人只选了七八段来翻译。我从中挑选了些情节，它们与整个作品的精神是一致的。这部分描写了寻找墨忠的儿子玛邦的过程，玛邦刚生下来三天就被迫离开了母亲，而他的顺利出生则多亏了有库尔威奇的帮助。

他的追随者对亚瑟说："主人啊，回家吧，你这样继续给主人安排着无刺激的冒险，是毫无意义的，应该停止了。"亚瑟答道："这对你们会有好处的，按照主人的要求去做吧，格瑞亚，现在你都学会了如此多的语言，你都能与禽鸟走兽对话了。而你，艾多尔，你也同样应该跟我们一起去寻找你的兄弟姐妹。柯艾和杯德尔，至于你们，我希望你们能参与任何冒险，并追求成功。这也是为我的冒险。"

他们继续前行，直到他们遇到了希尔格利的鹤鸟，格莱尔恳求鹤鸟告诉他："看在老天的面子上，请告诉我有关墨忠的儿子玛邦的事吧，他刚出生三天，就从他的母亲那里被带走了。"鹤鸟回答说："当我第一次来到这里，我还是一只幼鸟，那时有一个铁匠的砧在这个地方；从那个时候

① 在布列塔尼文化圈中，在传奇文学中，父亲的生死时常是与女儿的命运联系在一起的，比如《兰斯洛特》。——编者注

起，就没有人再管了，只有我每天晚上用嘴来啄，到现在，砧差不多有一个坚果那么大了。如果我知道有关你问起的人的消息，而没有告诉你，就让老天惩罚我吧。不过，我会做正确的和恰当的事情，我会为亚瑟的人做的。在我之前，曾有一群动物在此，我可以带你去找他们。”

于是，他们继续前行，然后遇到了瑞戴努尔的雄鹿。“瑞戴努尔的雄鹿，我们是亚瑟派来的使节，我们来到你这里，因为你是我们听说过的最古老的动物。你知道墨忠的儿子玛邦吗？那个孩子刚出生三天就被带走了，被迫离开了自己的母亲。”雄鹿回答说：“当我来到这里，围绕我的只有一片平原，没有任何的树木，更别提那些能够长成枝繁叶茂的橡树的树苗了。可能更早的时候，橡树已经凋零死去，所以，现在一片荒凉，只剩下枯萎的树桩；从那天起我就一直在这儿了，但我从来没有听说过你所问起的人。然而，你是亚瑟派来的使节，我愿意带你去找比我更早就在这里的动物。”

于是，他们继续前行，然后遇到了康卡尔德的猫头鹰。“康卡尔德的猫头鹰，我们是亚瑟派来的使节。你知道墨忠和他的儿子玛邦吗？那个孩子刚出生三天就被带走了，被迫离开了自己的母亲。”猫头鹰回答说：“如果我知道，我就会告诉你的。当我来到这里时，现在这片宽阔的山谷曾郁郁葱葱，枝繁叶茂。然后来了一个族群，他们把原来的树木连根拔起，又种上了第二批树木，你们今天所见的是第三批的了。看我的翅膀，难道它们不像枯树根吗？但是，这么长的时间以来，我从来没有听说过你所问起的人。然而，我愿意为亚瑟派来的使节效劳，我会带你去找世界上最古老的动物，他曾游历各地，他就是格文阿布维的雄鹰。”

格莱尔问道：“格文阿布维的雄鹰，我们是亚瑟的使者，专程来找你，我们想问，你可知道墨忠的儿子玛邦？那个孩子刚出生三天就被带走了，被迫离开了自己的母亲。”雄鹰回答说：“我到此已久，当我第一次来到此地时，这里只有一块大石头，我每到夜晚，都会从大石头的顶端开始啄；如今大石已经变成小石。但直至今日，我从来没有听说过你所询问的人，然而有一次，我去琳栗维觅食，我用爪子抓住了一条大鲑鱼，正想着这条鲑鱼够我享用几天的时候，他却把我拽入深水中，让我差一点没能脱身。而后，我带着我的族群去袭击他，并试图摧毁他。后来他送来信，希望握手言和，并恳求我把他背上的50根鱼叉拔出来。可能他会知道些你所问的人的情况，这谁也说不准，不过我会带你们去找他。”

于是，他们继续前行并找到鲑鱼。雄鹰问道：“琳栗维的鲑鱼，我带来了亚瑟的使者，想问下你是否知道墨忠和他的儿子玛邦，那个孩子刚出生三天就被带走了，被迫离开了自己的母亲。”鲑鱼答道：“我会告诉你我知道的一切。每次潮汐我都会随之向上游游去，当我游到格洛斯特城墙下，我发现这里非同寻常、很不对劲；你们可以信任我，我会派我的两名士兵跟着你们其中一人去那里。”于是，柯艾、格莱尔随鲑鱼的士兵一同前往，到达了城墙下的一个监狱，他们从这个地牢中听到了阵阵哀泣声。格莱尔问：“是谁在这石头房里叹息啊？”“唉，不管是谁被关在这里都会哀伤的。我就是墨忠的儿子玛邦啊，我被关押在此；我的牢狱之灾如此痛苦，就连路德·洛·埃瑞恩特和艾瑞之子格瑞德的牢苦都无法相比。”“怎样才能帮你解脱这牢狱之苦呀？用金银或财宝可以将你赎出来？还是要动用武力？”“要打败他们，才能解救我。”

我们不应该这样追寻布立吞族英雄的艰难历程，这样的结果将被预见，那就是：在这些有趣的传说中，威尔士人民的丰富想象力给动物赋予了人类的言行和智慧。没有一个民族能像布立吞族那样，把低等的动物描绘得如此惟妙惟肖、栩栩如生。[①]在中世纪诗歌《狮子骑士》《猎鹰骑士》和《天鹅骑士》的故事情节中，人类和动物之间关系密切，例如高贵之鸟能让誓言神圣，这些都来自布列塔尼人们丰富的想象力。而教会文学本身也有相似的特点；在布列塔尼半岛和爱尔兰，传说中的圣人对动物都十分亲切友善。比如，有一天，当圣凯文对着窗外张开双臂祈祷时，却不经意地睡着了，一只燕子看见了这位德高望重的圣人，发现他张开的双手正好可以筑巢安家。当圣凯文醒来时，看见这个燕子妈妈正在孵卵，他不愿去打扰她，等到小燕子都孵化出来后，圣凯文才站了起来。

凯尔特人从大自然中找到了灵感，他们那种特殊的、充满生气的灵感

① 参见南尼厄斯和吉尔达斯的作品。在其中，动物的重要性绝不亚于人类。——编者注

又产生了感人至深的同情心。他们的神话故事可以被看作透明的自然主义。这绝非等同于希腊和印度的神与人同形同性的自然主义，这种神、人同形同性论的自然主义认为，宇宙的力量，被看作众生，并赋予了意识，并会越来越脱离自然界的事物，而成为精神上的存在。但是，现实的自然主义相信对大自然的热爱、大自然神奇的魔力，当人们伤感之时，人们相信能听到自己面对面地与大自然交流，谈论人类的起源和命运。梅林的传说就能真实反映这样的情感。梅林受到了丛林中仙女的诱惑，他与仙女一起飞走并成为了原始野人。亚瑟的使者找到了他，他竟然在喷泉旁歌唱着。他被带回了宫殿，但他后来又禁不住仙女的诱惑，再次回到了森林并且永远留在了那里。在一片茂密的山楂灌木丛中，维维恩给梅林建起一个神奇的监狱。在那里，他能预言凯尔特人的未来；他谈论着树林里的少女，她们忽隐忽现，并用法术俘虏了梅林。亚瑟的传说中不乏这样的人物角色。人们相信，亚瑟自己就如同丛林里的精灵。蒂尔伯里的葛凡斯[①]描述道："在月黑风高的丛林深处，时常能听闻号角吹响，看见打猎队伍；当问他们从何方而来，猎人们称自己是亚瑟的随从。"[②]大自然所激发的凯尔特人的想象力非常美妙，模仿布列塔尼传奇文学的法国作家都认同此观点，虽然此观点很普遍。兰斯洛特的伊莱恩，就是布列塔尼文学作品中理想的女性，她生活的全部就是一个花园，她全身心地照料这些花朵。她每一次亲手采集一朵鲜花，都如同生命需要一次及时的修复；于是，伊莱恩的爱慕者们有一种责任感，每当他们摘了朵花儿，他们就会在原地再播种一棵。

原始的自然主义可以解释凯尔特人对森林、喷泉和石头的崇拜。然而，布列塔尼的教会又极力禁止这样的崇拜。石头，的确可以被看作凯尔特族自然的象征。因为，石头永恒不变，没有死亡，它们见证着周围的一切。动物、植物，还有人，只能代表一种被上天安排了生死的神圣生命；

① 12世纪英国的编年史作家。——编者注

② 以这种方式解释亚瑟所带领的狩猎队在丛林中所制造的奇怪声响，在其他作品同样可见。要正确理解凯尔特人对他们那片大自然的崇拜，我建议参看吉尔达斯和南尼厄斯的作品，如第131、第136、第137页等（参见：圣马尔特，柏林，1884年）。——编者注

正相反，石头的形态千变万化，甚至可以被刻成人们儿时的偶像。鲍萨尼阿斯发现，那尊由30块方石构成的法赖塑像仍然矗立着，每一块方石都被刻上了神的名字。这块史前的纪念碑，经历了整个古代文明，是原始人类的丰碑，记录了古人对上天的虔诚。[①]

人们经常发现，对于我们所认识的凯尔特种族包含其所有的分支，人们意见不一，并扩大其范围。一个显著的事实放在人们眼前，那就是凯尔特的族人们深信自然主义。不仅如此，每次我们的历史中再现古老的凯尔特精神，人们都能目睹它，见到它的重生，感受凯尔特族人对大自然的虔诚和其神奇的影响。这种精神的化身，最有表现力的莫过于圣女贞德。她那种不屈不挠的精神、对未来的坚定，让我们相信，拯救一个国度的任务能由一位女性来完成。所有这些，绝非来自远古，也绝非来自日耳曼民族，而是来源于凯尔特文化。这种古代的精神在贞德的故乡栋雷米得到了永恒，或以受欢迎的信仰形式，在其他地方落地生根了。贞德家的房子旁，有一棵茂密的山毛榉，这种当地有名的树木传说能引来仙女。在贞德的童年，她常常爬上树头，挂在树枝上，在茂密的叶片和花朵丛中游戏。据传言，贞德有时在夜间会消失。于是，贞德这种天真的行为被指责有罪，是对宗教信念的诋毁；当然，那些毫无恻隐之心的神学者如此来判断这个圣洁的少女，在当时也是有道理的。虽然，贞德知道自己是无辜的，但她对基督教并不虔诚，她更具有凯尔特族的精神。梅林也曾告诫过她；贞德不信任教皇或教会，她只相信与自己内心对话的声音，比如田间地头的声音、树枝间飒飒的风声、远处有节奏的风声。在贞德被审判期间，她厌倦了各种问题和部分人的阴险狡猾，她被问道，她是否还能听到自己的那些声音。“送我去树林里吧，”贞德说，“在那儿，我能听得更加清晰。”贞德的故事带有传奇色彩；大自然爱她，甚至连群狼都从没碰过她的羊群。当她还是一个小女孩的时候，鸟儿们常常会飞来，温顺地分享她

① 但是，在法国的这块史前纪念碑是否是凯尔特人的作品，尚无从考证。根据哥本哈根考古学家沃尔赛的观点，我倾向于认为，这些纪念碑属于更古老的人类。但是，印欧种族的建筑也不是这样的风格。参见萌米的两篇文章，刊登于《法国拉森纳慕》（1852年9月13日刊，1853年4月25日刊）——编者注

膝盖上的面包。

第三部分

《马比诺吉昂》并不是值得去研究的，它只展现了布列塔尼民族传奇文学的天赋。正是通过这传奇文学，威尔士民族的想象力影响到了整个欧洲大陆，并在12世纪，让欧洲充满了诗意的艺术。就这样，这个曾经几乎被征服的民族，他们传奇文学的智慧成为整个人类想象力的盛宴，不能说这不可谓是一个奇迹。

文学作品中还有各种男主人公，他们都能与亚瑟媲美。无论是同时代的吉尔达斯还是安奈林，都值得一提；比德不知道亚瑟的名字；塔力森和李沃克·黑恩甚至对亚瑟不屑一顾。而在内尼厄斯，传奇中的亚瑟活到了约850岁。亚瑟被视为撒克逊民族的终结者；他从来没有经历过失败；他是各个国王的统帅。最后，在蒙默思的杰弗里，这段史诗创作到达了高潮：亚瑟统治了整个世界；他征服了爱尔兰、挪威、加斯科尼和法国。在卡尔雷昂，亚瑟举办了一次大赛，邀请各国的君主前来；在他们面前，亚瑟把30顶皇冠戴在自己的头上，并让各国君主承认他在整个世界至高无上的地位。人们难以料到，在6世纪，如此卑微、如此不值一提的小国国王，竟然在后来征服了整个庞大的世界。一些评论家认为，传说中真正的亚瑟和他的那些冒名顶替的卑微首领相比，是有天壤之别的，这个尤瑟·潘德拉根的儿子，是位完全理想主义的英雄，是布立吞神话中的幸存者。事实上，古老的德鲁伊教在共济会的制度下发展到了中世纪，在其演变中也已成为新德鲁伊教的象征；在神秘教义中，也提到过亚瑟，而且他已化身成为神灵，仅仅是存在于神话中。如果在这些神话故事的背后，隐藏着真实的人物原型，我们至少应该去探寻这个人物，但历史为我们留下的痕迹太少，根本无法找到这个人物原型。1189年，亚瑟的坟墓在阿瓦隆岛被发现，这无疑应归功于诺曼人。就在1283年，爱德华一世下令摧毁了威尔士独立的最后一丝希望，在战争中，亚瑟的皇冠被找到了，并与英格兰的其他皇冠收藏在了一起。

当然，我们也希望亚瑟现在能代表威尔士民族，希望《马比诺吉昂》中描写的亚瑟能像在南尼厄斯那样，仇视并抵抗撒克逊人的征服。但是，并非如此。亚瑟在《马比诺吉昂》中并没有表现出爱国主义的抵抗；他所做的仅限于团结起身边的英雄、管理他的皇宫，并实行着他那具有骑士精神的法治管理。他如此强大，无人能匹敌。他就如同加洛林王朝传奇中的查理曼大帝，就是荷马史诗中的阿伽门农神，他的那些中庸不偏激的个性并不能让诗篇浑然一体，但能让诗篇更加精彩。作品当中丝毫不涉及与外族的战争，或对撒克逊人的仇恨。《马比诺吉昂》中，英雄没有自己的祖国；每次战斗仅仅是为了显示他个人的卓越，满足他对冒险的渴望，而绝非是以保卫国家为目的。英国就是整个世界，没有人怀疑过除了布立吞族，还会有其他国家和种族的存在。

正是这个理想的和代表性的角色，让亚瑟的传说在整个世界享有如此惊人的威望。如果亚瑟仅仅是一个地方英雄，一个郁郁寡欢的小国卫士，那么就不会有这么多人来认可他、像崇拜塞尔维亚的马可①或撒克逊的罗宾汉那样崇拜他。迷住整个世界的亚瑟，是公平秩序的领袖，在他们的公平世界里，每人都平起平坐，个人的价值是由自己的英勇和天赋体现的。这个无名半岛的命运，以及其中的斗争，为何对整个世界都举足轻重？真正引人入胜的是被亚瑟之妻——桂妮薇所管理得井井有条的宫廷，围绕着君主，团结着各方英雄；那里的女子纯净而美丽，人们在那里分享着故事，学习着礼貌礼仪。

中世纪所有英雄主义、美丽、谦逊和爱的思想都来源于圆桌骑士，这就是圆桌骑士神奇的奥秘。我们需要放下书本来思考，如此一个平和而有教养的民族竟然产生于一个原始野蛮的世界，是布列塔尼人创造了这一切吗？还是有欧洲大陆的礼节完善了它的模型？难道《马比诺吉昂》本身并没有感觉到法国人模仿作品的反作用？②可以肯定的是，贯穿整个中世

① 塞尔维亚民谣中的英雄。——著者注

② 《马比诺吉昂》尚存版本的发行日期晚于这些模仿作品，《红书》也包含了来自《法国吟游诗人》中的故事。但是，这并不能说明威尔士叙事文学以此方式借鉴，其中部分作品是《法国吟游诗人》中没有出现的，只有布列塔尼民族才会对这些作品产生兴趣。——编者注

纪，我们刚提到的那种情感始终是以布立吞传奇文学为基础的。这样的联系并非偶然；如果模仿文学的基调过于强烈，那么在《马比诺吉昂》的原作中我们总能找到与之相关、个性鲜明的人物。否则我们如何来解释，这个在世界之边被忽视的民族是怎样用自己民族的英雄来感染欧洲，是怎样在传奇文学的领域，卷起了博学的史学家所称的非凡变革的？

事实上，如果在开始介绍布立吞传奇文学之前来比较欧洲文学，吟游诗人的创作借鉴了布列塔尼的文学，人们发现，这种吸收了布列塔尼文学精髓的创作，已经被基督教徒作为一种新形式的诗歌所接受，并被大刀阔斧地修改。法国卡洛林王朝的诗，其结构和写作手法都没有抛弃古典文学的思路。在希腊史诗中，人行为的动机都是相同的。最根本的传奇文学的元素，来源于森林的生命、神秘的冒险、对大自然的情感，以及布列塔尼武士对幻想中虚无缥缈不懈追求的冲动；这些元素还有待探索。罗兰除了他的铠甲，无异于荷马史诗里的英雄们；在内心当中，他就是埃阿斯和阿基里斯的兄弟。佩瑟瓦尔则相反，他属于另一个世界，他的言行与这些古典文学作品人物有巨大的鸿沟。

把古文学对女性人物的刻画手法引入中世纪的诗歌，这才是最棘手的。布列塔尼文学把爱情的微妙情感刻画得如同奇妙的蜕变。恋爱就像电火花。没过几年，欧洲人的口味却变了。几乎所有类型的中世纪的女性，例如吉尼维尔、伊瑟尔德和伊妮德，她们的原型都是亚瑟的宫殿里的女性。在卡洛林王朝的诗篇里面，女人被描绘成了毫无性格或个性的无名小卒；在《菲瑞布拉斯》里，对于女性，爱情是残酷的，而《罗兰之歌》几乎没有涉及爱情这一主题。相反，《马比诺吉昂》的主要部分总是描绘女性。武士的快乐来源于能用自己的英勇为女性服务，能赢得她们的关注；他们相信，最崇高的行为莫过于用自己的力量帮助弱者。我认为，这代表着12世纪几乎所有欧洲传奇文学的一次改变；但不可置疑，这样的改变首先发生在布列塔尼民族的文学表达中。《马比诺吉昂》最能让人惊叹的特点是对女性感情刻画得惟妙惟肖，几乎不能找到一个不恰当或过于笼统的词汇。在这里有必要提到《佩雷德》和《格兰特》两段传奇的故事，来展现其天真无邪；但在这些美妙的情节中，显得天真简单的文字，又阻碍了读者领略其作品深层次的含义。只有在法国人的模仿作品中，我们才能读到，骑士去保护女性的热情变成了讽刺的委婉语，是法国的模仿作家把布列塔尼传奇文学中纯洁的谦逊变成了无耻的英勇——这些看似与原作一样纯洁的模仿作品，成为在中世纪不光彩的文字，并饱受责难，甚至当教徒想到不道德的事情时，他们都会联想到模仿传奇文学中人物的名字。

当然，骑士精神是个很复杂的概念，我们无法找到其根源。然而，让我们设想，把维护女性的尊严看作人类活动的最高目标，再把爱情看作至高无上的美德，这绝非是古代文学或日耳曼族的思想。是否能在《埃达》或《尼伯龙根》里面寻找到一丝纯洁的爱情、值得投入全身心的爱情，或是成为骑士精神灵魂的爱情？文学作品的鉴赏不乏争议，评论家们从阿拉伯神话中寻找骑士制度的起源，也会提出不同的见解。当然，所有文学的似是而非的论点尚无定论，这只是其中最特别的一个。在买卖她的地方征服一个女人，并在另一个在她看来是道德败坏的地方给她尊严！我会用一个事实来推翻这派的观点，阿尔及利亚和阿拉伯人会感到吃惊：中世纪，在辈兰的比赛中，一些女士竟然被安排颁奖。由女士来授予奖励，这对骑士可能是至高无上的荣誉，但对阿拉伯人来说，简直是蒙耻或侮辱。

把布列塔尼传奇文学借鉴到当前的欧洲文学，在构思和引用奇幻的写作手法方面，也掀起了轩然大波。在卡洛林王朝的诗篇里面，奇幻的事物羞怯胆小，并不超越基督教的教义；超自然力只有上帝或他的特使才能实现。与此相反，布立吞民族相信，奇幻源于大自然，源于她隐藏的力量中，存在于她取之不尽、用之不竭的资源和创作力当中。有一只神奇的天鹅，她可以预知未来，突然，出现了一只手、一个巨人、一个黑衣暴君、一团神奇的雾、一条龙、令人吓得要死的哭喊，还有一个异常奇怪的物体。这段描述当中没有一种神论的概论，其奇幻的事物只是奇迹，是对既成定律的改变和突破。这种把自然界的事物进行拟人的写法，也不会是希腊和印度的神话精髓。在此，我们拥有完美的自然主义，拥有对可能性的无限信心，同样拥有对对立且自立事物的信心，而这些观念与基督教教义正好背道而驰。基督教徒看到的会是天使或朋友。此外，作品中，这些奇怪的事物也是存在于教会的范围之外的；当圆桌骑士征服了他们，他们会被迫去祭奠吉尼维尔，让他与自己受洗礼。

现在，如果在诗歌中存在奇幻元素，我们肯定能够欣然接受。如果仅仅把古典神话视为简单故事，这样太莽撞，而把其视为充满修辞的描写，又太乏味，它们能给我们阅读的满足感。对于基督教中的奇幻元素，布瓦洛是正确的：没有任何小说能与其教条主义相兼容。仍然存在纯粹的自然主义的奇幻元素，这正如莎士比亚和阿里奥斯托的观点，大自然让自己行动起来，制造乐趣，命运的奥秘在于它通过与万物秘密同谋，来解释自己。很难确定，这些作品当中到底有多少凯尔特诗歌的影子。至于阿里奥斯托，他体现了布列塔尼诗歌的卓越。他所有的写作手法、所有的兴趣途径、所有的微妙情绪、作品中的所有女性，以及所有的冒险，无一例外地来源于布列塔尼的传奇文学。

我们现在是否能理解这样一个微不足道的民族为人类文化做出的贡献？是他们让世界认识了亚瑟、吉尼维尔、兰斯洛特、珀西瓦尔、梅林、圣布兰登以及圣帕特里克节，是他们让中世纪充满了诗意。一些民族的命运是如此引人关注，他们似乎有权力让世人接受他们的英雄，好似他们拥有特殊的权威、威严和信仰！奇怪的是，正是诺曼民族，这个在众多民族当中最不认可布列塔尼文化的民族，是他们让世人认识了布列塔尼的神话故事。诺曼民族曾用武力征服了布列塔尼民族，然而他却成为其民族文化的杰出代表。同样，法国的法国人、英国的英格兰人、意大利的意大利人以及诺夫哥罗德的俄罗斯人，他们也曾征服过凯尔特民族，但他们似乎忘记了自己的母语，开始使用凯尔特人的语言，并且传诵着他们的智慧。威尔士传奇文学中具有深刻的启示性，它甚至能抓住和吸收外族读者的思想。最先被世人认识的布列塔尼神话故事，是在1137年公之于众的《拉丁纪事》，它是由蒙默思的杰弗里所作；此作品的面世，是在格洛斯特的亨利一世的儿子罗伯特的主持下进行的。罗伯特，亨利二世，欣赏这样的叙述故事，在他的请求下，罗伯特·瓦斯在1155年首次用法语写出了亚瑟的人生故事，这为法国、普罗旺斯、意大利、西班牙、英国、北欧诸国、希腊和格鲁吉亚各国的诗人或模仿作家开启了先河。我们不能轻视第一批法国吟游诗人的成就，他们首次用欧洲人能够读懂的语言，再现了布列塔尼民族的作品，要不是他们，那些故事可能至今还无人问津。但是，这些吟游诗人绝非善于创造，他们也不会得到创造者的头衔。我们可以从由他们模仿的诸多作品中发现，他们其实并没有完全理解原文的含义，他们尽力把大自然的重要性描写了出来，但是，他们却忽视了环境中蕴藏的神奇的元素，这一点足以说明，这些吟游诗人仅仅满足于在字面意思上忠于原文。

传奇中的圆桌骑士的故事，是在阿摩力克布列塔尼半岛的哪个部分产生的？现在也无法确定；但是这个问题已经不重要了，因为浓烈的民族情意在12世纪把布列塔尼民族的两个分支凝聚了起来。当布立吞民族来到阿莫里卡，并扎根下来，威尔士民族英雄的传统就与布立吞民族的精神相融合了，因为在他们的传奇中，我们发现了格兰特和尤瑞恩，以及其他英雄人物——在布列塔尼半岛的南部，这些英雄都变成了圣人。①当我们读到有关亚瑟故事的最关键的章节，在布罗塞利昂德森林的部分，发现这个地方就在同一个国度。一方面，这些同样的传统造就了布列塔尼诗意的氛围，甚至在历史的某些时期，他们可以用德拉·维林玛克②所收集的大量事实加以证明；另一方面，这些同样的传统造就了布列塔尼诗意的氛围，甚至在历史的某些时期，他们横渡了英吉利海峡，为他们祖国的记忆赋予了新的生命。事实上，牛津副主教，戈捷卡棱尼斯，把翻译成拉丁语的传奇的文本从布列塔尼带回了英格兰（约在1125年），这些翻译是由蒙默思郡的杰弗里在原作出现了10年后才完成的。我知道，《马比诺吉昂》的读者会对此感到惊叹。在这些神话中，所有的地名、家族和习俗都来源于威尔士；阿莫里卡这个地方只有昊尔一人代表。昊尔无疑是个了不起的人

① 我只举一例子证明，这是一个忏悔者，爱德华的定律："B Britones vero Armorici quum venerint in regno isto, suscipi debent et in regno protegi sicut probi cives de corpore regni hujus; exierunt quondam de sanguine Britonum regni hujus."（见威尔金斯的《盎格鲁-撒克逊人的法律体系》，第206页）。——著者注

② 《罗马人的圆桌会议和古布列塔尼人的故事》（巴黎，1859年，第20页）、《古布列塔尼人的民间故事》。上述可被视为新的版本，这个博学的作者夸张了法国布列塔尼的影响。在本书首次发表时，我曾否定过其价值。——著者注

物，但与声名显赫的亚瑟以及他身边的英雄们相比，昊尔就相形见绌了。如果我们坚持阿莫里卡是亚瑟诞生的地方，那为何我们无法找到他出生留下的任何蛛丝马迹？[1]

我承认，这些反对意见长期与我对峙，我也不指望消除它们了。首先有一类是《马比诺吉昂》的英雄传奇，其中包括欧文、格兰特和佩雷德的故事，从中我们无法找到确切的故事发生地。其次，对于外族文化的侵蚀，威尔士相比较布列塔尼民族，更少受到影响，更好地保护了其文学作品的原汁原味——可以想象，布列塔尼的古老史诗已经从人们的记忆中被抹去了。因此，现在两国的文学风格已是大相径庭。法国的布列塔尼现以她的流行歌曲为荣耀，而在威尔士，布列塔尼人的智慧被保存在原始的作品里，并且产生了新的创作。

第四部分

在比较法国吟游诗人所认识的布列塔尼民族，和在《马比诺吉昂》作品里面的布列塔尼民族时，人们可能会倾向于认为，欧洲人的想象力被这些辉煌的神话所吸引，会给威尔士原来的传奇加入一些他们的诗歌主题。在欧洲大陆版的布列塔尼传奇中的两位著名英雄，兰斯洛特和特里斯坦，在《马比诺吉昂》中从未出现。另一方面，《圣杯》里刻画的人物与法国和德国诗人作品中的人物截然不同。更为深入的研究表明，这些明显由法国诗人加进去的元素，其实来源于布立吞文学。首先，德拉·维林玛克已经证明，兰斯洛特只是威尔士英雄马埃尔的翻译，因为马埃尔与法国传奇中的兰斯洛特极其相像。[2]法国传奇中的兰斯洛特，有关他的描写，名字和所有细节无一不表现出布列塔尼传奇的特点。在特里斯坦传奇中也有类

① 德拉·维林玛克呼吁推广仍在布列塔尼尚存的流行歌曲，亚瑟的事迹得到了颂扬。事实上，在《布列塔尼的流行歌曲》中，两首英雄的史诗被收编。——著者注

② 安斯洛特是安索尔的昵称，其含意为仆人、侍从或是护卫。现在，布立吞方言中马埃尔这个词含有相似的意义。14世纪，普尔斯甘特这个姓，在法国军队的威尔士人名中曾出现，它也无疑是马埃尔这个词的翻译。——著者注

似。人们甚至希望能从威尔士作家的手稿中发现完整的如此奇妙的传奇。欧文博士指出，他亲眼见过这样的手稿，但无法获得其副本。至于圣杯，得承认它的确是个神奇的杯子，法国传奇人物帕瑟沃尔和德国英雄帕西法尔都为找寻它而四处奔波。但是在威尔士文学中，圣杯并不是那样的重要。在佩雷德的传奇中，圣杯的故事只以松散的文体呈现过，并且缺乏宗教含意。

“然后，佩雷德和他的叔叔滔滔不绝地谈论起来，他看见两个年轻人扛着长矛，矛锋上的血流在地板上，留下三道痕迹。他们进入了大厅，又走进了房间。当在场的侍从看到这一切，他们开始悲叹、流泪。但对于这一切，该男子无动于衷，继续着与佩雷德的谈话。他没有给佩雷德解释此景的含义，并克制自己没去问他所以然。然后，侍从的喧闹声逐渐变弱，此时，两位少女共举一个托盘，走了进来，托盘上有个浸泡在鲜血中的人头。见此情景，侍从们号啕起来，让人无法忍受。但最后他们都沉默了。”这是一个奇异的场景，直到文章最后，这个情景还是一个不解的谜。这个神秘中的年轻人正是佩雷德，长矛上流淌的鲜血来自他叔叔的伤口，托盘上的血淋淋的人头是他堂兄的，他堂兄被柯尔洛伊的女巫杀害了，从此，佩雷德就注定会为他们复仇。事实上，佩雷德召集了圆桌骑士，而后，亚瑟和他的骑士帮他杀死了女巫。

如果我们现在来讨论《帕尔齐伐尔》这样的法国式传奇，我们会发现，这种千变万化的奇幻蕴藏着另一层面的含义。长矛是隆格斯用来刺穿耶稣肋骨的凶器，圣杯或那个浅盆是亚利马太的约瑟夫用来盛圣血的容器。那个神奇的花瓶可以收集天地间所有的好东西；它还可以治愈伤口，甚至还可以按照主人的意愿，装满美味的食物。只有感觉蒙受天恩的人才能够使用它，只有牧师才能够理解它的魔力。在经历了无数艰辛困难之后，蒙恩者们去寻找这些曾被使用过的神圣物品，比如佩雷德骑士精神的象征物，这一象征物曾经平凡又神奇。最后，佩雷德成为牧师，带着圣杯和长矛隐居起来；在他离开人世的那天，天使把圣杯和长矛送去了天堂。让我们补充一点——在许多作品中都展现出——在法国吟游诗人的脑海中，圣杯和圣餐是不可分离的。在传奇《帕尔齐伐尔》中，圣杯成为圣体容器，它的神奇效应能使诗篇变得神圣。

难道仅仅因为与布立吞传奇，如威尔士传说中的《佩雷德》的直白叙事风格不同，就断言法国吟游诗人的作品是一种异样的神话？或许，我们应该基于法国布列塔尼文学，从原创创作的视角来审视他们的作品。根据德拉·维林玛克[①]的观点，我们相信这个传奇根本上还是符合布立吞文学特点的。在8世纪，布列塔尼一位隐士梦中出现了幻影——亚利马太的约瑟夫带着“最后的晚餐”中的圣餐杯，而后，他就写下了名为“格拉达尔”的历史。所有凯尔特的神话都充满奇幻，比如：九仙女在神奇大锅下静静地鼓风；一个神秘的花瓶可以激发诗人的灵感，赋予人类智慧，揭示世界的未来。有一天，当神圣的布莱恩在爱尔兰的湖岸边打猎时，他看到一个黑人向他走来，背上背了一口巨大的锅，黑人身后还跟了一个巫婆和一个侏儒。大锅属于一个巨人之家，它具有超自然的力量，它可以治愈所有的疾病，还可以让人起死回生。但是要让大锅实现神奇力量，并不是通过语言来告诉它，而是要用对吟游诗人的暗示语。同样，帕瑟沃尔的谨慎贯穿了整个寻找圣杯之旅。因此，圣杯在我们看来，它的原始意义就是口令，是一群有爱心和同情心之人的口令。圣杯是在《福音书》传到威尔士后才被人们发现的，我们也在塔力森的传奇中发现过圣杯的踪影。基督教把其传说嫁接在神话的资料中，布立吞族无疑也是这样变换着他们的传奇故事。如果《佩雷德传奇》中威尔士式的叙述没有提供跟《帕尔齐伐尔》中法国式浪漫文一样的故事发展情节，那是因为哈吉斯特的《红书》给我们提供了一个比克雷蒂安·德·特鲁瓦的模式更早的版本。值得一提的是，即便在《帕尔齐伐尔》中，奇幻故事的情节也没能被完全展开，法国的吟游诗人似乎会把这样的奇幻主题的描述当成是业已完整的，并不去猜想隐含的意思。是一种家庭的动机，让《帕尔齐伐尔》与其他法国传奇文学，甚至其威尔士的版本都完全不同；他寻找圣杯是因为，圣杯是能治好他的叔叔渔人王的护身符，在此情节中，世俗的动机凌驾于宗教思想之上。相

① 参见《古代不列颠民间故事》简介部分对这个有趣问题的精彩讨论（第181页起）。——著者注

反，德国的版本充满了神秘主义和神学思想，围绕圣杯的，有一个教堂和一群牧师。帕西法尔成为了一个带有纯粹宗教色彩的英雄，他通过自己对宗教信仰的热情和独身的精神，拿到了圣杯，并登上王位。[①]最后，这个传奇的散文版本更为现代，与前面的两个人物特点都迥然不同，一个世俗化，而另一个则是神学化。在散文版本中，帕瑟沃尔成为了虔诚的骑士。在故事里，他打败了最强大的女巫，这让他实现了最后的蜕变。在经历了千辛万苦、重重困难之后，帕瑟沃尔才去做了名僧人，享受冒险人生之后的平静时光——这样才是合理的。

第五部分

我们试图在历史的长河中确定凯尔特民族生活的确切年代，因为只有把我们自己置身于他们生活的时空，我们才能完全理解他们的智慧。于是，我们被带回了公元6世纪。他们的命运似乎完全是由上天安排的，从简单单纯发展到成熟复杂，他们自始至终都能给白天带来光明，能给大自然带去珍宝。凯尔特民族在6世纪，唤醒了他们诗歌的天赋，并开始了最初的创作。那时，基督教的思想在他们意识里还处于萌芽状态，还没有抑制民族信仰的发展；德鲁伊教的信徒们，无论在他们的聚会地，还是在他们的圣地，都坚守着他们的阵容。一个民族，只有通过共同抵御外来势力的入侵，这个民族才能真正意识到他们民族存在的意义，才能具备最崇高的民族主义精神。公元6世纪，是一个充满不朽英雄的时代，是一个拥有凯尔特民族宗教圣人的纪元；当然，这个时期也见证了吟游诗文学的蓬勃发展，塔力森、安奈林和里瓦克·赫恩都是此阶段的著名作家。

对于曾在神话中出现过的名字，人们会质疑它们的历史真实性，以及真实程度。至于源远流长的诗歌，评论家施莱格对这种古老的吟游诗文

① 这的确是非同寻常的。布列塔尼所有的英雄，在他们最后蜕变时，都能立马变得英勇和虔诚。亚瑟宫殿中最为关注的一位女士——露恩德，因为贞洁而成为一个圣人和烈士，每年的8月1日成了纪念她的节日。在法国传奇文学中也有她的身影，名为露恩尼特（参见《格斯特夫人》，第一卷，第113页、第114页）。——编者注

学提出了质疑，他的观点与法瑞尔提出过的质疑不谋而合。而我们的回答是，在明悉且公正地研究考证之后，这些质疑声都消失了。[①]只有这一个特例，评论家的质疑声是错误的。6世纪对于布列塔尼民族来说是一个完美的历史阶段。当我们近距离触摸这个时代的布列塔尼民族后，对其文明的理解达到了我们理解希腊或罗马文明的深度。人们的确可以知道，直到后期，诗人们继续以塔力森、安奈林和里瓦克·赫恩等几位颇有成就的诗人的名义编辑诗篇。所以，我们不能混淆他们乏味的作品和大师的杰作，我们可以通过个人写作的特点、当地环境以及他们流露出的情感和激情，来加以区分。

对于这些最古老、最纯正的布列塔尼吟游诗人的文学作品，德拉·维林玛克把它们收集进了《6世纪布列塔尼吟游诗人作品集》。威尔士的学者和我们博学的学者，都把它作为对凯尔特文学的研究对象。然而，我们必须承认，这个作品集引用了过多《布列塔尼吟游诗人的流行歌曲》的内容。在他后一部的作品中，德拉·维林玛克充分向世人展现了布列塔尼文学中令人愉悦的一面，那就是他们民族的温柔、忠诚、顺从以及害羞的特点。[②]

6世纪吟游诗人的诗歌的主题非常简单，是单一的英雄题材，而从未

---

① 这显然不适用于这些诗歌的语言。众所周知，中世纪的译抄员对古典文学毫无感念，他们在译抄这些古代的作品时，加入了中世纪的语言；如果在读到的作品中发现中世纪的本土语，这只能说明你读到了译抄员的用语。——著者注

② 这是一部有趣的作品集，但也不应当被如此全盘接受。学者们毫不质疑作品集的内容，且不嫌麻烦地从中引用。我们相信，德拉·维林玛克在评论那些不完整的诗篇的时候，他同时也解释了它们的意义，这也正是德拉·维林玛克能广受赞誉的原因，对于他的批评和质疑由此显得毫无分量。在处理诗篇中的历史典故时，德拉·维林玛克所揣测的含义绝非平淡无奇，而是充满想象。那段过往的历史是那样的宏大，而它给后人留下的仅仅是支离破碎的信息，那么，偶然的巧合也在所难免。文学中受欢迎的人物往往不会是历史上真实的人物，如果，我们获取远古的信息是通过两个渠道，一个是民间传唱的，另一个是根据史学记录的，那么两者信息内容相吻合的概率甚微。德拉·维林玛克相信，这些古民族人传唱他们的歌谣时，对其中的含义可能只是一知半解。如果一首歌谣突然变得晦涩难懂，那一定是传唱它的人们按照他们熟悉喜欢的内容改编过了。那么编者就可以大胆但真诚地对原文做出修改。这样，我们就从这样的作品中，读到了编者的意图和思想。——著者注

涉及过爱国主义和民族荣耀。同时，他们的诗歌缺乏对微妙感情和爱情的描写，也没明显的宗教观念。诗篇充满了自然主义的神秘，这体现了德鲁伊教的思想对这些吟游诗人的影响；诗篇所涉及的道德哲理以诗节、反诗节和抒情诗三部分展现，这与半吟游诗、半基督的圣卡多克和圣伊图德学派的风格类似。此异乎寻常的风格并非自然，且显得做作，它反映了一种传统正规的学术教学的影响。这种诗歌风格还有一个显著特点——诗歌倾向使用学究式的矫揉造作的修辞语言。吟游诗文学的发展贯穿了整个中世纪，但其风格落入此俗套。到了最后，大部分吟游诗都变成了毫无创新的风格，语言和修辞也都墨守成规。①

吟游诗人与基督教的冲突，反映在了德拉·维林玛克翻译的作品中原创和悲惨的方面。他们之间的斗争侵蚀着诗人们的灵魂，诗人对寺院老僧的憎恨，以及他们被迫转变信仰的悲哀、痛苦之情，在他们的诗歌中体现得淋漓尽致。布列塔尼民族甜美、坚韧的特性，让这个所谓异教的民族公然站出来，顽强地与当时势力强大的基督教抗争。库伦基尔就是其中一位英雄，当时国王企图歼灭所有的吟游诗人，库伦基尔带领他的士兵进行了顽强的抵抗。他们的战争持续了许久——凯尔特民族还从来没有动用武力来对抗一个宗教势力，最坏的情况是，被击败的那一方还有悲伤沮丧的权利。凯尔特民族相信先知对未来的预言，他们这种坚不可摧的信仰，造就了像梅林那样反基督教但被整个欧洲所接纳的人物。吉尔达斯和他保守的布列塔尼群体，不知疲倦地反抗着那些预言未来的先知们，尤其针对伊莱亚斯和撒母耳——两位只预言未来积极面的吟游诗人。甚至直至12世纪，威尔士的杰拉尔德还在卡利恩镇发现了先知的身影。

多亏了对吟游诗人宽容的态度，吟游诗发展到了中世纪的中期。但是，其发展借助了一种隐秘的教义的形式、传统的语言，以及太阳之神亚瑟的象征。这可以被称为一种新德鲁伊教——一种基于基督教的模式，被细分并改革后的德鲁伊教。这种宗教似乎变得越来越模糊和神秘，直到最

---

① 威尔士学者，斯蒂芬先生，在他的《布立吞文学历史》（兰多维，1849年）中已经完整展示了这些诗歌的相继转变。—著者注

后，也销声匿迹了。这个教派也留下了一些不完整的作品，其中一部分是亚瑟和艾利乌德的对话，其内容已经让我们听见了发展到末期的自然主义最后的叹息声。在鹰的外形下，艾利乌德不再神威，而变得气馁、顺从和谦卑，这说明基督教已经击退了异教徒的自豪。大势所趋，人们逐渐放弃了对英雄的崇拜，基督教甚至从凯尔特民族的记忆中永远抹去了英雄，让他们意识到：神，高于一切。亚瑟迫于无奈，放弃了自己所信仰的神力，只能去吟诵《父亲，主啊》。

细腻的女性情感是这种新信仰的主要元素，而对英雄崇拜的男性情感如此强大，与之相搏，这使我始料未及。实际上，真正激怒凯尔特民族传统思想的是那种平和的精神与那些身披麻布的男人，他们用悲哀的声音吟着圣歌，并宣扬着苦行者的教义，英雄的概念离他们远去。①我们知道，爱尔兰文学也有同样的主题，在其作品的对话部分，对宗教的亵渎和虔诚都流露出来，奥西恩和圣帕特里克正是这两方面的代表。②奥西恩怀念着以前的冒险追逐、号角争鸣与昔日的国王，遗憾着他们的离去。“如果他们还在，”他对圣帕特里克说，“你就不用像这样，带着唱诗班，踏遍全国。”圣帕特里克总是试图用和声细语来安抚奥西恩的情绪，他屈尊而谦虚地聆听着奥西恩讲述着那悠久的历史，他看似对那段历史有点儿兴趣，但也是甚少的。这位年迈的吟游诗人总结说：“你已经听了我的故事，虽然我的记忆力远不如前，还需他人照顾起居，但我仍然希望能继续吟唱那昔日的故事，传颂过去的辉煌。如今，我已年迈，我的生活如同一潭死水，我所有的欢乐也离我而去。我的手再也无法握起利剑，胳膊也无法抬

---

① 正如《福音书》开头反传统的部分，阿莫里克民族描绘出了侏儒和《克瑞根》对基督教的敌意。《克瑞根》实际上是布列塔尼的乡下人所作，当早期基督教的传教士来到布列塔尼半岛时，那里高傲的公主也不会接受基督教。她们讨厌牧师和教堂，教堂的钟声一响，她们就会飞得远远的。圣母马利亚是她们最大的敌人，因为她会在喷泉追捕她们。星期六被圣母马利亚看作是神圣的一天，如果她发现她们中任何人梳头，或是清点财物，她们必死无疑。——著者注

② 参见布鲁克女士所著的《爱尔兰诗歌所留下的》（都柏林，1789年，第37页、第75页）。——著者注

起长矛。跟祭司在一起，我的晚年时光似乎变得伤感起来，圣歌已经取代了凯旋的歌谣。”圣帕特里克说：“让你的歌谣休息吧，不要用你的菲恩跟那万王之王比较，他力大无边、神通广大。向他拜跪吧，他就是你的主啊。”的确应该放弃了，这个传说讲到最后，这位花甲的吟游诗人在修道院里，在他并不客气对待的祭司的陪同下，在他并不了解的圣歌声中，与世长辞。奥西恩的确是一个好爱尔兰人，没有人忍心去指责他。梅林本人也不免受当时教会的影响，传说是传教士圣科伦巴让梅林信教的；在歌谣甜美的旋律中重复不断地回荡着动人的声音：“梅林，梅林，信教吧，世间只有唯一的神，那就是上帝。”

第六部分

如果我们没有从凯尔特民族最具特点的一面——他们古老的教会和他们的圣人——来研究其民族的发展，那么，我们只会对凯尔特民族的特性一知半解。基督教温和的一面征服了部分阶级，他们发现自己的势力被新的社会秩序所削弱。我们先不考虑他们对基督教的敌意，在之前的宗教势力销声匿迹之后，凯尔特民族文雅的举止以及细腻敏锐的情感，注定了他们终究会成为基督教徒。事实上，基督教重视人性当中谦卑的情感，这与将会成为基督教徒的凯尔特人民的观点不谋而合。没有一个民族能像凯尔特民族那样，能理解卑微的魅力——那样单纯圣洁、那样接近上帝。凯尔特人民如此容易地接受了基督教，这一点也非同寻常。在布列塔尼和爱尔兰，仅仅不过两三个烈士，结果，布列塔尼人和爱尔兰人只有去崇拜那些在盎格鲁-撒克逊和丹麦人入侵时被杀害的同胞。从这里就能发现凯尔特民族和日耳曼民族的根本区别：日尔曼人是在动用武力奋力抵抗和流血牺牲之后，才被迫逐渐接受了基督教。实际上，基督教的教义与日尔曼人的人性是相悖的；到今天，我们就不难理解，为什么纯正的条顿民族，他们仍然反对这种新教，认为是它毁了他们坚强的祖先。

凯尔特民族的情况并非如此，这个温柔、弱小的民族天生就是基督教徒。基督教绝对没有改变他们，没有抹杀他们的性情，基督教仅仅做的，就是让他们变得更加完善并完美。我们试着比较在这两个国家不同的基督教的传说，例如《柯瑞斯特尼的传说》与那轻松愉快的《卢修斯和圣帕特里克的传奇》。在冰岛，第一批耶稣十二使徒竟然是海盗，偶然的机会，海盗们开始信仰基督教，他们有时做弥撒，有时也会屠杀他们的敌人，还会重操旧业。这些都是权宜之计的情节，并不是严格的对基督教的信仰。

据我所知，在爱尔兰和布列塔尼，女性受到上帝的仁慈和恩典，并不是由于她们纯洁和甜蜜的魅力。日尔曼人的反抗从来没有被有效地扼杀，他们从来没有忘记被迫受到洗礼。还有那些加洛林王朝佩带武器的传教士，直到日耳曼民族开始复仇的那一天，路德向天主教的挑战，才终于回应了七个世纪前，萨克森人首领维替肯德的投降。另一方面，凯尔特人，即使是在公元3世纪，他们业已是完美的基督教徒了。对于日耳曼人，基督教长期以来，也只不过是外来人所建立的一个罗马机构而已。他们进入教会只会制造麻烦；教会费尽周折，才组建了国家性的神职人员。相反，对凯尔特人，基督教并非来自罗马，他们拥有自己的本地神职人员、他们的独特作用，以及他们自己的信仰。事实上，毋庸置疑的是，在一个有使徒传统的时代，基督教在布列塔尼已广为流传。几位历史学家有理有据地指出，那里的基督教信徒，实际是信奉犹太教的基督徒，或者是圣约翰的门徒。当时在其他地方的基督教，初期都是以地下形式传播，这也是希腊或罗马文明的种子。在这里，基督教徒发现了一片处女之地，这里的土壤与家乡的类似，自然适宜这个宗教的生根发芽。

在6世纪、7世纪和8世纪，几乎没有几种基督教的存在形式能像凯尔特教会那样纯洁和完善。没有地方能像在亥、永纳、班戈、克罗纳德或林迪斯法恩的修道院那样，上帝能被人们在精神层面，被极度崇拜。基督教发展中最为引人关注的，无疑是在它那些现实活动中发展起来的伯拉纠主义。真实而脱俗的道德观、简单主义，以及大量的创新，都让布列塔尼和爱尔兰的圣徒们脱颖而出，让他们备受钦佩。没有民族能像凯尔特民族那样，原原本本地接受了基督教，遵从其教义，同时，还坚定地保持其民族特性。对于宗教，像他们在其他方面一样，布列塔尼人试图与世隔绝、独立而行，他们不愿意与世界各地的民族结交友情。他们有强烈的道德优越感，坚信他们拥有真正的信仰或宗教教规。当他们发现，他们所接受的基督教源于使徒的和完全原始的布道时，他们认为自己民族的信仰和宗教都要高贵于基督教，他们就不再觉得有必要与基督教友好往来了。这导致布列塔尼的教会与自负的罗马教会卷入了长期的冲突，这段惊心动魄的历史，被奥古斯丁·亨利记录了下来。[①]因此，像科伦巴，还有不屈不挠的修道士，为保卫他们自己的宗教信仰，以及其机构，与外来所有的教派进行了顽强抵抗。最后，天主教强大的力量，逐渐变得具有侵略性，各地的凯尔特民族被错位地吸收进了天主教。由于凯尔特民族不曾有过天主教的背景，他们刚被引入这天主教的大家庭，却发现他们永远不可能拥有自己的大主教区。所以，他们想尽办法，甚至无意地欺骗，成就了多尔的教堂以及圣大卫主教。然而，由于他们历史中巨大的分歧，这一切都毁于一旦。他们的主教被迫屈服，甘为图尔斯和坎特伯雷大教堂做卑微的副主教。

即使在今天我们的时代，凯尔特基督教强大的原创性是绝不会被抹去的。法国的布列塔尼人民，尽管深受天主教革命在欧洲的影响，但直至今天，他们的宗教信仰仍保持了难得的独立性。布列塔尼人民对后来兴起的宗教毫无兴趣，他们仍然坚持着以前的信仰，信奉着昔日的圣人。宗教的圣歌给他们带来了不可言喻的和谐。同样，爱尔兰人们，在其偏远地区，仍然保持着独特的宗教祭拜形式，是世界其他基督教地区不可相比的。现代天主教对民族性具有破坏性的影响，但在爱尔兰，影响效果刚好相反，神职人员发现他们有责任，要义不容辞地压倒新教的势力，并要参与当地的宗教活动，还坚持着以前的习俗。

在爱尔兰、威尔士和阿摩力克的布列塔尼，他们的基督教机构与西方其他地区的大相径庭，他们保留着自己独特的礼拜方式，他们的信仰中有着民族性的传奇圣人，这也是我们对其宗教感兴趣的原因。没有民族像凯

① 参见他们的征服史。对于奥古斯丁·亨利的记录，瓦林和其他学者都提出过反对意见，但他们不同的观点只涉及一些次要的细节。在这位杰出的历史学家去世后，所涉及的细节被改正，并出版了改后的版本。——著者注

尔特民族那样，他们的圣徒传记文学保持得如此原始自然；直到12世纪，这些民族也没有吸纳多少外来的圣徒。凯尔特的异教势力几乎没有给新教制造任何阻力——他们不像其他民族那样，一旦发现丝毫不同信仰的痕迹，就会大动干戈。里斯呕心沥血，写出了《威尔士的圣徒》，圣亚萨主教区博学的约翰·威廉斯牧师完成了《布立吞民族古老的教会》，这两部作品足以让我们理解，凯尔特民族的宗教被吸收到罗马教会前的完整的历史，以及其智慧的巨大价值。同样，洛宾诺的作品《布列塔尼的圣徒》，也具有非凡的价值，这部作品在我们今天被神父特斯瓦克斯重新出版发行。这部作品有少量的文字批判了罗马天主教，这种不痛不痒的批判，以保持理智和对宗教的敬重为托词，改变了那些单纯的传奇，让它们脱离了教义，这一点让这部作品备受关注。

如果历史能让我们看清爱尔兰的全貌，我们就能发现，爱尔兰有着自己独特的民族宗教特征，它极具原创性。在6世纪、7世纪和8世纪，大批爱尔兰圣徒从他们的国度来到了欧洲大陆，他们带来了固执的性格、自己的习俗，以及他们敏感且现实的思想，这一点可参见《苏格兰人》（与他们得名的方式相同）。他们融入当地社会，履行自己的社会责任，直到12世纪，爱尔兰几乎成为了这个西方世界的语法和文学教师。还有，可以确定的是，在中世纪的前半段，爱尔兰是宗教运动的集中地。严谨的文献学者、大胆的哲学家，还有爱尔兰人的僧侣，他们都是不知疲倦的抄写员——他们的劳动是神圣的。爱尔兰传教士科伦巴，在自己人生最后的日子，完成了诗篇集的抄写，他在这部从头到尾都由他完成的作品的页脚处注明，他将此书传给他的继任者，希望他们完成其续篇，最后，他长眠于教堂。在这里，僧侣们的生活是如此的平淡。爱尔兰人像孩子那样轻信他人，羞怯、慵懒，而且逆来顺受，他们屈服了修道院院长，并让位于他。这段历史被深深地刻在了爱尔兰教堂的历史与传奇纪念碑上。在我们的年代，我们能易如反掌地发现那些行为丑陋的牧师；发现那些在星期天礼拜还没有结束，就在信徒面前的圣坛上安排着大餐的牧师。在依靠想象和感觉生活的民族面前，当时的教会也不会严肃对待宗教幻想引起的非正常行为。教会允许本能所致的任何行为；由此发展出与古代神秘传奇类似和神秘的各个异教，这在基督教史册上有所记载——每一种异教都有自己的势力范围，并有着自己独特的圣礼仪式。

毋庸置疑，圣布兰登的传说，就是凯尔特民族的自然主义与基督教唯心论结合体的独特产物。在传说故事中，爱尔兰的修道士们扬帆起航，开始了他们穿越苏格兰多岛海和爱尔兰海域的朝圣之旅，他们拜访了各地众多的修道院。[①]故事最后，修道士们的远航甚至到达了北极洋。整个故事里充满新奇的事物，又不乏旅途当地的特色。从普利尼的作品中，我们了解到，即使在他的那个年代，布列塔尼人热爱在遥望无际的大海冒险，寻找那些未知的岛屿。莱特朗内已经证明，在795年，先于丹麦的出现，爱尔兰的修道士们已经在冰岛登陆，并在冰岛的沿海地区定居。在这个岛上的丹麦人发现了爱尔兰的书籍和钟；当地的部分地名也是由到过此地的修道士命名的，比如帕湃（爱尔兰语）。在帕湃群岛、奥克尼群岛、法罗群岛、设得兰群岛，这些北方海域的地区，北欧各国的居民发现，在他们之前居住过另一个“帕湃”民族，他们的习惯与自己的大相径庭。[②]这片土地的模糊记忆似乎还萦绕着他们，哥伦布也会踏着他们的梦境发现此地——难道他们就未能发现这片土地的伟大？中世纪的地理学家都相信爱尔兰的一个传说，内容是，在爱尔兰西部海域，有一个河流横穿的小岛。

还有传说，近6世纪中期时，有个叫巴隆图斯的修道士，当他从海上的旅行返航时，来到了克隆费尔特修道院，在那里，他渴望得到热情款待。修道院院长布兰登希望巴隆图斯给大家带来欢乐，恳求他讲“上帝在大海上所见的奇闻逸事”。巴隆图斯告诉他们，在一个浓雾笼罩的小岛上，他留下了他的门徒枚诺克；因为小岛是上帝留给他的圣徒的“承诺之手”。布兰登和他的十七位修道士希望能去寻找那神奇的小岛。他们乘上了一艘皮船，每人就只带了一块黄油，用来润滑他们的皮船。他们在船上一晃就是七年，完全陷入了所谓的上帝之旅；他们只在圣诞节和复活节才停船，

---

① 这些爱尔兰圣徒的航行实际上辐射了整个西方海域。大量布列塔尼的圣徒是从爱尔兰来的移民，如圣特纳南、圣雷南等。布列塔尼的传说，如圣马洛、圣大卫、圣波尔莱昂的传奇，都有类似航行到西方遥远海岛的情节。——著者注

② 在这一点上，请参见洪堡男爵的研究，（见《新大陆的地理历史》，第二卷）。——著者注

在鱼王塞康利斯的背上庆祝节日，享受盛宴。修道士们长期冒险旅行的每一步，都是一个奇迹；在每个岛屿都有一个修道院，在那里，完全理想生活的奢侈，不再是宇宙中似乎虚幻的奇迹，而是变成了现实。在羊之岛上，羊儿们按照他们自己的法律，管理着这个群体；在鸟天堂岛上，这个长翅膀的种族甚至按照僧侣的法式生活，他们在日出时歌唱祈祷，在白天的祷告时间，唱响颂歌。布兰登和他的同伴们就在这里，和鸟儿们一起做弥撒，并在这里留了五十天，让鸟儿的歌唱滋养他们自己的心灵。他们去过的其他地方还有“欢乐岛”，这里有四面环海的理想修行生活。在这里，没有物质的追求；宗教圣地的灯永远不会熄灭，因为此灯闪耀着精神的光芒。岛上一片寂静；每个人都知道自己死亡的准确时间；人们不会感觉到寒冷、炎热、悲伤，以及身体和心灵的病痛。这一切都是因为圣帕特里克的到来，是他授权了这一切的实现。“应许之地”更加神奇：这里只有白天，所有的植物都会开花，所有的树木也都会结果。一些有特别恩典的人来到这里，当他们回去的时候，他们会散发出香味，而且这种香味能够在他们的衣服上保持40天。

这些梦中的描述，都极其真实地展现了北极的自然风貌。海水的清澈透明、在阳光中融化的冰山一角、冰岛的火山现象、鲸鱼的运动、挪威峡湾的独特景象、突如其来的大雾、平静如水的海面、绿草遍布并环绕其边的岛屿。这里梦幻般的大自然似乎是为另一个人类创造的，这里奇特的地貌和景色似乎在小说里才能找到，但它们的确是真实的，是它们让圣布兰登的诗歌创造了人类想象的奇迹，或许，这是凯尔特民族最完整的理想的表述。一切都是美好的、纯洁的、无邪的；从来没有一个眼神，那样仁慈、那么温柔地凝视着大地；没有残酷的想法，没有一丝的脆弱或悔恨。这是纯洁的心灵透过水晶所看到的世界，纯洁的心灵似乎是人的本性，正如伯拉纠斯希望的那样，人从不会犯错。各种动物也和谐地生活在这个平静的世界。邪恶以怪兽的形式出现，他们徘徊于世界的深渊，独眼巨人就被困在火山群岛，上帝让他们互相毁灭，不允许他们伤害到世间的美好。

刚才我们看到，围绕一个修道士的传奇，爱尔兰的想象力可以聚拢世间万物和水中神奇。圣帕特里克的炼狱成了另一系列传奇的框架，这体现了凯尔特民族关于生活的另一面，那就是艰难困苦的思想。[①]也许，凯尔特民族最深层次的本能是渴望看透未知的世界。比如，面对大海，他们会想海水的尽头是什么；然后，他们就梦见了“应许之地”。在未知世界的那面，躺着坟墓，他们就梦到了但丁，但丁用笔写下了伟大的一生。在传奇中，圣帕特里克正给爱尔兰的人们传教——天堂和地狱，人们承认并不了解这两个地方，便并建议圣帕特里克派其中一位到地下看看，带回信息。圣帕特里克同意了，挖了一个坑，然后其中一个爱尔兰人就开始他的地下旅程。其他还有些人希望跟随他，在得到周边修道院主教的同意后，这些人也下到了地道，而后就经历了地狱和炼狱的折磨。他们在回来之后，讲述了所见所闻。一些人没能从地下返回来；一些人再也没有了欢声笑语，再也不能参加欢快的庆典了。骑士欧文在1153年下到了地狱，带回了地狱之旅的故事，并取得了巨大的成功。

在其他的神话传说中，还讲述了圣帕特里克驱逐小妖精出爱尔兰的故事，他为了驱逐小妖精，在一个小岛被大群的黑鸟折磨了整整四十天。不少爱尔兰人来到他受难的地方，他们相信，在经历了同样的黑鸟袭击之后，他们就可免受炼狱之苦了。根据吉拉尔德斯·坎布斯的叙述，这个迷信的小岛分为两部分：一部分属于修道士，而另一部分则被邪灵占领，这些邪灵的宗教仪式充满了地狱般的吼叫。有些为了赎罪的人，自愿把自己暴露给那些愤怒的恶魔，让他们惩罚。来赎罪的人躺在九个沟渠里，他们会被上千种方式折磨一晚。如果想下到沟渠里，还必须先要获得主教的允许。主教的职责包括说服忏悔者不要尝试这样的冒险，并指出，许多人下去了之后就再也没有出来。如果忏悔者坚持，则会举行隆重的仪式，把忏悔者引入沟渠——通过一根绳子，让忏悔者下降，并让他带上面包和水，以保持体力，经受他所谓朋友的折磨。第二天早晨，提供绳子的圣器保管员会再次放下绳子，如果忏悔者自己爬回了地面，他会带上十字架，唱着圣歌，被送回教堂。如果他不见踪影，圣器保管员就会关上门离去。在更

① 参见托马斯·赖特优秀的博士论文《圣帕特里克的炼狱》（伦敦，1844年），以及卡尔德龙的《圣帕特里克之井》。——著者注

现代的年份，去那神圣小岛的朝圣者会待上九天时间。他们会得到一条由掏空的树干做成的木船；他们还会每天都喝一次湖水；列队游行和仪式活动会在“圣人的床及钟”那里举行。第九天，忏悔者进入沟渠。修道士会告诫他们需要逃跑的危险，以及一些可怕的例子。活动结束后，他们会原谅折磨自己的敌人，并告别彼此，犹如分别时最后的痛苦。根据现代的记录，沟渠实际上是很低很窄的窑，一次可以进去九个人，忏悔者会在里面待上一个白天和一个夜晚，他们会相互拥挤，紧压彼此。民间传说中还有地下的深渊，可以吞噬卑劣和无信仰之人。从坑窑出来之后，忏悔者会去湖里洗澡，这样，他们的“炼狱之苦”就算结束了。根据目睹者的陈述，这个仪式基本上就是这样的了。

圣帕特里克的炼狱家喻户晓，贯穿了整个中世纪。传教士们向人们宣扬这恶名昭彰的事实，并反驳那些怀疑炼狱的民众。在1358年，爱德华三世赋予了匈牙利人高贵的出身，之后，许多匈牙利人专程来到这个神圣的井，来寻求这个能证明他们经历过炼狱的资历证书。文学作品中关于坟墓或地下旅行的叙述变成了一种时髦的文学形式；对于我们来说，这些内容对评论这种完全神奇的、完全凯尔特式的主要人物至关重要。显然，我们正在处理一个先于基督教存在的神奇信念或当地信仰，这种信仰还可能是基于这个国度的自然特征。对于炼狱的想法，其最后和具体的形式，布列塔尼和爱尔兰民族都畏惧三分。比德是第一个把它详细叙述出来的人，博学的怀特先生很公正地指出，几乎所有与炼狱相关的描述都来自爱尔兰人，或居住在爱尔兰的盎格鲁-撒克逊人，如圣负尔瑟、档黛尔、诺森伯兰拉亥穆，以及骑士欧文。同样也了不起的是，只有爱尔兰人才能目睹他们炼狱的奇迹。一位荷兰海姆斯泰德的教会编法典者，在1494年去了地下，但他却什么都没有看到。显然，这种在中世纪被接受的、在另一个世界旅行和存在地狱的说法，是源于凯尔特民族的。三个世界并行的信念只有在“三部式”①的作品中才呈现出来，并不允许有任何相关基督教内容的插补。

① 一系列的格言组织于三行联句中，并有许多插补，是古吟游诗的写作方法。根据古人的观点，这种传统的智慧是由德鲁伊教记忆术的诗句改编的。——著者注

至于死后灵魂的游历，在凯尔特民族的诗歌特点中，最令罗马人钦佩的是他们对来世的详细描写、他们自杀的倾向，以及他们与其他世界签订的借条活契约。连那个在南方更加轻佻的民族也感到敬畏——这个神奇的凯尔特民族，他们理解来世，也深知死亡的秘密。“阴影之岛”的传统影响到了整个古典正统文学，此岛位于布列塔尼半岛一角，那里的居民沉迷于附近海岸灵魂的穿渡。在晚上，他们听到死人穿梭于他们的房间，并且敲门。然后，他们起身，摇动小船启航。去时，船上坐着无形的客人，返航时，船就已经变轻了。普鲁塔克、克劳狄安、普罗科匹厄斯①和责笮斯②都指出，爱尔兰著名的神话在公元1世纪、2世纪已经影响到了正统的古典文学。例如，普鲁塔克发现，涉及克罗尼安海的传奇，几乎与爱尔兰神话和古典文学中的故事一样，都有圣马洛普罗克批斯的传说。其中描述了一个神圣的布瑞塔岛，岛屿被海水分为两部分，一部分是欢悦，另一部分则由邪灵占领着。这些，我们似乎已经在前文《圣帕特里克的炼狱》那一段读到过了，而威尔士的杰拉尔德在七个世纪之后，才写出类似的作品。无疑，奥撒南、拉比特和怀特，这几位实力派的学者都提出，欧洲许多诗歌的主题都来源于凯尔特民族的智慧，《神曲》的框架也不例外。

在那些认为自己是做严肃文学的民族眼里，传奇对凯尔特民族不可抵御的魅力，使他们不再享有平等的地位。但事实的确蹊跷，整个中世纪，各个民族都受到凯尔特传奇想象力的影响——从布列塔尼和爱尔兰文学中借用至少一半的诗歌主题，却认为自己是在施恩于凯尔特文学，是为了拯救自己的荣誉，去蔑视、讽刺那个拥有传奇文学的民族。就连克雷蒂安·德特鲁瓦，他整个人的一生都在为了自己能够成名，而去剥削利用布列塔尼传奇的智慧。是他，首先说出了这样的话——“威尔士人的本质，是比牧场的禽兽还要愚蠢的”。

我所知的一些英国编年史作者（但不确定是谁），他们会在描述那些美丽的作品时玩弄字眼，他们会说，这个创造了这些作品的世界应当继续

① 5世纪和6世纪拜占庭的历史学家。——著者注

② 12世纪希腊诗人和文法家。——著者注

存在，因为“布列塔尼（Bretons）民族的那些畜生（brutes）用幼稚的胡话自娱自乐”。博兰学者[①]认为，他们有责任把凯尔特传奇中的圣人从他们的圣人集当中剔除，因为他们认为其是假冒的，与那些令人尊重的宗教传奇人物相比，凯尔特的圣人是不能相提并论的。凯尔特民族特性中固有的理性化、悲伤、善良，却被他们的邻居看作是无聊、愚蠢、迷信。这些邻居无法理解他们微妙、细微的情感。在其他民族虚假做作的人性面前，凯尔特人的真诚和坦率所产生的尴尬却被当成了笨拙。在14世纪之后，法国人的轻浮与布列塔尼人固执的区别，酿成了最为可叹的冲突，从法国，布列塔尼人被灌注了执迷不悟的名声。

一个民族最引以为傲的，是其对现实的理智，而他的人民最缺乏这样的特质，并与其对峙，这是一个民族的不幸。可怜的爱尔兰，她拥有远古的神话，拥有《圣帕特里克的炼狱》和《圣布兰登的奇幻之旅》，但她注定得不到英国清教主义的认可。我们不难发现，英国评论家对这些传奇的轻蔑态度，以及他们对那调戏异教教会的高贵怜悯之情。可以肯定的是，我们还有值得称颂的热情，从天生的善良中得来的热情；即使这些想象力仅仅对那些无药可救的痛苦有丝毫帮助，那也是不错的。有谁敢说，在哪儿，在地球上，有理智和梦想的分界线？当我们谈到神圣之物时，哪个更重要？是人类想象力的本能，还是那狭窄、伪装理智的正统观念？就我个人而言，我更喜欢坦率的神话，所有的变幻莫测与神学相比，是那样微不足道、那么庸俗、那么平淡无味。如果我们相信，在上帝把眼前的世界打扮得如此缤纷之后，他却没能把那个我们看不见的世界变得平淡合理，那么我们就错怪他了。

在一种文明受到不断侵犯的过程中，这种文明不属于哪个特定的国家，也没有具体名称，只能被称为“现代欧洲文明”。在它面前，如果希望凯尔特民族在未来能够保持他们独特的原创性，这样的想法是幼稚的。但是，我们也不至于相信，这个民族已经给世人留下了在这世上的最后的一个词。骑士精神化为现实行动，虔诚而世俗；骑士精神跟随着寻觅圣杯

---

① 一群耶稣会士，他们出版了《圣人的人生集》。前五卷由约翰·博兰德编辑。——著者注

和美丽女子的佩雷德，还有寻找神秘亚特兰蒂斯的圣布兰登……谁会知道，骑士精神在一个理智的世界，它又能做什么？它会强化自己，努力到达迈进世界的入口处，还是让它自己丰富而深刻的本性屈服于现代社会的思想？高度的原创性、对生活敏感而谨慎的生活态度、优缺点的结合，以及直率和宽容的融合，我认为，只有这些元素相聚合，才能让骑士精神实现它的现代意义。几乎没有民族能像凯尔特民族那样，拥有一个完整的诗歌一般的童年；神话、抒情诗、史诗、传奇的想象、对宗教的激情，他们没有错过任何一个；而为什么他们没有反思过？德国的文化从科学和批判开始发展，已经走到了诗歌。凯尔特民族为何不能从诗歌开始发展，现在到达批判的阶段？我想，在各个阶段的距离也不是那么的遥远；诗歌的民族是哲学的民族，归根结底，哲学最根本的就是诗歌的形式。当我们考虑，在一个世纪之前，德国是如何开启她的才华，这个拥有多民族独特性的国家，是如何抹去了个性的不和谐，如今再次快速地站了起来，并且是如此的生机勃勃时，我们可能感觉到，用法制来约束国家或民族的间断或觉醒，未免过于草率；现代文明，看似是用来吸收单个民族的，也许最终会团结各个民族，成为各个文化的集体硕果。

（高非　译）

人类的教育

The Education Of The Human Race

〔德〕戈特霍尔德·埃夫莱姆·莱辛

主编序言

莱辛的生活，已经在其隶属于哈佛经典系列丛书中大陆戏剧系列的著作《明娜·冯·巴尔赫姆》一书的前言中做出勾描了。

《人类的教育》一文，展示了一个多少带有宗教色彩的最高层次的争论。该争论始于莱辛在1774—1778年间对德国自然神论者莱玛鲁斯关于自然宗教的一部著作的一系列评论。这个行为引发了莱辛对于由J. M. Goeze领导的正宗德国新教徒的愤恨，并促使他在其后的争斗中为德国宗教思想的解放做出了不懈努力。该篇专题论文异常集中地体现了作者莱辛对宗教基本问题的态度，阐明了其对人类宗教史的重要性的理解，以及他对于未来的信念和希望。

正如一开始就表明的，该文自诩由莱辛一人编辑，别无他人；然而，毋庸置疑的是，莱辛早就开始了本文的写作。该文用令人称羡、极具特色的手法，表达出严肃而向上的信念。莱辛正是怀着这种信念处理在当时一直饱受争论折磨摧残的各种事物的。

查尔斯·艾略特

1

教育是针对个人，而教育所带来的启示却是针对一个民族。

2

教育是走向个人的、令人大开眼界的新世界；而令人大开眼界的新世界是已经走向人类，并且将一直向人类靠近的教育。

3

我不会在此询问，从这个角度去思索教育是否对教育学有利；但是理论上说，如果令人大开眼界的新世界被想象为人类的教育者，那么毫无疑问，这对于教育将大有裨益，而且还可能会排除教育过程中遇到的很多困难。

4

人类通过自身教育不能获得的任何东西，教育同样不能提供；它所能给人类的是人类通过自我教育可以获得的东西；只是，教育能使获得的过程更快捷、更容易。同理，人类通过推理无法得到的东西，一个令人大开眼界的新世界同样不能提供给人类；教育所能给人类的，只是已经提供的，并且仍然尽早提供所有事物中的那些最重要的事物。

5

在教育过程中，并不能因为无法把所授内容一下子传授给一个人，就对一个人的能力发展顺序漠不关心；同理，在传授“神的启示”时，上帝也不得不保持一定的顺序，并且采取一定的措施。

6

即使第一个人一开始就被灌输了“一神论”的理念，这个被灌输但是还没有在思想上真正被接受的理念也不可能一直长久地保持原样。一旦人类存留的理性开始对它进行详尽的分析，它立刻就会土崩瓦解，由“一个不可评估的理念”变成“多个可以评估的理念”，并且给每一个“可以评估的部分”留下一条评述或一个标记。

7

因此，多神信仰和偶像崇拜自然而然地出现。谁能说清楚，无论何时何地，哪怕有人已经意识到犯了错误，若不是人类已经请求上帝赐予一个新的刺激来给信仰错误的人指点迷津，人类的理性还会被错误的信仰或偶像迷惑几百万年？

8

可是，当上帝既不能也不愿意将自身暴露给每一个人，他就选择了一个民族作为代替他进行特殊教育的群体。这群体的人们要么最循规蹈矩，要么最桀骜不驯，以便从最基础阶段开始它的教育。

9

这个被上帝选中的民族就是希伯来民族，这个民族尊重的人是那些我们对其在埃及的神君崇拜状况一无所知的人。这是一个饱受蔑视而不被准许参加埃及人的上帝崇拜活动的民族，他们的祖先的神是谁，他们也一无所知。

10

在这之前，埃及人有可能一贯阻止希伯来人有一个或几个自己的神，也许埃及人还把一些错误的理念强加给希伯来人，强迫他们去相信：他们这个被蔑视的民族没有神，一个神也没有，有一个神或者几个神，只是拥有特权、高人一等的埃及人的权利；这个理念在希伯来人的头脑中根深蒂固，只是为了使埃及人对希伯来人的暴政看似有更正大光明的借口。即使是现在，救世主基督就比他们的奴隶做得好得多吗？

11

对于这些粗野的人，上帝首先用几个很简单的词将自己的存在告召天下——“他们的祖先的神”，为了使他们了解并熟悉一个理念：“有一个神属于他们，而他们也开始对上帝充满信心。”

12

上帝把希伯来人从埃及解放出来，使他们定居迦南。借助这些奇迹，上帝向希伯来人证实了自己是一个力量大于其他众神的神。

13

并且，当上帝开始显示出自己是众神中的最强者、可能是唯一的神时，上帝就这样渐渐让他们习惯了一神论的概念。

14

然而，一神论的理念是学会推理后得出的真正的、抽象的理念，它是经过多次实践、在很久之后才得到的理念，这个理念和“一个力大无穷的神”的理念之间的距离到底有多远?

15

尽管这个民族中最优秀的一群人，或多或少靠近了“一神论”这个真确的理念，但在很长时间内，整个希伯来民族还是不能把自己的认识提高到这个层次。这是唯一正确的理由，以说明希伯来人为什么常常抛弃他们的“唯一的神”，而希望发现“另一个神”。比如，正如他们所说，“在这个神或那个神中，最有力量的神属于其他的民族”。

16

但是，对于一个如此粗野、对于抽象思维完全不能驾驭、如此幼稚的民族，哪种道德教育才是他们能够接受的?除了适合学龄儿童的教育方式之外的任何教育方式都不适用于他们，这是一种通过奖励和惩罚满足他们感觉需要的教育方式。

17

教育和令人大开眼界的新世界在这里相遇。上帝仅仅能教导它的信徒凡事要驯服顺从，唯有如此他才可能得到快乐；桀骜不驯必定会教他害怕与不快。除此之外，上帝不能给他的信徒其他的宗教信仰抑或其他的法律。因为，不管如何，人们的理念终究是在地球——我们生活的世界上发生。人们对于灵魂的长生不死一无所知，人们企盼死后的美好世界的到来。可是，怎样才能把这些事情告诉给一个推理能力几乎没有增加的人？人们在神学规则上所犯的这个错误，和一个选择对学生拔苗助长并且对学生的进步夸夸其谈、而不愿踏踏实实帮学生打基础的校长所犯的错误，有什么两样？

18

但是，有人会问，对一个这么粗野的民族，一个粗野到连上帝都不得不完完全全地从头开始进行教育的民族进行教育的目的何在？我的回答是，随着时间的推移，上帝需要从这个民族中雇用一些特殊的成员作为教师教育其他人，这就是目的。上帝正从这些人中间为人类培养未来的教师。犹太教徒们自身成为了这些人的教师，除了犹太教徒，别无他人。而只有来自这些希伯来人之中的、受过耶稣真传的人，才能够成为其他人的教师。

19

为了进步，当上帝的孩子借助打击和抚爱的力量长大成人，开始长久地理解上帝，上帝就该立刻把他送到国外，在国外，他立刻辨认出当初在上帝的房子里所拥有的、他一直非常刻意注意的美德。

20

当上帝指引被他挑选出来的人们体验完所有适合孩子的各类层次的教育时，这个世界上其他国家的人正在推理的指引下前进。大部分人远远落后于被上帝选出来的人们。只有寥寥无几的人走在了他们的前面。这个情况也在那些自小就被允许靠自我教育成长的孩子身上反映出来：很多孩子一直非常无知，其中有些孩子对自己的教育甚至达到了令人吃惊的水平。

21

然而，因为少数幸运儿对于教育的用途和必要性没有提出反证，一些无宗教信仰的国家，那些甚至开始在上帝选出的教师面前展现出一些关于上帝的知识的国家，也没有对令人大开眼界的新世界提出反证。儿童教育开始了，虽然慢，却一步一个脚印。儿童的很多天性是以比较快乐的方式组织在一起的，儿童教育在接替这些天性方面确实迟了一步，但它确实会接替儿童的天性；而且从此再也不会因为儿童的天性被疏远。

22

同理，把“一神论”的教义先放在一边与教育本身毫无瓜葛，这个教义在《旧约全书》里可以被找到，也可以找不到——至少灵魂不灭的信条在这本书里不是找不到的。所有与未来生活里与奖励和惩罚相联系的教条，几乎没有对于在这些书中提到的道义起源做出反证。没有经受这些道义缺失，奇迹和预言的数量也许相当精准。为了让我们假设这些道义并非仅仅一直在那里注视着我们，甚至为了让我们假设它们通通一无是处，首先让我们假设对于人类而言，所有的一切在这一世的生命力已经消失殆尽；神的存在是否会因为这个原因变得经不起考验？神是否会因为这个原因而变得不如现在自由？神是否会因为这个原因而变得不再像现在一样，立即对这个容易受到坏教条影响的种族的人的短暂幸运负起责任？上帝为犹太教徒创造了奇迹，他通过这些奇迹所记录下来的种种预言，当然不是为了寥寥几个跟犹太教徒一样有道义的人。当然，在犹太教时期，这些奇迹已经发生，并且被记录下来——上帝使他的意图涉及跟犹太教有关的所有民族，涉及整个人类，这很有可能对人类社会产生永久的影响，尽管每一个独立的、跟犹太教徒一样的人和每一个个体的人会永远死去。

23

《旧约全书》里这些教条的缺失再一次没有能够对神性提出反证。摩西从上帝那里被送回，尽管他的法律的认可范围仅仅延伸到他的生活领域。为什么这个法律应该继续延伸？他当然只能被送到那个时代的希伯来人那里去，他的使命也与他的知识、能力、活在当时的希伯来人的渴求严丝合缝，也与属于未来的命运相符合。这就足够了。

24

至此，瓦波顿已经离开，没有走远。但是这个博学的人过分描述了他的谦虚。种种道义的缺失居然不能使神圣的使命蒙羞，瓦波顿对此极其不满，而这对瓦波顿来说就是他履行神圣使命的一个证明——如果他当初在把他的法则用到这样一个民族中的时候就已寻求过这种证明！

可是，他使自己致力于对一个超自然的系统的假设。这个系统从摩西时代一直不间断地延伸到救世主基督时期。这个系统认为，上帝使每一个跟犹太教徒一样的人快乐或不快乐，其快乐或不快乐的程度与其对于法律的遵守或不遵守程度成正比。瓦波顿会说，这个超自然的系统已经弥补了这些教义（永久的奖励或惩罚）的缺失，没有这个系统，就没有国家能长久地存在；并且，这样一个补偿甚至证明，一个人第一眼看见并想要的东西都是不该要的。

25

瓦波顿多么高明！他不费任何唇舌就证明了，甚至可能使奇迹延续下去，并且在奇迹中给了希伯来的神权政治一席之地。实际上，他当初这么一来，并且，只有当他这么做了以后，他才能够使所有困难都显得凭人力而不可克服，至少对我来说是这样；这样一个本身可以证明摩西神性使命特点的举动，会使事件本身令人怀疑，甚至令上帝在当时也不肯说出真相；可是，在另一方面，上帝当然也不愿意使真相变得扑朔迷离。

26

我用一幅描述得令人大开眼界的新世界的图片向自己解释这一切。一本孩子们的识字祈祷书也许会非常适合不动声色地传递这条或那条重要知识或阐述艺术价值，尊重教师对它们的评价。然而，这个方法与这些孩子的能力并不协调，尽管这本书就是为孩子们而写。可是，这本识字祈祷书绝对不能在孩子们吸收固有知识的道路上设置障碍，或者误导孩子们。更进一步说，所有的学习方法必须经过仔细考量，要相当开放；把孩子们带离任何一个方法，或者使孩子们与祈祷书的接触时间比真正需要的晚，都会使书中每一个微不足道的瑕疵变成一个实实在在的错误。

27

同样，在《旧约全书》中，那些为粗野的、没有经历过思考训练的希伯来人所写的识字祈祷书，灵魂的不朽的教义，未来的补偿，也许会被全部遗漏掉。可是它们注定不会包含任何本来会拖延人类进步的内容，这些文章就是为这些人而写，就是为了表明伟大的真理。从小处说来，还有什么比生命中的这样一个超自然的补偿的诺言更误事？这是一个由上帝做出的诺言，而上帝向来不对自己无法做到的事情做出承诺。

28

尽管这种生活的优点分布不均，美德和恶行似乎都没有被给予足够的关注，尽管这种失衡的分配不能恰如其分地证明灵魂不灭以后的生活。这种困难在以后的生活中会一直存在，可以肯定的是，这种困难一旦缺失，人类的理解力将不会，抑或永远都不会得到一个更好的或更加强有力的证据。是什么来推进它去寻求更好的证据？仅仅依靠好奇心？

29

毫无疑问，一个犹太人，无论身居世界何处，当初已经把隶属于整个犹太民族的承诺和威胁使世界各地的每一个人了解，并且坚信，任何一个虔诚的信徒都必定快乐，每一个不快乐的人都必定是因为自己的错误举动在遭受惩罚。一旦犯错的人抛弃了罪行，惩罚就会变成祝福。曾经在一篇关于工作的文章中就出现过这样的一个事例，因为工作计划完完全全是以这个思想为核心的。

30

但是，日常的经历也许不能被拿来证实这种信念，否则，有过这种经历的人就将永远没有希望提高认知力，因为所有的认知和接受力都是被当作对于这些人来说是很陌生的事物来对待的。就算一个信徒非常高兴，对于死亡的令人不安的想法也将会是他快乐中一个必不可少的部分，他会想到他自己将会老死，并且对现在的生活心满意足——这样一个信徒怎么会渴望死后再过另一种生活？他又怎么可能幻想出一种他从来没有盼望过的生活？可是，如果这个信徒没有对死后的新世界有所憧憬，那么谁还会有憧憬？莫非是违规者？一个感受到自己的过错能够带给自己惩罚的人，如果要诅咒生活，那么这个人在当初一定兴高采烈地放弃过所有的一切。

31

这只是浅显地表明，如果分布在各地的每一个犹太人，因为法律并没有提及相关的内容，就直截了当、清楚明白地否定了灵魂的长生不死以及未来的补偿，那么即便这个犹太人跟所罗门王一样伟大，他对不道德因素的否认也没有抓住推理过程的本来顺序，他本人的经历甚至可以证明一个国家现在已经朝着真理迈开了一大步。因为个人只否认大多数人正在考虑的事情，所以去考虑以前从未有人拿来困扰过他的事物，就表明这个人已经掌握了该事物的一半。

32

我们要承认，仅仅因为这些律法是上帝的律法，而不是因为上帝已经承诺奖赏这些遵纪守法的行为，是带有英雄主义色彩的服从；遵守这些律法，哪怕是对于遵守之后的未来的补偿失望透顶，对跟时间有关的律法也完全没有把握。

33

一个在对上帝这种英雄主义顺从思想教育下的民族就一定不会遭到命运的诅咒？比起其他民族，这个民族就一定不能达到一个具有特殊个性的神性目的？让对长官的命令盲从的士兵们能够相信长官的智慧，然后再说出长官没有能够采取行动在他们身上实现愿望。

34

迄今为止，犹太人一直对于他们的神耶和华心生敬畏，把他尊为众神中最有能力的神，而且是最睿智的一位；迄今为止，他们一直把耶和华奉为最有忌妒心的神，对他心生畏惧，而不是敬爱有加。以下事实为证：犹太人的“一神论”的理念和我们对于神的理念不尽相同。然而，现在一个新时代已经来临，这些关于神的理念将会被扩大、被尊重、被纠正，这样一来，上帝能够以相当自然的手段帮助自己争取一个更好和更正确的方法，并且，通过这个方法，犹太民族也得到感激上帝的机会。

35

到目前为止，和与他们摩擦不断的相邻小国的国民把神当成令人沮丧的偶像不同，犹太人没有感激上帝，相反，在波斯人的管制之下，他们开始与上帝抗衡，就如遵守一个更加引人注意和受到敬畏的规矩。

36

令人大开眼界的新世界指引人们的理性认识，现在，理性的推理又帮助人们把新世界看得几乎一清二楚。

37

这是理性认识和新世界之间的第一个相互影响。这个影响互相作用于对方身上，这种互相影响对于这两方面的神而言都非常不合适；没有这个互相影响，两方中的任何一方都会变得毫无作用。

38

一个被送到国外的孩子，看见其他过得更舒适的孩子知道的东西比自己多，他会迷惑地问自己："为什么我就不能知道得也那么多呢？为什么我不能也像那样生活呢？莫非我在爸爸家里的时候，不应该受到教育或是警示吗？"因此，这个孩子会再次翻出被他扔进角落里的、久已未读过的识字启蒙读物，却也只是为了找到一个借口责怪这本启蒙读物。可是，等这个孩子看清楚之后，他发现所有的责难都不该落在这些读物上。因为丢面子本身是跟任何事物都无关的，他都怪自己很久以前没有学到自己应该了解的东西，而且还一直生活在这样蒙昧的状态下。

39

自从犹太教诞生就以纯洁的波斯教义为中介，对本民族的神耶和华有了深入的了解，不再单纯地把它当成最伟大的神，而是把它尊为上帝；自从他们这么做，他们更愿意在他们的圣书中把上帝的形象刻画出来让其余的人有所了解，就像上帝实实在在地存在于他们中间。他们表明了对于用感官表达思想的厌恶，或者是在《圣经》的片段中时时刻刻都能受到这方面的教育，使他们对于这些事物的厌恶程度不亚于波斯人一直感受到的；他们居然能够得到把一个神性崇拜当成一件大事的塞勒斯的青睐；毫无疑问，他们的信仰远非单纯的神学，但也远超原始的、在被犹太人抛弃的地盘上活动的多神论。

40

关于他们已经拥有的珍宝，他们备受启迪，可是，在对这一点毫无意识的情况下，他们又还回了珍宝，也彻头彻尾地变成了另外一群人，其最先关注的是给自己永久的精神启示。很快，背叛或偶像崇拜就不该成为他们的问题。因为，一个人有可能对一个国家的神性不忠，可是，一旦上帝被认可，这个人就永远不可能对上帝不忠。

41

神学家们一直致力于用不同的方法解释发生在犹太民族身上的巨大变化；有一个神学家精妙地阐释了这些解释的不足之处，其最终给了我们一个真正的解释——“亲眼见证了关于巴比伦沦陷和恢复的预言得以实现”。可是，就算这个理由也远非真实的理由，因为它预先假设了被颂扬的上帝的理念。当时，犹太人务必意识到，实现奇迹和预言未来只能是上帝才能拥有的能力，而他们以前把这两方面的能力都归于错误的偶像，这说明，就算是奇迹和语言，迄今为止给他们留下的也只是非常弱的印象。

42

毫无疑问，犹太人对于迦勒底人和波斯人中的永垂不朽的教义更为熟悉。他们对存在于埃及的希腊哲学学派中的这个教义也更为熟悉。

43

然而，在提到灵魂不灭的教义时，人们并没有跟提到《圣经》中的片段时一样，强调的是上帝的一体性和特性——一体性理念已经完全被贪图口腹之乐的人所忽视，而特性却还在被寻找——既然如此，对于一体性理念，早期的训练是非常有必要的，也因为迄今为止它所有的只是暗示和影射，灵魂不灭的信念自然而然不会成为整个人类的信念。它以前是，并且将继续成为一部分人的信条。

44

有一个例子可以用来证明我所说的、为了理解灵魂不灭教义而受的“早期的训练”。这个例子就是先辈从神性方面威胁不听话的孩子，其威慑力可以到第三代甚至第四代。这使先辈们习惯一直生活在与他们相隔很多代的子孙的思想中，并且，在某种程度上，能够提前感受到他们已经加在这些无辜的后辈身上的不幸。

45

我的意思是，通过例子要弄明白，什么仅仅是为了刺激好奇心，什么又是为了引起争议。例如经常重复的表达模式，把死亡描述成“他和他的祖先会合了”。

46

我通过一个“暗示”表明什么已经包含了任何事物的起源，在这个起源外面，迄今为止，这个被阻止的真相允许自己发展。这个特性中包含着救世主基督从把上帝命名为“亚伯拉罕、艾萨克、雅各布之神”这个过程中推理出来的内容。这个暗示对于我来说，毫无疑问能够被当作一个非常有利的证据。

47

一本入门书的积极完美的部分包括以前的种种宗教仪式、典故和启示。正如以上提到的，在寻访被压制的真理的过程中，永远不抛弃任何困难或阻挠的特性组成了这本书给人带来负面影响的部分。

48

为所提到的一切加上衣着和风格。

为没有完全被超越的、处在寓言和有教育意义的单独环境中的抽象的真理，为那些被描述为真实发生的、抽象的真理，给它们加上衣着。这个特性中所反映出来的是在每一天的成长中反映出来的创造力——在《禁树》这个故事中反映出的恶魔起源，在《巴别塔》中反映出来的多种语言的起源，等等。

49

风格——有的时候简单明了，有的时候充满诗情画意，通篇充斥着冗言赘述，但是这种表现手法表示出了他们从实践中得到的智慧，有时候他们显得顾左右而言他，却还是在表达同一件事物；有的时候他们反复表达一个意思，却是从根基上表述，或者能够从根基上表述另外的意思。

50

这样，你就拥有了所有的优秀品质，这些品质不仅属于小孩，而且也属于一个稚气未脱的民族。

51

但是，任何一本入门书都只为某个特定年龄段的人所写。让一个程度超过入门书的孩子仍然阅读入门书，且阅读的时间比入门书本身所需要的时间长，这无疑是一件有害的事。因为，为了让这件事情展现出有利的一面，你必须在这本书里加入很多本来不必要加入的内容，并且从书里面要总结出里面本身没有包含的道理。你必须寻找并且编造太多的影射或例子；你必须把几个预言所告诉的道理强拉在一起，你必须过分详尽地解释例子；你对文字本身务必要强加更多的解释。所有这一切，都让这个孩子在理解书本内容时注意细枝末节，歪曲意思，过细区分词义。这使这个孩子令人费解，满脑子迷信；对一切易于理解的文字充满蔑视。

52

犹太教法律及教义等诸多权威就是用这个办法处理他们的圣书！由此，他们把这个特性传给了他们的民族，使其成为他们民族的特性。

53

一个更好的教导者必定会来把孩子们手中的乏味的识字祈祷书撕碎！救世主基督来了！

54

上帝指望的能够理解教育计划的一小部分人，已经成熟，可以进行教育的第二步了。然而，这一部分人仅仅指望能够理解这个通过语言、行为模式、政府和其他自然、政治关系——本身就已经成为一个统一体的计划。

55

这就是说，这一部分人在进行理智分析的过程中走到了一起，他们需要，也能够利用比临时性奖励和惩罚更加高贵、更加值得使用的道德行为的刺激物作为他们行动的指南。孩子已经成长为青年。他们对甜食和玩具已不感情趣，却开始萌动跟他们的兄长一样有自由行动、赢得荣誉以及快乐生活的期盼。

56

很久以来，人类中最优秀的那一部分（在上面被称作兄长的那部分人）已经习惯于让他们自己被这些更加高贵的动力所制约。希腊人和罗马人做出了一切努力，让自己在这一世之后继续活下去，哪怕仅仅是活在后世的纪念中。

57

这一世的生命应该受到青年人的行为影响的时候，期盼另一个真实生活的时候就应该到了。

58

因此，救世主基督是传授灵魂不灭思想的实实在在的教师。

59

救世主基督是第一个当仁不让的教师。当仁不让，通过在上帝身上实现的种种预言；当仁不让，通过上帝创造的种种奇迹；当仁不让，通过上帝自身决定自己的教义来死而复生。我暂且不说我们是否仍然能够证明这个复活、这些奇迹，正如我姑且先不说这个救世主基督是谁。所有刚刚提到的一切对人们接受上帝的教义都起着举足轻重的作用，可是现在，它的重要性再也无法和识别上帝教义中包含的真理相提并论。

60

救世主基督是第一个实实在在的教师。因为它推测出、希冀、相信灵魂不灭的理论，把它作为一个哲学玄思——它实实在在就是另一个指引内部和外部行动的事物。

61

救世主基督至少是第一个教导人类的教师。尽管在上帝之前，这个信念已经在很多国家得以介绍，然而生活中的很多恶行还有待被惩罚，人们做出种种仅仅对于世俗社会来说不公道的事情，并且，作为后果，他们也只是在世俗社会受到惩罚。用提到另一世生命的办法来强调心灵的纯洁，才是上帝保留的方法。

62

上帝的信徒们一直忠心耿耿地传播这些教义，除了影响了一个教义在其他国家的更大规模的传播，除了传播一个耶稣为犹太教徒专门制定的真理，这些信徒就算没有其他优点，仅仅从这一点上说，他们也可以被认为是人类的恩人和先驱者。

63

然而，如果他们把这个伟大的真理和其他那些没有那么大的启迪性的真理、实用性也差得多的教义混在一起，那这个教义又会是什么样子？让我们不要因为这个而责怪他们，而要严肃认真地检查这些被混在一起的教义是否没有成为人类理性思考的新的指引动力。

64

至少，现在可以很清楚地看到，保留了后世出现的教义的《新约全书节选》，已经提供了，并且仍然在为这一世的人类提供第二本更好的识字祈祷书。

65

在过去的700年里，《新约全书节选》比其他所有的书都一直更重视训练人类的理性认识，给予人类更多的启迪；甚至可以说，仅仅是因为通过投在其身上的人类理性认识的光芒，才启迪了自身。

66

一本书本来不可能在众多不同的国家间广为传播、被众人知晓。毫无争议的是，与假如每个国家都有一本专门为自己国家的人所写的识字祈祷书相比，如此相互不同的思维方式都臣服于一本书的事实，更能对人类理性认识有所帮助。

67

人们在某个时期非常有必要把这本书当成知识的最高峰握在手里。因为一个青年必须把他的识字祈祷书看成他所读的所有书中的第一本。如果不能耐心地读完这一本，他就不能匆匆忙忙地转向他毫无基础的其他任何事物。

68

还有一件事在现在看来也是至关重要的。你具有一股更加能干的精神，入门书的最后一页让你躁动不安、心神不宁，务必谨防！你要明白，要让你的相对不如你的后来效仿者记录下你最深刻的认知，或者是你正开始看到的事物！

69

直到这些效仿者不愿再跟随你，你再一次进入这本识字祈祷书，并且检查你自己是否只是照搬了里面的方法，因为教学上的愚钝不可能产生更多的效果。

70

你在孩提时代就已观察过人类，你尊重上帝的大一统教义，为了更快地颁布真理，为了让真理扎根更深，上帝能让理性思考所得到的真理在一瞬间就展现出来，或者在一段时间内，同意并且引发教师通过理性思考得到的纯洁的真相，作为对真理的快速展示。

71

你在民族发展的初期就对与灵魂不灭教义相同的教义有所体验。作为一个被展示的真相，这个教义在更好的识字祈祷书里得到宣扬，而不是作为人类理性认识的结果被加以传授。

72

直到现在，提及上帝的大一统教义时，我们能够不再需要《旧约全书》了；同时，在提及灵魂不灭的教义时，我们在某种程度上对《新约全书》的依赖性也开始减少。鉴于此，只要到了某个时期，当人类的理性认识已学会把这些真知从其他已被论证的真知中演绎出来，再把它们结合在一起，《圣经》中莫非会没有类似被预言的、被映现出来的、让我们大感吃惊的、对真知的反映？

73

以基督教三位一体的教义为例。如果该教义在经历过无数的错误后，最后仍不管不顾地使人类进入认识的误区，让人类认为，有限的、有尽的事物才能被算成是一个，因此上帝不能算成只有一个；或者，它使人类认为，上帝的一体性一定是没有排除多重性的超自然的统一，那么情况会怎样？莫非上帝就不能至少对它自己有一个完美的诠释，比如，莫非上帝就不能抱着一切在它心中的事物都能被发现的理念？可是，如果这个被发现的事物仅仅是上帝的某个理念或可能性，是关于上帝认为的某个必然的现实或者是上帝的其他方面的素质，是不是上帝心里有数的所有事物都能被发现？这个可能性会使上帝的其他的所有素质都枯萎耗竭。这就是上帝的必要的现实吗？我持否定态度。作为后果，上帝要么不能够完全对自己做出一个完美的诠释，要么只是根据实际需要而对自己抱有完美的认识，比如，所有关于自己的美好理念就如同上帝自身存在一般，实实在在存在于现实中。当然，我本人的镜中形象只是对我本人的空洞的反映，因为镜中形象只是依靠光柱落在镜面上而反映出来的表面现象。可是现在，如果这个形象包含一切，无一遗漏包含了我所有的一切本真，它还会仅仅是一个空洞的反映？抑或我本真的真实再现？当我相信我在上帝身上看出了相似的复制，也许我不会犯这么多错误，因为我的语言不足以表达我的思想——至少对于一贯不容置疑的事物，那些希望这种思想为大众理解并广为流传的人，能找到的最好方法就是以永生圣子的名义表达自己的思想。除此之外，他们几乎找不到更睿智、更适当的方式表达自己的观点。

74

再以原罪说为例。如果万事万物最终都使我们信服，站在人性第一级和最低级别的人类，不能像他们遵守道德法律一样完全控制自己的行为，情况会怎么样呢?

75

再以圣子满意说教义为例。如果最终，所有的一切都迫使我们假设，尽管人类生来无能，上帝最终选择给予人类道德律法，并以圣子的名义饶恕了人类的罪过，情况会如何? 比如，与其把上帝自身所有优点考虑进去，并通过与这些优点相比，使一个人的所有缺点统统消失，还不如先不要给一个人提供这些律法，然后再使这个人无法享有任何必须通过道德律法才能享有的道德天恩。

76

大家都应该同意必须禁止对于宗教神秘性描述的构想。自基督教最初时期起，“神秘”一词的意思就有与现在大相径庭的意思。现在，如果人类需要这些本真的帮助，将显露出的本真培养转化为通过理性认知而得到的本真已经成为必然趋势。当这些本真显露时，它们跟通过理性认知而得到的本真完全不是一回事，可是，为了成为通过理性认识而得到的本真，它们必须首先被显露出来。它们跟掌握了破译“它会使得……”密码的人一样，这些人事先对男孩子说这句话，就是为了指导他们学会对结果三思。如果这些学者对于“它会使得……”之后的结果表示满意，他们将永远不用学会计算，并且，当他们的那些好心的指导者在他们的工作中好意地给他们指导性暗示的时候，他们却对指导者的意图不予领情。

77

在更好地理解、靠近神性、我们自身的特性、我们与上帝的关系、人类理性认知永远无法达到的本真的道路上，我们为什么以具有历史真相但看起来却是含含糊糊的某种宗教为手段呢？

78

我们不应该认为，对这些事情的遐想已损害或将伤害到某一政体。你必须谴责的不是这些遐想，而是那些愚蠢的行径和为了检查这些遐想而做出的保证。你必须谴责那些不允许人类有自己遐想，并且将遐想付诸行动的人。

79

相反，作为心灵受到的永久祝福的结果，只要人类的心灵从最乐观的方面看能够对美德表示喜爱，这类遐想一般来说就毫无疑问是对人类心灵进行锻炼的最佳方式。

80

由于人类心灵的自私自利的特性，仅仅在关注肉体的需要方面，人们更愿意彼此的理解更加迟钝而非敏锐。如果它包含了对自身完美的精神启示，这完完全全是精神层面的历练，并且得到纯洁心灵的结局，使我们能够因为美德本身而爱上美德。

81

或者，人类将永远不能登上启示自我和纯洁心灵的这一最高台阶？——永远不能？

82

从来不能？——大慈大悲的神啊！让我不要认为这是亵渎上帝！在一个种族中，教育有其自身的目标，并不比对个人的少。任何被教授的知识是为了一定的目的而传授。

83

在人们面前展示的种种令人喜爱的前景，在人类面前描绘的光荣与福祉，所有这一切会比通过一定方式把一个人教育成为一个即使在这些荣誉和福祉都消失的时候仍然能够履行自己职责的人更重要？

84

这就是人类教育的目的，神性教育难道不应该一直继续吗？莫非这就好比用艺术的手段教育个人可以成功，而用天性教育整个民族却不会成功？亵渎！亵渎！

85

不！完美自身的时刻会来！肯定会来！一个人不会因为比以前更加相信自己会有一个更美好的未来而被迫从未来中汲取行动的力量；他会因为一件事情本身的正确，而去做这件正确的事情，而不会因为做这些事会让他得到一些随心所欲提供的奖励就去做。这些奖励在以前仅仅是为了修正并稳固他摇摆不定的认识，使他明白什么是因为好德行而在心灵深处得到的更好的奖励。

86

它一定会出现！一本全新的、永久的《福音书》一定会出现！这在《新约全书》的识字祈祷书里一直对我们是这样承诺的！

87

也许，有些13世纪或14世纪的人会对此很感兴趣，甚至已经瞥见过这样一本新的《福音书》，他们所犯的错误是他们错误地遇见这本书会在离他们自己的时代如此近的时刻流传开来。

88

也许，他们的“三个时代一个世纪”的理念并非如此空洞的遐想，当他们说《新约》（上帝和人类之间所立的新约）一定跟《旧约》一样古板时，他们绝对没有卑劣的观点。在他们心中，同样的上帝有同样的天道。从来如此，用他们的话表达我的意思，即便是人类的教育计划也一直完全相同。

89

只是，他们还不够成熟。只有他们相信，他们能够使与他们同时代、几乎还没有脱离儿童时期、没有受过启迪、没有做好准备的人，能够成为配得上“第三纪元”的人。

90

就是这个理念使他们成了宗教狂热者。一个狂热者常常把真实的目光投向未来，可是，他又不能耐心地等待未来的到来，他希望这个未来能够加速到来——通过他得到加速。自然界本身花了几千年来发展，就为了在他到来的那一刻成熟。如果，这个狂热者自认为最好的却不是他生命中最美好的，那这个狂热者还能拥有什么？他会回去吗？他会希望回去吗？精彩的是，唯有这个狂热的期盼在狂热者中没能够更加地流行。

91

永恒的上帝，走你深不可测的路吧！只是，不要让我因为你的深不可测而对你绝望。不要让我对你绝望，哪怕你的脚步在我看来是回头路。“最短的线路是直线”的这个说法是不对的。

92

在你永恒的道路上，你有这么多事要一起带着走，你有这么多事要做！你还有这么多旁的路要走！如果事实已经被证明，就好比：一个宽大的滚轮带领人类不断地向完美的境地走去，可是这个宽大的滚轮务必要依靠好几个更小、更快的轮子来带动才能运转，而每个小轮子都有自己单独的贡献，这又会产生什么结果？

93

事实就是如此！人类走向完美境界的方式正是如此！每一个独立的人——一个早点儿，另一个晚点儿——务必周游全世界。这个人是否在这一生、这一世就周游完毕？他在这一生、这一世，是否在肉体上已经成为一个犹太人而在精神上已经成为一个基督教徒？他在这一生、这一世的生命中是否已经把握了两者？

94

当然不是！可是，为什么每一个个体在这个世界上的存在都不能超过两次？

95

这个假设显得特别可笑，仅仅因为它是最古老的假设？还是因为在学术谬论使它消失或者削弱它之前，人类的理解立刻就把它解释清楚了？

96

为什么甚至我自己，在自我完善的过程中，在那些只能给人类暂时性奖惩的阶段不能好好表现？

97

再一次发问：为什么在另一个自我完善的时期，在永恒的奖励的观点占主导地位的时期，我们无法获得帮助？

98

我为什么不能跟我经常获得的新知识、新经验一样常常回到过去？我是不是一次带走的太多太多了，以至于现在已经无法承担回去所带来的麻烦？

99

这就是不回去的理由？或者，我不回去是因为我忘了我已经在这里？我忘了，这对我来说是一件乐事。对我以前状况的回忆只会让我不能好好地利用当下。我现在必须要遗忘的，是否就必须要永远地被遗忘？

100

或者，我们反对假设的原因是因为太多的时间已经被浪费在我的身上？已经浪费了？——我会错失多少？——会不会是整个的永恒的我自己？

（徐岚　译）

审美教育书简

Letters Upon The Æsthetic Education Of Man

〔德〕弗里德里希·席勒

主编序言

有关席勒的生平简介，出现在哈佛百年经典系列《欧洲大陆戏剧》中《威廉·退尔》的译文之前。

席勒因其在诗歌和戏剧方面的成就，在德国思想文化史上占有举足轻重的地位。他在历史和哲学方面也有所建树，特别是在审美方面做出了卓越的贡献，并且完善发展了康德哲学理论的诸多重要板块。从此处刊出的《审美教育书简》信件中可以看出，席勒为其艺术理论奠定了哲学基础，并清楚地阐明了他对于美学在人生地位中的看法，颇具说服力。

查尔斯·艾略特

第1封

承蒙您的惠允，在此，我以一套书简为您呈上我对于美和艺术的研究成果。我十分清楚这项事业的重要性，但也深深感受到它的魅力与庄严。我所要探讨的主题和我们幸福生活的美好一面息息相关，并且与人性的道德高尚也相差无几。美丽的心灵能感受并实现美的所有力量，而我就将在这样的心灵面前探讨美的事物。在探究的过程中，若需要像追求原则一样追求感觉，那么，这颗心灵就将承担起我的任务中最艰难的一部分。

我本想向您索取恩惠，而您却将其慷慨当作分内事；并且，我只不过是追随我的爱好，而您却将其视作我的功绩。对我而言，您所规定的行动自由规则并非约束，反而成了一种需要。我对正式的规则没有多少概念，因此，也不因这些规则的应用不当而去冒险损害良好的审美情趣；我的思想主要源于我的内心深处，而不是源自丰富的处世经验或对群书的博览，因而也不会否认其根源；我决不愿意有门户之见，我宁愿这些思想因为自身的因素而衰亡，也不愿借助权威或外部势力让其苟存。

诚然，下述观点主要是依据康德的原则，这一点我不会对您有任何的隐瞒；然而，若您在研究过程中能联想到其他任何的哲学流派，那就请您将其归于我的无能，不要责究康德的原则。是的，您的思想自由对我而言是神圣不可侵犯的；并且，您自己的情感为我提供了值得信赖的事实依据；您那自由的思想所决定的法则，就是我们研究时所需遵循的法则。

对于在康德体系中的实践部分中占主导地位的那些思想，只有哲学家们有着不同的看法，但是我相信我能证明，一般人对此的看法都是一致的。若将这些思想从其专业术语中解放出来，那么它们就是一般理性的至理名言和道德本能的事实；英明的大自然把道德本性给予人类当作监护者，直到人类有了清晰的认识而变得成熟。但是，正是这种专业术语让真理在知性面前变得显而易见，又将其隐藏在感觉面前；因为，让人不快的是，知性若要把握内在感觉的对象，就得先破坏这个对象。就如化学家一样，哲学家也只有通过分解才能找到化合，只有通过歪曲艺术才能得到顺应自然的作品。因此，哲学家为了留住那些昙花一现的幻影，就必须将其套入规则的枷锁中，将其美丽的躯体分割成概念，再用贫乏的文字框架来保存其鲜活的精神。假如自然的感觉在这样的摹写中再也认不清自我，假如真理在分析家的报告中成了荒诞之言，这难道不让人觉得奇怪吗?

因此，如果以下的研究为了使其对象接近知性而让其远离了感官，那我在此恳请您宽恕。在前面谈及道德经验时所适用的那些话，在更高的程度上也肯定适用于美的现象。美的魔力是以其神秘性为基础的，随着魔力各个因素的必然结合，魔力的本质也就此消逝。

第2封

然而，或许我应该更好地利用您给我的自由，提醒您注意美的艺术的这个舞台。现今的道德世界里有更加切身的利益关系，而时代的状况却迫切要求以哲学的精神来探索所有的艺术作品中最完美的作品，即真正的政治自由的建立和结构。在这种情况下还要去为审美世界寻求一部法典，是不是有点不合时宜呢?

我不想脱离我的时代而生活，也不想为别的时代而劳作。人是时代的公民，正如是国家的公民一样。人生活在社会当中，因此置身于社会的道德习俗之外是不可取的，甚至是不被允许的。所以在选择工作时，人们需要追随时代的需要和风尚，为何这就不该是他的义务呢？

但是，我们时代的呼声看起来却和艺术格格不入，至少不利于我现在正在从事的艺术。事态的进程为时代的天才指明了一个方向，迫使其背离理想的艺术。由于艺术须有别于现实，必须光明正大地超越需要；因为艺术是自由之女，她只能从精神的必然，而非物质的需求去接受规范。但是，在我们当今的时代，需求主宰一切，堕落的人类都屈服于其铁蹄之下。实用是这个时代最大的偶像，所有的力量都侍奉它，所有的才干都要尊崇它。在这个实用的大天平上，艺术的精神作用毫无质量，也失去了所有的鼓舞力量，消逝在我们时代的名利场的喧嚣之中。甚至连哲学的研究精神都被逐渐剥去了想象力，随着科学的界限扩张，艺术的边界也变得越发狭窄。

哲学家和社会名流的目光都满怀期望地聚焦到了政治舞台上，人们深信，如今，人类的伟大命运将在此接受审判。若不投身于这种普遍谈论中，不就暴露了我们对于社会公益的冷漠态度？这不该遭受指责吗？这一重大诉讼，因其内容和结果都与每个自命为人的人有着紧密的联系，同样会因为其审理方式，从而肯定会引起每个有独立思考能力的人的特别关注。一个从前只是由强者滥用权力而解答的问题，看来如今已被送到了理性至上的法庭。无论是谁，只要能将其自身置身于整体的中心，并能将其个体提高到族群的地步，就可以将其自己视为理性法庭的陪审员；同时，他不仅是个人和人类家族的成员，还是诉讼当事人，看到自己与案件的结果多少有些纠结。因此，可以看到在这一重大案件中所要裁决的事情，就不仅仅是他自己的事情，还应该通过法律进行判决，这样的法律是他以理性的精神能够并且有权制定的。

我要是能够同一位既是足智多谋的思想家、又是崇尚自由的世界公民来探究这一主题，我要是能够和一位充满了热情来献身于人类幸福的心灵来做出判决，那是多么的诱人啊！尽管我们的地位十分悬殊，但如果我在思想领域所获得的成果能够与您毫无偏见的心灵不谋而合，那将是一个多么大的惊喜啊！可是，我抵抗住了这动人的诱惑，并让美在自由前面先行。我相信我不仅可以以我的爱好作为理由来寻求谅解，还可以用原则进行辩解。我希望我能让您相信，这个艺术题目同我们的师弟需求的密切程度不低于其与时代品位的密切程度；若要解决政治问题，就必须通过审美的途径，因为我们是通过美而获得自由的。但是，得先使您想起理性在制定政治法律时所遵循的原则，我才能进行此项证明。

第3封

在创造人类时，大自然并没有给予人类更多的优待——相较于其他事物来讲；在人类还不能以独立的智者自我行动时，自然就代人行动。但是，人之所以为人，是在于他不断改变自然赋予他的原样，他有能力凭借理性重走自然带他走过的路，可以将必要的工作转化为自由的抉择，也可将生理的必需转化为道德法则。

当人类从感官的浅眠中苏醒过来后，他感觉到他作为人而存在，环视周遭，他发现自己置身于国家之中。在他能够独立选择自己的地位之前，就被环境的威力定于当前的位置。然而，从道德人格出发，他都不能满足于需求强制给他的政治情况，这样的政治情况只受需求控制。若他就此满足，那将是大大的不幸。因此，他就以他之所以为人的权利摒弃了自然盲目的控制，这就好比他在多数情况下凭借自由而脱离控制，用伦理和美来消除并净化性爱所带来的猥琐品质。所以，人在成年后，就以人为的方式来弥补童年时期就该完成的事，并在自己的理念中找到了自然的状态，这并非任何经验所赋予他的，而是通过他理性的必需法则和条件而建立的。他将此理想状态归因于一个在自然的实际现状中无法完成的目标。他有了自己从前力所不及的选择，于是，他只好如此，像从头开始一样，好像是基于清楚的认识和独立的选择，他将独立的地位换成了契约地位。虽然盲从的任意性可以建成精细稳固的作品，但是不管他怎样维护这样的作品，也不管这个作品看上去有多么的庄严，人在这时都可以无视这个作品。这是因为盲从的这些作品没有足够的威慑力让自由在其面前屈服，况且所有的事情都得服从理性在人格中所提出的崇高目标。一个成熟的民族将国家从自然状态过渡到道德自由的状态，并能通过这样的方式来证明其合理性。

目前，自然状态这一说辞适用于依靠强力而不是法制所建立的每一政体，这样的政体违背人类的道德本性，因为合法性就具有足够的权威了。但是，这个自然状态却正好能满足人类的生理需求，因这样的需求，人类只会为了避免暴力伤害而去制定法律。况且，人类的生理需求就是现实，而人类的道德品质却是疑问重重。因此，当理性想取代自然状态而将其压制时，他别无他法。那么，他就得为了疑问重重的道德品质而放弃现实的生理需求，为了一个仅仅是存在可能性的社会理想（即使是从道德上看是必然的）而放弃社会存在。理性从人类身上取走了原本就是人类的东西，在失去这些东西之后，人类变得一无所有。作为替代，理性给人指出了人类应该和可能拥有的；并且，如果理性对人类期望过高，他就会夺走人类的兽性方法（为了保证人所处的任性状态是自己想要的，而且不会伤及自身），而兽性又是人之所以为人的首要条件。这样，在人还没有机会按照自己的意志指定法则前，理性将会拆掉他脚下的本性之梯。

因而，值得特别关注的是，当道德社会正在理念中形成时，在时间上，绝不能让物质社会有片刻的停顿；也就是说，绝不能让人的存在为了人的道德尊严而被置于危险的境地。当机械师需要修理手表时，他总是让齿轮走完再修表；但是国家就好比一部活着的钟，则必须要在齿轮运动时进行修理，在活动的钟表中修理活动的齿轮。因此，必须找到支柱来支持社会的运行，它使社会和要解散的自然状态脱离。

在人的自然属性中不能找到这一支柱，因为人的自然属性就是自私和暴力，将人的能力用于摧毁社会，而不是保护社会。也不能在人的道德属性中找到这一支柱，这种属性还未形成，因为它是自由的，从未显现的，所以立法者无法支配和指望它。因此，看来还得采取另外的措施。似乎必须从道德自由中分离出任意性的物质属性；重要的是使前者与法则和谐、后者依赖于印象；重要的是使前者远离物质，使后者靠近物质，这样就能形成与两者都相关的第三属性。它开拓了从纯粹力支配到道德支配转变的道路，不会阻止道德属性的适当发展，但是为盲从中的道德提供了感性的保证。

第4封

这一点确凿无误，只有当前文所提到的第三种性格处于优势，一个国家依据道德原则所进行的变革才不会产生危害；也唯有这样的性格才可以保证变革的延续。规划与建立道德国家，靠的是伦理法则发挥实际作用，自由意志被纳入了原因范畴，在这一范畴内，所有一切都必须与严格的必然性与恒定性相关联。但是我们知道，人类意志永远是偶然的，只有在绝对存在的物质中，物质必然方能与伦理共存。因此，如若指望人的伦理行为像自然结果一样可靠，那么这种行为就必须成为自然；如果一种行为必定符合伦理道德，那么这样的行为肯定是源自自然的冲动。但是，人的意志在爱好与责任之间是完全自由的，任何的物质必然都不应干预个人主权。所以，如若人需要保有这种选择的能力，并且成为各种力量的因果联系中的一个可靠环节，就只能由此实现——那两种动机（即爱好与责任）在现象世界里势均力敌，尽管各种形式有所不同，可是一个人的冲动与其理性相符，并足以具备为普遍立法所采纳的价值。

可以说，每一个人的个体内部，至少在他的适应过程与目标追求上，都具有一个纯粹理想的人。他面临的一大挑战，就是使外部生活中所有连续不断的变化与这个理想人永不改变的整体性相一致。这个纯粹的理想人，在主体中或多或少都得到了明确体现，他由国家代表，而国家就是一个客观的，可以说是权威的形态，各个主体的多样性在其中统一成为一体。现在，思想具有了双面性，时代造就的人和理想的人在思想上达成了一致，而国家也可以通过两种方式在众多个体之中保持自我。一种方式就是理想人制服现实人，国家压制个体；另一种就是个人成为国家，时代人升华为理想人。

我承认，片面的道德评价中，不存在这样的区别，因为如果理性的法则无条件生效，理性就获得了满足。但是在完整的人类学调查中，这样的区别就会显现，因为在这样的调查中，形式与实质被联系在了一起，鲜活的感情拥有发言权。想必理性会需要一体性，而自然要求的是多样性，这两个法则都涉及了人。前一个法则通过刚正不阿的意识在人身上烙上印记，后一个法则则是借助不可泯灭的情感。如若道德情感只能通过牺牲自然情感来维系，那么教育的缺失就会被凸显；如若国家行政机构只能通过压制多样性来促成一体性的实现，那么这样的国家行政机构是不完善的。国家不仅应当尊重个体的客观性与普遍性，也应尊重个体的主观性与独特性；国家在扩大隐形的道德世界之时，不应让作为外部物质世界的现象王国人烟稀落。

当机械工匠对一块未成型的材料进行加工，使之具有符合其目的的形态时，他会毫无顾虑地改变这块材料；因为他加工的自然之物本身并不值得任何尊重，而且他是因为整体而重视部分，而非因为部分去重视整体。当一位艺术家加工同一块材料，他也会随心所欲地改变，但是他会避免表露这种改变。和那位机械工匠一样，他一点儿也不尊重自己所加工的这块料；但是他表面上会显出尊重，以迷惑那些保护这块材料的人。政治家和教育家则完全不同，他们既把人类当原材料，也把人类当目标。在这种情况下，目标并存于原材料之中，由于整体服务于局部，所以局部需要为了实现整体的目标而进行自我调整。政治家必须尊重他的原材料——人类，而且这种尊重不同于艺术家对他的原材料的尊重。他必须保护人类的特质与个性，而这样的保护应是客观的、以人的内在本质为归依，而非为了去迷惑什么人。

但是，正因为国家作为一种组织，形成的手段与目的都是其本身，所以只有当局部与整体的思想相符合时，国家才会产生。国家代表了公民心中纯粹的理想和客观的人性，所以国家对公民的关系等同于公民对自己的关系，国家对他们主观人性的尊重将以使其升华为客观存在为准。如果一个人的内在和他本身一致，那么即便他的行为是最为普遍的，他也能保持自身的特质，而国家不过就是其美好本能的诠释者，是对他内在法则更为清晰的体现。但是如果民众的性格中主观的人与客观的人相冲突，那么只有压制主观的人才能让客观的人取得胜利，继而这个国家对它的公民施以严刑厉法；为了维护自身利益，国家就必须毫不留情地将这样的敌对个体狠踩于脚下。

人类可以通过两种方式使自己处于自相矛盾的状态：感情支配原则，成为野人；或是原则摧毁感情，成为蛮人。野人蔑视艺术，将自然视作自身的绝对主宰；蛮人嘲笑毁誉自然，经常成为感官的奴隶，方式比野人更卑劣。文明人与自然做朋友，尽管会控制它的任意性，但尊重这份友谊。

因此，即便理性将其道德一体性带入物质社会，也不会损伤自然的多样性。即便自然努力在社会道德结构中保持自身多样性，也不会破坏道德的一体性；成功的形态应该同一致与杂乱都不相干。所以说，只有那些有能力和资格拿必要性去交换自由性的人，才能在自己身上找到完整的性格。

第5封

当今的时代和过去的事件带给我们的就是这种性格吗？我立即将我的专注力转移到了这幅宏图中最吸引人的对象之上。

的确，舆论的威望已经降低了，专制的本性已被揭露，虽然专制仍然拥有权力，但不再受到尊重。人类从长期的沉睡和自我欺骗中醒来，大多数人都一致要求恢复人类不可丧失的权利。但是，人类不仅有此要求，他还挺身而出，用强力夺取那些他认为被无理夺走的权利。自然国家的大厦摇摇欲坠，它的根基开始动摇，并且似乎已经有了物质可能性；法则被推上王位，人类最终获得尊重，并将真正的自由塑造成了政治联盟的基础。徒劳之梦！道德上的可能性是可望而不可即的，这代人遇到了慷慨的机遇，但是他们自身都太过愚钝了。

人类以行动来自我粉饰，那么现在的戏剧里面又是怎样的装扮呢？就一方面而言，别人会视他为疯狂，而在另一方面，则是一种懒散的状态——这是人类堕落的两个极端方面，但却汇聚于同一时期。

在广大的下等阶层中，我们看到的那些冲动之举十分粗野、无法无天，市民秩序的束缚的解除也就意味着这些举动摆脱了束缚。客观的人或许有理由去抱怨国家；但是主观的人还得尊重国家的各项须知。虽然国家忽视了人类的本性，但它要保护人类的存在，那还有什么好责怪的呢？国家因重力而分，因凝聚力而合，不能同时想到构造和提高，这还能责怪国家吗？国家的灭亡包含了国家的理由。社会自由了，但不是进入了有机的生活状态，而是又重新堕入了原始的状态。

从另一方面而言，文明阶层所展现出来的懒散和性格败坏的景象令人不齿，而这些景象却源于文明本身，这更加令人不屑。我已经记不清是古代还是近代的某位哲学家曾经说过，越是高贵的东西堕落了，那就越会令人恶心。这句话正好适用于道德世界里面的真实情况。就算是自然的孩子，摆脱控制后就会成为一个疯子；但是艺术学者要是摆脱了控制，就算作一个没有教养的人。越是文雅的阶层越为自身而骄傲，这不是没有道理的，但是从整体上看，这种启蒙并未对人的意向产生多少净化影响，反而通过准则确认了腐败。我们在自然的合法领域将其拒绝，而却在道德领域接收了它的装置；并且在抵抗自然的印象时，我们还从自然处获得了原则。我们在道德习俗方面的那些矫揉造作的礼节否定了自然在最初阶段还可原谅的权利，而在道德的唯物主义理论体系中，我们却赋予了它最终的决定权。利己主义在精于人情世故的社交圈内建立起了自己的体系，而我们遭受了社会的所有病痛，却没有得到一个社会的性格。我们让自己的独立判断屈服于社会的偏见，让我们的情感服从于荒谬的社会习俗，让社会上的各种诱惑考验我们的意志；我们只是坚持我们的任性来对抗社会的神圣权利。在野蛮的自然人心中，时常还跳动着一颗同情心，而文明人心中的这颗同情心却因为骄傲所带来的自满开始收缩，就像是逃离城市里的火灾一样，每个人都只盘算着抢救自己的那些可怜的财物。有人认为只有完全否定多愁善感这一毛病，才能抵抗这一毛病带来的混乱；嘲讽有时能惩罚那些狂热分子，但有时也会毫不怜悯地诽谤最崇高的感情。文明远未给我们带来自由，而只是在我们身上培育出了新的需要。物质枷锁的束缚让人越来越心惊胆战，由于畏惧自己的得失，甚至还丧失了上进的动力，逆来顺受的原则却被当作了最高的生存之道。因此，我们发现时代精神徘徊在乖张与粗野、造作与自然、迷信与道德之间；即使能暂时压抑这种精神，也只是在坏事面前委曲求全。

第6封

对于我们所处的这个时代，我是否过度描写了呢？我想人们并不会因为这样就责难我，但是他们会另有微词，认为我揭露了太多真相。您会告诉我说，我的描绘与现在的人类很像，但其实所有同等文明程度的民族都是如此，因为所有人在借助理性回归本性之前，都无一例外地滥用理性背弃本性。

但是如果我们密切关注我们时代的特征，就会惊讶地发现人类的形态较之以往已经有了很大改变，尤其是相较于希腊的形态。相较于社会的纯自然状态，我们当然有理由认为自己文雅高尚，但面对希腊人的自然状态，我们只得自惭形秽。希腊人的自然状态既有艺术的魅力，又不乏智慧的尊严，而不是像我们的一样，成为艺术与智慧的牺牲品。在希腊人面前我们会感到羞愧，这不仅因为他们拥有我们这个时代所缺少的淳朴真诚，就连论起那些在我们为自己的行为违反自然而感到懊恼之时给予我们安慰的优势，他们也毫不示弱，甚至经常成为我们的榜样。我们发现他们不同凡响，由内到外都很丰富——既推究哲理，又开拓创造，既温文尔雅，又生龙活虎，光辉的人性中既有年轻人的奇思妙想，又不乏理性的强大光芒。

希腊文明的时期，心智力量正在觉醒，感知与精神还是没有明显区别；没有什么将它们区分开来，没有让它们彼此对立，也没有让它们为自身设置严格的限定。诗歌尚未与智慧较劲，抽象的思辨尚未泛滥成诡辩。必要时，诗歌与智慧可以互换角色，因为它们都在以自己特有的方式向真理致敬。不论理性的战斗达到怎样的高度，它以一种爱的精神牵着物质与之随行，理性者对物质的定义尖锐而呆板，却从不使物质范畴内的东西支离破碎。诚然，希腊人的思想将人性取代，将其夸大重铸后通过众神的光环加以体现；但是，这样的重铸是对其进行重组而非分裂，因为每一个神都呈现出完整的人性。我们现代人的追求则与之大相径庭！我们也会弱化和夸大个人以打造物种的形象，但是我们的做法是将其肢解，而不是重组，所以要构建整体的物种就得从不同的个体处收集构成要素。几乎可以这样说，在现实生活或经历中，心智的力量看起来被分割过，同心理学家从表象区分它们一样支离破碎。因为我们知道，不论独立个体还是整个人类，都只是肯定了他们的部分能力，其他的才能几乎没有活跃的迹象，犹如生长萎缩的植物。

我没有忽视现代人的长处，这些优势被当作一个整体置于认知的天平上加以衡量，就算在最优秀的古人面前，也毫不逊色；但是将它们集中到一起才能进行较量，必须全体对全体。现代人中，谁可以走出来一对一地同雅典人争夺更为高贵人性的桂冠？

族群有所长，个体有所短，这是为何？为什么一个独立的希腊人可以成为他那个时代的代表？为什么没有现代人能做到？因为希腊人的形态得之于包容一切的自然，而我们的形态得之于一切认知的分割。

正是文化本身对现代人造成了伤害。人类本性中的内在联系被打破，破坏性的竞争直接将处于和谐状态的各种力量分裂；一方面，人类的经验更加丰富，思维更加确切，因此有必要对科学进行更为清晰的划分；另一方面，国家机器更为复杂，对等级和职业进行更为严格的区分也变得必要，忌妒与猜疑敌对地分布在不同的领域，怀着猜疑和忌妒守卫各自的疆土；人类将自己的活动限定在一定范围内，随之为自己创造了一个主宰，而这个主宰经常以压制其他禀赋为终极目标。一方面，丰富的想象破坏了知性辛勤开垦的地方；另一方面，抽象精神浇熄了原本可以温暖心灵又能激发想象的火焰。

艺术和学问在人们的内心世界造成了颠覆，政府的新精神使这样的颠覆得以彻底完成。毫无疑问，我们有理由期待共和政体初期简单的组织架构能比古代风俗习惯存在得更久。但是，没有上升成为更高级的生气勃勃的生活，而是沦为一个粗俗的机器。在希腊，每一个个体都可以享有独立的生命，如有必要还可以自成一体，希腊的这种可变条件如今已经被巧妙的机制取代，由此，从分裂到无数个局部，一种机械的生活总体上就这样产生了。接着，国家与教会、法律与习俗之间的矛盾出现；享乐与劳作、过程与结果、努力与回报也彼此脱节。人类无休止地纠缠于整体的细枝末节之中，建立的不过是些琐碎；耳中只能听到他推动的那个齿轮发出的单调乏味的嘈杂声，他的本性就从未和谐过；他没有给本性贴上人性的标签，其最终结局也不过是个活着的印记，代表着其一生所潜心的手艺与科学。如此零碎烦琐的关系将独立的个体与整体联系起来，不会不由自主地对形势产生依赖——因为一台复杂避开光亮的机器，怎么可能向人类的自由意志吐露心声？这样的关系相当微妙，十分严格，人类自由的智慧会被固有准则所束缚。死的字母代替了活的理解能力，熟悉的记忆成为比天赋与感觉更为可靠的引导。

如果社会或国家以个人的作用为标准对其进行衡量，要求公民具有记忆力、手艺人具有智慧、机械工具有技能，我们就不必惊讶于思想中的其他才能被浪费，因为在一个带来荣耀与利益的社会或国家里，文化不具有多样性。这就是一个重所学而不重品性的组织的必然结局，此外，它为了维护法律与秩序的精神而忍受最深的黑暗；其结果是：人的能力越大，其他品质失得越多。我们知道，毫无疑问，一个强大的天才不会把职业的界限当作事业的界限；但是对于普通的人才，在倾注一生的微薄之力后，他们会消耗殆尽；如果他们的精力都投入到了感兴趣的地方且无伤本职，境界便会提升，不再庸俗。此外，国家都不太提倡大材小用，或者让一个有才能的人从事一项与他的某一高贵才智相冲突的工作。这个国家唯恐失去独占仆人的权利，宁可联合乌拉尼亚的维纳斯而不是基西拉的维纳斯共有仆人，这一点无可厚非。

为了让抽象的整体可以继续生活（却是惨兮兮地），具体的个体生活消失殆尽，对于公民而言，国家永远遥不可知，因为他们无法从任何地方感知它的存在。统治者不得不对公民多样性进行分级简化，而且只能以代理的方式间接地了解人性。因此，统治者最终忽视人性且将人性与对人性简单而错误的认知混为一谈；而被统治者只得被迫接受这几乎无视他们个性的法律。最终，社会厌倦了国家未有所作为去减轻的负担，而陷入四分五裂，最终瓦解——这是欧洲的大多数国家在过往中的命运。它们进入了一种道德的自然状态，公权力不过是其又一职能——认为它有必要存在的人憎恨误导它，无它也可成事的人却尊重它。

受到内外两股势力的夹击，人性还能否对其所遵循的路线做出改变呢？思考的心智，由于追求观念中不可侵犯的善念与权利，必然游离于感官世界之外，为了形式而摒弃实质。公共事务被禁闭于一成不变的客观世界里，受到各种规则的束缚，看着整体的生命与自由消失，在自我世界中变得越发贫乏。就像思考的心智试图去按照设想仿造真实存在的世界，将其想象中的规律变成事物客观存在的法则，这种务实精神走向了另一个极端，希望用个别且不完整的经验衡量一切认知，并且将适用于个别领域的规则不加改变地应用于所有事务。思考的心智必然成为徒劳的吹毛求疵的牺牲品，而务实精神也必定成为狭隘迂腐的牺牲品；因为前者站得过高，看不见个体，而后者站得太低，无法洞悉全局。而这种思考方向的危害还不仅限于知识与创造；这种危害已经延伸到了行动和感觉。我们知道精神的敏感程度取决于其活跃度，而它的范围取决于想象的丰富。可现在，分析能力处于优势，势必会夺走活跃而有力的想象；想象的对象受到局限，也必定会使其丰富性遭到削弱。因此，抽象的思想家通常有一颗冷静的心，因为他需要分析印象，而印象唯有作为整体出现方能触动灵魂；另一方面，实干家或政治家心胸狭隘，他的想象力被封闭在了自己单一的工作圈子内，既无法增长，也无法用另一种方式看待事物。

我希望阐明我们这个时代性格中不好的一面，揭露罪恶的根源，而不是将其归咎于天性。我准备好向您承认，尽管如此肢解其本性对个体不利，可这是人类进步的唯一方式。毫无疑问，人性在希腊人身上被展现到了极致；既不可能长期停留于此，也不可能达到更高的水平。之所以不可能长期停留于此，是因为后天形成的所有观念行之有效地迫使才智与感觉和直觉分离，并去寻求知识的明晰。而它不可能更进一步的原因在于明晰只有在一定的程度下才可以与一定程度的充实与活力共存。希腊人已经达到了这一境界，如果他们想要更加文明开化，就要像我们一样，必须放弃它们本性的完整，为了寻求真理而行走在分离的道路上。

要发掘人类的各种倾向，就只得让这些倾向彼此对立，别无他法。这些力量的对抗是人类文明的伟大工具，却也只是工具；只要这种对抗存在，人类就会处在通往文明开化的途中。只是由于人身上的各种力量都彼此分离，而且都擅自强行制定独立规则，它们才会为了寻求真理而发生冲突，并迫使通常由于惰性而浅尝辄止于表象的常识探究事物的本质。纯粹知性要在感官世界里篡夺权力，而经验主义则试图迫使纯粹知性屈从于经验——通过这样的方式，这两股敌对势力才可能得到最大发展，并且进行彻底的自我探究。一方面，想象力由于专横而敢于破坏世界的秩序；另一方面，它迫使理性上升成为知识的最高源泉，并使其借助必然法则来遏制想象。

个体官能具有排他性，必然将个体引向迷途，却也将人类引向真理。只是由于我们把精神层面的全部能量集中于一点，让一种力量占据了全部的生命，某种程度上也促进了这股孤立力量的成长，人类对于它的引导远胜于自然对它设定的限制。如果集合所有的个体人类，也肯定无法用自然赋予他们的眼力窥探出天文学家用望远镜观测到的木星的卫星，那么，毋庸置疑，如果理性无法将自身应用于为实现这一目标，以进行特定领域中的特定研究，人类的认知就无法对无限的时空进行分析，也无法对纯粹的理性进行批判；如果理性几乎脱离所有物质的束缚，它就无法通过最抽象的概念赋予人类心灵之眼看到绝对所需的力量。问题在于，专注于纯粹理性与直觉的精神能否使自己免受逻辑的严格束缚、自由地从事诗歌创作，并且通过一种忠实而高尚的观念把握事物的个体特征？在这里，自然为大多数全才设置了不可逾越的限制，只要哲学狭隘地将寻找对抗错误的武器当作它的主要职责，就必然会有人成为真理的殉难者。

不论这样孤立地培育人类才干的方法会给整个世界带来多大的好处，都不可否认，这样一种整个宇宙倾注全力而追求的终极目标给个体带来了痛苦与灾难。我承认练体操可以塑造运动员的体形，但是只有四肢得到自由均衡的运动，才能孕育出美。同样地，让精神力量充分却积极地发展，固然可以造就非凡之人；但只有各种精神力量和谐共存，才能造就幸福而完整的人。如果这样的牺牲对于完善人的天性不可或缺，那么我们与过去及未来应该保持怎样的关系呢？在这样的情况下，或许我们应该成为人类社会的奴隶，我们应该已经被奴役了数千年，我们的那些耻辱而支离破碎的本性应该已经被烙上了羞耻的奴性印记——所有这一切都是为了下一代能够幸福闲适，这样他们或许可以献身去治愈道德的创伤，自由充分地展现人类的天性。

但是，人怎么可能为了任何目的而忽略自己呢？自然又怎能不管什么目的就夺走理性为了它的目标而给我们规定的完善呢？所以，为了完善特定的才能而牺牲这些才干所必需的整体性必然是不对的；即便自然法则逼近这一趋势，我们也一定有能力通过更高的艺术对我们的本性中已被艺术破坏的整体进行修复。

第7封

国家能达到和谐状态吗？那不可能，因为目前所构建的国家就是罪恶的源头，而存在于观念中的国家，虽然没有能力创造更完善的人性，却也应该以更完善的人性为基础。这样一来，我现在所进行的研究就会把我带回在它们之前那个曾让我暂时离开的问题之上。在当今这个时代，远没有给我们提供我们认为能够提升这个国家必不可少的人性形式，反而向我们展现了与之完全相反的一面。所以，如果我所主张的原则是正确的，而且实际情况验证了我所描绘的当代图像，那么在这个国家实施相似的改变就不合时宜，所有建立在这一尝试之上的希望都是不切实际的幻想——除非停止分割人类的内心，自然也能充分发展成为这一巨变的工具并且保障理性所进行的政治创造得以实现。

物质创造中，自然向我们展示了我们进行道德创造的必经之路。一方面，只有当基本力量的斗争在低级组织中停止时，自然才会塑造出高尚形成的自然人。同样，如果道德者身上的原始自然属性与盲目冲动之间的冲突尚未停止，其自身的对抗亦尚未停止的话，这样行事将会很危险。另一方面，在身上的多样性屈从于理想的一体性之前，人性格的独立性必须已经确定，他对专制形式的妥协必定已经让位于适度的自由。当自然人依然如此任意妄为，就几乎不该给予他自由。而文明人就算很少运用自由，他的自由意志也不应该被剥夺。如果自由原则的退让被动乱利用，那么这样的退让就是对社会秩序的背叛，自由原则的退让还会让社会上的极端势力更加嚣张。统一标准下的一致性法则会成为对个体的专制——如果这种法则与一种已经占统治地位的确定和天然的障碍联系在了一起，倘若他扑灭了独立自主性和独特性闪烁的最后一点火光。

所以时代基调必须振作，不能在道德堕落的旋涡中不能自拔：一方面它将自己解放，不再盲目地为自然服务；另一方面，它必须回归自然的单纯、真实和丰富——这是一个需要一个多世纪来完成的任务。不过，我准备好承认，在此期间有一些尝试可能在个别情况下获得成功，但整体不会因此而有所改进。行为的矛盾总是一再证明，准则要求的一体性是不存在的。在世界的其他角落，欧洲思想家的人性受到了侮辱，不过黑人的人性得到了尊重。旧的原则仍旧存在也会继续存在下去，但是他们的外表具有了时代感，从前教会授权的压迫如今以哲学的名义进行。一方面，自由总是表现出与哲学的敌对，而哲学出于对自由的恐惧，甘愿被奴役；另一方面，由于受到迂腐的管制而陷入绝望，哲学也就堕入了原始的自然粗野中。篡夺基于人性的弱点，反叛也基于人性的尊严，直到最后掌管人类一切事物（盲目的力量）的最高统治者，像一个粗俗的拳击手一样出面仲裁这种所谓的原则之间的斗争。

第8封

哲学就必须绝望而沮丧地退出这一领域吗？当形式的统治向各方面扩展，所有天赋中最珍贵的一个，反倒被无形的偶然支配？难道盲目力量的冲突将在政治世界永远延续，社会法则永远也战胜不了仇恨的自我吗？

不可能！诚然，理性本身从没有寻求同这种与其相对抗的残忍势力直接对抗，也没有像《伊利亚特》中农神萨图恩的儿子（即宙斯）那样亲临可怕的战场，与之斗争。但是理性选择了所有战斗者中最有价值的一个，就像丘比特给予他的女婿神器那样，赋予他神器，并运用理性那战无不胜的力量，最终决定了胜利。

为了发现并传播法则，理性竭尽所能；实行法则需要的是意志能量与澎湃激情。真理要想在与力量的争夺中获胜，就必须首先成为力量，并在现象世界中，将人类的某种本能变成他的拥趸，因为本能是物质世界里唯一的推动势力。如果说，至今真相都少有表现出他那必胜的力量，这并不是因为认知原本就不可能将它揭示，而是因为心灵对它关闭了，本能也对其敬而远之。

在哲学与经验之光的照耀下，偏见何以还如此普遍？时代已然启蒙，人类获得了知识并将其传播，这些足以纠正我们实践的原则。错误的观念曾长期阻碍着我们通向真理，自由探究的精神将其消除，并将盲信和欺骗的基础瓦解。理性已经驱除了感官的错觉与虚假的诡辩，哲学则改变了初衷，大声疾呼，劝诫我们要回归自然。既然如此，为何我们仍旧没有开化呢？

原因存在于人的精神而非客观事物，它阻碍我们接触真理——尽管真理的光芒已然普照，它阻碍我们认同真理，不论它令人信服的力量是什么。一位先哲认识到了这一点，并为此说过一句意味深长的话：勇于为智[①]。

勇敢地接受智慧！要有坚定的勇气去战胜我们接受智慧引导过程中的阻碍——天性中的懒散与内心的怯懦。古代神话中智慧女神密涅瓦全副武装地从丘比特的头上长出并非没有原因，因为实现智慧引导所做的第一件事就是战斗。在最开始时，它就必须同感官进行艰苦卓绝的斗争——感官可不愿从甜美的梦乡中被唤醒。在困境中挣扎已经让大多数人筋疲力尽，无力再同谬误进行一场更加严峻的新斗争。只要能避开思维的艰辛，他们就感到满意，因此他们很乐意让别人来照管他们的思维。假若他们心中激起更高尚的需要，他们就会急切地对教会和国家为这种情况而准备的公式赋予信任。如果这些不幸的人值得我们同情，那么另一部分人就应该受到我们的蔑视，因为他们有着更好的处境，无须却仍心甘情愿地受着基本生存需求的束缚。后一种人宁可过得浑浑噩噩，这样他们的感情会更为强烈，想象力可以随心所欲地妄想——他们不愿沐浴真理的光辉，因为真理会让他们梦想中各种舒适的幻影落荒而逃。他们已然发现自身幸福的大厦是建立在这些幻影之上的，这些幻影应该被知识的光亮驱散。他们认为追求真理所付的代价太过高昂，因为真理会夺走他们所珍视的一切。因此，要热爱智

① 敢于变得智慧。——编者注

慧，他们必须是智者，哲学的命名者在为它取名的那一刻就意识到了[①]。

所以，鉴于理智的启蒙只有在对性格产生影响时才值得被尊重，它离成功尚有距离，从某种意义上来说，这启蒙的出发点就是性格，因为通往大脑之路必须要经过心灵。有鉴于此，当今时代最迫切需要的就是对感觉功能的培育，因为它是一种手段，不仅使思想的提升在实践中发挥作用，还应让这样的提升转化为实际存在。

第9封

不过，也许我先前的论证中是不是存在循环论证呢？理论上的开化看似应该会带来实际的文明，而后者又是前者的条件。政治领域内所有的改进都必须从性格的高尚化出发。但是受到社会建制仍未开化的制约，性格怎么能够变得高尚？因此，有必要为这一目标找到国家不能提供的工具，开凿在政治腐败中仍旧保持纯洁的源泉。

现在我要谈谈迄今为止我倾注全力所探究的要点了。这一工具就是美的艺术，这些源泉就是在美的艺术那不朽的典范中开启的。

与科学一样，艺术同一切积极的存在以及传统的人类习俗毫无瓜葛，二者都完全独立于人们的主观意志。政治立法者对它们实行封锁，但却不能在其中实行统治。他可以放逐真理的追随者，但真理却不会消失；他可以侮辱艺术家，但他却不能使艺术改头换面。当然，这是再常见不过的道理了：科学与艺术服务于时代，而创造性审美接受批判性审美的法则。当性格本身变得拘谨而强硬，我们看见科学严守它的界限，艺术屈从于规则的严格制约；当性格轻松而温和，科学就会惹人喜爱，艺术也会变得欣喜。自古以来，人们就发现哲学家与艺术家致力于让真与美进入芸芸众生的内心深处。他们为之殚精竭虑，不过得益于真与美与生俱来的活力与不可摧毁的生命力，真与美在斗争中胜利地脱离了深渊。

艺术家固然是时代之子，但是成为它的信徒甚至宠儿就会变得不幸。

---

① 众所周知，在希腊语中哲学（philosophy）意为智慧之爱。——编者注

让仁慈的神及时把婴孩从他母亲怀中夺走，用更好时代的乳汁来喂养他，让他在远方希腊人的天空下长大成人。当他成为一个男子汉，让他回去，作为一个陌生人回到他自己的时代。他的意外出现，不是为了取悦这个时代，而是如阿伽门农的儿子一样艰辛地净化这个时代。他的身体发肤虽然取之于当代，但是形式源自一个甚至超越了所有时代的更为高贵的时代，也源自他天生纯粹而不可改变的一体性。那时，美的源泉从那神圣的苍穹流淌下来，苍穹之下几代人或是几个时代在阴暗的旋涡中翻滚，但这样的污浊也不会将它玷污。其内容可能为幻想所败坏，也可能由于幻想变得高贵，但是这始终纯洁的形式却不受反复无常的鉴赏力的影响。罗马人已经在皇帝面前跪了很久，但众神还在巍然矗立；群神早已成为人们取笑的对象，而神庙仍旧保持着表面的神圣；宫殿本来是用以掩饰为尼禄和科莫多（二人均为古罗马暴君）的暴行，但其中的高贵建筑却与他们的恶劣行径背道而驰。人类丧失了尊严，但艺术将其拯救，并将其保存在意义深刻的大理石之中；真理继续存在于幻觉之中，复制品将用于恢复原型。如果高贵的艺术比高贵的自然存活更久，那么它就会像令人振奋的天才走在后者的前面，塑造着、唤醒着思想。在真理把胜利之光渗透到人的内心深处之前，诗歌已经捕捉到它的光芒，阴暗潮湿的夜晚笼罩着山谷，人性的巅峰却已在光亮中闪耀。

但是艺术家要如何才能避开从四面八方将其包围的时代污浊呢？让他抬头仰视自己的尊严与法律，不要低头看着需要与富足。同样，他既摆脱了那种只是短暂留下痕迹的无用功，也摆脱了那种要把绝对的衡量标准运用到毫无价值的时代产物之上的狂热梦想，让艺术家将现实的领域交给以现实为对象的认知。但是得让艺术家努力从可能与必然的结合中创造出理想。让他以这种想法去发挥想象，以最严肃的态度采取行动。简而言之，就是将这样的理想运用到所有的感觉与精神形式中；然后，让他悄然努力投身到无限的时间中。

但是，并非每一个有着炽热理想的创造性天才都有着同样的沉着，而不论是把这种理想刻入无言之石还是灌铸成冷静客观的文字加以传播，抑或交托给时代的忠诚之士，都需要有这样伟大而耐心的秉性。这种神圣的本能与创造力量，往往过于热烈，因而不能信步于平和的道路之上，它常常直接将自己置于眼前的时代和现实的生活，并且努力改造道德世界中的无形的物质。手足兄弟以及全人类的不幸让有感觉的人内心隐隐作痛；而他们的堕落会更深地刺痛他们；激情被点燃，而在天生强劲的灵魂里，燃烧的欲望急切地渴望着行动与现实。不过革新者是否已经审视过自身，看看道德世界的这种混乱是否伤害了他的理性，或者是否反而没有伤及他的自恋？如果他还不知道这一点，他得通过追求能够迅速明确结局时的冲劲来发现它。纯粹的道德动机以绝对为目标；它没有时间观念，只要未来必然从现在发展而来，那么未来对它而言直接变成了现在。在没有限制的理性面前，朝向某个目标的方向与这一目标的完成密不可分，一旦选择开始一条道路，也就走完了这条道路。

如果有一个热爱真与美的年轻人问我，他怎么才能在受到时代阻碍的情况下满足他内心的高贵向往，我会回答：引导你身处的世界向善，时代特定的平静进程就会带来你想要的结果。如果你通过教诲把这个世界的思想提高到必然和永恒，如果通过你的行为或创造，你将这必然和永恒变成了你追求的目标，你就已经给它指出了善的方向。妄想和所有的任意妄为必将倒塌，而且只要你确信它摇摇欲坠，它便已然倒塌。不过，它的摇摇欲坠必须还存在于人的内心而不仅仅是外表。你要在内心的纯洁神圣之中培育必胜的真理，以美感赋予它具体的形式，这种形式不仅是对其可敬的认知，而且也是悉心捕捉其表象的感觉。为了避免你万一从现实世界拿走了本应由自己提供的范例，在内心确信你拥有了一位完美的保护者之前，不要冒险进入危险的社会中。同你的时代共同生活，但是不要成为它的产物；为同时代的人服务，提供他们所需要的，而不是他们所赞美的。你虽然不曾犯过他们犯过的错误，但要以一种高尚的忍受分担他们所受到的惩罚，承受对他们而言逃脱与承受一样痛苦的束缚。你始终如一地鄙视着他们的富足，你将向他们证明你向他们的苦难屈服并不是因为怯懦。如果你必须影响他们，就得在脑中看见他们应该的样子；如果你试图代替他们行动，就得看见他们原本的样子。努力将他们投票权的获得归功于他们的尊严；但是为了让他们幸福，你要把他们的卑劣记录在册。一方面，你内心的高贵将会激发他们内心的高贵；另一方面，你的目标并不会因为他们的卑劣而消失。你那些严肃的原则反而会把他们吓跑，但是在游戏中他们还是可以忍受这些原则的。他们的品位比心灵要纯洁，因而你须从他们的品位入手，控制住疑似要逃掉的人。你攻击他们的原则将是徒劳的，你谴责他们的行为也将枉然；但是你可以在他们闲暇时一试身手。你要把任性、轻浮，以及粗俗从他们的喜好中剔除，接着你潜移默化地把这些从他们的行动里驱除，最终从他们的情感中驱散。不论在何处见到他们，都要用伟大、高尚并且机智的形式将他们包围，用成就的象征将其层层围住，直到假象战胜真实、艺术战胜自然。

第10封

经过我前面几封信的规劝，您在这一点上和我达成了一致，认为人可以通过两条相反的道路背离他的目的地——我们的时代实际上是在这两条错误的道路上徘徊，有时会沦为卑劣，而其他时候，会变得筋疲力尽且腐化堕落。我们的时代应该借助美摆脱这种双重背离。但是美的艺术怎样才能通过培育同时补救这些相反的缺点，并且使这两种对立的特性在自己的身上得到统一？它能既约束野人的天性，也解放蛮人的天性吗？它可以同时压紧并放开弹簧吗？如果它实际上无法做到这两点，又怎么能指望它去发挥培育人类这样伟大的作用呢？

人们会认定，美中孕育的感觉能使人的举止变得文雅，这几乎是一句众所周知的格言，对此好像无须重新证明。人们的依据是日常生活的准则，这一准则告诉我们，理解的清晰、感觉的细腻、行为的自由甚至端庄，几乎总是与有修养的趣味相连，而未开化的趣味几乎总是与相反的特质联系在一起。人们确信，古代最有教养的民族——希腊人，就是对此最好的佐证，他们将美感发展到了最高峰；与之相反，一些半野蛮半开化的民族以粗俗的性格，或在任何情况下，以强硬苛刻的性格来弥补他们对美的迟钝。尽管如此，还是有一些思想家偶尔会试图否认这一事实或怀疑由此得出的结论的合理性。他们既不愿意指责某些民族粗俗卑劣，也不愿意为某些开化的民族高唱赞歌。即便回到远古时代，也会有人决不认为人文艺术的教化是一种裨益，他们因此阻止他们的共和国进入艺术想象力的天地。

我说的不是那些因为没有受过艺术庇护而中伤它的人。这些人只欣赏付出辛苦获取的占有物和俯首可得的好处；他们怎么可能正确认识品位为培养内外兼备的人所默默付出的努力？显然，开明文化偶尔出现的缺点会让他们忽略其本质的优点！没有形式感的人蔑视一切措辞上的优雅，将其当作一种堕落，将社会交往中的礼貌当作了一种虚伪，把举止中的审慎和大方当作了矫揉造作。他们不能原谅美惠三女神的宠儿像社会活动家一样谈笑风生，像政治家一样按自我的意愿去引导众人，像作家一样给整个时代烙上自己的印记。而他，勤劳的牺牲品，用尽所学也没法引起人们的关注，连一块石头也移动不了。因为他不可能从他那幸运的对手处学到使人感到愉悦的秘密，他们所能做的就是哀叹人性的堕落，说它重外表胜过本质。

不过，值得注意的是这样一些人的意见，他们表示反对美的作用，并从经验中找到了对其宣战的充分理由。他们会说，“我们随时可以承认，在纯洁的手里，美的魅力有助于实现高尚的目标；但是一旦落入邪恶之手，就会做出完全相反的事情，运用那将人的灵魂置于锁链之下的力量为不公与谬误服务，但这与它的本质并不相悖。正因为品位只注重形式，从不关注内容，它最终会将灵魂置于危险的境地，让灵魂忽视了所有实际，为了迷人的外表而牺牲真理和道德。万物所有的实际区别都消失殆尽，决定其价值的只有外表！有多少有能力的人，”他们继续说道，“因为美的诱惑而放弃了所有的努力，或是不再参与任何严肃的事务，或是由于诱惑草草从事！有多少意志薄弱者被迫同国家机构争执，仅仅因为依照诗人的想象，应该建立一个截然不同的世界，在那里没有礼俗约束以及各种的意见，也没有艺术要去遏制自然！由于人们看到诗人图画中描绘的最亮丽色彩，由于在争取法律和责任的过程中总能掌控局面，他们已经学会何其危险的情感逻辑！社会交往一向受到真理的影响，而现在它遵守美的法则，受人尊敬的程度也由外在的印象决定，这样会给社会带来什么呢？我们承认所有外表讨人喜欢的美德都欣欣向荣，并且社会赋予拥有它们的人价值。但是，所有过分的行为也都在盛行，所有的恶习同时也在风靡，而它们无一不拥有高雅的外表。”当然，这样的情况必定引发反思，艺术与品位得势的历史时期几乎都能看到人性的沦落；也举不出一个例子证明，广泛普及的审美文化与政治自由以及社会美德息息相关，好的行为与好的道德密不可分，或是举止的文雅同性格以及生活的真实与忠诚携手并进。

当雅典人和斯巴达人保持着他们的独立性，并在尊重法律的基础上制定了他们的宪法，品位还未成熟，艺术还处于幼儿时期，美还根本没有开始支配人们的思想。毫无疑问，诗歌的艺术已经开始拔地而起，很崇高，但这仅是依靠天才的腾飞。众所周知，天才们都近乎粗野，他们是黑暗中所闪耀出的一丝曙光，因为他们并非迁就时代的趣味而产生，而是为了抵抗时代的趣味。到了伯克利和亚历山大统治时，艺术到达了黄金时代，趣味的统治开始变得普遍，力量和自由摒弃了希腊；雄辩歪曲了真理，在苏格拉底的嘴里，智慧捍卫着真理，而在福基翁这样的人的生活中，美学都是犯罪。众所周知，在希腊艺术征服了他们的顽固性格前，他们已经在多次内战中耗尽了元气，腐败于东方的奢侈中，最终在一个幸运的君主的束缚下低下了他们的头。对阿拉伯人而言也是相同的情况：在阿拔斯王朝的统治下他们的战斗力减弱后，文明才初现曙光。而在近代的意大利，在伦巴底联盟瓦解后，佛罗伦萨人屈膝于美蒂奇家族，所有的勇敢之城为了无耻的顺从而放弃了独立的精神，这时艺术才开始焕发生机。若再从现代的国家去探寻例证，也不过是多余之举，因为他们的文明程度是随着他们自由度的降低而直接增加的。无论何时，当我们回首过去时，我们都能看到趣味和自由各自规避，美学也在英雄美德沦丧的基础上建立起了统治。

然而，牺牲这一性格的力量来建立审美文化，这是促成人类所有伟业的最强原动力，无论其他的优势有多么强大，也不能对此进行弥补。若仅仅是坚持从经验中提取美学的影响，我们肯定不会有足够的勇气去培养对真正的人类文明十分危险的感性。冒着粗野和严酷的危险，人们宁愿舍弃对美学的理解力，也不愿看到人类本性遭受萎靡不振的影响，尽管这样文明会受益其中。但是，经验并不适合决定这一问题；在重视它的证据前，人们并不怀疑我们所谈论的美学跟之前所证明的例子是一样的。并且，我们所谈论的美似乎假定了一种理念，它并非源于不同的经验，因为我们应当通过它清楚地认识到，经验中的美学是否与之相同。

假设有证据表明关于美的纯粹理性的概念不可能来自任何具体真实的事例，它反而必定会去引导并约束我们对每一个具体事例的判断。所以，必须要通过抽象的方法寻找它的踪影，也应从感性与理性自然的简单可能中推出这一结论；一言以蔽之，美应该让自己表现出它是人性的必要组成部分。因此，我们有必要上升到人性的纯粹概念上来。经验告诉我们个别个体的个别状态，从来就不是整个人类，所以我们必须努力在各个个体和现象中发现绝对和永恒的存在，并在摆脱所有偶然的束缚后得到生产的必要条件。在沿着这条先前的道路行驶过程中，我们必须放弃熟悉的环境，离开自己的生活，停留在空洞的抽象概念中。然而，我们探寻的是一个无法动摇的稳固认知的基础，不超越现实的人永远也得不到真理。

第11封

若抽象在止步于其局限性之前，上升到了尽可能高的程度，它便会引出两个主要的观点。抽象，区分出了人身上恒定不变的部分和频繁变动的部分。其中，恒定不变者，称为人的人格；频繁变动者，称为人的状态。

人格即是“我”，状态则是源于“我”所做的决定。如我们所表现的，它们在绝对存在（神）中是同一的，但在有限存在（具体的个人）中却总是存在着差别的。尽管人格恒定，状态却总是会改变的；不论状态如何改变，人格也总是恒定的。我们会有从静止到活跃、从热情到冷漠、从赞同到矛盾的状态，但我们仍是我们自己，并且导致这些状态变化的人格也从未改变过。只有在绝对主体中，人做出的决定才完全取决于其人格。神性所在，皆因它是客观存在的；继而，它就永远是它所展现的样子，因为它也是恒定的。

作为有限存在的个人，其人格与状态是截然不同的，它们无法建立在彼此之上。要是人格可以建立在状态之上，那人格就必须变化了；同样的，要是状态建立在人格之上，它就不得不保持恒定了。从而，无论是以上哪种情况，都会导致个性或者有限的个体不复存在。我们的存在，并非是因为我们思考、感觉、愿想；也不是因为我们存在，我们才思考、感觉、愿想。我们存在，是由于我们是客观存在的；我们思考、感觉、愿想，则是因为在我们自身以外还有其他的存在。

鉴于永恒是无法源自可变的，那么人格自身就必须拥有它的存在原则，而在此基础上，我们也得即刻拥有绝对存在的概念——自由。既然状态并非通过人格而存在，即不是绝对存在的而是由因果关系产生的，则它也应当有自己存在的基础条件。接着，我们也应进入一种对一切都有所依赖、万物都在转变的状态——时间。“时间是一切变化的条件”这句话即可说明上述观点，也即是“有演替，事情才会发生”。

人格在恒定不变的自我或者我自己中，并且只在人的内心展现，它既无所变动，也无法成为时间的开端。因为变化总是要以恒定作为根据的，或者不如说时间是以人格为基础的。如有变化，必指某物在变化，而不是指它自身已成了变化。当谈及花开花谢时，我们是把花当成了这个转变中恒定的存在；仿佛我们将人格赋予了花，使它展现开与谢的状态。无可非议的是，人会出生、长大、老去，这是在变化；可人不单单是物质世界中的人，更是意识到自己是处于特定状态中的人。而今，在时间中我们已形成了特定的状态，因此，尽管纯粹的灵智在人的身上是不朽的，作为表象的人也必然是有一个起点的。没有时间也就没有了变化，人就不可能成为特定的存在；他的人格诚然是存在于其天禀中的，但它是不会存在于实在中的。恒定的自我或人格，可不是借由感知的演替来展现自身的。

如此一来，人必得先接受活动的事物或者说实在性（它们的最高灵智源于自身）；事实上，此时人以认知为媒介，在空间上将其接纳为自身以外之物，而在时间上属于在自身内变化之物。这种在自身内变化之物的改变总伴随着恒定的自我与人格；由人的理性本质形成的针对人的规则，在变化的过程中对它自己来说须是恒定的，须要动用所有的认知去体验，换句话说就将认知有机地统一起来，使得时间中的任意表现形式在任意时候都是有效的。只有当变化发生时，它们才存在；而人格，也只有在恒定中才存在。所以，人若是能尽善尽美地展现自我，那他在如潮似涌的变化中便仍能保持恒定不变。

尽管神性作为无限的存在，是不会改变的（或屈从于时间的），但它仍趋于以神性为名，因为它是永无穷尽的。继而，便有了神性最典型的特质，即绝对权力的表现——权能的绝对具体化（所有可能事物的现实性）与表现的绝对统一化（一切现实事物的必然性）。不可否认的是，人在其自身的人格中也具有这种趋向神性的天禀。而人通往神性的道路——即使无法到达终点，也可称为道路的话——随时都已铺开。

人的人格，由它自身看来，如果独立于感性之外，则不过是具有可能无限外显的纯粹灵智罢了；只要不去观照、不去感受，人就仅仅是一种形式，一种空洞的权能而已。感性，如果独立于精神的一切自发性活动，则只造就了物质的人；如果没有它，人就又成了纯粹的形式；感性更无法将自己与物质统一起来。要是人只由欲望的驱使而感知、渴求与活动的话，那他仍只是存在于物质生活中，即存在于只有无形内容的时间中。毫无疑问，只有人的感性能将其体力转化为行动力，而同时也只有人的人格能使其成为属于人自己的活动。从而，为了不仅仅是作为物质存在，人就得为物质赋以形式；同样，为了不仅仅是成为形式，人就得将自己的天禀具化成实在。创造时间，以使变化与恒定相对立，以使物质的多样性与自我的恒定统一相对立，人即将形式赋予了物质；扬弃时间，以维持变化中的恒定，使物质的多样性服从于自我的恒定统一，人即将形式具化成了物质。

由此，就产生了针对人的两种相对立的要求——兼具感性与理性的天禀的两项基本法则。第一则要求客体的绝对实在性，它应将一切形式具化为物质，且其中所有的表现都只是实施。第二则要求客体的绝对形式性，它应摧毁人自身内仅是物质的部分，将和谐融入一切变化中。换句话说，人应当将一切内在的东西外显，并赋予外显的东西以形式。最终若这两项都完美地达成了，那也就将我们领回到最初的出发点上——人性。

第 12 封

这双重任务，使得我们自身的需求成为实在，也使得我们以外的现实客体遵从于必要的法则。这里存在着两种相对的力量，人们恰当地称其为冲动或者本能，它使这两重任务作为一种责任督促着我们，因为是它推动我们认识到客体存在的。这两种冲动中的第一种，我想称它为感性冲动。它来源于人的物质存在或者是人的感性天性，其职责在于将人置于时间的限制中，使人成为物质的存在。假如它是给予人物质的，那么人格就必定会自由地活动起来；可事实并非如此，它接受物质，从而对自我或者恒定的事物加以区分。在此，我只能这样理解物质：充斥于时间中的变化或实在。于是，这种冲动就要求有所变化，要求时间有所内容。仅仅充满时间的，是为感觉，而只有在这种感觉中，物质存在才可显现出来。

凡存在于时间中的都是演替而来的，因此说一物存在，即是说它之前的演替是全都被消除掉了的。当人们奏响乐器的某一音，此时在该乐器提供的所有音中，就只有这个音是实在的。实际上，当人发生改变时，他所有变体的无限可能，就局限于此刻存在的这单一的模式上了。因此，感性冲动的一切活动是极其受限的。在这种状态中，人就好比度量中的一个单位级、时间中的一瞬，或者更确切地说，他并不存在，因为只要人由感觉支配着、被时间拖着走，在此他的人格就会被废弃。

感性冲动占据了有限个体的方方面面。由于形式只在物质中显露，而绝对性又是以其局限性为根据的，所以人性的所有展现都与感性冲动紧密相连。不过，虽然只有这种冲动能唤醒并发展人体内原本存在的事物，但它却不可能完完全全地展现出来。借由精神这一坚韧的纽带——处于更高的层次，能打破对当前抽象的限制——束缚住了感官，而抽象在无限领域中（神）却是能自由发展的。对于这种束缚，思想固然能摆脱片刻，此时整个人就成功地逃脱了困境；可片刻之后，那些单纯的本能就会夺回它们的权利，蛮横地让我们的存在又回到了现实，使我们的活动又恢复到有所内容的充满物质性的可认知的且有了目标的状态。

第二种冲动，可称为形式冲动；它源于人的绝对存在或者理性天性；它竭力使人得以自由，使其多种多样的表现得以和谐，使人格在千变万化的状态中得以恒定。人格作为绝对的不可分的一体，不可能与其自身相矛盾，因为我们永远是我们自身。于是维持人格恒定的这种冲动，除了要求恒定以外，别无他求。那么，它此刻的决断即是永远的决断，现下的命令即是永恒的命令。这种冲动囊括了时间的整个进程或说一切恒定的存在，亦即它扬弃了时间与变化。它要求现实的事物是必然的与恒定的，同时也要求必然的与恒定的事物是现实的，也就是说，它要求真实性与合理性。

若说感性冲动只是生成了个例，那么形式冲动便为一切评断建立了法则——当论及认知时，它是适用于评断的法则；当论及活动时，它是适用于意志的法则。不论我们是认识一个对象还是将我们的主观意义赋予客观的状态上，也不论认知对我们的活动有所作用还是我们的状态取决于客观实在，我们都从时间的掌控中夺回了这种状态，并承认它对所有人和一切时间都是实在的，即是具有普遍性和必然性的。感觉只会说："那对于此刻的这个主体来说，是真的。"但当另一刻的另一主体出现时，它就得从实在感觉中收回这一论调了。而一旦思想如此表态："就是这样。"那它做出的是永恒的决断，其决断的效准即可由能抵挡一切变化的人格自身来保证。爱好只能说："那对你的个性和现时需求，是好的。"可事物是不断变化的，这会将个性与即时需求一扫而空，并让你此刻热烈渴求的东西在将来成为你所嫌恶的。但当道德情感开口时："应该这样。"它便做出了一劳永逸的决断。要是你因为这是真理而皈依真理，要是你因为这是正当的而就将其付诸实践，则你已然将个别事件作为了一切行事的准则，将你生活中的一瞬当作了永恒来看待。

继而，当形式冲动处于支配地位、我们身上的纯粹客体在活动时，存在即膨胀到了最大程度。而此时，一切障碍都被扫清了，那被受限的感性所包围的人就从量度一体提高到了把整个世界容纳在内的观念一体。这样做来，我们已不再处于时间之中，而是时间随着它无穷的演替存在于我们身上。我们已不再是个人，而是人类；一切精神上的决断能由我们自己来表达，一切发自内心的抉择能由我们的行动来显露。

第 13 封

乍看起来，似乎没有比这两种冲动更显相对的事物了：一个要求变化，而另一个则希望恒定。尽管它们已经囊括尽人性所有的概念，却不可思议地又出现了第三种冲动——基本冲动——作为前面两者的媒介。在此，这个与本来面目的对立完全破坏了人本性的一体性，那么我们要如何将其恢复过来呢?

我承认这两种冲动的倾向是矛盾的，不过也看得出来，它们并非是在同一主体上的。要是两物都不相碰的话，也就不存在有冲突了。感性冲动，固然是想要改变的，可它不希望变化延伸至人格以及人格所在的领域，也不希望对原则有所改变。形式冲动在寻求一体性与恒定时，并不要求状态也同人格一样一成不变，它倒希望感觉有其自己的个性。那么，这两种冲动从根本上来讲其实就不是对立的了；若仍要说它们是对立的话，那是由于它们擅自违背了自然、忽视了它们自身、扰乱了彼此的领域所造成的。文明的职责在于监督它们，保证它们处于各自固有的范围内。文明必然要同等公平地对待它们，不论哪方受到侵犯，它都得出面维护其权益。因此，文明的职责便分成了两个部分：第一，保护感性免于自由涉足；第二，确保人格不受感性支配。要履行好第一项职责，就得培养审美观念，而第二项则需要锻炼理性观念。

世界是在时间或变化中发展的，因而那将人与外界联系起来的功能若是完善的，它就必然在最大程度上拥有可变性与可延性。既然人格在变化中是恒定的，那与变化相抗的完善的功能必然在最大程度上拥有强烈的活动自由性（自由意志）。感受性越是向各个方面发展，就越是灵活，为各事件提供的表象就越多，人就越能把握住世界，越能使自身内的天禀得到发展。相应地，人格越是深沉有力，理性获得的自由就越多，人就越能理解世界，越能将形式具化外显。所以，人的修养就在于：首先，尽可能使感觉功能与世界更多元地接触，且尽量是被动的接触；其次，在以决断功能处世时，要让它尽可能地独立于感觉功能，更加主动地发挥它的理性。结合这两种性质，人就能将自发行为的最高自由（自由意志）与丰富存在的最高自由联系起来。但人并没有因此从世上消失，反倒是将一切现象的无限可能融入自身，使其处于人理性统一的支配下。

不过，人也能将这种关系颠倒过来，此时这两条路就走不通了。人可把能动力所需的内向性置于被动力上，使得物质冲动侵占了形式冲动，从而将决断功能转换成了感觉功能。人也可把受动力的可延性归于能动力，使得形式冲动侵占了物质冲动，从而让感觉功能代替了决断功能。对于前者，人将不再是自我，不再是个人；而对于后者，人也不再是非自我。如此，在人既不是非我又不是我的情况下，那人就不复存在了。

如若感性冲动在起决断作用，感官便成了立法者，或说人格便被物质世界完全抑制，人就失去了其作为客体存在的所得。可以这样说，当人仅仅是时间的内容时，他就不存在了，因而他也就没有了任何其他的内容。同时，由于状态与人格是相关联的——改变以恒定为前提、有限的实体包含了无限的实体，那么他的状态也随着人格一起被扬弃了。如若形式冲动在起感性作用，即是说，如若思想先于感觉，人格先于其自身并代替了物质世界，人便不再作为主体存在了，人也失去了作为主体所得的自主性。因为恒定包含了改变，而绝对实在也需要有所限制才能显露自身。一旦人仅仅是形式，他就没有了形式，并且其人格也随着状态消逝了。总而言之，只有当人具有自主性与自发性时，实在才存在于人之外，人才能够感受；也只有当人在感受，实在才在人之内，人才成为了一种思维的力量。

所以，这两种冲动都需要有所限制、有所调节，才可顺利地转化成能为人所用的力量；感性冲动别侵入立法的范围，形式冲动也别扰乱感觉的领域。但这种对感性冲动的缓解与调和，必须保证其不会导致物质失效或感觉迟钝，但这一点是人们很少顾及的。它应该是自由活动的，即人格的活动，它借由精神强度来调节感觉强度，借由对感想的控制来使它外延而非内伸。性格应当对性情有所限制，因为感性只消失于精神占主导时。同样的，对形式冲动的调节也不应导致精神失效或者意志疲竭，这样会使人退化。对于第二种调节来说，其光荣的源泉应是感觉的丰富性；而感性本身则须握紧战无不胜的武器来保护自己的疆域，抵挡精神随时都会发起的进攻。综上所述，人格应该以适当的方式遏制住物质冲动，感性或天性也应以适当的方式遏制住形式冲动。

第 14 封

我们已谈到了这两种冲动之间的相互联系：一方活动时，既为另一方奠定了基础，也对其加以了限制。鉴于它们在某种层面上是相互独立的，且在一方活动时另一方是能动的，那它们每一方就都能在最大程度上展现自身。

毫无疑问，它们的这种关系只不过是一个理性概念，而只有在人活得尽善尽美时才能完全解决这个问题。因此，这应当是最根本的人性观念；人在时间进程中能逐渐趋近它，但却永不会到达。“人不该牺牲他的实在去追求形式，也不该牺牲形式来追求实在。人更应通过特定存在来寻求绝对存在，借由无限存在来寻求特定存在。作为个人，人就得面对世界；而世界也面对着他，人就不得不成为个人。人自身是拥有意识的，因此他就得感受；人在感受，则其自身就必有意识。”仅当这一概念得到了认可，人才能全面地理解世界；不过，要是仅仅满足这两种冲动之一，或是在满足一方后再满足另一方的话，人就无法信服上述概念了。因为，一旦人只是在感受，其绝对人格与绝对实在就对其隐匿了；一旦人只是在思索，其在时间中的状态或实在就绕道远离了。然而，人要是能同时拥有这两种体验、同时意识到自由与存在、同时感知到其作为内容的存在与其自身作为精神的存在的话，当且仅当此情况下，人对人性才有了完整的自觉，并且，能纠正这种自觉的客体，便成了人完整命运的象征，以助其趋近无限——只有在时间的整体中才可达到。

假使这种情况在经验中出现，那将在人身内唤起一种新的冲动，而正是另两种冲动的协作才产生了它。所以单独地看，它同另两种冲动中的任一种都是对立的。如此一来，或许我们就有理由使其成为一种新的冲动了。感性冲动需要变化，它要求时间要有内容；形式冲动则要废弃时间，保持恒定。从而，结合两种冲动协同合作的这种新的冲动——请允许我称它为游戏冲动，并在稍后予以解释——游戏冲动会有其客体于时间中扬弃时间，以对演变与绝对存在、改变与统一进行调解。

感性冲动希望被决断，需要有感受的对象；形式冲动则会自主决断，它想要创造对象。那么游戏对象将竭力去接收对象，如同它已自主产生了对象；它也将产生对象，如同它极度渴望接收对象。

感性冲动会从它的主体中排除一切自主与自由，而形式冲动则排除了一切依赖性与受动性。对自由的排除，在物质上来说是必然的；对被动性的排除，在精神上来说也是必然的。由此，这两种冲动就压制了人的意志：前者压制了自然法则，后者压制了理性法则。这是由游戏冲动产生的，它使得另外两种冲动联合活动，从而使意志同时在精神上和物质上获得满足。所以，正如游戏冲动扬弃了一切个例，它也扬弃了一切强制，并使得人在精神上和物质上都得到自由。若我们想要热情地迎接一个理应被无视的人，我们就会痛苦地感觉到天性受到了压制。若我们对一个希望博得我们尊重的人还抱有敌意的话，我们就会痛苦地感觉到理性受到了压制。但若此人既与我们兴趣相投又赢得了我们的尊重，那么对感觉和理性的压制便会一同消散了；我们开始喜欢他，也就是说，我们会带着爱慕和尊重开始与他游戏、与他娱乐。

此外，当感性冲动与形式冲动分别从物质上与精神上支配我们时，它们也将偶然性分别赋予我们的形式构成与感性构成，即使得我们的幸福与完美相互和谐成为可能。结合另两种冲动协同合作的游戏冲动，会同时赋予我们的形式构成与感性构成、幸福与完美以偶然性。从另一方面来说，正是由于这样，也正是由于偶然性会随必然性消失，所以它亦会同时扬弃这种偶然性，将形式赋予物质、实在赋予形式。因其夺取了感觉与感情的强有力的影响，从而使它们跟理性观念相和谐起来，并通过消除理性法则的精神压制来使其同感官的利益相调和。

第15封

我正引领您在一条令人难以提起兴致的小路上前行，所幸我们离终点越来越近了。请您恩赐再同我往前走几步，稍后定会有开阔的视野展现给您，一片令人心旷神怡的远景将作为您这一路艰辛的回报。

感性冲动的对象，一般说来，即广义的生命：一切物质存在及一切直接呈现于感官的事物。形式冲动的对象，一般说来，被称为本义的和转义的形象，它包含了事物的一切形式性质及事物对思维的一切关系。游戏冲动的对象，一般说来，请容我将其概括为活的形象，它用以在最广的意义上来描述事件与人类风俗的一切审美性质——美。

美，既没有延伸至生物的全部领域，也不只限于该领域。一块大理石，虽然永远都是非生物，但借由建筑师与雕刻家之手，便能具有鲜活的形象；可一个人，就算他活着并拥有形象，也不代表他就能因此成为活的形象。要成为活的形象，人的形象就应当是活的，并且他的生命应当成为形象。在只考虑到人的形式时，它是死的，它只是纯粹的抽象；在只考虑到人的生活时，它便失去了形象，只是纯粹的印象。而只有当他的形式活在我们的感觉中、他的生活在我们的认知中获得了形式，他才成为了活的形象，而无论何时，这都将是我们对他的审美标准。

可是，我们仍无法说明美的源头在哪儿，因为我们只能说某物的哪些部分组合起来使其变美了。为此，了解一下这种“组合”就显得很有必要了，它既是我们永远无法探究清楚的，也是使有限与无限间的一切相互作用落了空的。理性，基于先验，做出了如下要求：感性冲动与形式冲动应当有所交流共享——也就是需要有游戏冲动的存在——因为它是实在与形式的统一、偶然与必然的统一、被动与主动的统一，它使得人性的概念得到完善。由于理性的天性驱使其臻于完美并移除一切限制，它就不得不做出如上要求；然而感性冲动与形式冲动中的任一者的排他行为，都会对人的天性加以扼制，导致其无法完满实现。只要理性据此断言：“人性，理应存在。”它就同时颁布了如此法令：“美，理应存在。”经验能帮助我们辨别美，且只要有了经验的指导，我们便可判断人性的存在。但不论是理性还是经验，都无法告诉我们怎么才能是美、怎么才能使人性存在。

如我们所知，人既不单单是物质，也不单单是精神。从而，美作为人性的圆满实现，既不可能是绝对纯粹的生活——就如那些眼力敏锐但过于死板地以经验作为证据的观察家所主张的那样，也不可能纯粹是形式——就如运用那些抽象推理的过于脱离经验的诡辩家和太注重以艺术来解释美的哲思的艺术家所判断的那样。美，更是这两种冲动的共同对象，即游戏冲动。语言的运用完全证明了这个名称的正确性，因为“游戏”一词常用以限定表示一切在主观与客观上都非偶然的、在外在与内在中都无强制要求的事物。意识在美的直觉下，便处于法则与需要之间恰好的一个位置；因它独立于这两者，也就摆脱了它们的约束。由于在认知时，形式冲动与事物的实在有关、物质冲动与事物的必然有关；在行动时，前者旨在维持生命，后者旨在捍卫尊严，且两者都以真实与完善为目的，所以人对它们两者的需求是同等重要的。一旦尊严进入人的生活，生命就变得无关紧要了；一旦爱好吸引住人，责任便不再是强制的了。同样地，一旦意志遇上法则的必要性——形式真实性，它便能自由沉着地接受事物的实在性——物质真实性；只要即时的直觉能伴随着意志，它便不会再因抽象而有紧绷感了。总之，当意志与观念交流共享时，一切实在都失去了其严肃的价值，因为它变得渺小了；而当意志与感觉相联系时，一切必然也失去了其严肃的价值，因为它变得轻松了。

但兴许您早已想反驳我了：把美当作纯粹的游戏，岂不是在贬低美，岂不是把美同那一向被叫作游戏的低级对象同价相待吗？美身为文明的工具，而今却仅限于纯粹游戏的产物，岂不是与美的尊严和理性概念相悖？游戏即使摒弃了一切趣味也是可以存在的，而今却仅限于美，岂不是让游戏的经验概念与此矛盾了起来？

但我们已意识到，在人的一切状态中，万事都是游戏，并且也只有游戏才使人完美，使人的双重天性一齐发挥出来。那么，究竟何为纯粹的游戏？鉴于您对该问题的表象看来，您可能会认为它是限制；不过在我看来，我已有证据可表明，它应是扩展。不过，我恰好得反过来阐述：人只会严肃对待赞同、善、完美，但他与美，却是在游戏。当然，我们不能一谈到游戏，就想到现实生活中流行的、通常是以非常物质的事物作为对象的那些游戏，而要在它们中寻找我们所谈到的美也是枉费心机的。实际存在的美同实际存在的游戏冲动是相称的，但由于理性构建了美的观念，所以在人开始任何游戏前，也应当构建出游戏冲动的观念。

若是有人想在满足游戏冲动的道路上也寻求美的观念，这样是绝没有错的。对比希腊民族在奥林匹亚赛会上寻乐时，他们注重的是不流血的力量、速度、灵巧的比赛以及智力的竞争，而罗马民族却乐于观赏垂死挣扎的角斗士。由此，我们便能理解，为什么不在罗马而要在希腊来寻求维纳斯、朱诺、阿波罗的观念形式了。理性告诉我们，美不是纯粹的生活或形式，而是活的形象。也就是说，之所以为美，是因为它支配了绝对形式与绝对实在的双重法则。理性也表明，人与美只应是游戏，而人也只应与美游戏。

说到底，只有当人是完全意义上的人时，他才可以游戏；而只有在他游戏时，他才成为完全意义上的人。这一命题，此时看来还有些自相矛盾，不过待我们将其充分发展并运用到责任与命运这两个重大的事物上时，它便有了重要而深远的意义。我敢向您保证，原则将会作为审美艺术与更艰难的生活艺术的整个体系的支撑。其实，该命题也只有在科学上令人难以想象；在最完备地造就它的大师——希腊人——的感觉与艺术中，它早已存在并起效了。只不过，他们把本应在人世间达成的事，移到了神话传说中的奥林匹斯山上。借由该命题真实性的影响，他们从群神的神情中抹去了凡人因严肃与劳作而起的皱纹，抹去了七情六欲，使其不会有喜怒哀乐形于色。他们永远从目的、责任、忧虑的枷锁中得到解脱，他们使得闲散与淡泊成了令人羡慕的神族的运命——命运只是为了表示最自由与最崇高的存在而使用的一个较为人性的名称。不论是自然法则的物质压迫，还是道德法则的精神压迫，都迷失在了其必然性的更高层观念上，这一观念同时包含了两个世界，它源自能得出真正自由的两种必然的统一。在这种精神的鼓舞下，希腊人从他们的神的特征中，也抹去了欲望与爱慕，即一切意志的痕迹，或者更确切地说，使得两者都难以辨认，因为他们懂得如何将这两者更紧密地联系在一起。朱诺雕像那灿烂的脸庞要向我们展现的，既不是魅力也不是高贵，不是这两者中的哪一个，而同时是这两者。在女神博得我们尊敬时，这神一般的女子便点燃了我们的爱；但当我们陶醉于上天之美时，上天的泰然自若又使我们敬畏地退避。这整个形式休憩并寓于其自身中——完完整整的不可分的造物——仿佛置身于空间之外，既无发展也没受阻；它没有与众力相抗的力量，也不存在可让时间侵入的空隙。我们一方面不由自主地被女性的魅力所吸引，一方面又对其神圣的尊严持有一定距离，由此我们便进入一种极其平静的状态中，产生出了一种奇妙的印象。而此种情形是难以定义、难以言喻的。

第16封

我们已经看到，美是由这两种冲动的拮抗作用及这两种对立原则的缔合而产生的，因而美的最高理想应是使实在与形式尽可能完美地结合与平衡。可这种平衡总是伴随着这样一个观点：实在，是永不能完全达到的。在现实中，这些因素里总有一个会胜过另一个，经验能做到的，只是在这两种原则间摇摆——时而实在占优，时而形式占优。因为只能有唯一的平衡存在，观念中的美便成了恒定的、不可分割的；相反，经验中的美则永远是存在两面性的，在摇摆时平衡就被一分为二了——要么在这边，要么在那边。

在上封信中，我已谈到这样一个事实——而这也可以从迄今为止的论述中严格地推导出：美同时具有激励作用与调节作用。调节作用，旨在以适当的限制来履行感性冲动与形式冲动；激励作用，旨在保证它们两者都竭力发挥。不过，美的这两种起效的方式，应当在观念中能够被完整地辨别出来。美起调节作用时，应同时激励那两种冲动；美起激励作用时，也应同时调节它们。从相互关系的观念上即可立刻得出这一结果，因为它们是相互包含的、互为条件的，它们最纯粹的产物即是美。但经验不会为如此完美的关系提供例证，而是随时都会或多或少造成如下的情况：一边过量而使另一边有了缺陷，或是一边有了缺陷致使另一边过量。这源于那些在理想美的观念中是显然的、但在经验美的现实中又是不同的东西。理想美，虽是朴素的、不可分割的，但在看待这两方面时，却一边显示出溶解的性质，另一边又显示出振奋的性质；而在经验美中，便有了溶解性的美与振奋性的美。它确实如此，只要绝对包含于时间的限制中，理性的观念在人性中得以实现，它便将恒定如此。例如，凭理智行事的人掌握了美德、真理、幸福的观念，但活跃的人仅仅只会行善、掌握真理、享乐。物质和道德教育的职责在于将如此的多样归于一统，即以道德代替习俗、知识代替认知；审美教育的职责在于，使人不以为美的事物都为美。

振奋性的美，仍会使人留有一些暴虐粗糙的痕迹，而溶解性的美则能确保人对柔弱怯懦有所反抗。前者能在物质和精神方面振奋人心、增添动力，因而常会发生这样的情况：性情与性格的反抗削弱了其倾向于接收印象的能力，人性中脆弱的部分受到了原本针对粗野部分的压制，而原本只该自由人格的力量增加，此时粗野的部分也参与了增加。正因如此，在我们于人性中发现了巨大力量与丰富元气的时代，真正伟大的思想常与那些狂妄冒险结下不解之缘，崇高的情感常与几近过度的激情相伴而生。这也是为什么在以规则与形式区分的时代里，我们常常感到天性既受到压迫又受到控制，既被伤害又被超越。鉴于溶解性的美的作用在于使意识在精神与物质上得到放松，这确是很容易使强烈的欲望将感情的活力浇熄，而原本这种力量的削弱只会影响到激情，此时却也影响到了性格。因此，在所谓的文明化了的时代，看到温和蜕化成软弱、礼貌蜕化成陈腐、正确蜕化成空洞贫乏、自由的方式蜕化成肆意的任性、自在蜕化成轻佻、恬静蜕化成冷漠，都不足为奇了；而最终，最不幸、最讽刺的一脚是踩到了一位贵族——人性最美的部分——的脚后跟上。对于遭到物质与形式压迫的人来说，溶解性的美是他们所需求的，因为早在他感知到和谐与温雅之前，便已被伟大与力量所触动。对于放任趣味来支配他的人来说，振奋性的美是他们所需求的，因为在文明化的状态中他太易倾于从尚未开化的粗野状态中汲取一些力量。

人在对美的事物的影响与对审美文化的评价的判断中通常会遇到的矛盾，我想我已回答并理清了。这个矛盾直截了当地解释了，我们知道的存在的两种经验性的美，且在这两者上做出的论断已延伸至整个时间进程，它们以各自特殊的方式加以证明。当我们区分开与两种美相对应的人性的双重需求时，这个矛盾便得以化解了。所以，在认清了它们作为哪种美与人性的哪种形式存在后，只要这两部分有了默契，它们的主张便有了很好的依据。

因此，在我后续的研究中，将探讨这一话题：从审美的观点来考虑天性自身是如何紧随人的步伐的；以这两种美为出发点，来探讨整体的美。

当然我得在人充分发挥其自身的时候，检验溶解性的美在人身上的作用；在人松懈的时候，检验振奋性的美在人身上的作用。从而，让两种对立的美结合为理想美的一体；同样地，也让人性存在的两种对立的形象的模式与理想的人融为一体。

第17封

大体上，当我们仅从人性的概念来推导美的一般观念时，我们只考虑到后者根植于自身的限制，这种限制与有限的概念密不可分。不必去想人性在现实生活的现象中还有哪些可能的限制，我们已直接从理性上描绘出了这种天性，它是一切需求的源泉，同时美的理想形式也向我们展现了人性的理想形式。

而今，我们已从观念的领域来到了实在中，来寻找处于特定状态的人，即那些不是源自纯粹人性概念而是源于外部环境与自由的个例觉醒。尽管人性观念的限制在个人身上是多种多样的，但它们已足以向我们证明人只会有两条独立的路去走。比如，要是人的完美是由其感性力和精神力和谐作用而构成，结果他反倒会因对和谐与活力的需求而失去完美。由此，鉴于孤立力量的排他性会为人存在的和谐制造麻烦且人性的统一是基于人物质力与精神力的同时放松的，在经验对该观点做出证明前，理性便早已向我们确保我们会找到实在，继而成为一个处于紧张或放松的状态中的有所限制的人。这其中相对立的限制是——此时不得不加以证明了——被美所抑制的、在人松懈时重构了和谐与活力的；像这样，借由美的天性来恢复对绝对状态的限制，在此情形下人才成为了完全意义上的人。

所以，美作为我们深思的产物，在实在中是绝不会违背其初衷的，但相比于在理论中，它在实在中发挥的作用确实大打了折扣；而在实在中，我们是能将其适用于人性的纯粹概念上的。在人身上，正如经验展现给我们的那样，美发现的是已经受损并仍在反抗的事物，这事物将人与其存在的个人模式相联系的理想中的完美给掠夺了。从而，现实中美的事物，总是独特的占少数的，不如纯粹的美那么广众。在心情激动、状态紧张时，人会失去了自由与多样性；在心情松弛时，人会失去了生机与活力。不过，我们已熟识与这种现象相对的真正性格，因此不会再被它领入歧途了。我们也不会随了评论家的大流，因为他们的概念是在孤立的经验中形成的，并且其缺陷还在于他们是据人的反响来对此进行加工而使其变得易于接受。我们知道，人恰恰是将人性的不足嫁接给了美，常常由其主观局限性为美的完美设下屏障，从而将美的绝对理想降为两种受到限制的现象的形式。

这更进一步说明，溶解性的美是为了使意志松弛，而振奋性的美是为了使意志紧绷。但我要补充一点，使人松弛的情况应该是在感到感觉压力的时候，而非概念压力。如果两种基本冲动中的任一种单独占据了统治地位，都会致使人处于一种冲动粗暴的状态，所以只有在人的这两种天性协同合作时，人才拥有了自由意志。于是，完全受感情控制的人或者感性完全松弛的人，便被物质释放了，成了无所拘束的人。溶解性的美，要解决这两个问题，就必须将自身拆成两个方面——两种截然不同的形式。首先，它须以平静的形式来使野蛮的生活柔和下来，为人从感觉过渡到思想铺平道路；其次，它须以活的形象来为感性的力量辅以抽象，从而将概念引领回直觉与生活的法则中。对于第一种情况，她是为自然的人服务，而对于第二种情况，则是为艺术的人服务。但在这两种情况下，她都不是完全自由地支配其对象的，而要么是为无形式的自然服务，要么是为不符合自然的艺术服务，所以她总带有原始的痕迹——在前一种情况下会陷入物质生活，在后一种情况下陷入纯粹的抽象形式。

为能弄清美到底是以什么方式来消除这两重松弛的，我们就应当从人的思想中来探索一下它的根源。所以，就请您下定决心在沉思中多寓居一会儿，以便一劳永逸地解决这个问题，从而以更加坚定的心态继续驰骋于经验的原野上。

第18封

感性的人被美带领到了形式与思想的领域，灵性的人则被带领到了物质世界，并对物质世界恢复了感知。

由此似乎可以得出，在物质与形式、被动与主动之间，必有一个折中的状态，美则将我们播种在了这状态中。实际上，一旦大多数人对美产生的效果有所反思的话，他们便实实在在地形成了美的概念，同时，一切经验也会将人指引到这一点上。不过，从另一方面看，没有比这一概念更难以保证、更矛盾的了。这都起因于物质与形式、受动与能动、感觉与思维永远是相斥的，是无论如何都无法调解的。那我们要怎样消除这种矛盾呢？美把感觉与思维这两个相对的状态连接了起来，却仍未将任何媒介置于其间。前者是由经验确定的，而后者是由理性确定的。

这便是美带来的问题中最关键的一点了，若我们能以称心如意的方式成功地解决这个问题，我们也就找到了指引我们走出美学迷宫的线索。

但是，这需要两种差异很大的解决方式，并且在解决这个问题的过程中它们得相辅相成。在前面已经提到，美只是将两种相对立的状态连接了起来，却没有将它们统一为一体。我们便应当从这一点出发；我们应当从它们整个的纯粹与严肃中去把握并认识它们，从而把它们分成明确的两部分；否则，我们只是将其混合在一起，而非统一。然后，就是通常所说的，让美联合这两种对立的状态，并移除其对立性。可这两者是恒定相对的，除非它们都被抹杀掉，否则它们永不会统一。我们的第二个任务就是要使这种连接更完善，随着这两种状态的纯粹与完美完全地融入第三者，我们便不留一点分离的痕迹就达成了这个连接；否则，我们只是将其分割开，而非统一。从过去直到现在，哲学界就美的概念的一切争论都是由此产生的：不是没有充分严格地将其区分开，就是没有达到完全彻底的统一。有一部分哲学家在反思这个问题时，盲目地跟随感觉的牵引，这样是无法得到美的概念的，因为他们没有把一切感性印象区分开。而另一部分哲学家在理解这个问题时，仅仅以认知为向导，也是无法得到美的概念的，因为他们只不过是片面地在看待整个问题，对他们来说精神与物质永远是分离的，即使在近乎完美的统一中也是。前一部分人担心的是，如果将美动态地扬弃，当需要把感觉中联合的再分开时，那也将美的作用给扬弃了；而后一部分人担心的是，如果将美从逻辑上扬弃，当人们把认知中原本分离的东西联合起来时，便也将美的概念给扬弃了。前者意在，美怎么起作用，人就怎么考虑；后者则认为，人怎么考虑，就让美怎么起作用。如此一来，这两者必然无法获得真理。因为，前者试图使人有限的思考力跟上无限天性的步伐，后者意欲让人的思维法则限制无限的天性。前者担心过于严格的解析会夺去其自有的美，后者则担心太粗暴的联合会毁掉概念的可分辨性。可是，前者没有考虑到，他们极其恰当地置于美的本质中的自由，并非不受法则约束，而是受各法则协调约束的；它也不是可恣意妄为的，而应是人内心最需要的部分。同样地，后者也没有意识到他们所强调的可分辨性，并非存在于对确定实在的支配，而要绝对地包括一切实在，因此它不应是有限的，而是无限的才对。倘使我们从美在认知前便已分开的两部分入手的话，便能避开使上述的人搁浅的暗礁，不过之后我们得面对活跃于感觉上的纯粹的审美统一，此时那两种状态都会完全消失。

第19封

人自身总能区分和判断出被动与受动这两种最先的不同状态，其判断的状态同样也是可以区分的。若能将这一命题说明清楚了，我们离最终目标就更近一步。

在感观给人指明目的地或方向前，对人身份的状态的确定，是存在无限可能的。时间与空间的无限性，给予了想象力自由发挥的舞台；由于在这个充满着可能的领域里，没有什么是事先就确定好了的，也没有什么是一开始就被排除在外的，则这种缺乏决断的状态便应称为虚空，但注意，绝对不能把这与无限的真空相混淆。

将人的感性天性加以限定，让某些无限可能中的一者单独成为实在，是很有必要的。此时，人就产生了一种感觉。确定性的状态在先前还只是空有权力，而今却已成了活跃的作用力，并开始接收内容了；但与此同时，身为作用力，它也受到了限制，即在从毫无限制的状态变到了单纯作为力量存在的状态。此刻，实在就存在了，无限却消失了。为了在空间中描述一个图形，我们就不得不对无限的空间加以界限；为了向我们自己呈现时间上的改变，我们就不得不将总的时间划分开。如此一来，我们只有借由限制，才能得到实在；只有借由否定，才能得到确定和真正的立场；只有借由扬弃，我们自由的决断性才能得到决定。

但是如若不存在可以被排除的事物，如若借由精神的绝对活动无法使得否定与确定的事物有所联系，如若独立无法从非立场中得出，则纯粹的排除是无法演变成实在的，纯粹的感性印象也是无法产生感知的。意志的这种行为被定位为判断或思考，其结果名为思想。

在我们尚未于空间中确定一个位置前，空间对我们来说是不存在的；但若没有绝对空间的存在，我们就绝不可能确定任何位置了。对于时间来说，也是这样。在我们尚未获得一瞬前，时间对我们来说是不存在的；但若没有绝对时间的存在——永恒——我们也决不可能表达出任何瞬间了。所以，我们只能由一斑以见全豹，从有限中去洞察无限；不过相互地，我们也只能从全豹身上窥见一斑，从无限中得出有限。

由此，当美断言它会为人起调解作用时，从感觉到思维的转变就不应被理解为美可以填补将感觉与思维分离、受动与被动分离的沟壑。这条沟壑是无穷尽的；要是没有新的无关的力量介入的话，个体是不可能产生出整体的，偶然也是不可能产生出必然的。思想是这种绝对力量的即时行为，并且我承认，它只有与感性印象发生联系时，才能外显出来，而这种外显本身并不依赖于感性，相反它是通过与感性相对立来显露的。自发性或自主性的行为排除了一切外来影响，它在协助思考时并没有出现——这里的矛盾显而易见——而只有当它在心智上以适当的法则为依据，达成了能展现自身的自由时，它才存在。它能这样做，全是因为美能成为一种将人由物质引导至形式、由感觉引导至法则、由受限的存在引导至绝对的存在的手段。

不过，这是以心智的自由能被止住为前提的，而这显得与自主权相对立。对于一种只从外界接收它所作用的物质的力量，只能由这种物质的缺性对其产生阻碍，即是否定；而将它归因于感性激情——是能主动压制意志自由的力量，那就是对意志的天性产生误解了。经验固然提供了大量实例，来说明当感性强烈地起作用时，理性的作用便受到了压制。但相比于以这股强烈的力量来说明精神的脆弱，更应是由人类意识的脆弱来说明这股力量。因为，除非意志自愿忽略对其力量的支配，否则感觉是不可能处于统治地位的。

但在我试图通过上述说明来反驳一种非议的时候，似乎我又卷入了另一种非议当中，我只是以意志的一体性为代价来换取了它的自发性。因为假使意志自身不是分离的，它没有与自身形成对立，那它怎么可能从自身推导出了受动性与能动性的原则呢?

在此，我们须谨记，我们所谈的是有限的而非无限的意志。有限的意志，只能通过受动才能活动起来，只有借由限制才能达到绝对，也只有在它接收了内容时才能形成、才能生效。于是，具有这种天性的意志，必应将形式或绝对冲动与物质或限制冲动相结合，否则它既不可能含有也不可能满足前一种冲动。这两种相对的倾向又是怎样共存于同一存在中的呢?这一问题很可能使形而上学家感到窘迫，但却不会困扰到先验的哲学家。所以后者不会去阐明事物的可能性，而是为人提供坚实的基础知识以帮助人们理解经验的可能性，能做到这样，对他们来说也就心满意足了。且由于若意志无法自主、不能绝对统一，那么经验同样也不可能存在，它得顺应这两个概念，也正如经验的两种状态同样有必要调和它们而不再困扰它们。此外，一旦将意志自身，即它的自我，与这两种原动力区别开，那么这两种基本冲动的内在于任何程度上都不会与意志的绝对统一相悖了。这两种冲动，不可否认地存在并起效于意志中，但意志自身既不是物质的也不是形式的，既不是感性的也不是理性的。而这一点通常是人们没有考虑到的，他们认为只有在意志的活动与理性相协调时，意志才是活动本身；而只有当意志与理性相冲突时，意志才是受动的。

这两种基本冲动的任一种，只要有所发展，从其本性看来是能够满足其自身需求的；但恰恰是因为它们两者都具有必然的趋势，并且是相对立的趋势，所以这两种约束便会互相摧毁，继而意志便在这两者中维持了完全的自由。于是，作为实在的基底，意志表现出了对两种冲动的支配；不过它们中任一种都无法独自对另一种产生支配的力量。一个粗暴的人，即使在其身上总有倾于公正的积极趋势，他也仍会做出与公正背道而驰的事来；可无论欢愉的诱惑有多么强烈，个性坚强的一个人是绝不会违背他的原则的。在人身上，除了意志以外再没有别的支配力了；而只有像死亡这种能单独将人摧毁的事物，或者自我意识的某些缺失，才能夺去人内在的自由。

外在的需求，借由感官决定了我们的状态——我们在时间中的存在。我们的感官是彻底无意识的，是直接在我们身上产生的，这即导致了我们必然成为受动者。类似地，内在的需求唤醒了我们的人格，并借由其对知觉的拮抗作用而与知觉连接起来；对于意识来说，它并非依赖于意志的，反倒是它成了意志的前提。人格的这种原始展现对我们来说不再是一种美德了，更应强调它的匮乏作为我们自身内缺陷的存在。只有拥有自我意识的人才会拥有理性，因为理性即是意识的绝对连续与绝对普遍；在此之前，人不算是人，也不能期望他能有任何作为人的表现。形而上学家对于由产生于自由自主的意识上的感觉所施以的限制的解释，赶不上先验的哲学家对无限所做出的说明，这种显露于意识中的无限与这些限制联系紧密。不论是抽象还是经验，都不能将我们引领到产生普遍性与必然性的根源那儿；观察者看不到这个根源就隐藏在时间的开端里，形而上学的研究者也看不到这个根源就隐匿在它的超感性的起点里。不过，总的来说，意识与其不可改变的一体性，成为了为一切人设立的法则，也是人对其认知和行为所设立的法则。关于真理与正义的观念，早在感性时期就合情合理地、不朽地、意味深长地显现出来了；不用我们说出为什么或怎么样，我们都可以于时间中窥见永恒，于偶然中觉出必然。感觉与意识就是这样产生的，根本无须主体的参与；两者的起源已超越了我们的意志，正如它也置身于我们的认知范围之外一样。

可一旦这两者都化为了实在，并且人通过经验已察觉到自己的存在，即依仗感觉已体验到自己特定的存在，借由意识已认识到自己绝对的存在，那么这两种基本冲动也就随着它们的对象一起变得活跃起来。感性冲动随着对生活的体验渐渐苏醒过来——随着个性的开始；理性冲动则随着对法则的体验渐渐苏醒过来——随着人格的开始；只有在此时，即两种冲动都成为实际存在后，人的人性才得以实现。在那之前，人身上发生的一切都得以必要的法则作为根据；但现在，天性放开了手中的掌权，与人自由，是要人自己来呵护天性植于人心中的嫩芽——人性。像这样，我们恰好就能发现这两种对立的基本冲动在人身上产生的影响，它们两者都丢失了强制，且这两种需求的自主性促成了自由的诞生。

第20封

对于自由来说，从它的概念可知，它是一种主动的而非受动的原则；自由应是一种自然作用（这里指最广义的自然），而非人的产物，因此它能通过自然的手段加以促进或阻碍，这根据前文是必然能够推导出的。只有当人是完全意义上的人时、当这两种基本冲动得到发展时，自由才会开始显现；而当人是不完全意义上的人时、当那两种冲动中的一种被排除掉时，自由也就缺失了；不过，将人的意义再恢复完整，自由便能得到重构了。

因而，实际上，不论是在全人类之中还是在个别人身上，都能发觉到人尚未成为完整人的时候，以及在人身上只有一种冲动单独活动的时候。我们都知道，人单纯地始于生活，终于形式；相对于人，他更是个体，且他是以有限为起点来趋近无限的。因而，感性冲动早于理性冲动发生；那么，感性冲动的这个优先权，即是我们了解人自由的通史的关键。

确有这样的时刻：在生活的本能尚未与形式的本能相抵触时，生活作为自然与必然而活动的时刻；在人尚未成人时，感觉就只是一种力量的时刻——此时在人身上只有意志这种力量。可一旦人拥有了思想力量，情况便相反了，此时理性便成了一种力量，而精神或逻辑上的需求便会取缔物质的需求。然后，在约束感性力量的法则建立之前，应当先将感性力量消灭了。在某物还未完全消失就让其重新开始，这是不足的；则在此之前，必须抹灭原有的存在。人不可能直接从感觉转入思考。他务必后退一步，因为只有当一种决断被消除，另一种相对的决断才会产生。从而，为了将受动转换成主动，将受动的决断转换成主动的决断，人就应暂时肃清一切决断，进入一种纯粹的具有可决断性的状态。因此，在某种程度上，在人的感觉受到任何干扰前，他不得不归于纯粹的有反抗性的不确定状态中。不过，这种状态是完全空无内容的。那现在最重要的是，把同等的决断以及同样毫无限制的可决断性最大可能地调解好，因为下一刻紧跟而来的必定是确定的事物。人从感觉中接收到的决断须被保存好，因为他不能失去实在；但同时，对于有限来说，它应当被消除掉，因为没有受限的决断性才可能产生出决断。此时问题还在于，既要消除又要保持对存在模式的决断，而这只能在一种情况下实现——将另一种决断置于这种决断的对立面。天平的两个秤盘在空着的时候是平衡的，在放有重量相当的物体后仍是平衡的。

所以，人从感觉到思维的过渡，需要跨过一个中间心境，在此心境中感性与理性是同时活动的，从而互相摧毁它们起决断作用的力量，并通过它们的相抗来构造否定。在这种中间心境中，灵魂既没受到物理约束，也没受到精神约束，并仍是同时在这两方面活动，由是，这种心境也值得被命名为自由心境。如果我们把感性决断的状态称为物质心境，把理性决断的状态称为逻辑或者道德心境，那么实在与主动决断的状态就应当被称作审美的心境了。

第21封

我在前一封信的开头已经指出，可规定性和规定性都是双重状态。现在我可以阐释这一命题了。

只有当人的思维没有被规定的时候，它才可以被规定。然而，若人的思维没有被专一性地规定，即它没有限定在它的规定里面，那么它也是可以被规定的。前者仅仅是无规定性：它是没有限制的，因为它脱离现实；但是后者，审美的可规定性，也是没有限制的，因为它把所有现实都结合在一起。

只要思维受到限制，那么它是被规定了的；但是如果它把自己限制在自己的绝对能力里面，那么它也是被规定了的。当它感受时，它适用于第一种情形；当它思考时，它则适用于第二种情形。因此，审美性质之于可规定性犹如思想之于规定性。从内在的、无限的完整性来说，后者是一种否定；从内在的、无限的力量上来说，前者是一种限制。感觉与思考只在唯一的一点上彼此联系，思维在这两种情况下被规定，此时人成为存在的、唯一的某物，即单独的个体或是人格。其他情况下，感觉和思考是无限分离的。同样的，审美的可规定性与纯粹的无规定性也只在唯一的一点上相交，即两者都排除了任何一个遥远的规定的存在，而在其他点上，两者就像“无”和“全部”一样，是无限的不同。因此，如果后者因缺乏而产生的无规定性可被认为是“空的无限”，那么，审美的规定性自由（无规定性的对立面）即可被认为是“充实的无限”，这是与之前研究的结论完全一致的体现。

如果我们只考虑每个特殊规定性的缺失，或只是关注单一的结果而不是整体的效果，那么在审美的状态下，人就是“无”。所以我们必须承认那些认为美以及美使思维所具有的倾向与知识和感觉无关的人是正确的。他们是完全正确的，因为显然美不会对理解和意志产生任何的结果，它不会实现任何一个学术或道德目的，它发现不了真理，无法帮我们完成任何一个职责。总而言之，对培养性格和理清思绪来说，美同样也是不能胜任的。所以说，只要一个人的个人价值或尊严能够只依赖于自己，那么他的个人价值或尊严依旧毫不受到审美文化的破坏，更不被附加其他任何东西。从本性上来讲，一个人成为他想成为的人对他是有益的。一个人拥有成为他应当所成为的人的自由。

这样一来，某种无限也被达到了。只要我们记得，自由是被人们通过感觉中本性的片面强制性和思考中理性的唯一合法性所剥夺的，我们就必须把审美性所赋予人的能力看作最高的天赋，即人性。我承认，在人被置于任何确定的规定性之前，作为人类，他早已具备了这种天赋。但事实上，随着人进入一个个规定的条件中，他便失去了这种天赋；如果他能逾越而进入相反的条件中，那么在任何情况下，审美生活都必须重新赋予他人性。

因此，美被命名为第二个创造者不只是一个诗意的口号，从哲学上来讲也是正确的。而这与下面的事实也不矛盾：美只是使我们获得和实现人性成为可能，但在多大程度上获得和实现人性则取决于我们的自由意志。在这点上，美和我们最初的创造者——自然，是一样的。自然给予了我们获得人性的能力，但却把对这种能力的运用留给了我们自己的意志的决定。

第22封

因此，在一种特定的情形下（当我们把视角局限在个别和确定的作用上时），思维的审美性情必须被看作“无”；在另一种情形下，当我们注意到其中活跃着的无限制和各种力量之和，我们应将其视为现实性程度最高的状态。所以，我们不能宣布那些认为与知识和道德相关的美学状态是最富生产性的人是错误的。他们是完全正确的，因为一个能包括整个人性的思维状态，应该也需要并且有可能把人性的每个单独的外在体现包括进去。再说，如果一种思维的性情能够将人性整体中的限制除去，那么它也能摆脱人性的所有社会性外在体现中的限制。这正是因为“审美的性情”不专门眷顾人性中任何单独功能，它毫无区别地对任何功能都有利；它也不偏爱任何特定功能，因为它是一切功能成为可能的基础。其他所有的思维训练都会给思维一种自然的倾向性，因此也给了它特定的界限；只有审美的训练才能引领它达到不受限制的境界。我们可以生活的其他任何一种条件，都要求我们回顾之前的条件，并且要求我们在寻找解决方法的时候看向下一个条件。只有审美本身是一个完整体，因为它能把它来源和维系的所有条件都统一在其内部。此时此刻，我们感觉到我们被抛弃在时间之外，我们的人性能纯粹、完整地表达，就仿佛它没有接受过在外力的运作下的任何印象和打扰一样。

那些在直接感觉中让我们的感官愉悦的东西为我们柔弱而灵活的精神接受任何一种影响打开了大门，但与此同时也让我们变得不思进取。那些拓展我们的思考力、邀请我们将概念抽象化的东西增强了我们思维抵抗各种阻力的能力，但在同样程度上，它使我们变得冷漠、剥夺了我们的感受力，尽管与此同时它也帮助使我们的精神活动变得更加丰富。正因为如此，无论前者还是后者，都将使我们疲乏，因为物质的东西不能长期没有塑造力而存在，这种塑造力也不能离开建设性的物质材料。但另一方面却是，倘若我们将自己置身于真正美的享受之中，我们即达到了一个承受力和能动力相平衡的时刻，我们就能轻易地从压抑转向愉悦，从静止转向运动，从顺从转向反抗、抽象思维和直觉。精神的这种高度超脱和自由，与力量性和灵活性相结合，便是真正艺术作品能解放我们的品质所在。这是对审美的卓越性的最好检测。如果在这般享乐之后我们发现自己对某种具体的感觉方式或是行动方式特别喜欢而不喜欢另外一种方式，则这便是我们还未经历纯正审美作用的确凿证据，不管这是由于对象还是由于我们的感觉方式（这种情况很常见），抑或两者兼而有之。

正如在现实中没有纯粹的审美作用（因为没有人能摆脱对物质力量的依附），一部作品的卓越性只能最大限度地接近纯粹审美的理想。不论我们将这种作用的自由度提得多高，我们总会将它停留在特定的心境和特定的偏见之中。那些向我们展现人类性情的普遍性和偏见的无限制特点的任何一类作品或是某部具体作品都是高尚和杰出的。这一事实适用于艺术各个类别的作品，也适用于同一类别的不同作品。看一场大型的音乐演出时，我们会激动万分；读一首伟大的诗歌时，我们会快速想象；欣赏雕塑或建筑时，我们会有领悟认识。但是，人们不会选择在一场音乐盛宴之后进行抽象思考，在享受高雅诗歌之后着手日常生活的乏味琐事，或是在欣赏完雕塑作品、高楼大厦之后破灭我们的想象力、惊扰我们的美好感觉。因为即便是最具有丰富精神的音乐，由于其本质关系，也展现出了比审美自由所容许的与感官更大的亲和力；因为即便是最欢乐的诗歌，其媒介是对想象的随意和偶然的嬉戏，也在其中分享了比真正的美所该有的更多的东西；因为即便是最棒的雕塑，也由于其概念中的决定因素而会触及严肃的科学问题。当这三种形式的艺术作品上升到更高层次时，这些特殊的亲和力便会消失。这是他们完美过程中自然而又应该有的结果。虽然它们的客观界线没有被混淆，不同艺术对思维所产生的作用会彼此越来越相似。在其达到使人高尚化的最高程度上，音乐应该成为一种形式，与一尊古老雕像的平静力量一起作用于我们。在其臻于最完美之时，造型艺术也应当变成音乐，通过感官对大脑的瞬时刺激而感动我们。在其最完整的发展阶段，诗歌应该既能像音乐一样强有力地震撼我们，也能像造型艺术一样用和平之光环绕着我们。在每种艺术中，完美的风格在牺牲其特定优势的同时，知道如何消除具体的限制，并且巧用其所具有的特点而赋予它一种更加普遍的特性。

艺术家在处理艺术作品的时候，他所要突破的不只是每种艺术具有的特性而带来的局限，他同时也要突破他手上这个特定主题的局限。在一件真正美妙的艺术作品中，作品的内容应当是不发挥任何作用的，而且形式应该发挥所有作用。因为形式能作用于整个人，内容只能作用于孤立的几个力。因此，无论艺术作品如何宏大、壮观，其内容对人的思维起着约束作用，我们只能从形式中期待真正的审美自由。对艺术大师的真正寻找在于用形式消除材料。当艺术能超越材料、维系其对喜爱它的人的影响时，它便获得巨大的胜利。若艺术能消灭最威风、最富有野心、最有吸引力、最有力量来产生影响，或者引导人们直接和材料打交道的那些材料的时候，它就尤其成功。观赏者和聆听者的思维必须保持彻底的自由和完整；它必须像从上帝手中一样从艺术家的魔幻圈中获得纯粹和完整。最微不足道的主题也应该用这样的方法处理，这样我们便有能力立刻和最严肃的作品进行互换。对其目标充满激情的艺术，例如悲剧，也不例外；因为，首先，这些艺术并不是完全自由的，因为它们服务于某种特定的目的（悲惨）；其次，任何内行都不会否认，即便是这一类作品也是如此——在艺术激情的暴风之巅，它越是尊重灵魂的自由，它便越完美。我们有激情的艺术，但是充满激情的艺术在表述上确实矛盾，因为美的不朽无误的作用是将人从激情中解放出来。同样，一种教诲性的艺术（说教艺术）或者是提高（道德）艺术的想法也是矛盾的，因为没有什么比给思维一种规定性的倾向与美的概念更格格不入的了。

然而，我们不能从一部作品只有通过内容产生作用的这一事实推断这部作品缺乏形式。这一结论反倒证明也许是观察者缺乏形式感。如果观察者的思维太过舒展或放松，或者如果只习惯通过纯粹感官或者智商接受事物，那么即便是这两者最完美的组合，他的思维也只能看到部分，只能看到存在于最美形式之中的内容罢了。一个人如果只能察觉到粗糙的元素，那么要想在一个作品中找到乐趣，就必须先破坏作品的美学结构，并且在整体的和谐中仔细挖掘天才艺术家无比巧妙地使之消失的那些细节。他对作品的兴趣不是道德的就是物质的，唯一缺乏的就是作品应该成为他应该成为的，即审美的。这一类的读者喜爱一首严肃或悲哀的诗歌，犹如他们喜欢一场布道一样；他们享受一首或简单或戏谑的诗歌，就像陶醉在酒中一般。一方面，他们如此缺乏审美品位，会要求悲剧或史诗，即便是像《弥赛亚》这样的作品具有教化作用；另一方面，他们会因一首阿纳克里翁体诗或者卡图卢斯体诗感到愤慨。

第 23 封

现在，我要捡起我的研究。之前因为把我提出的原则运用到实际艺术中和对艺术作品进行鉴赏而中断了研究。感官的被动状态到思想和意志的能动状态的转变只能由审美自由的中间状态来实现。尽管这种中间状态本身不能决定我们的主观意见和感受，因此我们的智力和道德价值观也是个问题；然而，它却是个必要条件：没有它，就没有主观意见或感受。总而言之，要让一个感性的人成为一个理性的人，除了让他首先成为审美的人之外别无他法。

不过，也许你会反对说，难道这个中介是绝对必不可少的吗？难道真理和义务不能通过它们自身找到通向感性人的道路吗？对此我的回答是，它们自己拥有决定性力量，不仅是可能，而且是绝对应该的。如果我的论断看上去是在维护相反的观点，那么没有什么比这与我之前的论断更矛盾的了。我早已被清楚地证明：美对理解或意志不产生任何结果；它也不干涉思想或决断的运作；美能给予这两者功能，但是并不决定这种功能的实际运用。这里，所有的外来帮助力都消失了，纯粹的逻辑形式（概念）将直接与知性对话，纯粹的道德形式（法则）将直接与意志对话。

但是，纯粹的形式应该能够做到这一点，即对感性的人而言存在一种普遍的纯粹形式；而我认为，是心灵的审美性情使之成为可能。真理不是脱离现实或可见事物的存在而能获得的东西。真理是一种思考力量，这种力量的自由和活动又产生了真题；这样的自由我们在一个感性之人的身上是找不到的。一个感性的人从物质的角度讲早已被规定，因此他不再享有自由的可规定性；他必须首先获得他所失去的可规定性，才能用被动的规定性去交换主动的规定性。所以，为了恢复这种可规定性，他必须要么失去已有的被动规定性，要么他应该包括本身已有的、他应该向其转化的主动规定性。如果他只是失去了被动规定性，那么与此同时他也失去了主动规定性的可能，因为思想需要一个物体，形式也只有通过材料才能被实现。他本身必然已包括了主动规定性，他必然已同时被主动和被动地规定了，也就是说，他成为一个审美的人。

所以，通过心灵的审美性情，理性的活动已在感性领域中显露，感觉的力量已经在它自己的范围内被打破，物质之人的升华已达到很高的境地，精神之人只要根据自由的法则发展自己。从审美状态到逻辑和道德状态（即从美到真理和义务）的转变绝对要比从物质状态到审美状态（从纯粹、盲目的生活转向形式）的转变要更简单。一个人只要通过自己的自由便能完成前一个转变，因为他只需要接受而不需要给予，只要把他的天性各要素分离开来而不需要将它们扩大。一个人获得了审美性情之后，只要他愿意，他便能获得其判断和行动的普遍价值观。人在这个从野蛮本性到美的旅程中，一个全新的功能会在他身上觉醒，他的本性会靠边站，意志对这样的一种性情无能为力，因为此时意志是来源于这种性情的。使一个审美的人具有深刻的见解和高度感知能力，只需要给他重要的场合，不需要其他别的；而要使一个感性的人具有这些能力，你必须首先改变他的天性。要将前者塑造成一个英雄、一个圣贤，你只需要给他一个崇高庄严的境遇，它以最直接行动使意志功能发挥作用；对于后者，你必须首先将其置于另一片天空之下。

文化最重要的一项任务之一就是使人即便在纯粹物质生活中也受形式的支配，使人在美所能到达的领域内成为审美的人，因为只有在审美状态中而不是物质状态中，道德状态才能被发展。如果在任何一种具体情况下人能拥有使自己的判断和意志成为全人类的判断的能力，如果他能在每个有限的存在中找到向无限存在的转变的道路，如果他能在每种依附情况下飞向自主和自由，那么我们便会发现在任何时候他都不仅仅是一个独立的个体，不只是单纯地服从自然的法则。人要想能够把自己从自然目的的狭小圈子里提高到理性目的的高度，则他必须在前者的领域内已经开始为后者而训练；他必须已用某种精神性的自由，即根据美的原则，实现其物质使命。

人可以在丝毫不损害他物质目的的情况下做到这一点。自然的要求是关注他做了什么，即他行为的内容；但是自然的目的绝不会决定他行为的方式、他行动的形式。与此相反的是，理性的要求则严格地将他行为的形式视为目标。因此，尽管对人的道德目标来说，纯粹的道德、绝对的个人行动表现是必须的，但是对其物质目标来说，他并不关心他是不是纯粹物质的、他的行为是不是完全被动的。物质目标完全依靠他作为一个感性的存在和自然的力量，或者同时作为绝对的力量和理性的存在来实现。那么两者究竟哪个更符合人的尊严？这毫无疑问。在感性的冲动下去做本应由义务驱动而去做的事情，他会觉得这是可耻的、羞辱性的事情；即便是一个大俗人只是为了满足他的合法要求，只要是用法律、和谐和独立去追求一致，那么这是高尚和值得尊敬的。总而言之，在真理和道德的范畴里，感性没有规定权；但在幸福的领域内，形式也许能找到一己之地，游戏的本能可以获胜。

那么，在物质生活的客观领域内，人们必须已经开始道德生活，在被动中他的主动性已发挥作用，理性自由已超越了感官的限制，意志的法则已加在他的爱好之上；他必须（如果我可以这样表述的话）在材料内部去反抗材料，以便免去与这个侵犯自由神圣领地的可怕敌人的斗争；他应当学会拥有更高尚的欲望，而不是被动地追求崇高的目标。这就是审美文化的成果：它让一切都归顺于美的法则之下。美的法则不会让自然的法则和理性的法则遭罪，不会强迫人的意志，它通过外在生活的形式展现了内在生活。

第24封

因此，人的发展可以分为两个不同的时期或阶段，不论是个人还是全人类，如果要实现他们的全部规定，都必然要以已定的次序经历这三个阶段。毫无疑问，由于外界事物的影响或人自身任性而出现的某些偶然的原因，每个独立的时期可能被延长或缩短；但任何一个时期都不可能完全被逾越，这些时期前后次序也不能由于自然或人的意志而有所颠倒。人在物质状态中只忍受自然的支配，在审美状态中他摆脱了这种支配力，而在道德状态中他控制了这种支配力。

那么在美把人从自由的快乐中解放出来之前，在宁静的形式驯服生命中的粗野之前，人是什么呢？他的目的永远是统一的，他的判断永远在变化，他丢失了自己却在寻找自己，他无拘无束却不自由，他是奴隶而不遵守任何规则。在这个时期，世界对他来说只是使命，而不是对象；只有那些保证他生存的事物对他来说才是存在；一个不有求于他也不给予他什么的东西是不存在的。呈现在他面前的每一个现象都是孤立的、隔绝的，如同他在一系列的存在实物中的感觉一样。所有存在的东西对他来说是由于此刻的偏爱而存在的。一切变化对他来说都是新鲜的创造，因为他自身内有这种必然性，而他自身外的必然性则不存在。后一种必然性把宇宙中的所有变化形式都联系起来，当个体逃离开时，它就牢牢抓住行动舞台上的法则。自然地让它丰富多样的形式在人面前徒劳流逝。人在自然的壮丽的丰富中只看到他的猎物而无其他，在自然的强盛和伟大中只看到他的敌人。他不是遇到对象并出于渴求想把对象据为己有，就是用厌恶和恐惧把对象推开。在这两种情况下，人同感性世界的关系都是直接接触的，他始终恐惧感性世界的接近，他因不可抗拒的需求而受困扰和折磨，所以他不会安息只会疲惫不堪，没有界限之后欲望衰竭。

一个人无视他本人的尊严，就更不会尊重他人的尊严；一个人意识到自己的粗野的贪欲，就害怕每个与他相类似的生物身上的这种贪欲。在自己身上，他从来看不到别人，他只在别人身上和人类社会中看到自己；他没有把自己扩展而融入人类之中，反而不断地把自己更紧地禁锢在他的个体之中。在狭隘中，他迷惘地过着暗无天日的生活，一直到有益的自然把他那阴暗感观上的物质重担卸去，反思使他自身与事物相分离，最后事物在他意识的反映中展现开来。

诚然，我们无法在任何一个特定的民族和时代指出像上面所描述的这种蒙昧的自然状态的存在。这不过是种观念，但在某些特征上，这观念与经验却是完全吻合的。我们说过，人从来也没有完全处于这种动物状态，但另一方面，人也从来没有彻底脱离这种动物状态。即使在最粗野的人身上，我们都能找到理性自由确凿无疑的痕迹；就是在最有教养的人身上，也不乏类似那种暗淡的自然状态的特征。把人性中最高级与最低级的东西同时统一在一起是可能的。如果说，他的尊严依赖这两者的严格的区分，那么他的幸福就有赖于对这种区分的巧妙摒弃。一种使人的尊严和人的幸福处于和谐统一之中的文化，必须确保这两项原则在它们最紧密的结合中仍保持各自最高的纯洁性。

因此，理性在人身上第一次出现并不是人性的开始。人性首先要由人的自由来决定，而理性的开始使人对感性的依赖变得没有界限。这一现象既有其重要性又有其普遍性，但却还没有得到充分的阐释。我们知道，理性是通过它要求绝对的（即依靠自己的、必需的）东西而为人所识。但是因为理性的这种要求在人的物质生活的任何个别状态中都得不到满足，所以它就迫使人完全离开物质的东西，从有限的现实中上升到观念。虽然这种要求的真正意义是使人从时间的限制中脱离出来，引领人从感性的世界走向观念的世界，但由于谬用（这在一个倾向于感性的时期是很难避免的），理性的这个要求可能直接把他推向物质生活，不是解放了他，而是将他推向了最糟糕的奴役之中。

事实亦是如此。人为了向前追求不受限制的未来，凭着想象的翅膀离开了仅有兽性囿于其中的现时狭窄空间。但是，当无限的东西在他迷糊不清的想象面前出现时，他的心仍然生活在个体内心之中，仍然在为当下奔波。在他兽性发作时，要求绝对的冲动突然向他袭来，因为在这种粗野的状态中，他的一切努力的目标都是物质的和暂时的东西，都是受他的个体局限，因而上述理性的冲动只会促使他将个体无穷地扩展，而不是从无限中将个体概念化。它只会促使他去追求无穷无尽的内容，而不会追求形式；促使他追求永无止息的变化以及他暂时的生存的绝对保证，而不是追求亘古不变的东西。这种冲动，若用到人的思维与行动上，将引导人得到真理与道德；而现在既然用到了人的激情和感觉上，它只带来无限的欲望和绝对的需要。在精神的世界里，他收获的第一批果实是关心和畏惧——这两者都是理性的产物，而不是感性的结果；但这也是理性弄错了对象，把它的直接命令运用到了材料上面。所有要求无条件幸福的体系都是这棵大树结出的果实，不管这些幸福体系的对象是当下还是整个人生，或是永恒的一切（这丝毫也不会使这些幸福体系受到任何的尊重）。生存与安乐的无止境的延续，只不过是由渴求而产生的一种理想，因而也只能是追求绝对的兽性所提出的一种要求。所以由于这种理性的表达，人只是丧失了动物的那种愉快的限制，而没有为他的人性获得什么。现在同动物相比，人只是具有了这种并不值得羡慕的优越性，即由于追求远方而失去了对现时的占有。然而，在整个无限的将来中他所寻找的只是当下。

不过，即使理性在选择对象时没有误入歧途，没有提错问题，感性在长时间内还是会伪造答案。只要人已经开始使用他的理解力，开始用因果关系来综合现象，理性就会根据其概念要求绝对的结合和毫无条件的根据。仅为了能够提出这样的要求，人就必须超越感性，而感性正好利用这个要求把逃亡者再追赶回来。

事实上，此刻便是人必须完全离开感性世界飞向理性的王国的时刻；因为知性永远停留在有条件的、偶然的事物的范围之内，它不停地提出问题，而不会得到终极的东西。但是，因为我们这里所涉及的人还不具备这样一种抽象的能力，所以他在感性领域之中找不到知识；既然他也不会在纯粹理性中寻找知识，那么他就在他的情感领域内寻找并且显得好像已经找到了一样。无疑，感性既不会指给人以具有自身根据的东西，也不会指给人以为自己立法的东西，但感性展示了那些不理会任何根据和不尊重任何法则的东西。既然人不能用终极原因使知性平息下来，他就通过不需要原因的概念使其沉默；因为他还不能把握理性的崇高必然性，他就停留在物质的盲目强制的范围之内。感性除了它自己的利益以外，没有任何别的目的，而且是由盲目的偶然所决定的，所以人们把感性的利益当作其行动的动力，把盲目的偶然当作世界的主宰。

甚至人身上神圣的东西即道德法则，当它最初在感性中表现的时候也避免不了这样的曲解。道德法则只是禁止，只是反对人的感性的自我中心的一己私利；因此当人还不能把那种自私看作外在的东西，理性的声音才是他真正的自我时，他就会觉得道德法则是某种陌生的东西。这样一来，他就只感到理性带给他阻碍，而感觉不到理性给予他无限的自由。他觉察不到自己身上的立法者的尊严，而只感受到在枷锁下痛苦挣扎的仆奴所受的限制和无力的反抗。因为在这样的经验中感性冲动先于道德冲动，因而人就让必然的法则在时间中有了一种开始、一种积极的起源；而在所有的错误中，由于犯了最不幸的错误，人就把其自身永恒不变的东西转化成瞬时的偶然。人说服自己，应把公正与不公正的概念看作规章法令，这些规章法令是由一种意志引导产生的，而它们本身并不具有永恒的价值。正如在解释个别的自然现象时，人总要超越自然的范围，并在自然的范围之外寻找有在自然内部、在自然的规律性之中才能找到的东西。人在解释道德现象的时候也是如此，他超越理性、忽视人性，在这条道路上寻找神。这倒也不足为奇，那种以抛弃人性为代价而追求的宗教证明，其本身配得上这样一种资源，而他在乎的是那些绝对的和永恒的约束法则，但事实上这些约束法则在永恒中并没有约束过任何东西。人将自己置于一种与强大的存在而不是一种神圣的存在相联系的境地。因此，他的宗教精神，他对上帝的崇拜，只能让他变得卑微恐惧，而不能提高他自尊的敬畏。

人对于他自己理想的各种偏离不可能发生在同个时期，因为人必然要经历思想混沌到谬误、意志模糊到意志败坏等许多阶段。但这些阶段毫无例外都是物质状态下的结果，因为总的来说，生命的冲动胜过形式的冲动。此时，两种情况有可能出现：要么理性在人身上还根本没有说话，物质的东西还盲目却必然地掌控着他，要么理性还没足够纯粹到能摆脱感性印象。在这两种情况下，真正对他有影响的原则便是物质原则，至少说按其最后的倾向来说，人还是感性的存在。区别只在于：在前种情况下，人是无理性的动物；在后种情况下，人是有理性的动物。然而人不应该是上述两种中的任何一种，他应该是人。他不应该专受自然的支配，也不该受理性有条件的支配。这两种立法应彼此完全独立地存在，但同时也应该是相互补充的。

第25封

人在其最初的物质状态中，只是被动地受到感官世界的影响，他依旧认为自己与感官世界是完全一体的，而且也因此认为外部世界对他来说不是一个客观的存在。只有当他用思维的审美状态客观地看待这个世界，只有他的人格参与其中的时候，世界对他来说才是客观现实，因此，他再也不把自己看作世界中与其他人完全相同的一分子。

人同他周围的宇宙的第一个关系就是他反思的能力。欲望是直接获取它的对象，反思则是把它的对象推向远处，通过把它从激情的贪婪中拯救出来而使它成为不可或缺的东西。在纯粹感觉阶段人所遵守的感觉的必然性在反思阶段离开了人；感官出现了暂停；当分散的意识光束在汇聚、塑造它们自己的时候，就连永远流逝的时间似乎都静止了。在并不永生的大地上反射出了无限的图像。人的身内一出现光亮，他身外的黑夜便不复存在；人身内一平静下来，整个宇宙中的风暴也会平息下来，自然界中的斗争着的各种力也会在规定的界限内平息。因此，古代传统把人内心这些伟大的变革当作外在世界的一场革命，并借用终结了萨杜恩统治的宙斯的形象来象征思想战胜了时间的法则，这也就毫不奇怪了。

只要人从与自然的接触中获得感觉，他便是自然的奴隶；而一旦他开始思考自然中的物体和法则，他就变成了自然的立法者。自然，之前是统治他的力量，现在则在他面前成了一种对象。所有对他来说是对象的东西，都没有力量去支配他，因为要成为对象，它必须经历人的威力。只要人赋予物质以形式，他就不会被物质的作用伤害；因为只有那种剥夺了精神自由的东西才能伤害精神。精神通过赋予无形式以形式而证明它自己的自由。在物质沉闷的、无定型的统治下，模糊不清的轮廓在不确定的界限内波动的地方，畏惧才有它的自足之地。人能战胜自然中的任何令人惊恐的东西，只要人懂得如何塑造它并把它转化成自己的艺术对象。人一开始在作为现象的自然面前维护自己的独立时，也在作为强制力的自然面前维护自己的尊严，由于获得高尚的自由，便奋起反抗他的众神。众神扔掉了他们的面具。这些面具曾使处在童年期的人充满敬畏。让他惊讶的是，他的思想让他看到了自己形象的反射。在希腊寓言中，那些曾以野兽的盲目威力来改变世界的东方神怪收敛成为具有了人类迷人轮廓的形象。提坦族王国被摧毁了，无限的力被无限的形式制服了。

但是，当我还只是在寻找脱离物质世界的出口和进入精神世界的入口时，我想象奔放的双翼早已把我引入精神世界之中了。当我们从纯粹的感觉直接向纯粹的形式和纯粹的对象过渡时，我们把我们寻找的美落在了后面。这种跳跃超越了人的固有天性，为了同人的天性步调一致，我们必须重回感性的世界。

美确实是无拘无束的沉思和反思的产物。它带我们进入观念世界但并没有因此让我们脱离感性世界，就像认识真理时的情况那样。真理是把一切物质的和偶然的东西加以抽象的产物，是不受任何主体限制的纯粹客体，是一种不掺杂任何被动感觉的纯粹的自主状态。当然，从最高的抽象返回感性世界的道路也是存在的，因为思想会触动内在的感觉，逻辑和道德的一体性的概念会转化为一种符合感性的感情。但是，当我们因为知识而快乐时，我们非常精确地把我们的概念同我们的感觉区别开来。我们把后者看作某种偶然的东西，即使完全省略它，知识也不会因此消失，真理也还是真理。然而，若想要抑制感觉功能和美的观念之间这种关系，那将是一桩徒劳的事情。所以，不能仅仅把一个看作另一个的结果，我们必须把这两者同时看作结果和原因，它们互为因果。当我们通过知识获得快乐时，我们就会毫不费力地辨认出从主动到被动的转移，并且清楚地看到前者结束后者开始。相反，当我们在从美丽中获得喜悦时，我们就分辨不出主动与被动之间的这种转换，反思与情感如此紧密地交织在一起，以至于我们以为我们直接感觉到了形式。因此，美对我们来说固然是对象，因为有反思是我们有美的感觉的条件；但同时美又是我们主体（自我）的一种状态，因为有情感作条件我们才会形成美的观念。所以说，美毫无疑问是形式，因为我们观赏它；但它同时又是生活，因为我们感觉它。总而言之，美既是我们的状态又是我们的行为。正因为美同时是两者，它就骄傲地向我们证明了被动性并不排斥主动性、材料并不排斥形式、有限并不排斥无限。同样的结果是，人们必须热衷于的物质依赖并不会破坏人的道德自由。美证明了这一点，而且我应该再补充说明，光凭借美就能证明这一点。事实上，当拥有真理或逻辑统一体的时候，感觉并不是必然地与思想是一体的，它是偶然地跟着思想而来的。这一事实只能证明感性天性可以跟着理性天性，而不能证明这两种天性是并存的，不能证明它们彼此相互作用，更不能证明它们就可以绝对地、必然地合为一体。只要有思考，情感就会受到排斥；只要有感觉，思考便难以存在。所以相反的，我们从这样的排斥中可以推论出两种天性是互不相容的。因而为了证明纯粹理性在天性中可以实现，分析所给出的最重要证据就是要求有这样的实现性。但是，在美或审美统一体的实现过程中，内容与形式之间、被动与主动之间产生了一种真正的统一和互补。这恰好证明这两种天性可以相容，即可能意识到有限中的无限，从而也可能意识到最崇高的人性。

因此，我们在寻找从感性依附到道德自由的转变时，就不再会感到窘困了，也因为美已经向我们展示了道德自由可以和感性依附是完美并存的事实，人们也不再需要脱离物质来证明他有精神。但是，正如美的事实所证明的那样，如果人在与可见世界的关系中就已经是自由的，如果自由正如它的概念所必然表明的那样是某种绝对的和超感性的东西，那么，问题便不再是人如何从限制上升到绝对、如何在他的思考和意志中对抗感性了。因为这一切在美之中已产生。一句话，我们不必再问人如何从美德过渡到真理，因为真理已经包括在美德之中了；而问题应该是，人如何为自己从鄙陋的现实走向审美的现实、从普通的生活感走向美感而开辟道路。

第26封

正如我在前面信中所阐明的，是审美性情产生了自由，它不可能来自自由，也不来源于道德。它必定是自然的馈赠，只有机会的偏爱才能够打破物质状态的束缚，将野蛮引向义务。美的胚芽在自身生长中在不同的地区也同样难以萌发：贫瘠的自然剥夺了人的一切快乐，或奢侈的自然使人无须自己做任何努力，迟钝的感官感觉不到任何需求，或者强烈的欲求得不到任何满足，美得怡人的花朵也不会绽放。如果人像穴居人一样躲在洞穴里，那么人永远是孤独的，在自身之外从来没有找到过人性，或者像成群结队地过着游牧生活中的人，永远只是数目，在自身之内从来没有找到过人性。只有当人在自己的小屋里静静同自己交谈，走出小屋和全人类交谈的时候，美的花朵才会盛开。只有当着透明的天空使感官能感觉到任何轻微的触动，生命的温暖产生了丰饶的性质；当材料中的死气荡然无存，胜利的形式使最卑下的自然也高尚起来；从而在欢乐的条件下和幸福的地带，行动就能带来愉悦的享受，愉悦激励行动，从生活本身涌出神圣的和谐，从秩序的法则中发展出了生活，一种不同的结果产生了。只有当想象力不断逃离现实，可是在其漫游中又没有抛弃天性的单纯——只有在这样的情况下，思维与感受、感受力与创造力才会在这样愉快的平衡中发展，而这种平衡是美的灵魂和人性的条件。

与野人进入人性的开始相伴的那个现象是个什么呢？不管我们对历史的探究深入到什么地步，这个现象在所有摆脱了动物状态奴役的民族中都是一样的：对外表的喜爱，对着装与游戏也有着偏好。

极端的愚蠢与极端的知性之间的某种共同点就是两者都只是寻找真实，对纯粹的外表都无动于衷。只有感官中对象的直接出现才会吸引前者，而只有通过把经验的事实变成概念才会使后者恢复静态。总之，愚蠢不能升高到现实之上，知性不能停留在真理之下。因此，只要对实在的需要与对现实的依附仅仅是由于缺乏和缺陷而造成的，那么对现实的冷漠与对表象的兴趣就是人性的真正扩大、走向文明的一个决定性的步骤。首先，这证明外在的自由，因为只要有所需求、有所欲望，那么幻想就被牢牢地束缚在现实上面；只有当需求得到满足，幻想才会不受阻挡地往前发展；其次，这也证明了内在的自由，因为这使我们看到一种力量，它不靠外在依托而是靠自己本身就可运动起来，并具有足够的能量可以让自己远离自然的招揽。事物的实在性是事物自己的结果，事物的表象是人的杰作。一个从表象中获得愉悦的人，不是在他所接受的东西而是在他所创造的东西中获得愉悦。

不言而喻，我这里所谈的是与现实和真理不同的审美依据（审美表象），并不是和他们一致的逻辑表象。因此，如果人们喜爱它，那是因为它是表象，不是因为认为它是什么更好的东西。前者仅是一种游戏，而后者则是一种欺骗。给第一种表象某种价值并不会损害真理，因为不必担心审美表象会冒充真理（冒充真理是唯一能够损害真理的方式）。鄙视审美表象，就等于鄙视一切美的艺术，因为艺术的本质就是表象。然而，有时知性对实在性的追求发展到此等的狭隘程度，就因为美的艺术是表象，就一概排斥与表象美有关的所有艺术；不过，只有当知性回忆起前面提到的相似点时，它才会出现这样的情况。关于美的表象必然具有的界限，我将来再找时间专门讨论。

自然通过赋予人两个感官将人由实在提高到假象，这两个感官只是使人通过表象认识到现实的东西。在耳朵和眼睛里，自然的迫害已从感官中被排除，我们在动物状态直接感触到的对象已离我们更远了。我们用眼睛看到的东西，不同于我们感觉到的东西，因为知性越过区分实物的光亮进入对象之中。在实际中，我们之于对象是被动的；我们所看到和所听到的对象是我们自己创造的形式。只要人还是野人，他就只靠触觉感官来享受。人不是达到不了由观看而产生认识的地步，就是观看不能使他满足。他一旦开始用眼睛来享受，而且视觉对他来说具有了独立的价值，他立即就在审美方面成为自由的，游戏冲动也就被发展起来。

游戏冲动喜爱表象，紧接着模仿的创作冲动也觉醒了，这种冲动把表象当作某种独立自主的东西。一旦人发展到能区分表象与现实、形式与物体的地步，他也就能够把它们分离开来。因此，模仿艺术的能力是同形式的能力一起赋予人的。对形式的追求是以另外一种素质作为基础的，这里我就无须赘述了。审美的艺术冲动发展时期，只取决于纯粹表象对人们的吸引程度。

既然一切真实的存在都源于作为外来力量的自然，而一切表象源于作为有感知力的人，那么人就仅凭他自己的绝对视角将本质与假象区分开来了，并按照自己的法则来对待假象。人以不受任何约束的自由能够把自然分开的东西组合在一起，只要他对此能进行综合思考，同样也就能够把自然连接在一起的东西分开来，只要他在知性中对此进行了分解。对他来说没有什么比他自己的法则更加神圣了，他要注意的仅仅是尊重把他的领域同事物的存在或自然领域划分开来的那个界线。

在表象的艺术中，人也行使神的支配权；他把“我的”和“你的”区分得越严格，把形体与实体分得越仔细，给前者的独立性越多，他就不仅越发扩大了美的王国，而且也越发严守了真理的界线；因为如果他将表象从现实脱离出来，他同时也得将现实从表象中脱离出来。

但是人们只在表象的世界里，在想象力的无实体的王国中拥有这种主宰，他在理论上避免认为表象就是实际存在，在实践中也不借助表象来认识实际的存在。假使诗人将实际存在加在理想之上，或者假使他的目的是借助理想达到某种特定的实际存在，他都超出了自己的界限。因为除非他用了下述的办法，否则这种情况是无法实现的；或者他超出了诗人可行使权利的范畴，通过理想来干预了经验的领域，假装通过单纯是可能的东西来擅自规定实际存在；或者他放弃了诗人的权利，让经验来侵犯理想的领地，把可能性局限于现实的条件。

只有当表象是坦白的（放弃一切现实），并且只有当它是独立的（脱离对现实的依附），表象才是审美的。如果表象是对现实的模仿、为了达到某种效果而需要现实，那么表象无非只是达到物质目的的一种低劣的工具，且一点儿也不能证明精神的自由。另外，既然我们对美的表象下判断时根本不在乎它是否具有实在性，那么我们发现美的对象是否具有实在性也就无关紧要了。因如果实在性被考虑进来，那么这样的判断便不再是审美的了。一个有生命的美丽女人和一个同样美丽的画中女人的美同样使我们喜欢，而且我们甚至会更喜欢前者。但是，人们喜欢前者并不是由于她是一个独立的表象，她不再能取悦纯粹的审美感觉。在画中，有生命的东西必须作为表象而吸引我们，就是现实的东西也成了观念。不过，要在有生命的东西中只感受纯粹的表象比在表象中感受不到生命所要求的审美文化水平肯定要高得多。

不论在哪个人身上或哪个民族当中，有坦白而自主的表象，就可以推断他们有精神、品位以及与此有关的一切特权。在这种情况下，我们将会看到支配现实生活的理想，看到荣誉战胜财富、思想战胜享受、永生的梦想战胜变化的存在。

在这种情况下，公众舆论不再是令人畏惧的东西，橄榄花冠比紫色锦袍更受尊敬。只有无能和任性才会把虚假的和无聊的表象当作自己的避难所——不论是个人还是整个民族，只要他们通过表象来支撑实在，就是通过实在弥补表象，那么这就证明他们既无道德价值也无审美能力。因此，我们可以对“表象在道德世界中可以接受的范围有多大”这个问题给出简明扼要的答案。

只要表象是审美性的，其就可以相应地存在，即表象填补实在，也无须用实在来弥补。审美表象绝不会危及道德的真实性：只要表象看起来似乎要危及道德的真实性，它便不再是审美的表象了。只有一个对时髦世界一无所知的人，会把由于其实只是一种形式的礼貌性的允诺当作亲切友爱的证据；当他失望时，他又认为他遭受了欺骗。在一个秩序良好的社会，只有笨拙的人才会借助虚假和奉承让自己变得和蔼可亲。前者还缺少对独立表象的理解，因而他以为独立表象的意义仅仅来自真实，而后者缺少实在性，叫他想用表象来顶替实在。最寻常的莫过于当代的某些浅薄的批评家的无聊抱怨说，一切正派稳健都从世界上消失了，本质因表象而被忽略了。虽然我觉得我无论如何都没有义务面对这种指责去为时代辩解，但是我不得不说这些批评的广泛传播表明，他们责怪时代，不仅是其虚假的表象，而且还有其坦白的表象。即使是他们那些倾向于美的期待，也通常为他们的目标带来独立的表象——胜过贫乏的表象。他们不仅攻击掩盖真理和替代现实的虚假粉饰，而且也攻击填补空虚和遮盖贫困的有益表象，他们甚至还攻击使平凡现实高尚化了的那种理想化的表象。他们对真实的严格感觉理所应当地被习俗的虚假所冒犯；但是不幸的是，他们把礼貌也归为虚假。喧闹、绚丽的外表常常掩盖了真实的价值，这使他们不愉快；但要求成就有表象，真正的内涵也需要讨人喜欢的形式，这也同样使他们震惊。他们惋惜古代的诚恳、坚实和真挚，但他们想在他们中恢复原始的笨拙和粗俗、古老形式的笨重以及哥特式的浮夸。他们通过这样一些判断只对物质本身表示尊敬，而这种尊敬本身不具有人性，因为只有在物质能够应受形体和扩大了观念王国的情况下，人类才会重视物质。所以，只要当代的趣味能在一个更好的判断前经得起考验，它就无须害怕这些批评。我们的缺点不是给予审美表象以价值（这一点我们做得还远远不够），一个十分严厉的美的法官也会更加指责我们没有达到纯粹的表象，没有充分地把生存同现象分离从而建立这两者的界限。只要我们不渴求活的自然中的美，我们就不能享受它；只要我们眼前没有目的，就无法欣赏模仿艺术中的美；只要我们还不承认想象力有它自己的绝对的立法权，并用通过想象力的作品中被我们证实的尊敬而显示出的尊严来鼓舞它，我们就应受这样的指责。

第27封

不用担心现实和真理。即使我在前面几封信里提出的关于审美表象的崇高概念是具有普遍意义的。

只要人依旧如此没有教养，他就会滥用这个概念；如果这个概念具有普遍意义，那么它只能来源于一种不会滥用这个概念的文化。人对自主的表象的追求需要比将他自己局限于现实中更大的抽象力、更多的心胸自由、更大的意识潜能。如果他要想获得自主的表象，他必须先离开现实。因此，如果人以为踏上理想的道路是为了避免走上通向现实的道路，那他就大错特错了。据我们的理解，现实不必过多地害怕表象，相反的是，表象却更多地恐惧现实。被物质束缚的人一向只是让表象为他的目的服务，一直到他承认表象在理想的艺术中有自己的人格为止。而要做到这一点，在人的整个感觉方式需要一场彻底的革命，否则的话，他甚至连通向理想的道路都找不到。因此，当我们在人身上发现有纯粹的、中立的、尊敬的痕迹的时候，我们就能推断那人的天性已发生了这样的革命，他已真正地开始拥有人性。实际上，在人为美化他的生存而进行的短促的、粗野的尝试中，我们就已经能找到这样的迹象，即便冒着在当时的物质条件下使之变得更糟的风险。一旦他开始更喜欢形式而不是内容，用现实而为表象去冒险的时候（他自己也是意识到这一点的），动物性的屏障开始瓦解，他发现他自己走上了一条没有尽头的道路。

仅满足自然所需已不能让人感到满足，他还有更多的要求。当然，最初只是要求物质的剩余，以便超出现有所需确保享受。但是，之后他就要求在物质方面有更多的富余，有审美的附加物，以便也能满足形式冲动的要求——把享受扩大到他的需求范围外。在人仅仅为了将来使用而储备并在想象中预先享受他们的时候，他已经跨越了当下的时刻，但并没有超越时间的界限。他得享受更多，但享受的东西却没有不同。可是，当他的形式成为他的享受时，他只看到了能满足他欲望的对象的形式，他不仅扩大、增强了他的享受，还在模式和种类上使其高尚化了。

无疑，自然赋予无理性动物的多于它们的最低需求，并在它们那阴暗的动物生活中闪耀自由的光芒。狮子在不为饥饿所迫又没有别的野兽向它挑战的时候，它闲着的精力就要给自己创造个对象；它那雄壮的吼声响彻沙漠，在这无目标的消耗中，它那旺盛的精力在自我享受。昆虫在太阳光下飞来飞去地享受自由；我们听到的鸟儿发出悦耳的啼鸣，也肯定不是需求的呼声。无可否认，在这些动作中有自由，但总体来讲这些不是摆脱了所有需求的自由，而是摆脱了某种特定的、某种外在需要的自由。

当动物活动的推动力缺乏时，它在做工作；如果这种推动力充足时，即旺盛的生命刺激它行动时，它在玩游戏。甚至在没有灵魂的自然，也展现有这种力的富余和规定的松弛，而这就物质的意义来说也可以称为游戏。树生长出无数的尚未发育就夭折的嫩芽，树为了吸收养分伸展出的根、枝、叶，远远超过了为保持它的种类所需要的数目。树归还给大自然中大量没有使用过也没有享受过的东西，也许会在自由欢快运动的生命中得以延伸。在它的物质世界中，自然已经为我们演出了一出无限的序曲，在这里已经部分地扬弃了只有在形式领域中才会完全彻底地被解放的枷锁。富余（物质游戏）的限制解释了从必要性限制（物质的严肃性）到审美游戏转变；在摆脱任何特殊目的的枷锁之前，自然已经通过其本身既是目的又是手段的自由运动向独立性接近，至少已在远处开始。

像人体的各种器官一样，人的想象力也有自己的自由运动和物质游戏，在这种游戏中它与形象没有任何关系，只是享受自主性和无拘无束的愉悦。这些幻想游戏由于并不与形象混淆在一起，也由于连续不断的形象，使得一切具有其魅力，所以它们只属于动物世界，而且这些幻想游戏不必推断人身上具有一种独立的创造力即可证明：他是从一切外在的感性强制中解放出来。

这种自由联想的游戏实际上还是很物质的，用纯粹的自然法则就可解释。到想象力尝试创造这种自由形式的时候，物质性的游戏就最终跳跃到审美游戏了。我认为，这一步跳跃，给行动力注入了新的力量；因为在这里立法的精神第一次与盲目本性的行动混合，它使想象力的任意行进都服从于它的永恒不变的一体性，使永久自主性进入变化的事物之中，将无限性加进感性事物之中。但是，初级自然只知道不间断地从一个变化转向另一个变化，而不知道其他的法则，它的力量就不会过分强大，它就会对抗它自己，用它的变化无常的任性去对抗精神的必然性、不安定对抗精神的恒定性、依存性去对抗精神的自主性、无法满足性对抗高尚的朴素性。这样，审美游戏冲动在其最初的试探中不易辨认，因为感性冲动以其反复无常的幽默和粗野的欲求不断地进行干扰。正因如此，我们看到还是粗俗的趣味首先抓住的是那些新奇的、让人惊讶的、混乱的、冒险而又陌生的、暴力和野蛮的东西，唯独会逃离质朴与宁静。这种趣味创造的形象荒诞不经，它喜欢急速的转变、浮华的形式、反差巨大的变化、激昂的曲调和悲哀的歌声。在这个时期，人觉得美的东西是那些让他兴奋、给予他物质的东西；那些给予他的对象以个性而使他兴奋的东西，那些给予创造力的发挥以物质的东西，对他来说反而是不美的。因此他判断的形式就发生了显著的变化——他寻找这样的对象，倒不是因为它们能影响他，而是因为它们给予他某种促使他幸福的东西；它们能取悦他，倒不是因为它们回应某种需求，而是因为它们满足了一种法则，这种法则在人的胸中讲话，虽然声音还十分微弱。

但很快，事物取悦他已经不够了——他希望自己取悦（自己）。当然最初只是通过属于他的东西，最后则是通过他自己本身。凡是他所占有的和他所创造的东西，都既不能仅仅带有服务性的痕迹，也不能通过形式简单地、谨慎地通过形式达到他的目的。这些东西除了应有的功用之外，同时还必须反映出那种把他们想象出来的聪慧的知性、用友爱把他们塑造出来的双手、那种选择并展现他们那种的自由清澈的精神。此时，日耳曼人为自己挑选了更加绚丽的兽皮、更加壮观的鹿角、更加精致的酒杯，而古苏格兰人也为他们的宴席选择最美丽的贝壳。武器也早不再是用于威胁的物件，而是用于取乐的物品——做工精良的剑鞘对人的吸引力丝毫不亚于充满杀气的剑刃。不满足于把审美的富余带入必然的东西之中的游戏冲动更为自由，于是，它最后完全挣脱了义务的限制，美本身成为人追求的一种对象。人自己装饰自己。自由的欢乐成为人们的需求之一，随后无用的东西成了人的快乐中的最好部分。形式从外部，即从人的住所、家具、服装渐渐向人接近，并最终开始占有了人本身。它起初只是改变人的外表，最后也改变人的内心。快乐混乱无序的跳跃变成了舞蹈，无固定形式的手势变成了可爱和谐的哑剧，感觉迷糊的声音开始发展并开始遵循一定的方法，把它们变成了歌曲。就像飞翔的鹤群，特洛伊的军队以刺耳的呼喊冲向战场，而希腊军队则是迈着高尚的步子安静地走向战场。这里我们看到了盲目力量的释放，同时也看到了形式的胜利和法则的纯朴威严。

现在，一种更为高尚的必然性把两性联结在一起，心灵的考量有助于使原本放任自由、变化无常的欲望成为持久的结合。摆脱了欲望沉重枷锁的双眼，此刻更为平静，并注意到了形式；心心相印，愉悦的自私变成了共同爱好的慷慨交流。当欲望看了对象中的人性的时候，它扩大了并上升到了爱；尽管感觉获得了卑劣的胜利，但人还是试图在意志上争取更为高尚的胜利。取悦于人的需要，使强大的天性也遵守品味温柔的规则；愉悦也许可以被掠夺，但爱必须是一种馈赠。要得到更高的回报，只有形式而非物质才能参与其中竞争。他必须停止凭借感觉力而行动，必须停止在作为一种简单的现象在知性中出现；他必须尊重自由，因为自由才是他应该取悦的东西。美用它最朴素、最纯粹的外面调解不同天性的对抗。同时，美还在整个社会的复杂框架内调解男女两性的永恒冲突，或者说，无论如何它试图如此；美把男性力量和女性温柔的自由结合当作美的模式，借此努力调解和谐之中、道德世界之中的所有温和与暴力元素的冲突。这时软弱成为神圣的，而强大反而成为耻辱，自然的不公正也由骑士风度的慷慨得到改正。任何暴力都吓不倒的人，却被谦逊的亲切外表解除了武装，任何鲜血都不能扑灭的复仇欲却被眼泪消融了。甚至仇恨也要倾听荣誉的温柔的声音，征服者的剑也放过了已经解除武装的敌人，在恐怖的山脚下，以前在这里接待陌生人的只有杀戮，现在则有好客的炉灶为他生起炊烟。

在审美力的可怕王国与法则的神圣国度之间，形式的审美冲动建立了第三个、同时也是快乐的王国，即游戏和表象的王国。在这个王国里，形式的审美冲动把人从一切与他有关的枷锁解放出来，使人摆脱一切限制，无论是物质的还是道德的。

如果说在权力的动态状态中，人与人在相互运动中因力而冲突，那么在义务的道德（审美）状态中，人与人则在法则的威严和意志的束缚中相互斗争。在美或者审美状态的范畴内，人应当作为一种形式、一种自由游戏的对象而出现在人面前。在这个范畴内，通过自由给予自由是最本质的法则。

这样的动态状态只能使社会成为可能，因为它是用自然抑制自然；道德只能通过让个人意志服务于普遍意志使社会成为（道德的）必然。唯有审美状态能使社会成为现实，因为它是通过个体的天性来实现整体的意志。如果必然性能迫使人进入社会，如果理性能在人的心上刻下社会规则，那么只有美才能赋予人社会属性。审美品位能给社会带来和谐，因为它能在个体中创造和谐。一切其他形式的认知都会分裂人，因为它们不是完全建立在人本质中的感性部分之上就是完全建立在人的精神之上，只有对美的认知才能让他变成一个整体，因为这需要他的两种天性的合作。所有其他沟通形式都会分裂社会，因为它们要么仅适用于其成员的感受性，要么就是他们的私人活动，进而也作用于将人们区分开来的东西。只有美的沟通能够使社会统一，因为关系到所有成员的共同点。我们作为个体享受感官的愉悦，并没有用我们心中的人类的天性来分享这种愉悦；所以，我们无法将个性的喜悦普遍化因为个性是不能被普遍化的。我们作为一个族类（人类）来享受知识的愉悦，在我们的判断中抛弃了个性；但是我们不能将理解的喜悦普遍化，因为尽管我们自己可以将自己身上的个性抛开，但却无法将他人评判中的个性除去。我们既可以作为个人，也可以代表整个人类享受美。感性的善能让人愉快，因为它是基于专门的喜爱基础之上的；但是这种善却只能让人片面地愉快，因为他的真正个性并没有参与其中。绝对的善也只能有条件地让人愉快，因为真理只是克制的回报，一颗纯粹的心能在纯粹的意志中找到信仰。美能赐予所有人幸福，而在幸福的影响下，所有人都忘记了他们的局限。

审美品位是不容忍任何优越性和绝对权力的，而美也扩展到了表象之上。美延伸到了理性至高无上的宝座上，压制一切物质的东西。它延伸到了感性冲动用盲目的强制力统治、形式未被发展的地方。即使在这些其立法的权力已被剥夺终极的边界上，审美趣味也仍然维系着它的力量。与社会格格不入的欲望必须放弃它的自私，令人惬意的事物平常只吸引感官，现在在趣味这方面也得用迷人的优雅装饰精神。

义务和严厉的必然性必须改变他们那谴责的语调（这语调只有在遇到反抗时能被人谅解），并通过对自然更高尚的信任向自然膜拜。审美趣味把知识从神秘的科学带到常识中来，把狭隘的学问转变成整个人类社会的共同财产。这里，即使是最伟大的天才也必须放弃他那高高在上的威严，使他自己能让大家即便是小孩子都能理解。这种理解力不得不受美惠三女神的束缚，傲慢的自由散漫的雄狮也只好听从爱神的驾驭。用其赤裸裸的低级趣味冒犯了一种有尊严的自由思想，趣味给它罩上一层面纱，在自由的美妙幻影中让我们看不到同物质的可耻的亲缘关系。唯利是图的艺术来源于尘土；身体的束缚——在趣味魔术般的触碰下——开始从不管是有生命还是无生命的一切中落下。在审美状态，最卑屈的工具是同最高贵的人拥有相同权利的自由公民；原本知性会根据它的意图来塑造物体，但是现在关于结果它也会咨询那些物体。因此在审美表象的领域内，平等的理想得到实现，而这种理想也是政治狂热者们希望能在社会中实现的。我们经常听到说，只有在王座的附近才能看到完美的礼貌。在物质和其他地方都受限的人不得不在理想的世界中寻找补偿。

表象中美的这种状态是否存在？若存在，又在哪里呢？它必须存在于每一个美好和谐的心灵当中。但是事实上，就像教堂和国家的纯粹理想一样，它只存在于精选的一个圈子当中。在这个圈子中，风尚不是来源于对异乡风俗的空洞模仿，而是天性之美使然；在这个圈子中，人们用淳朴、天真应对所有复杂，人们既不会被迫为了保存自己的自由而去践踏别人，也不会用丢失尊严的代价来展现优雅。

（陈民　伍喆　徐秋群　译）

道德形而上学的基本原则

Fundamental Principles Of The Metaphysic Of Morals

〔德〕伊曼纽尔·康德

主编序言

伊曼纽尔·康德1724年4月22日出生于德国东普鲁士的哥尼斯堡，是苏格兰裔马具商的儿子。康德的家人是虔诚派教徒。1740年，这位未来的哲学家考入其所在城市的一所大学，开始关注人们正在研究的神学。不过，康德在学习上培养了多方面的兴趣，他早期发表的论文都是集中在臆测物理学领域。在大学研究阶段结束后，康德成为一名私人家庭教师；1755年，成为一名无薪酬的大学教师；1770年，当上教授。康德当上教授之前的11年间，极少发表著述，却花费大量的精力沉思冥想，其思考的结果形成其哲学体系，这一哲学体系的第一部分在1781年出版的《纯粹理性批判》中呈现给世人。从那时起到18世纪末，他接二连三地出版著作。然而，康德在1804年去世时，他认为自己对该哲学体系的陈述不过是只言片语而已。

至于康德在哲学史上的重大意义，在此无须赘述。以下重要的文献出版于1785年，它奠定了道德体系的基础。在此基础上，康德建立起信仰上帝、信仰自由、信仰来生的完整体系。康德时常感到十分艰难、模糊不清，而且年纪越大，情况越是如此。但是，在以下所呈现的论说中，其不少要点足以让任何智者遵循——如果他们对人类生活及其行为的基本问题足够感兴趣，以便给予认真关注的话。对于这样的读者，微妙而清晰的差异、崇高且严格的行为准则（为行为制定的原则），都将表明这是智力和道德的一剂滋补品，像这样的补品是任何的现代作家几乎都无法提供的。

查尔斯·艾略特

序　言

古希腊哲学过去划分为三门学科：物理学、伦理学和逻辑学。这种划分完全符合学科的性质。我们为此可以做的唯一改进是，在其基础上补充原则，以便我们既可满足于我们自己对这种划分完整性的要求，也可准确界定其必要的细分。

全部的理性知识不是唯物的就是形式的：前者考虑到某些对象，而后者仅仅关注理解和推理本身的形式，以及通常关注思维的普遍规律。形式的哲学称为逻辑学，而唯物的哲学与其确定的对象和对象所遵循的规律相关，又细分两部分，因为这些规律不是自然规律就是自由规律。前者的学科是物理学，而后者的学科便是伦理学，它们也分别称为自然哲学和道德哲学。

逻辑学不可能有任何经验的部分，也就是说，在该部分中，思维的普遍规律和必要规律都应该依赖于来自经验的根据，否则它就不是逻辑学。换言之，理解或推理的准则对一切思维都是有效的，并且能够加以论证。与此相反，自然哲学和道德哲学各自都有其经验的部分，因为前者必须确定作为经验对象的自然规律，后者就其受自然影响来看是人类意志的规律。不过，前者是依据一切事物通常发生的规律，后者是依据一切事物应该发生的规律。[①]然而，伦理学还必须考虑到应该经常发生而没发生情况下的条件。

就以经验为依据的哲学而言，我们可能称所有的哲学为经验哲学。另一方面，对于那些单从先验的原则传达教义的哲学来说，我们可称之为纯粹哲学。当后者仅仅只是形式的，那它就是逻辑学；假设它受限于明确的理解对象，那它就是形而上学。

依据这一划分法，便出现两种形而上学的概念——自然形而上学和道德形而上学。因而，物理学会有经验的部分，也有理性的部分。伦理学也是如此，但是在此情况下，经验的部分可能有其特别的名称——实践形而上学，这一名称在道德上适合理性的部分。

所有行业、艺术和手工业都从劳动分工中获益，换句话说，当每个人不是包办一切，而是局限于因职业需要与别人截然不同的某种工作时，他才能做得更加娴熟，完成得更加圆满。要是在任何地方不同种类的工作不是如此分门别类，要是任何人都无所不能，那么制造业仍然处于极其原始的状态。可值得人们考虑的是：纯粹哲学的所有部分是否无须个人特别为此献身；纯粹哲学是否对整个科学行业不是更好——如果那些想迎合大众口味的人，习惯将理性的成分和经验的成分混为一谈，将各种各样他们本人无知的部分搅在一起，并称自己是独立的思想家，将“小哲学家”的名称冠于那些只适用于理性的人的头上。我是说，如果告诫这些人，不要继续同时从事两种他们处理起来差异很大的职业——就因为每种职业或许都需要一种特殊的才能，所以把这两种工作合二为一由一个人来承担——就只会产生很糟糕的结果。可是，在此我只想问，科学性质是否要求我们，不应该总是认认真真地把经验部分与理性部分区分开来、把自然形而上学置于固有的物理学（或经验物理学）之前、把道德形而上学置于实践的人类学之前？这两种先验科学必须注意清除一切经验的成分，以便使我们可能知道，在这两种情况下，多少东西可以通过纯粹理性来完成，而纯粹理

① “规律”一词在此用以表达两层不同的意义，关于这些意义，请参见惠特利的逻辑学附录中艺术部分“法律”一词。——编者注

性又从什么源头吸取其先验学说；也可能知道，后者的研究是否由所有的道德学家（可谓人数众多）来进行，或是否只由某些感受到道德形而上学的道德学家来进行。

由于我在此关注道德形而上学，所以我把所要提出的限于此：是否极有必要构建一门彻底清除了一切、只是经验的而属于人类学的纯粹道德哲学？从普通的义务观和道德律来看，显而易见，如此的哲学一定可能存在。每个人都必须承认，假设一条规则具有道德律，即成为一种义务的根据，这条规则必须拥有绝对的必要性。每个人都必须承认，假如“你不该说谎”的箴言不是只对人类有效，那么好像其他有理性的人都没必要遵守这条箴言，而所有其他真正所谓的道德律也都如此。因此，每个人也都必须承认，义务的根据必定无法在人的本性中或在人所处的世界环境中寻求，但是先验的东西只是存在于纯粹理性的概念中。虽然建立在纯经验原则基础上的任何其他规则可能在某些方面是普遍的，可是只要有所依据，哪怕只有一点点的经验依据，或许只是关于一个动机，那么这样的规则就可能成为一条实践的规则，而绝对不可称为道德律。

因而，不仅有原则的道德律本质上区别于每一种具有任何经验的实践知识，而且所有的道德哲学完全依赖于其纯粹的部分。道德哲学适用于人类时，并不从人类本身的知识（人类学）借用什么东西，却将先验规则给予作为理性存在的人。毋庸置疑，这些规则需要通过经验而变得敏锐的判断，以便一方面区别这些规则可适用的情况，另一方面从中为人类的意志所接受，对人的行为产生有效的影响。由于人类受到多种倾向的作用，所以虽然人类可能具有实践的纯理性观念，可在其生活中却并非轻而易举地使这一观念变得具体有效。

道德形而上学之所以必不可少，不仅是因为臆测的理性，以便研究在我们理性中所发现的先验实践原则的根源，而且还因为道德本身易于产生各种各样的败坏现象，只要我们没有采取那种策略，也没有用以正确评估它们的最高规范。因为一种行为应该在道德上是善意的，所以符合道德律还不够，它还必须是出于道德律的缘故而做出；要不然，那种符合只是极其偶然而且还极不肯定的。既然一种不道德的原则尽管不时产生符合道德律的行为，可是这种不道德的原则还是时常产生与道德律相矛盾的行为。现在，只有在纯粹的哲学中，我们才能获得其纯粹而真正的（并且在实践中极其重要的）道德律：因此，我们的研究必须始于纯粹的哲学（形而上学），要是没有纯粹的哲学，就根本不可能有什么道德哲学。将这些纯粹的原则与那些经验的原则混为一谈的学说，不值得冠以哲学之名（因为哲学与普通理性知识的区别在于，哲学在个别的学科中论述了普通理性知识只含混理解的东西）。所以，普通理性知识更不值得冠以道德哲学之名，因为这种含混甚至损害道德本身的纯粹性，并且阻碍了自身要实现的目标。

然而，别以为在此所提出的问题，已现存于著名的沃尔夫[①]之前所述的道德哲学导论（即所谓的一般实践哲学），因此就认为我们不必闯入一个全新的领域。正因为他的道德哲学曾经是一般实践哲学，所以它就不考虑任何特殊意志——比如说一种完全受没有任何经验动机的先验原则决定的意志，这种意志我们可称为纯粹的意志，不过通常是决意，具有在此普遍意义上属于意志的一切行为和条件。由此看来，沃尔夫的导论有别于道德形而上学，就像一般逻辑学有别于先验哲学一样，一般逻辑学论述一般思想的活动和准则，而先验哲学却论述纯粹思想的活动和准则，换言之，其认识完全是先验的。由于道德形而上学必须检验可能存在的纯粹意志的想法和原则，而一般不检验人类决意的活动和条件——人类决意多半出自心理学。道德律和道德义务在一般实践哲学（尽管并不合适）中得以论及，这一点千真万确。但是，这并非异议，因为在这方面那门学科的作者们也仍然忠实于他们的观点。他们并不区分两种动机：一种是比如只出于理性以及先验的、真正道德的动机；另一种是只通过比较和经验而将理解提高到一般概念的经验动机。不过，他们没有注意到他们根源的差别，也没有将它们作为同类来面对，而仅仅考虑其在某种程度上的数量。正是以这种方式，他们建构了他们的义务概念——义务虽然是道德之外的任何东

① 约翰·克里斯蒂·温·沃尔夫（1679—1728）是关于哲学、数学以及科学等方面论说的作者，这些论说长期以来在德国大学成为标准的教科书。他的哲学建立在莱布尼茨的哲学基础之上。——著者注

西，可是在一门哲学中却是能得以寻求的任何东西，这门哲学根本不用在所有可能存在的可行概念上做任何判断，不管这些概念是先天的还仅仅是后天的。

我想在将来出版一部关于道德形而上学的著作，现在先发表这些基本原理。的确，比起纯粹实践理性批判，道德形而上学真的没有什么其他基础，正如形而上学基础是纯粹臆测理性批判一样已经出版。不过，首先，前者就像后者一样并不是绝对必要的，因为在道德的关注中，甚至在最一般的理解之中，人类的理性能轻易被提升到正确完美的高度。相反，在其理论的而非纯粹的应用中，人类的理性是完全辩证的。其次，如果对纯粹实践理性批判是彻底的，那么这种批判必须同时可能显示其在一般原则上与臆测理性一致，因为它可能最终是唯一的批判和同样的理性，这种理性必须仅仅在其应用中被加以区别。可是，要是不对完全不同且正困惑读者的类别做各种考虑，在此我是无法使这种理性达到如此完美的程度的。由于这一原因，我已采用的题目是“道德形而上学基本原理”，而不是“纯粹实践理性批判”。

不过，最后，道德形而上学尽管是一个使人沮丧的题目，但它却能够以大众化的方式加以呈现，是一个适合一般人理解的题目。我发现将该题目与基本原理的初步论述区分开是有用的，以便我以后可能不必把这些必然敏感的讨论引入文字更加简单的著作中。

然而，眼前这部论述只不过是研究和建立道德的最高原则，而这只构成一种本质上完整的研究，一种除所有其他道德研究之外应该继续的研究。毫无疑问，我对这个重要问题的结论迄今为止尚未得到令人十分满意的检验，通过将相同的原理应用到整个哲学体系，该结论将更加明晰，也将由其全面展示的适当性而得以大为确定。但是，我必须突出这种优势，毕竟，这一优势实际上与其说是有用的，倒不如说是可喜的，因为一种原则的轻松实用及其明显的适用性并不证明其健全性，却会引起某种偏见，这种偏见会妨碍我们从本质上对原则进行严格的检验和评价，而不计后果。

在这本著作中，我采用我认为最适合的方法，从一般知识分析法着手，到确定其最终的原则；然后接下来，再对从检验这种原则及其根源到我们发现得以应用的一般知识进行综合。因此，本书分段如下：

第一章——从一般的道德理性知识过渡到哲学的道德理性知识。

第二章——从大众的道德哲学过渡到道德形而上学。

第三章——从道德形而上学过渡到纯粹实践理性批判的最后一环。

第一章　从一般的道德理性知识过渡到哲学的道德理性知识

在这世上，甚至在世外，或许不可想象的是，除了善意，没有什么能称得上无条件的善。智力、智慧、判断力以及心智，无论大家如何称谓它们，或称其为性格中种种特质的胆识、果断、毅力等，毋庸置疑，许多方面都是善的表现而且十分可取。但是，假如恶意利用了这些天赋，并因此构成我们所称的性格的话，那么，这些天赋也可能变得极其恶劣、十分有害。命中的天资也同样如此。权力、财富、名誉，甚至健康，以及一般的福利和称为幸福的有条件的满足，假如没有善意去纠正这些东西对人们心灵所产生的影响，假如人们也不带着善意去矫正整个行为准则，以使行为达到其善意的目的，那么，它们就会激发他们的自负情绪，并常常引发人们的猜忌心理。看见一个没有一种纯粹善意特性的人不断享受荣华富贵，就绝不会赋予一个公正理性的旁观者以快乐。因而，善意甚至似乎构成值得人们快乐的必不可少的条件。

甚至有些特质有助于这种善意本身，还可能促进其反应，可并没有内在的、无条件的价值，却总是预示着一种善意。这种善意既限制了我们对这些特质真心实意地表示尊重，又不容许我们认为它们是绝对的善。感情和激情的适度节制、自我克制和冷静思考，不仅在很多方面是善的，而且似乎还构成人的内在价值的一部分。虽然它们早已受到古人无条件的赞美，可是它们远不值得被称为无条件的善。因为要是没有善意的原则，它们可能会变得十分恶劣。恶人冷静比其不冷静，不仅使其变得更加危险，而且在我们看来还直接使其变得更加可恶。

善意之所以是善，并不是因为善意所表现或影响的东西，也不是因为它易于达到某种预期的目的，而只是因为意志的品德，也就是说，它本质上是善，其本身就深受人们尊重，相比之下，善意出于什么偏好能带来一切东西，甚而一切偏好的总和都不值得尊重。纵然会有这样的事情发生，由于运气特别不好，或无情的自然吝啬供给，这种意志应该完全缺乏达到其目的的力量。如果这种意志竭尽全力仍一无所获，却只留下善意（善意的确不是纯粹的愿望，而是唤起我们力量中一切手段的意志），那么它就像宝石一样仍然放射出自身的光芒，好比一件本身有其全部价值的东西。善意的用处或成果既不给这一价值增加什么，也不从这一价值中带走什么。可以说，善意只是那种场景，以使我们在一般商务中能触摸它，或者吸引那些仍不是鉴赏家的人关注它，而不想把它推荐给真正的鉴赏家，也不想测定它的价值。

然而，在这种纯粹意志（其中不考虑其实用性）的绝对价值观念中，某些东西非常奇特，以至于连有一般理性的人也完全赞成这种观念。但这必然引起人们猜疑——认为这种观念可能多半真的源自纯粹夸张的幻想，还认为大自然指派理性作为我们意志的总督，而我们却可能已经误解了大自然的意图。因此，从这一点看，我们有必要检验这种观念。

在一个有器官组织的存在者——一个十分适应生活目的的存在者——的身体构造中，我们假定有这样一个基本原理：除了最适合也最适应那种意图的东西之外，发现没有什么器官符合任何的意图。现在，在一个既有理性又有意志的存在者身上，如果大自然所赋予的适合物是其生命，是其福利，一句话，是其幸福，那么，在选择创造物的理性时，大自然就已经做了非常糟糕的安排，以期许达到这一目的——由于创造物不得不以此为目的所施行的一切行动，及其行为的整个规则，都确定无疑将受到本能的支配，规定它们必须达到目的。如果理性本能上与这个受到偏爱的创造物已经息息相通，那么，理性唯一要做的是，必须思索大自然所创造的幸福，去接纳它，去庆贺它，去感激善行的事业。但是，理性不该将其欲望屈从于那种软弱的、虚幻的引导，不该粗率地干预自然的意图。总而言之，自然总是当心，理性不该闯进实践运用的领地，也不该有这样的推测——以其浅见，为自己想出幸福的计划，想到完成计划的手段。自然本身不仅承担目的的选择，而且承担手段的选择，并以其远见卓识，自然定将目的和手段托付于本能。

而事实上，我们发现，有教养的理性之人越是蓄意致力于享乐生活与幸福，这个人就越是无法得到真正的满足。而这种情况在许多人身上出现，如果他们能够直率坦白有某种程度的理论厌恶症，即憎恨理性，尤其在这种情况下憎恨那些应用理性经验比较老道的人。因为在计算了他们所得到的一切好处之后，我不想从普通奢侈品的所有技术发明说起，而只从不同的科学（科学在他们看来毕竟只是理解的奢侈品）说起。他们发现，他们其实仅仅找来了更多的麻烦，而不是从中获得更多的幸福。最终，他们妒忌而非轻视某些人更为普通的标志，因为后者更接近纯粹本能的引导，也不允许其理性过多地影响其行为。而这我们必须承认，一些人非常贬低关于生活的幸福和满足理性给予我们诸多好处的崇高颂扬，或者甚至将生活的幸福和满足降到零，这些人的判断力决非对主宰这个世界的美德很郁闷或不领情。不过，我们还必须承认，在这些判断力的基础上，存在这样一种观念：我们的存在有一种不同的、更崇高的目标，理性恰恰是为了这一目标而不是为了幸福而得以设想。因此，这个目标必须被视为最高条件，相比之下，通常人们的个人目标必然与之相去甚远。

既然理性在关于意志的对象和我们所有需要（在一定程度上理性甚至能成倍增加这些需要）的满足上，没有能力确定引导意志，那么这就成为一个目标，一个内在的本能更加确定能引导的目标。然而，由于理性是作为一种实践能力，即一种将会影响意志的能力赋予我们，所以，我们必须承认，自然一般在分配其能力时已将能力对应于实现目标的手段。理性的真正目标必须是产生意志，这种意志不仅作为一种手段对其他东西是善，而且本身也是善，为此，理性是绝对必要的。这个意志虽然的确不是唯一完美的善，可必须是最高的善和所有其他东西的条件，甚至是期待幸福的条件。在这些情形下，没有什么与自然的智慧相互矛盾。事实是，理性的培养对第一个无条件的目的来说是必要的，确实在许多方面至少干涉了这种生活，达到了总是有条件的第二个目的，即获得幸福。而且，理性甚至可能将幸福化为乌有，在此自然并非不能达到其意图。因为理性将确立善意视为其最高的实践目标，在达到这个目标的过程中只是能满足自身本来的意图，换句话说，在达到一个目标起点，该目标又只由理性决定，尽管这可能包括对偏好的目标大失所望。

然后，我们必须形成这样一种意志的概念，这种意志本身值得深受尊重，是并不更多关注任何事物的善，是一个存在于完好的自然理解中的概念。这一概念与其说需要讲授，倒不如说需要加以整理；而在评估我们行为的价值中，此概念总是占据首要位置，构成所有其他东西的条件。为了阐述这一点，我们将需要责任这一概念，责任概念包含善意的概念，尽管它暗指某种主观上的限制和障碍。不过，这些限制和障碍绝不是把善意的概念隐藏起来，或者使其变得不可认知，而是通过对比使善意的概念显示出来，并使其向外放射出更耀眼的光芒。

在此，我把所有已被视为与责任不相一致的行为略去不加赘述——即使出于这样那样的意图，这些行为可能有用。至于“这些行为是否是出于责任所为”这样的问题根本不可能出现，因为它们甚至与责任发生冲突。我也把真正符合责任的那些行为置于一旁，不过对于这些行为，人们并无直接的偏好，人们之所以表现出这些行为，是因为他们受其他一种偏好的驱使。因为在这种情况下，我们能够容易区别出与责任相一致的行为是出于责任还是出于自私的观点。当行为符合责任，并且行为主体对其有一种直接的偏好时，要做出这种区别难上加难。例如，商人不该多收没有经验的买主的钱，这向来是一个责任的问题。无论那里有多少商务，精明的商人都不该多收顾客的钱，而对每个人都得维持固定的价格，以便小孩也能跟其他人一样从商人那里买到同样价格的东西。这样，顾客便得到诚实的服务。但是，这一点不足以使我们相信，该商人的所作所为既出于责任也出于诚实的原则——他自身的利益要求他这么做；在此情况下，我们不可能推想，他可能另外还有一个有利于顾客的直接偏好，结果是，可以说，出于爱心，他不该让利于其他顾客。相应地，这种行为既不出于责任，也不出于直接的偏好，而仅仅是以私利为目的。

另一方面，维持个人的生命是一种责任。另外，每个人还有一个直接偏好去这么做。但是，由于这个原因，大多数人经常为此焦急忧虑，这么做并没有什么内在价值，而且他们的人生准则也没有什么道德意义。他们之所以维持责任所要求的生命，无可置疑，并不是因为责任之要求。另外，如果灾难和无望的悲伤使他们的生活乐趣荡然无存，如果这个不幸的人意志坚强，对其命运愤愤不平而非沮丧失望或垂头丧气，他虽想死，可却维持生命而不热爱生命——并不是出于个人偏好或是恐惧，而是出于责任——那么，他的人生准则便有道德价值。

尽其所能与人为善是一种责任。此外，许多才智之士生来就极富同情心，没有任何虚荣浮华或自私自利的动机，他们在其周围播撒快乐继而从中找到乐趣，在以满足他人为己任中得到喜悦。但是，我坚持认为，在这种情况下，这种行为无论可能怎么规矩，无论可能怎么友善，仍然没有真正的道德价值，不过，假如与其处于同一层次有其他偏好（例如荣誉的偏好），幸好针对的其实就是公共事业，与责任相一致，从而享有荣誉，那么就值得称赞和鼓励，而不值得尊敬。由于这一准则缺乏道德意义，也就是说，如此的行为不是出于偏好而是出于责任。试想这样一个情况：一位慈善家的心意被自己的悲伤所笼罩，熄灭了对众多他人的所有同情心，而当还有能力恩惠于其他贫困的人时，他就不会为他们的苦恼所动，因为他专心致志于自己的悲伤。现在，假设他将自己从这种完全麻木不仁中摆脱出来，表现出并不对自己的悲伤有任何偏好的行为，而不过只是出于责任，那么，首先使其行为具有真正的道德价值。进而，如果自然在某些人的内心赋予极少的同情心——尽管他是一个正直的人——如果他由于性情冷淡、对其他人的痛苦漠不关心；或许因为考虑到自己，他被赋予耐性和坚韧的特殊天资，他认为甚至应要求其他人也应该有同样的天资——而这样的人必然不是大自然最劣质的产物——不过，如果自然尚未将他特地打造成为一名慈善家，难道他在其内心还能找到这样一个源头，由此给予自己一个比天生的好性情所能得到的更高价值吗？这是无可非议的。正是在此，性格的道德价值才得以显现，这种价值无与伦比，是一切价值中最高的价值，换句话说，他行善不是出于偏好，而是出于责任。

一个人让自己获得幸福是一种责任，至少是一种间接的责任。由于对个人的处境不满，在许多忧虑的压力之下，在种种令人不满的需求中，这种情绪可能容易变成一个违背责任的巨大诱惑。不过，还是在此，抛开责任不看，所有的人都对幸福已有最强烈和最深切的偏好，因为正是在这种幸福观中，所有的偏好才结合在一起。但是，幸福的规则往往是一种如此的规则，以至于它会极大地干扰某些偏好。然而，一个人无法形成任何明确无疑的、对所有的他人都堪称幸福的概念。那么，这种情况并不令人感到诧异，一种单一的偏好，其所许诺的内容和其中所能满足的时间都明确，往往能胜过如此摇摆不定的想法。比如，一个痛风患者可能选择享受他所喜欢的东西，忍受他可能忍受的东西。既然按照他的计算结果，至少在这种处境下，他还只是没有为一种可能弄错的、期待以为在健康中找到的幸福而牺牲眼前的享受。可是，甚至在这种情况下，如果对幸福的一般欲望没有影响到他的意志，假使在他的特例中，健康并不是在此考虑的必然要素，那么，在其他所有情况下，在这方面仍然存在这样一个规律，即他应该是出于责任而不是出于偏好而增进幸福。这样，他的行为必先获得真正的道德价值。

不容置疑，我们正是以这种方式才领会了《圣经》中的那些篇章，也正是《圣经》要我们爱我们的邻居，甚至爱我们的敌人。因为作为感情的爱是不能被强求的，而出于责任的善行却可能被强求——即使我们的善行受任何偏好所逼迫，甚而受自然的、不可征服的厌恶情绪所排斥。这是一种实践的爱，而不是病理的爱；是一种存在于意志中的爱，而不是存在于种种感觉倾向中的爱。它存在于行为的原则中，而不存在于温和同情的原则中。也只有这种爱，才能被强求。

第二个[①]命题是：一种出于责任的行为源于其道德价值，不是出于其想达到的目的，而是出于其所受决定的准则，因而，不依赖于行为目标的实现，而只依赖于行为发生所遵循的决意原则，不考虑任何的欲望目标。从先前的探讨能够清晰地看出，在我们的行为中，我们可能考虑到的种种目的，或被视为意志的目标和源泉的种种后果，都无法给予行为以任何无条件的或道德的价值。如果这种价值不存在于与其预期的后果相关的意志之中，那么，它又能存在于何处？它不可能存在于任何别处，而只能存在于意志的原则之中，却不考虑行为所能达到的目标。由于意志处在其形式的先验原则和其物质的后天生长之间，就像处在十字路口，既然意志必须受到某种东西所决定，其结果是，当行为出于责任时，意志必须为形式的决意原则所决定。在这种情况下，每一条关于物质的原则都已退出意志。

第三个命题是先前两个命题的推断。因而，我想表达的是：责任是出于尊重规律的行为必要。我可能对作为我提议的行为结果的对象有所偏好，可我不能尊重这一对象——恰恰是由于它是意志的结果，而不是意志的能量。同样，我也不能尊重偏好——不管是我自己的偏好，还是别人的偏好。如果是我自己的偏好，我顶多会赞同它；如果是别人的偏好，我有时甚至会热爱它，即将其视为有利于我的个人利益。只有作为原则而决非作为结果、与我的意志相通的东西——不是促进我的偏好，而是限制我的偏好，或至少万一做选择时不考虑偏好的东西——换句话说，只有东西本身的规律才是我尊重的对象，也因此才是可强求的对象。现在，一种出于责任的行为必须完全排除偏好的影响，同时也排除每个意志的对象。而结果是，除了客观上存在的规律、主观上对实践规律的纯粹尊重，以及结果上的准则[②]——我应该遵循此规律，即使这一规律阻碍我的所有偏好——之外，也就没有留下什么能够决定意志的东西了。

因而，行为的道德价值并不在于行为所预期的结果，也不在于任何需

① 第一个命题是：一种行为要想具有道德价值，就必须出于责任。——编者注

② 准则是决意的主观原则。其客观原则（即那种对所有理性人来说总是作为一种实践原则的原则——如果理性能全力控制欲望的话）是实践规律。——著者注

要从这一预期结果找出其动机的行为原则。因为所有的这些结果——对个人条件的适合度，甚至对他人幸福的增进度——都可能也已经由其他原因引起，以至于这样肯定无须理性人的意志，而唯独在这样的意志中才能找到至高无上的、毫无条件的善。所以，我们称之为道德的那种卓越的善决定着意志，这种善除了具有规律本身的概念之外，可能就不包含其他任何东西了。当然，至于这种概念，它只可能存在于理性人身上，而不可能存在于预期的结果中。这便是已经出现在有相应行为的人身上，而我们没有必要等待这种善首先出现在结果[①]中。

然而，哪种规律的概念必然决定意志，甚至从不考虑出于意志的预期结果，以使得这种意志可以绝对无条件地称得上是善呢？由于我已从意志服从的任何规律中抑制了可能发生在意志身上的每次冲动，所以，除了意志的行为与一般规律普遍一致之外，不留下什么只是把意志当作一种原则的东西——除非我的准则会成为一条普遍规律，以便我可以行动，否则我从来不想付诸行动。现在，在此如果责任不想成为一个空虚的幻觉和荒诞的概念，那么，正是它与一般规律有着单纯的一致，而不假定任何合适于

① 在此可能有人反驳我说，我在一种感觉模糊不清的“尊重”一词的背后寻求庇护，而不想用理性观念明确地解答这个问题。然而，尽管尊重是一种感觉，可是它并不是一种通过影响被接受的感觉，而是通过理性概念自我生成。因此，它特别不同于前一类的所有感觉——前一类感觉可能不是指偏好，就是指恐惧。但凡我直接认为对我而言是规律的东西，我便以尊重的态度去认识它。这仅仅意味着我的意志服从于规律这样的意识，而不干涉对我感官的其他影响。按照规律的即时决定及其即时意识，这种意志称为尊重。结果是，这便被认为是规律对主观影响的结果，而不是规律对主观影响的原因。尊重恰恰是阻碍自爱的价值观念。相应地，尊重既不被认为是偏好的对象，也不被认为是恐惧的对象，尽管尊重既类似偏好，又类似恐惧。尊重的对象只是规律，而此规律又是我们强加在自己身上的、还把它看作本质上必要的规律。既然尊重的对象是规律，所以我们就服从规律而无须求教自爱；既然此规律是我们强加在自己身上的，所以它是我们意志的结果。在前一方面，尊重类似于恐惧；而在后一方面，尊重却类似于偏好。一个人尊重理性恰恰只是尊重（正直等的）规律，他为我们提供了一个尊重正直规律的范例。既然我们也把提高我们的能力看作一种责任，可以说，我们认为，我们应该在一个有才智的人身上看出规律（即在这种规律中通过锻炼成为像他一样有能力的人）的范例。而这构成了我们的尊重。所有所谓的道德利益只在于对规律的尊重。——著者注

某些行为的特别规律，才将意志作为其原则，并且作为这样一种意志的原则。人们的一般理性在其实践判断中与此完全相符，总是考虑这里所暗示的原则。例如，假设有这样一个问题：我在危难之时可以许下诺言却有意不守诺言吗？在该问题可能包含的两层意思之间，我很容易辨别出假许诺是谨慎的还是正确的。无可置疑，前者可能往往是这样一种情况。我的确清楚地看出，这不足以使自己以此为托词从目前的困境中解脱出来；可我必须充分考虑，是否此后不可能从这一谎言中冒出的困难，比我现在自由自在时所遇上的困难更大。即使我绞尽脑汁，对后果也是无法轻易预见，而曾经失去的信誉可能给我带来极大的创伤，这种创伤比我现在试图想避免的任何伤害都大得多。还应该考虑到，根据普遍准则，这一诺言对此行为是否不够谨慎，养成习惯不许任何无意遵守的诺言是否也不够谨慎。不过，我很快就看清楚了，这样的准则还只是基于对后果的担忧。现在，出于责任的诚实与出于对不良后果忧虑的诚实是迥然不同的两码事。在第一种情况下，行为的真正概念已经向我暗示了规律。在第二种情况下，我必须首先在别处搜寻，以看出什么结果可能与影响我自己的东西相联系。因为偏离责任原则毫无疑问是恶，而不忠于我的谨慎准则可能常常对我十分有利——尽管遵守这一准则肯定更安全。然而，要找到骗人的诺言是否与责任一致这个问题的答案，最便捷、最准确的方法就是问我自己：我的准则（以假许诺使自己摆脱困境）作为普遍规律，不仅对人而且对己都是有利的，这样我该满足了吗？我该对自己说："每个人在身陷困境却无法脱身时都可能做出骗人的允诺吗？"那么，我现在渐渐意识到，我可能愿意撒谎，而我绝不可能愿意认为撒谎应该成为一条普遍规律。因为有了这样的规律，根本不会再有什么诺言可言。因为那些人根本不信有待证明的言语，所以在我未来的行动中向他们声称我的意图也是徒劳；或者如果他们草率地相信，他们会以其人之道还治其人之身。所以，我的准则一成为普遍规律，它就必然自灭。

因此，我无须任何深谋远虑便辨明，我得做什么才能使我的意志可能成为道德上的善。由于在世事进程中缺乏经验，对所有世间意外都不能有所准备，所以我只好问自己：你也希望你的准则成为普遍规律吗？如不希望的话，那么，这一准则必然舍弃。之所以舍弃，不是因为该准则对自己甚至对他人都越来越不利，而是因为它无法作为一条原则进入可能的普遍立法程序，而理性又强求我对这样的立法即刻予以尊重。迄今为止，我确实还辨不出这种尊重有什么根据（这个问题哲学家们可以加以调查），但是，起码我领会这一点：它是对这一价值的评估，这种价值远超偏好所推荐的东西所拥有的一切价值；而且出于纯粹尊重实践规律的行为必要性，便是构成责任的东西，其他所有动机必然为此责任取而代之，因为责任本质上是善意存在的条件，而如此意志的价值高于一切。

因而，要是没有放弃一般人类理性的道德知识，我们肯定已经达成其原则。无可置疑，虽然一般人不以如此抽象的普遍方式设想这一原则，但他们总是真正在其眼前看到它，并将它作为他们决策的标准。这里极易显示，手头掌握这一指南针，在所发生的每一件事情中，人们能充分地辨识什么是善、什么是恶，什么与责任一致、什么与责任不一致。如果我们几乎不教他们什么新东西，我们唯一要做的就是要像苏格拉底那样，指导他们关注他们自己所使用的原则。因此，我们既无须科学也无须哲学便能懂得，我们应该何做何为才能变得诚实善良，是的，甚至变得聪明而有道德。的确，我们事先就可能已推测每个人必定所做的知识，因此也就明白，这种知识肯定是每个人力所能及，甚至最普通的人[①]也如此。在此，当我们明白实践判断力比人们一般理解中的理论判断力具有多么大的优势时，我们会禁不住对此表示钦佩。在理论判断力中，如果一般理性冒险离开经验规律和感性概念的范畴，那么，它就会陷入纯粹的不可思议和自相矛盾之中，至少陷入不确定、不清晰和不稳定的混乱之中。但是，在实践层面上，正是当一般理解将所有感知力都排除在实践规律之外时，其判断力才开始显示自身的优势。然后，实践判断力甚至变得微妙起来，不论它欺骗自己的良心还是欺骗被称为公正的其他要求，或者不论它是否期望自己的指令来诚实地决定行为的价值。而在一般理性的实践中，它甚至可能

① 请比较此注释与《实践理性批判》第III页上的前言。康德提议应用苏格拉底方法的样本，可在森普尔先生的《道德形而上学》译本第290页上找到。——编者注

跟可以对自己许诺任何东西的任何哲学家一样，有一个实现目标的美好愿望。而且，它几乎更为肯定会实现目标，因为哲学家无法拥有什么其他原则，而他极易以大量无关紧要的思考迷惑其判断力，于是，其判断力便会背离正道。因此，在关注道德的过程中，默认一般理性的判断力，或者至多只请来哲学以使道德体系更加完整、更易理解，并在应用上（尤其在论证上）使其规则更方便使用，而不使一般理解失去其令人愉悦的质朴感，也不凭借哲学将其引上一条质询和指令的新路，这难道不是更为明智吗?

天真无邪的确是一件光荣的事，这只是一方面；另一方面，极其可悲的是，天真无邪却无法独善其身，极易受到引诱。由于这个原因，甚至智慧——智慧在其他方面更在于行为而不在于认识——还需要科学，不是为了从中学习，而是为了保持智慧的规则得以被承认和持久。理性所代表的责任对于人们来说值得尊重，面对这样的责任所发出的一切指令，人们感到自身内心在其需求和偏好中有一种强大的平衡力，他们所总结出的全部乐事都被冠以幸福之名。现在，理性毫不让步地发布其指令，却不对偏好做出什么许诺，而且，可以说，不顾并蔑视这些要求——这些要求是如此冲动，同时又是如此似是而非，并不允许自身受任何命令的遏止。所以，便出现了一种自然的辩证法，即一种性情，争论责任的这些精确规律，考问它们的有效性或至少是它们的纯粹性和精确性；如果可能的话，使它们更符合我们的愿望和偏好。也就是说，在其最源头腐化它们，彻底毁掉它们的价值——这是一件连一般实践理性也无法最终称为善的东西。

因而，人的一般理性被迫走出其范畴，然后迈进实践哲学的领域，不是为了满足任何思辨的需要（只要是满足于纯粹健康的理性，这种需要从不被想起），而是出于实践的缘故，为了在实践哲学中获得关于其原则来源的信息和明确的指令，以及与其基于需要和偏好的准则相反的正确决定，以便它可能逃脱对立面要求的困扰，避免冒险陷入说话模棱两可的境地而失去所有真正道德原则。这样，当实践理性自我培养时，就会不知不觉地随之出现一个辩证法，这个辩证法迫使实践理性在哲学中寻求帮助，正如其在理论应用中发生在自己身上的事一样。因此，不仅在这种情况下，而且也在那种情况下，辩证法只有在我们理性的彻底批判中才会找到其落脚之处。

第二章　从大众的道德哲学过渡到道德形而上学

如果我们迄今为止已从实践理性的一般用法引用责任的概念，那么绝对不能推断，我们把这一概念当作经验的概念。相反，如果专注于人类活动的经验，我们就会遇见频繁发生的，也正像我们自己所承认、正抱怨的那样，人们不可能从纯粹的责任概念找到表现性格的个别例子。尽管做很多事都跟规定相符，然而，是否严格按照责任完成，这是值得怀疑的，因为还有一个道德取向。因此，一直有哲学家全然否定，这种性格取向事实上存在于所有的人类活动中；他们还否定，把所有的事情都或多或少地归结于所谓的自爱。他们不对这个问题的合理性提出质疑。相反，他们以最真诚的惋惜之情说出人性的脆弱和败坏。尽管高尚的人性足以把如此值得尊重的想法当作自己的规则，可还是太软弱而导致无力遵循规则，也无力应用理性，而这种理性本该只为了偏好利益服务的目的，或单独地或在彼此间最可能的和谐中充分地给人性订立规矩。

事实上，绝不可能以经验完全肯定地辨认出这样的个案：一个行为的准则，无论其本身如何正确，也都只依据道德的根据和责任的观念。有时会发生这样的情况，以最严厉的自我检查方式，除了责任的道德原则之外，我们找不到什么可能已经强大到足以让我们做出这样或那样的行为，并使我们做出如此巨大的牺牲。然而，我们不能从中肯定地推断，并非真的是自爱的某种内在冲动，在责任的错误表象下，才是意志的真正决定因素。那么，我们喜欢通过因更高尚的动机受虚假表扬而奉承我们自己。然而，事实上，即使是最严格的自我检查，我们也绝不可能完全躲在行动的神秘诱因之后。因为，当问题是关于道德价值的时候，重要的不是我们看到的那些与我们有关的行动，而是那些我们看不到的行为背后的规则。

而且，比起通过向他们承认责任观念必须只从经验中获取（比如从懒惰中得到，人们愿意认为其他所有概念也是同样的情况），我们不能更好地服务于那样的一些人。他们嘲笑道，所有的道德都只是人类想自身超越一种虚无缥缈的纯粹混合体。因为，这将为他们准备一场确定无疑的胜利。出于人性的爱，我甚至愿意承认我们大多数的行为都是正确的，可如果我们细细思考这些行为，便到处偶遇总占据主导地位的亲爱的自我。他们所考虑的是这些，而不是常常要求自我否定的严格的责任要求。要是不成为道德的敌人，一个冷静的观察者不会把愿望误解成为善——不管这一愿望在现实生活中怎么逼真——有时会对世界上处处都能发现真正的美德表示怀疑。随着人的岁数增加，人的判断部分由于经验变得更明智，部分在观察中变得更敏锐，这种怀疑尤其明显。即使如此，没有什么可以保证我们不摆脱责任的想法，或者保证在灵魂深处不对规律绝对尊敬。但是，可以深信不疑的是，即使应该不会存在什么真正出自如此纯粹根源的行为，无论发生这种行为还是那种行为，也都根本不是问题。而本身不受所有经验约束的理性却规定应该发生的事。相应地，那些也许在世界上从未有过一例的行为，甚至其可行性可能受到视经验为一切基础的人深疑的行为，都仍然受到理性的强硬支配。即使我们可能从来没有一个真心的朋友，然而每个人都不可以缺少这点纯粹的真诚。因为，这种作为普遍责任的责任，先于一切经验，存在于由先验原则决定意志的理性观念中。

当我们做进一步补充时，除非否认这种道德对任何可能的事物有任何的真实性或指称意义，我们必须承认，不仅对人，而且对所有具有理性思维的生物，不仅在偶然或意外的条件下，而且在绝对必要的条件下，其规律都必须是有效的。那么，很显然，没有经验可使我们甚至能推断如此明白的规律的可能性。因为我们有什么权利能使每个或许只在偶然的人为条件下的理性，像每一普遍的规则一样受到无限的尊重呢？或如果决定我们意志的规律只是经验的，而不是完全先天来自纯粹却实践的理性，那么，决定我们意志的规律又怎么能被视为普遍决定理性者的意志规律，而当我们是理性者时，也被视为决定我们自己意志的规律呢？

对于道德来说，没有什么会比我们希望从例子中得到事实更致命的了。对于任何一个在我之前发生的例子，首先自身必须都由道德原则检验，不管它是否值得作为原始的例子，即作为一种模式，可它绝不可能颇有权威地提供道德概念。即使是福音书中的圣人，在我们能够承认他是圣人之前，他也必须首先与道德完善的理想进行比较。于是，他对自己说：“为什么称（你们看到的）我为善呢？没有谁是善（善的模范），除了（你们看不到的）唯一的上帝之外。”但是，我们从何处得到作为至上之善的上帝的概念呢？这一概念只是来自道德完善的理念，该理念是理性先天制定的，与自由意志的概念不可分割地结合在一起。模仿在道德中毫无地位可言，而范例却只能起鼓励的作用，也就是，它们将规律所支配之物的可行性置于毋庸置疑的地位；它们使得实践规则更加一般表达的那种东西清晰可见。不过，它们从来不能授权我们把存在于理性中的真正原物置于一旁，用范例来引导我们自己。

那么，如果没有这种至高的道德规则，而只有局限于纯粹的理性，基于所有的经验，那么我想，没有必要提出这样的问题：如果我们的知识不同于粗俗的知识，并且能称为哲理的话，那么，对那些连同属于其原则都是先天建立的概念，以笼统（抽象）的方式表现这些理念是否可行？的确，在我们的时代，这或许可能是必要的，因为如果我们收集选票，无论是与一切经验主义分离开的纯粹理性知识，即道德形而上学，还是大众的实用哲学更受欢迎，我们都会很容易地得知哪一方将获胜。

如果纯粹理性原则已优先上升到位，且得以圆满完成，那么，下降到大众化的概念这一做法当然值得赞美。这就意味着，我们首先在形而上学那儿发现道德标准，当稳固地建立起道德标准后，通过赋予其大众化的特性，我们为之获得一次倾听的机会。但是，在原则健全所依赖的第一次调查研究中试图变得大众化，这很荒谬。这不仅无法说明真正哲学大众化的罕见优点——因为如果有人放弃洞察的权利，那就不存在让人理解的艺术——而且还会产生一种七拼八凑的观察结果和半理性原则的大杂烩，令人作呕。浅薄者对此很享受，因为它可以用于每天的谈话中，但是，智慧者对此只会觉得迷惑、感到不满，而且对他们自己没有任何帮助，他们会转移视线，而看穿这一谬见的哲学家在叫人们暂时离开这个伪装的大众化时，几乎不为人们所倾听，以便在他们获得有限的洞察力之后，哲人们可能就会受人欢迎。

我们只需看一看道德家们以那种最喜爱的方式所做出的尝试，就会发现，人性的特殊机制（然而，通常包括理性的观念）是一个有时是完美、有时是幸福，在这儿是道德的感觉、在那儿是对上帝的敬畏，一点这东西、一点那东西的奇妙混合体，而他们不过问道德准则是否完全在人类理性的知识中找到（这只能从我们的经历中找到）。而且，如果不是如此，如果这些原则完全是先天的，不受任何经验的影响，只在纯粹的理性概念中一起找到，而一点儿也不能在其他地方找到，那么，他们宁愿采取方法使其变成一次单独的调查研究，作为纯粹的实践哲学或（如果人们可以使用一个如此诋毁的名称）作为形而上学的道德[①]来研究，以使其自身得以完整，且要求那些希望大众化对待的公众，等待这项研究成果的发表。

这样一种完全独立的道德形而上学，不掺杂任何人类学、神学、物理学或超物理学，更不用说与神秘的特质（我们可以称之为脑下垂体）混合，它不仅是有关责任的所有健全的理论知识不可或缺的基础，而且也是其规则真正付诸实施的最重要的急需品，因为责任的纯粹概念，不混杂经验诱惑的任何无关添加物。总而言之，道德律的概念只是以理性的方式（第一次因此开始注意到它本身可以是实践的）锻炼人的内心，相比可能源于经验领域的其他所有诱因[②]对人的内心影响要强大得多，以至于在其价值的意识中鄙视经验诱因，并且可以逐渐地成为它们的主人。而混合的伦理学一部分属于来自感觉和偏好的动机，一部分属于理性的概念，该伦

① 就像纯粹数学区别于应用数学、纯粹逻辑学区别于应用逻辑学一样，如果我们愿意的话，我们也可以将纯粹道德哲学（形而上学）和应用道德（即应用于人性）加以区别。通过这个名称，我们同时立刻想起，道德原则并不是建立在人性特性基础上，而必然是自身先天存在；而对于每种理性和相应的人性，实践规则必然能从这种原则中推断出来。——著者注

② 我有一封已故的杰出者苏尔寿寄给我的信，信中他问我：尽管道德教育包含很多让理性者信服的东西，可为什么这种教育基本达不到目的呢？我推迟答复，以便可能使回答得完整。我的回答只是，教师自己尚未把概念搞清楚，可当他们四处收集道德善的动机，以努力弥补缺陷，使其医术更加高明时，却有损于医术。因为从最一般的理解也能看出，如果我们想象，一方面，具有坚定思想的诚实行为，除了对今生或来世的任何好处一一关注甚而必需品或诱惑物的大大引诱之外；另一方面，类似的行为受到一个外来动机的影响，无论影响低到什么程度，前者远远丢弃并蒙蔽后者。这种行为能使灵魂升华，激发自己以同样的方式行动的愿望。甚至普通的年轻小孩也会有这种印象，而人们绝不应该以其他任何方式向他们阐述责任。——著者注

理学也必须让人的内心摇曳于各种动机之间，这些动机不会为任何原则所就范，只是偶然会导向善行，却又会经常导致恶行。

从刚才所述能够清楚地看出，所有道德概念在理性中都完全先天拥有其位置和根源。并且，这种情况在最普通的理性中如此，在最高思辨的理性中也同样如此。道德概念不可能从任何实践中抽象出来，因而只是从偶然知识中抽象出来。正是这种根源的纯粹性才使得它们配得上充当我们至高的实践原则。正是因为我们在某种程度上添加了任何经验的东西，我们才会降低它们的真实影响以及行动的绝对价值。不仅从纯粹思辨的观点来看它是极大的需要，而且为了从纯粹的理性获取这些概念和法律，展现出它们的纯粹无瑕，甚至确定这种实践的或纯粹的理性知识的方向，即确定纯粹实践理性的全部能力，也具有实践上的极大重要性。在这样做时，我们不必使其原则从属于人类理性的特别性质，尽管在思辨哲学中可能允许这么做，或者甚至有时可能是必要的。但是，既然道德规律对每个理性者都应该仍然有效，我们应该从理性存在者的一般概念中得到道德规律。这样说来，虽然人类道德的应用需要人类学，可首先我们应该独立对待人类道德，就像独立对待纯粹哲学一样，也就是像形而上学本身是完整的一样（在学科如此不同的分支中极易做到的一件事）。因为我们深知，除非我们拥有这样一门形而上学，否则不仅在以思辨批判为目的的正确行为中，确定责任的道德要素是徒劳的，而且也不可能将道德建立在其真正原则基础上——即使是出于普通的实践目的，特别是出于道德教育的目的，以便产生纯粹的道德性情，给人们的思想灌输这些道德性情，乃至促进世界上最大可能的善。

然而，在这一研究中，我们不仅可能迈着自然的步伐从一般的道德判断（既然是这样，也非常值得尊敬）推进到哲学的判断，就像已经做过的一样；而且我们也可能从大众的哲学（它并不比通过借助范例的摸索走得更远）推进到形而上学（其不允许自身受任何经验的检验，因为它必须衡量这种理性知识的整个范围，走得像理想概念一样远。在那儿，连范例也在我们身上失灵），从一般规则的确定到责任概念从其内在的产生，我们都必须遵循理性的实践能力，并对其进行清晰描述。

大自然中的每样东西都按规律运转。理性者只是具有根据规律概念行动的能力，那就是根据原则，即具有意志。因为推断出于原则的行为需要靠理性，所以意志不是别的东西，而是实践的理性。如果理性一贯正确决定意志，那么，这样一个理性者的行为，就像其在客观上被看作必然的一样，在主观上也是必然的。也就是说，意志是这样的一种能力，它只选择那种理性不依赖偏好并认为在实践上是必要的东西，即跟善一样的东西。但是，如果理性本身无法充分地决定意志，如果后者也受限于并不经常与客观条件相符的主观条件（特别的冲动），总而言之，如果意志本身无法完全地与理性保持一致（理性事实上是与人们相关的事），那么，那些被认为是客观上必然的行为就是主观上的偶然。而且根据客观规律，决定这样一种意志是一种义务，也就是说，客观规律与一个并非完全是善的意识的关系，被认为是一个理性者的意志由某些理性原则决定，可出于本性的意识没必要遵循这些原则。

一个客观原则的概念，就其对意识的强制性而言，叫作命令（理性的命令），这种命令的公式称为律令。

所有的律令都用“应该”或“必须”一词表达，由此表明理性的客观规律与意志的关系，这种关系从意志的主观构成看不必由意志（一种义务）决定。这些律令说，去做某事或忍耐某事都会是善，不过律令这番话是对意志说的，意志不因被认为做事为善就总会去做。那是实践的善，然而，实践的善以理性概念的方式决定意志，因而不是出于主观原因，而是出于客观原因。那是根据对每一种理性者都同样有效的原则。它有别于愉快，就像只以出于主观原因的感觉方式影响意志的那种东西一样，仅是对这样或那样的感觉有效，却不是对每个人都有效的理性原则。[①]

① 欲望在感觉上的依赖，被称为偏好，因此这常常表示一种希望。一个偶发确定的意志对理性原则的依赖则被称为利益。因此，这只存在于从属的意愿中，且意愿本身并不总是符合理性；在神的意愿里我们无法想象任何利益。但人的意志可以不因为利益，而对一件事情感兴趣。前者意味着在行动上的实际利益，后者意味着行动对象的病理。前者表明只依赖自己的意愿或理性的原则；由于倾斜的缘故依赖于的理性原则，究其原因，只有如何满足倾斜的要求的实用规则。在第一种情况下，行动吸引了我；第二种情况则是（转下页）

因此，一个十分善良的意志同样服从于客观规律（即善的法律），但不能被视为有义务而依法行动。由于因为其本身的主观结构，所以它只能由善的概念决定。因此，没有什么律令适用于神的意志，或者一般说神圣的意志。用“应该”一词在此不合适，因为意志本身已经同规律协调一致。因此，律令只是公式，用以表达一切决意的客观规律与这样或那样理性者意志（如人的意志）的主观缺陷的关系。

现在，所有的律令不是假设性的就是绝对性的。前者将可能行为的实践必然性表示为获得决心要的（或至少一个人可能决心要的）另外某些东西的手段。绝对律令则将行为表示为其自身就是客观必然的，而不涉及另一个目的，就像客观上是必要的一样。

既然每个实践的规律都代表一种行为表示为善，从而对一个在实践中可由理性决定的主体而言是必然的，所以一切律令都是决定行为的公式，这种行为在某些方面根据意志的原则是必要的。如果现在这种行为只作为另外一些东西的手段才是善，那么，这一律令就是假设的；如果这种行为被认为本身是善，从而本身是符合理性的意志必然原则，那么，这一律令就是绝对的。

因而，律令宣称什么行为可能对“我”是善的，而且还将实践规则呈现在这样一种意志的关系中。这种意志不会只因行为是善的就会立刻完成行动，或者因为主体不总是知道这种行为是善的，或者因为主体即使知道这种行为是善的，而其准则却可能违反了实践理性的客观原则。

相应地，假设律令只说，行为对某种可能的或真实的目的来说是善的。在第一种情况下，这种行为是有问题的，而在第二种情况下，这种行为有确定的实践原则。绝对律令宣称，要是不考虑任何意图，即没有其他任何目的，一种行为就其本身而言在客观上是必然的，那么，绝对律令作为必然的（实践的）原则是有效的。

（接上页）动作的对象（因为它对于我来说是愉快的）。在第一部分中我们已经看到，在有义务的行动中，我们不能看对象的利益，但只要看行动本身和其合理的原则（即法律）。——著者注

无论什么都只靠某一理性存在者的力量成为可能的东西，也可能被认为是某种意志的可能意图。因此，行为诸原则要是认为达到某种可能目标的手段是必然的，其实就是无限多。所有的科学都有实践的部分，包括表示某种目标对我们是可能的种种问题，以及指导我们如何可能达到目标的律令。因此，这些可能通常称为技能的律令。在此，目标是否理性、是否有益就不存在问题，却只存在人们必须做什么以便达到目的的问题了。一名医生为让病人彻底健康而遵循的规范，以及一个投毒者为确保把人毒死而遵循的规范，二者从某种意义上说都具有同样的价值，因为每种规范都圆满地实现了其意图。由于在幼年时期，我们无法知道一生中很可能有什么目标，所以，父母试图让孩子们学许许多多的东西，并提供对付各种任意目标时所使用手段的技能，在这些任意目标中，对任何一个目标而言，父母都无法确定哪个目标在今后或许不会成为孩子的目标，而它却偏偏有可能却是他会瞄准的目标。这一担忧如此强烈，以至于他们一般都会忽视形成孩子们对可能选择作为目标的东西的价值判断，并纠正其对价值的判断。

然而，有一种目标可能被认为将成为所有理性存在者（就律令在他们身上的应用而言，即作为从属的存在者）的实际前提。因此，有一个意图不仅他们拥有，而且我们可以很肯定地假设，实际上出于本性的需要他们都拥有了，而这就是幸福。将行为的实践需要表述为提升幸福的手段的假言律令就是确定律令。我们提出这一点，不是为了说一种不确定或仅仅可能的意图是必然的，而是为了一个我们假定在每人身上都是确定的、先验的意图，因为这个意图属于人的存在。选择实现自己最大幸福的手段的技能，被狭义地称为“审慎”[①]。因而，选择一个人达到幸福手段的律令，即审慎的规则，仍然总是假设的；这一行为并不绝对接受命令，而只是作为实现另一意图的手段。

① “审慎”这个词可以理解为两层含义：一种是具有；另一种则是前者是一个人为了实现自己的目标而影响他人的能力。后者是指为了实现自身的可持续利益而统一所有这些目标的睿智。后者可能比前者的价值要小，当一个人属于第一种审慎而不是第二种，我们最好说他是聪明而巧妙——但是，总体上还是审慎的。——著者注

最后，还有一种律令，它直接命令某一行为，并不依靠此行为达到其他的任何意图作为其条件。这个律令就是绝对律令。它既不考虑行为所涉及的内容，也不考虑行为想要的结果，而考虑行为的方式及其本身就是一种结果的原则。行为在本质上是善的东西在于精神倾向，而不在于行为的结果可能会怎样。这种律令可称为道德律令。

这三种原则在意志的义务差异方面也存在着显著的区别。如果我们说它们要么是技巧的规则，要么是审慎的忠告，要么是道德的约束（法规），那么，为了更清楚地表明这一差异，我想可以按照它们的命令对它们进行更合适的命名。因为只有规律才包含无条件客观需要的概念，因而也是普遍有效的概念。而命令则是必须遵守的规律，即使与意愿相违背也必须遵守。忠告的确包含必然性，但是它们只有在个人自觉的情况下才有效，换句话说，它们依赖于人们是否把它看作幸福的一部分；相反，绝对律令不受任何情况所限制。由于是一种绝对律令，尽管在实践上是必然的，但可能相当合适于被叫作命令。我们或许也会把第一种律令称为技术的（属于技艺范畴）律令，把第二种律令称为实用的[①]（属于福利范畴）律令，把第三种律令称为道德的（大体属于自由行为范畴，即道德范畴）律令。

现在出现这样一个问题：如何让所有这些律令成为可能？这个问题并非想知道我们会如何完成律令要求的行为，而仅仅是想知道我们如何构思律令所表达的意愿，要表达出律令技巧如何能成为不需要特殊的解释。任何人想要达到一个目的，就会在其力量范围内另外想要（只要他的行为是由理性所支配的）不可缺少的必要手段。从意志的角度来讲，这个命题是解析性的，因为在想要一个作为“我”的结果的对象时，“我”就已经想把“我”自己的因果律当作一个行为原因，也就是说，作为使用手段的

① 对我来说，“实用的”一词合适的意义似乎这样定义才最为准确。因为“制裁”（见《实践理性批判》第271页）称作实用的，这看起来很合适，这不是从作为法令的城邦法律中得来的，而是从为了整体福利的“预防”中得来的。当历史教人们审慎时，它就是被实用地组成的。也就是说，它指导世界如何更好地为其兴趣提供审慎的态度，或者至少是提供给前人。——著者注

原因；而律令从对这个目标的意愿概念中，引申出对达到该目的必要行为的概念。毫无疑问，综合命题必须在界定所提出的目标中加以使用，可它们并不涉及原则，即意志的行为，而涉及对象及其实现。例如：为了毫无差错地将一条直线一分为二，我必须从直线两端画两条相交的弧线。毫无疑问，这只有在数学的综合命题里才会学到。但是，如果我知道，只有通过这种途径才能实现我们预想的操作，那么，可以说“如果我完全想要做出这个动作，我也要做出完成这个动作所需要的其他动作”是一个分析命题。因为设想某物是我以某种方式能够产生的结果，以及设想我自己以此方式行动，这两种设想完全是一码事。

如果只是同样轻而易举地给出幸福的明确概念，那么，审慎的律令肯定与技能的律令完全一致，同样也是分析律令。因为在这种情况下与在那种情况下一样，我们可以说，无论谁决心要达到一个目的，在其力量所及范围内也要有（根据理性的规定必然地）必不可少的手段。可不幸的是，幸福的概念是如此模糊不定的，以至于虽然每个人都渴望获得幸福，可他却从不能明确一致地说出自己真正渴望的和决心想要的是什么。出现这种情况的原因是，属于幸福这个概念的所有要素都是经验的，也就是说，幸福的要素都借鉴于经验，然而在目前和所有未来的情况下，幸福的观念需要一个绝对的整体，以及最大的福利。现在，最精明者同时也是最强者（假定有限的），也不能在此对他真正决心要的东西为自己形成一个明确的概念。如果他决心要财富，那么他由此可能扛起多少忧虑、嫉妒和诱惑呢？如果他决心想要知识与好眼力，那么或许可能证明只要有锐利的眼光，就能看到隐藏在他内心的邪恶。那是无法避免的，或在他的欲望上强加更多的需求，这些欲望早已让他十分担心。如果他向自己保证他的长命不会是长久的痛苦，他还想长命吗？他至少还想要有健康吗？如果他完全健康时易于过度放纵，那么身体不适时他多久才能想到要限制一次这种放纵呢？简而言之，不论依据什么原则，他都无法坚定地确信是什么能让自己真正幸福。因为如果要做到这一点，他必须做到无所不知。因此，我们不能依靠明确的原则确保幸福快乐。只有依赖经验的忠告，如制度、节俭、礼仪、储备等，一般情况下，这些东西确实才能提升幸福，促进幸福。因此，紧接着就出现了律令，准确来说，这些律令完全不存在命令，无法如实际需求般客观表现行动，反而更乐意被视为忠告，而不被视为理性的忠告。如何才能确定且普遍促进、推动理性者的幸福快乐？这个问题完全无解。因此，没有必要去考虑那万一的可能，仔细地说，要去做那些令人快乐的事。幸福不是理性的完美状态，而是想象的完美状态。如果只是依靠经验，我们不能指望能有明确的行动，也不能指望这样的幸福能全部收获一连串的结果。实际上，这样的结果是无穷尽的。然而，如果我们假设获得成功的方法肯定是可以分配的，那么这种审慎的律令就会是分析的命题。之所以如此，是因为审慎的律令区别于技能的律令，前者的目的是给定的，可后者的目的却只是有可能的。然而，因为二者都只指定人们达到预先假设目标的手段，所以意愿目标的指定也是意愿手段的律令，在此两种情况下它们都是分析的。因此，这种律令的可能性也就不难理解了。

另一方面，道德的律令是如何可能这样的问题，毋庸置疑，是一个唯一需要解答的问题，因为道德的律令根本不是假设的律令，因此蕴含客观必然性，不可能像假设的律令一般样样都要依赖于任何假设。仅仅在此，我们绝不能忽视的是，不能以任何范例即不能为经验所证明，证明是否真的存在这样的律令。可是，相当令人担忧的是，所有那些表面上看起来绝对的律令，可能实际上还是假设的律令。例如，当告诫别人“你不该做欺骗性承诺”时，人们普遍认为，避免此事发生的必然性，不再只是一个忠告就可避免其他一切罪恶，所以告诫应该意味着：“你不可欺骗地承诺，以免这种承诺曝光后，就会坏了你的信用。”但是，这种行为必须被视为本身是恶的，因此，这种必要的禁止就是绝对的律令。那么，我们无法用任何例子肯定地说明，意志只是由规律决定的，而不受任何行动本身的影响，尽管表面上看上去是这样。因为，对耻辱的恐惧，或许也是对其他危险的莫名恐惧，都可能对意志产生神秘的影响——这种情况总有可能发生。当所有的经验告诉我们，我们无法察觉到理性时，谁又可以凭经验证明理性不存在呢？但是，在这样一种情况下，所谓的道德律令看上去似乎是绝对的、无条件的，可实际上只是实用的规范，这一规范只提醒我们留意自己的利益，并且只教我们要考虑自己的这些利益。

因此，我们得优先考察绝对律令的可能性，因为在这种情况下，我们没有那能由经验给出律令现实性的优势，所以对此绝对律令的可能性的阐明，只有解释的必要而没有确立的必要。同时，我们也能预先察觉到，只有绝对律令才能当作实践的规律，其余的律令只能称作意志原则，而不能称作规律。那种只对达到某种任意目的为必要的东西，都可能被认为在其自身就是偶然的。如果我们放弃这个目的，那我们任何时候都可以脱离准则；相反，无条件的命令却不允许意志反向。因此，只有它才包含我们对规律所要求的必然性。

其次，在这种绝对律令或道德规律中，辨别其可能性的难度相当之大。这种律令是一个先验综合的实践命题①，既然辨别这类命题的可能性十分困难，所以不难想象，在实践中依然还有不少这样的困难。

在这个问题中，我们首先要研究，是否只有绝对律令还不能为我们提供这个命题——包括只能成为绝对律令的命题——的公式。我们即使知道了绝对律令的要旨，而要知道这样的绝对律令怎么变得可能，仍需要进一步做特别艰辛的研究。我们把此研究推迟到最后一章节。

当我构思假设律令时，在别人给我条件前，我通常不会事先知道它包含什么内容。因为除了规律之外，这个律令只包含准则②必须遵循这一规律的必然性，而规律不包含任何限制它的条件时，除了行为准则应与其相符合的规律本身的普遍性之外，就没剩下什么东西了。正是这种唯一的符

① 因为假定预先条件可能导致其他倾向，我把这个行为和没有预先假设的意愿联系起来，但这意愿是首要的也是必须的（尽管只是客观上。例如，一个原因比主观动机更加有力）。这与一个实践命题是一致的，这个实践命题不会演绎那种通过与另外假定行为的分析得出的行为（因为我们没有如此完美的意愿），而是立即将它和作为外在物的理智生物意愿这个概念联系起来。——著者注

② 准则是行为的主观原则，必须和客观原则，也称实践法则，区分开，根据主体限定条件（经常是他的遗漏与倾向），前者包含实践规律，所以它是主体行为的原则，但是实践法则是对理性生物有效的客观原则，是它应该做的行为原则，这个行为便是一个迫切事件。——著者注

合性，才为律令恰当地表现为必然性。①

因此，只有一个绝对律令，即你只有依靠那个准则去行动，那条行为准则应能同时成为一条普遍法则。

现在，假设所有的责任律令均从作为原则的律令推导而来，那么虽然尚未确定那种称为责任的东西是否只是一个空洞无物的概念，可至少我们能够表明，我们将责任概念理解为什么，以及这一概念又意味着什么。

既然根据规律的普遍性结果得以产生，在最一般的意义上（就形式而言），这种普遍性构成那被恰当称作自然的东西，也就是说，就事物存在由普遍规律所决定的情况而言，这就是事物的存在，责任的律令因而可以表述为：你应该这样行动，仿佛你的行为准则按你的意志变成普遍的自然规律。

我们现在列举4个责任例子，采用常见的方法将它们分为自己的责任和他人的责任、已完成的责任和未完成的责任。②

1. 第一个人因一连串不幸而陷入绝望，厌倦生活，但目前为止他依然坚持自己的理性，会扪心自问，结束自己的生命是否与自己的责任相违背。现在他就会问，自己行动的准则是否能成为自然的普遍规律。他的准则是：当长期坚持有可能带来更多的罪恶感而非满足感时，我出于自爱接受这一准则以缩短我的生命。人们只会简单地关注这一准则是否建立在自爱的基础上，成为自然的普遍规律。现在，我们立刻看出，自然系统总是与自身相矛盾，以靠真正的感觉推动生命的改善为自己特别本性的自然，

① 我认为原版中的“Imperative”前面的“den”是“der”的误写，人们据此翻译过来。桑博先生也出现过类似的情况。 我见过的版本都同意使用“den”，于是M. Barni就按此翻译了。从这一个书写来看，可以确定必要性是多么重要。——编者注

② 在这里必须提出的一点是：我愿为将来的道德形而上学保留职责分工；因此，在这里我只是把它作为任意的一个（以便安排我的例证）。对于剩下的，我明白，由一个完美的责任，承认没有例外来表示支持偏见，我不仅拥有外在表现出的，同时还有内在的完全的责任——这与学校里对这个词的用法相反。但在这里我不打算证明它，因为不管承认与否，它是我所追求的所有目的完美的职责，通常被理解为那些可以由外部执法的；不完美的，即那些不能通过外部执法而执行的。他们也被称为分别确定的和不确定的、官方权利和法定美德。——著者注

却将靠真正的感觉毁灭生命作为自己的规律，因此就不可能作为自然系统而存在。所以，那种准则就不可能作为自然的普遍规律存在，从而将与所有责任的最高原则完全不一致。[①]

2. 第二个人发现自己被迫需要借钱。他明知自己无力偿还，却也明白除非自己坚定承诺在规定时间内偿还，否则别人什么都不会借给他。他想要信守承诺，但他仍有足够的良知问自己：以此方式摆脱困境不会不合法吧？不会与自己的责任不一致吧？但是，假设他这样做了，那应当这样解释他的行为准则：我一想到自己需要钱，就会去借，并保证自己会还，尽管我知道我永远无力偿还。现在，这种自爱原则或出于个人利益的原则就可能与我整个未来的福利相一致。可现在的问题是，这样做对吗？然后，我将这种自爱原则变成普遍规律，并且这样阐述这个问题：要是我的准则是一条普遍规律，这样做会怎么样呢？那时，我会立刻明白，它永远都不会成为一条自然的普遍规律，而必然自相矛盾。因为假设它是一条普遍规律，每个人都认为在处于困境时应该能随其意愿承诺。带着不守诺言的目的，这承诺本身就变得不可能，而且通过此诺言想要实现的目的同样变得不可能，因为没有人会考虑任何向其所承诺的东西，而是只会将这样的许诺当作徒劳的借口加以嘲笑。

3. 第三个人发现自己具有这样的天赋：借助某些文化，他能在许多方面成为一个有用的人。但是，他发现自己处于舒适的环境之中，更乐于用享乐来放纵自己，而不想在可能增加自己自由自在的快乐中忍受痛苦。然而，他问道，他忽略自己天赋的准则除了与其倾向于放纵相统一，是否也与所谓的责任相一致。然后，他明白自然系统中确实存在这样一条普遍规律，尽管人们（如南太平洋岛民）应该泯灭自己的才华，决定只把自己的生活建立在懒惰、娱乐和种族延续上——一句话，就是享乐。但是，他可能不愿意这样做，这应该是一条自然的普遍规律，或是植根在我们体内的天生本能。作为一个理性者，他必然希望自己的能力得以提升，因为能力有益于他，能够让他实现各种意愿。

---

① 见德尔·斯藤的《论自杀比较进一步的形而上学》，第274页。——著者注

4. 第四个人很幸运，当他看到其他人在极度悲惨的境遇中挣扎时，他能帮助他们，心想：我关心的是什么呢？让每个人都像生活在天堂一样快乐，或者他只想让自己这样罢了。我不希望从他身上得到什么，或者妒忌他，我只是不希望把任何事都归结于他的救济或雪中送炭。现在，毋庸置疑，如果这种思维模式是一条普遍规律的话，人类就会生活得非常好，并且毫无疑问，还会过上人们所说的那种令人心情美好的生活，或者偶尔将其付诸实践。不过，换句话说，他也会在可能的场合欺骗人，背弃或违背人类的正义。但即便这符合事实，即便存在这样的一条普遍规律，那也不能主观地认为这种自然规律的普遍有效性。这种转变的意愿是自相矛盾的，因为这些人需要来自他人的关爱和同情。出于这种自然规律，出于他自身的意愿，他会剥夺自己所希望的一切援助。

这些是众多实际责任中的一小部分，或者至少我们会将这些认为是实际责任，很明显，它们是按我们规定的一条原则分为了两类。我们必须想要我们的行为准则成为一条普遍规律。这通常是行为道德评价的标准。有些行为有这样一个特点：它们的准则甚至不能毫无矛盾地被设想为自然的普遍规律，人们远非愿意它应该如此。在其他行为中没有找到这种内在的不可能，但是他们仍然不可能愿意——其行为准则应提升到自然规律普遍性的高度，因为这样的意志一定会自相矛盾。我们很容易看出，前者违反严格的或僵化的（顽固的）责任；后者只是比较宽松的（有功的）责任。因此，这些例子已经完全显示，从义务的性质来看，所有的职责如何，取决于相同的原则。

如果现在我们每次违背责任时都能自我反省，我们就会发现，实现上我们并不愿意我们的准则成为一条普遍规律，因为那对我们来说是不可能的；相反，我们愿意这一准则的对立面应是一条普遍规律的时候，只是为了我们自己，或（就只是为了这一次）为了我们的偏好，我们假定有确定一个概念的自由。因而，如果我们都从一个观点或从同一观点出发，即从理性的观点出发，我们应该在我们自己的意志中发现矛盾之处，也就是，发现某些原则作为普遍规律在客观上应是必要的，在主观上却不应是普遍的，而应容许有例外。然而，我们在某一时刻从意志完全与理性一致的观点考察我们的行动，然后再看一看，我们从意志受偏好影响的观点考察同一行为，所以实际上并不存在什么矛盾，而存在偏好与理性规范的对立。借此，原则的普遍性变成纯粹的一般性。其结果是，理性的实践原则与准则在中途相遇。现在，虽然这无法以我们自己公正的判断加以证明，可是它却表明，我们实际上承认绝对律令的有效性，（至于有效性）只是允许我们自己有一些例外，这些例外我以为并不重要，但也都是我们自己逼出来的。

因而，我们至少已经建立起这样的一种观点：如果责任是一个对我们的行为具有重要意义和真正立法权威的概念，那么该概念只能用绝对律令来表达，而根本不能用假设律令表达。对其每一次的应用，我们也已清晰显示必然包含所有责任原则的绝对律令的内容（如果有这样的责任原则），这一点十分重要。然而，我们尚未进展到这样的程度：先验证明真正存在这种律令，也存在一种自身绝对发令而没有其他任何冲动的实践规律，并且遵循这一规律就是一种责任。

为了达到这一目的，极其重要的就是要记住，我们不必听任自己想从人性的特别属性中推断这种原则的真实性。因为责任是行为实践的无条件的必然性，所以它必然对所有理性者（只有律令才能应用在这些理性者身上）有效。正因为如此，它也只能成为所有人类意志的规律。相反，无论从人性特别的自然特征，还是从某种感知和癖好[①]，甚至有可能的话，从任何适合人的理性而不必对每个理性者都有效的特定倾向推断出什么，那么它的确可能提供给我们的是准则，而不是规律。有了主观原则，我们可能有了行动的癖好和偏好。可要是没有客观原则，即使我们所有的癖好、偏好和天生性情都反对行动，我们也应该被迫行动。事实上，责任中命令的崇高性和内在尊严越明显，对它的主观冲动就越小，就越反对它。可这丝毫不能削弱规律的强制性，也不能区分其有效性。

---

① 康德将“Hang（癖好）”和“Neigung（偏好）”区分如下：“Hang”是期望某种乐趣的倾向；换句话说，就是刺激某种期望的主观可能，这种期望先于其对象的构思。当人们有过乐趣，这种乐趣便产生一种对此乐趣的“Neigung”，此爱好相应地可定义为“习惯性感知的期望”（参见《人类学家》第72和第79自然段；《宗教》第31页）。——编者注

那么，在此我们看到哲学被带到一个关键的位置，因为它必须被牢牢加固，尽管天地间没有什么东西支撑它。在这里，哲学必须显示作为自己规律的绝对命令者的纯粹性，而不是作为规律的传令官，这些规律由植入的感觉或谁也不知的什么监护人的本性低声告诉它。虽然这些可能比没有要好，但是它们永远不能给予由理性者口述的原则，这些原则必须完全有先天的源泉，因此也必然获得了它们下达命令的权威——期待每件东西都来自规律的最高权威和对规律的尊重，却不期待任何出于偏好的东西，也不期待其他指责人类自我轻视和内心憎恶的东西。

因而，每个经验的成分不仅完全不能为道德原则提供帮助，而且甚至可能对道德的纯粹性大有偏见，因为在道德中，绝对善良意志包括固有的不可估量的绝对善的价值，行为原则不受经验能够提供的偶然根据的所有影响。我们必须更多、更常重复我们的警告，提防在经验动机和规律中为其原则寻求懒散甚至低劣的思维习惯，因为人的理性在其疲倦时，十分愿意倚靠在这样的枕垫上。在甜蜜幻觉的梦想中（在这场梦中，人的理性拥抱的不是天仙朱诺，而是一团云朵），它用以代替道德的只是由不同血缘的肢体拼凑起来的劣质品，该劣质品似乎像人们在道德中看到的任何东西，可在那见过德行真形的人而言，它根本不像德行。①

接下来的问题是：对所有理性者来说，他们总该以把自己意愿作为普遍规律的准则，来判断自己的行为。这是必然的规律吗？如果是这样，那么，它一定跟通常意义下理性者的意志概念（完全先验）有联系。但是，为了发现这个联系，无论如何地不情愿，我们都必须迈入形而上学——即使我们迈入的是一个有别于思辨哲学的领域，即道德形而上学的领域。在实践的哲学中，我们必须探明的不是事情发生的原因，而是什么事情应该发生的规律，即使这件事情从来不发生，即客观的、实践的规律。我们不必去询问：为什么对某件事满意（或不满意）？纯粹感觉的快乐如何有别

① 抓住美德的适当形式就是要思考剥除道德中的任何意识或是每个自爱的虚假装饰。她接着遮住了其他出现的、让情感显得魅力四射的因素，如果抽象没有被滥用，每个人都准备好了去认知他们理性最后的努力。——著者注

于趣味？这是否有别于一般的理由满足？快乐和痛苦的感觉建立在什么基础之上？欲望和偏好是怎么发生的？在理性的合作中准则又怎么出于欲望和偏好而发生？因为所有的这些问题都属于经验心理学，如果我们将其视作以经验规律为基础的自然哲学，它就构成物理学的第二部分。但是，这里我们所关注的是客观实践的规律，因而也关注意志与其自身的关系——只要这种意志仅仅由理性决定了它自己。在这种情况下，与经验相关的一切无疑应该排除在外，因为如果只由理性本身决定行为（我们正在研究此种情况的可能性），那么它必须由先验来决定行为。

意志被认为是其自身能按照某种规律的概念决定行动的能力。而这样的能力只能在理性者身上找到。一方面，作为自我决定的客观依据服务于意志的东西是目的，而且，如果这一目的只由理性指定，它必须是对所有理性者都有效。另一方面，以行为结果为目的且含行为可能性依据的东西被称作手段。欲望的主观依据是诱因，而自行选择的客观依据则是动机。因此，基于诱因的主观目的和取决于动机的客观目的之间的差异，对每个理性者来说都是有效的。实践原则从主观目的中分离出来时将是形式的，而它们假定这些原则并因此成为行为的特别诱因时则是物质的；理性者对自己随意提出作为其行为后果的目的（物质目的）都只是相对的，正因为特别欲望与主观的关系才赋予它们以价值。因此，这种价值无法为所有理性者提供任何普遍原则，也无法为每个意欲提供有效且必然的原则。也就是说，这些目的无法产生任何实践的规律。因此，所有这些相对的目的都只是假设律令的依据。

然而，假设有一件东西自身的存在就有绝对的价值，其自身就作为目的，可能是一个明确规律的根源。然后，在这件东西中，也只在这件东西中，存在可能的绝对律令的根源，即实践的规律。

现在我想说：每个人和通常说的每个理智者自身都作为一种目的而存在，而不是只作为由这个或那个意志随意使用的一种手段而存在。但是，在他的一切行为中，不论这些行为是指他自身还是指其他理性者，他必须总是同时被认为是一种目的。偏好的所有对象只有有条件的价值，因为如果偏好和基于偏好的需要不存在，那么它们的对象就没有价值。但是，偏好本身是需要之源，远非具有人们所期望的绝对价值。相反，每个理性者的普遍希望完全不受它们的影响。因此，任何可通过我们的行动而获得的事物，其价值总是视情况而定。不依靠我们的意志而依靠自然意志的存在者，如果他们不是非理性的存在者，则只作为一种手段拥有相对价值，因此被称作“物”。相反，理性的存在者被称作“人”，因为他们真正的本性指出，他们的存在本身就是目的，而不只是作为手段使用的某种东西。因此，这样的存在者限制行为自由（并成为受尊重的对象）。因此，这些其存在作为我们行为的结果而对我们有种价值的存在者，就不仅是主观目的，并且也是客观目的，即这样的存在者的存在本身就是一个目的。这样的目的是没有其他目的可取代的。因为除此之外，我们就找不到任何具有绝对价值的东西，而且如果所有的价值都受条件限定，并因而都是偶然的，那么，就不存在无论什么理性都适用的最高实践原则。

那么，如果存在最高实践原则，或者就人的意志而言存在绝对律令，这一原则必然是引申自那种目的概念的原则，该目的对每个人而言都必然是一个目的，因为它本身就是目的，构成意志的客观原则，并因此能充当普遍实践的规律。这种原则的根据是：理性的本性本身作为目的而存在。人必然认为自身的存在正是如此。到现在为止，这是人类行为的主观原则。但是，其他任何理性存在者看待自己的存在都以类似的原则，即就适用我的相同原则；[①]结果是，该原则同时也是客观原则，作为最高的实践规律，意志的所有规律必须都能由其得以演绎。相应地，实践的律令就如下：对待任何事物都如同对待人自身一样，在任何情况下，把行动看成目的，而绝不能看成一种手段。我们现在就要探讨这在实践中是否可行。

坚持用之前的例子：

第一，一个人必然对他自己承担责任；想自杀的人应该问一问自己，其行为是否与人自身就是目的的观念相一致。如果他毁灭自己是为了逃避痛苦的环境，那么，他只是把人身当作维持可以容忍的环境的一种手段，直到生命的结束。但是，人并不是物，那就是说，不是只用来作为手段的

① 本命题在此作为一个前提加以阐明。其基础将在结束部分中找到。——著者注

某种东西，而必须在其所有的行动中总把自己当作目的。因此，我不能以任何人的方式处置我自己本人，以便去残害他、伤害他或杀害他。（为了避免所有的误解，例如，至于截肢以保全自己，至于置身危险以保全自己，要更准确地定义这一原则，属于伦理学的范畴。因此，这个问题在此可以略去不谈。）

第二，关于对别人的必然责任或严格义务的责任：正想向别人许下欺骗性诺言的人都会立刻明白，他要把另一个人只当作手段，而后者自身内心并不同时具有目的。因为被我当作手段用于我自己意图的人，不可能赞成我对他的行为方式，因此他自己也不可能具有这一行为的目的。如果我们以攻击他人的人身自由和财产为例，那么这种对别人的人性原则的侵犯就更加明显。因为，很显然，侵犯人权的人打算把其他的人只用作手段，而不考虑他人作为理性者也应总是作为目的受到尊重，就是说，他人只是作为这样的存在者，必须能在其自身内心具有真正同样行为的目的。①

第三，关于对一个人偶然的（可称赞的）责任：我们的行为不妨碍我们自己作为目的的人身的人性并不够，我们的行为还必须与人性和睦相处。现在，在人性中存在更完美的能力，这些能力属于对我们自己人身中人性尊重的自然目的：忽视这些能力或许可能与保持人性作为本来的目标相一致，而不与这一目标的提升相一致。

第四，关于对别人可称赞的责任：所有人共有的自然目的存在于他们自己的幸福之中。现在，人性可能的确存在，尽管没有人应该为别人的幸福做出什么贡献。但毕竟，如果每个人都不竭尽全力增进对他人的责任，那么，与自身作为目的的人性和谐相处只是消极的，而不是积极的。因为，如果自身就是目的的观念对“我”完全起作用的话，那么，任何自身

① 我们不考虑通常的“己所不欲”等在这里可以当作规矩或是准则。因为它仅仅是一种由形式得到的推论，不过还是有几个局限：它不能作为一个普遍使用的法则，因为它既不包含对自己负责任的法则，也不包括对别人忠顺的法则（因为很多人会很高兴地赞同别人不应该对他有利，只有那样他才可能为向别人的忠顺找到借口），最后也没有对别人严格义务的责任，罪犯也许可以用这个原则去和惩罚他的法官进行辩论以及其他的一些事情。——著者注

即是目的的人，其目的都必须尽可能是我的目的。

人性以及普遍存在的每个理性的性质是其目标本身（这是对每个人行动自由的最高限制条件）这一原则，之所以不借自经验，首先是因为此原则是普遍的，应用于无论什么理性存在者，而经验不能决定这些原则；其次是因为经验并没有将人性描述成个人的目的（在主观上），也就是人们自身实际上作为目的所接受的对象。但是，作为客观目的，人性必须作为规律构成我们所有的主观目的的最高限制条件，让我们成为我们所意愿的东西。因此，这一原则必然源自纯粹的理性。实际上，所有实践立法的客观原则都存在于（根据第一原则）普遍性的规则及其形式中，这使其能成为一条规律（比如说自然规律）。但是，主观原则存在于目的中；现在根据第二原则，所有目的的主体是每个理性的存在者，因为其被当作目的本身，所以遵循意志的第三个实践原则，所有目标的客体是每一个合理的组成。接下来就是第三个关于意愿的世纪原则，该原则是其与普遍实践理性和谐的首要条件，换句话说，每个理性存在者意志的观念是普遍的立法意志。

根据这个原则，所有与普遍立法者意志本身不一致的准则都得抛弃。因而，意志不仅服从于规律，而且以这样的方式服从于规律，以至于它必须本身被视为立法者，并且只有这种原因，才服从于这条规律（它会认为自己就是规律的创造者）。

在之前的律令中，律令或基于行为符合一般规律的概念，就像在自然的物质体系一样，或基于被普遍认为是理性者自身的特征——这些律令将所有作为诱因的利益混杂物排除在立法权威之外。之所以这么做，是因为它们被认为是绝对律令。不过，它们只是被假设为绝对律令，因为假如想要解释这一责任的概念，我们必须做这一假设。然而，有些直接发令的实践命题在此却无法得以自证，就像无法在本章节得以证明一样。可是，还有件事可为：在律令本身中，由其包含的某种规定指定；在出于责任的意欲中，抛弃所有利益是绝对律令的特别标记，就是这一点才使得绝对律令有别于假设律令。这件事将在原则的现有（第三个）公式中完成，换句话说，在每个理性者的意志都成为普遍立法的意志的观念中完成。

尽管一个服从于规律的意志可能以利益手段隶属于这一规律，然而，假如认为它是普遍立法的意志，那么便能发现，最高立法者的意志不可能依靠任何利益，因为如此的从属的意志本身依然需要另一规律，以将意志的自爱利益局限在这样的条件：作为普遍规律它应该是有效的。

因而，每个人的意志是在所有准则中给出普遍规律的意志[①]，这是一条原则。假如这条原则以其他方式加以证实，在这方面将很好地适应绝对命令，这就是说，正是因为普遍立法者的观念不基于任何利益，所以在所有可能的律令中只有绝对律令可能是无条件的。将这一命题倒过来说还更好，如果有一个绝对命令（对每个理性者都有效的规律），那么它只能这样下令，做任何事都要符合自己意志的准则，这种作为普遍立法的意志只以自身为自己的对象。因为在此情况下，只有实践原则和意志所遵守的律令才是无条件的，这是由于意志不以任何利益为依据。

要是现在回顾一下前人发现道德原则所做的所有尝试，那么他们为何都失败，我们就不必感到奇怪了。过往所看到的是，人必然有责任服从于规律，但是，却没看到人服从的是那些自己制定出来的规律。即使那些规律很普遍，也没注意到，人只是必然按照自己的意志行动，而这种意愿本性上为制定普遍规律而构思。因为，一个人已经认为自己只服从某条规律（无论是什么规律）时，那么这条规律就需要某种利益，要么受利益的吸引，要么受利益的约束，因为这条规律并不是作为一条规律源自他的意志，但是这种意志按规律受制于以某种方式行动的另外一些东西。现在，由于这一必然的结果，所有寻找责任的最高原则的努力都已付诸东流。由于人们从未认识到责任，所以他们的行为只是出于某种利益的需要。不论是出于私利还是出于他利，在任何情况下这种律令必须是有条件的，而且无论如何也不可能成为道德的约束。因此，我把这种律令称为意志的自律原则，对比之下的所有其他原则相应地称为他律原则。[②]

① 我也许可以找借口举例说明这个原则，因为那些已经被用来阐明了绝对命题及其公式都为这个而存在的。——著者注

② 请比较《实践理性批判》第184页。——著者注

每个理性者作为一个存在者的概念，必须认为自己屈服意志普遍规律的所有准则，以便判断自己及其行为时用这样的一种观点——这种观点引起对其有所依赖的另一个观点，富有成效，换句话说，目的王国的概念。

所谓的王国，我理解，就是不同的理性者按共同的规律的联合。现在，因为正是按照规律，目的是根据它们遵循的普遍有效性而决定，由此，如果我们把理性者的个人差异抽象化，同样也把他们私人目的的内容抽象化，那么我们就能把所有的目的归为一个系统的整体，换句话说，我们能构想出一个具有各种目的的王国，这一王国从前面的原则来看是可能的。

因为所有的理性者都服从这样一条规律：每个理性者从不必把自己和所有其他人只视为手段，而在任何情况下必须同时视为自身的目的。所以，按照一般的客观规律便产生理性者的体统联盟，即一个可称为“目的王国”的王国，因为这些规律所考虑的东西就是这些理性者彼此作为目的与手段的关系。这必然只是一个最后目标。

虽然理性者在目的王国中制定普遍法律，可是他们自己也得服从这些法律，这时他们作为成员属于这个王国。他们在制定普遍法律时，又不服从任何其他人的意志，这时他们作为君主属于这个王国。

理性者不仅作为拥有自由意志的君主来制定法律，其自身也是目的王国的成员。而要维持他的君主地位，不能只靠这些由自由意志来制定法律，还要摆脱一切需要，确保自己的自由意志不受限制，做一个完全独立的理性者。

在制定法律的过程中，要将道德作为参考因素，只有这样，目的王国才会变得可能。每个理性者都能立法，法律都是出于他们的个人意志，他们的原则是任何时候都要与普适法律保持一致，因此法律要兼顾个人的意志和普适的原则。这些法律究其本质不能与这一客观原则一致，那么基于这一原则而行动的必然性，就叫作必须，也就是责任。目的王国的君主并不负有责任，但是目的王国的成员都必须负有同等程度的责任。

按照这一原则行动的实践必然性，即责任，不是依赖情感、冲动或爱好而存在，而是基于理性者之间的关系而产生，在这样的关系中，理性者的意志必须被视为拥有立法者的意志，否则它就不能作为自身即目的加以考虑。那么，理性与以意志为普遍立法基础的每一条准则有关，同时与所有其他人自身的意志及其每次行为有关。这并不考虑任何其他人的实际动机或任何未来的利益，而是考虑到每个理性者的尊严，该理性者除了遵守他自己制定的法律之外，不遵守任何其他法律。

在这个目的王国，一切东西不是有价值就是有尊严，凡是有价值的东西都可与别的其他东西等价交换；另一方面，凡是超越一切价值因而不接受等价的东西才有尊严。

凡是与人类的偏好和需要有关的，不管是什么东西，它都有自己的市场价值；凡是没预先假定的需要，迎合某种趣味，也就是，只在我们能力的无目的的游戏中迎合满足的东西，都有幻想价值。但是，构成只有某种能够成为自在目的条件的东西不仅有相对价值，而且还有内在价值，那就是尊严。

现在，道德是理性者只能成为自身即目的的存在者的条件，因为只有在这一条件下，它才可能会成为目的王国的立法成员。这样，道德和能有道德的人性才是只有尊严的那种道德。劳动中的技能与勤勉有市场价值。一方面，才智、活跃的想象和幽默具有幻想价值；另一方面，信守诺言、有原则的（而不出于本能的）捐助具有内在价值。自然和技艺都不包含任何可替代这些内在价值的东西，因为这些价值不在于其所产生的结果，也不在于其所获益的功能，而只在于其意图，也就是说，只在于意志的准则，该意志准则就是以此方式在行为中显示自我，尽管这些行为不应具有想要的效果。这些行为也无须来自主观感受或情感的推荐，以便它们可能被看作具有直接的恩惠和满足，即：这些行为无须任何直接的癖好或感觉给予恩惠和满足；它们展示出将这些行为作为直接尊重的对象来完成的意志，因为除了理性之外，没有什么其他东西被要求把这些行为强加在意志之上。这种意志并非是奉承这些行为，因为在承担责任的情况中，这种奉承总是一个矛盾。因此，这样的评价表明，如此命题的价值就是尊严，并且把此价值极大地置于所有价值之上。有了这一价值，就不会卷入所有其他价值的竞争，并与其比较，否则就侵犯了它的神圣性。

那么，如此崇高的断言能证明德行的东西是什么？能证明道德是好性情的东西又是什么呢？无非是保护理性者制定通法原则的特权。凭借这种特权，这个理性者有资格成为目的王国的一员，而且，其本性也已注定其成为目的王国的一员。因为其自身即目的，所以他也注定成为这个目的王国的立法者，不受任何自然规律的束缚，而只遵循他自己制定的法律。凭借这种特权，他的准则可能属于他自己同时也遵循的通法体系。因为除了法律所规定的东西外，其他一切都没任何价值。现在，规定一切东西的价值的立法本身必须在此基础上拥有尊严，立法本身是一份不可争辩的、无与伦比的财产。尊严这个词本身就表达了一个理性者必须拥有自尊之意。然后，自律是人类和每个理智者拥有尊严的基础。

上述已提出的道德原则的三种方式在根本上只是同一规律的众多公式，其中每个自身都涉及其他两个。可是它们却有所差别，而这种不同与其在客观上是实践的，毋宁在主观上是实践的。换句话说，这种差别意指理性观念和直觉更接近（以某种类推的方式），进而与感觉更接近。实际上，所有的准则都有：

1. 形式，存在于普遍性。从这方面看，道德律令的构成被描述成必须要经过筛选的准则，好似它们起到了自然普遍规律的作用。

2. 事件[①]，确切地说，是一个目的。在这方面，这一公式如是说：理性者按其本性是一个目的，因而自身即目的，必须在每个准则中都作为条件，限制所有只是相对的和随意的目的。

3. 通过那一公式，所有准则的完整特性。所有出于自律的立法者的准则，都应与可能的目的王国和谐一致，就像它们与自然王国[②]和谐一样。意识的形式（意志的普遍性）、物质（对象，即目的）的复杂性和这些系

① “准则”一词既是罗森克兰茨的准则，又是哈滕施泰因的准则，显然被误以为是“素材”。——著者注

② 目的论认为本性是有目的集合而成的集合；伦理学认为由目的集合而成的领域即是本性。之于前者，目的界是一种理论性的观点，用于解释事物的本质。之于后者，它是具有实践意义的观点，一旦观点形成，就可用于创造如今还未存在的、但通过实施可以实现的事物。——著者注

统的整体性这三者统一范畴的排序在此有一个过程。可是，在形成我们行为的道德评价中，最好始终采用严格的方法，从绝对律令的一般公式出发：根据那种同时能使自己成为普遍规律的准则行动。然而，如果我们希望为道德规律赢得入口，那么把同一行为置于上述三个特定概念之下，进而尽量使其更接近直觉，是十分有用的。

我们现在可以在起点刚开始就结束，也就是说，伴随无条件的善意结束。那种意识是绝对的善，而不可能是恶，换句话说，该意志的准则如果变成普遍规律，绝对不可能自相矛盾。那么，这种原则便是其最高准则：总是按你同时愿意其普遍性作为规律的准则行动；这是意志从不会自相矛盾的唯一条件，这样的律令就是绝对律令。因为作为可能行为普遍规律的意志有效性，类似于按普遍规律的万物存在的普遍联系，该普遍联系通常涉及自然形式，绝对律令也可这样表述：按照这样的准则行动，该准则能同时把自己当作像自然普遍规律的对象。那么，绝对善意的公式也是如此。

理性的性质有别于其他的性质在于，它为自己预设一个目的。该目的总是每个善意的内容。但是，因为在不受任何条件限制的（达到这样或那样目的的）绝对善意的观念中，我们必须完全将每个受影响的目的抽象化（既然这会使每个意志只变成相对的善）。所以可以得知，在这种情况下，目的必须被设想为是对立存在的目的，而不是要导致的目的。因而，这只是消极的设想，也就是说，因为那种意志是我们行动时绝不能违背的，因此绝不能被认为只是手段，而是在每个决意中也被认为是目的。现在，这个目的除了是所有可能目的的主体之外，不可能是其他任何东西，既然这一目的还可能是绝对善意的主体，因为这样的意志不可能毫无矛盾地搁置于其他任何客体。其原则是：对待每个理性者（你自己和他人）都应有如此的行为，以至于在你的自身即目的的准则中，他可能总是占有位置，相应地与这个他人本质上同一：按这样的准则行动，该准则同时包括其自身对每个理性者的普遍有效性。因为在每个目的的使用手段中，我应该将我的准则限制在对每个主体都有其善的条件下，这就跟行为所有准则的基本原则必须是所有目的的主体一样。也就是说，理性者自身绝对不应只作为手段使用，而应作为限制所有手段的最高条件来使用，即这在每种情况下也是目的。

由此可以得出无可争议的结论，任何理性者无论可能遵从什么规律，都必须能将自己当作自身即目的，将自己当作这些相同规律方面的普遍立法者——既然其准则正好符合普遍立法，才辨别出他自身即目的。由此还可以得出结论，这意味着他的尊严（特权）超越所有纯粹的物质存在者；他必须以把自己和每个其他的理性者看作立法者（以此他们称为人）这一观点，来慎重对待他的准则。以此方式，一个理性者的世界（理智的世界）就可能像是一个目的王国，这个凭借作为目的王国成员的所有人的立法力量。因此，每个理性者都必须如此行动，仿佛他按其准则在每种情况下都是这个目的王国中的立法成员。这些准则的正式原则是：如此行动，仿佛你的准则也被当作普遍规律（所有理性者的规律）。因而，目的王国只可能与自然王国类比。然而，前者只有按照准则才可能，即自我强加的规则才可能，而后者则按照行为需要的动因律才可能。然而，尽管自然体系看起来像一台机器，可是只要它与作为其目的的理性者相关，无论自然王国与目的王国怎么不同，我们都能通过类比以此将自然体系称为自然王国。如果那些准则通过绝对律令为所有理性者规定的规则得以遵守，那么，这样的目的王国就会通过该准则真正得以实现。可是，理性者尽管准时地遵守这一准则，可是由于某种原因不能指望其他每个理性者都真正遵守这一准则，也不能指望自然王国及其有序安排，与其作为目的王国的适当成员和睦相处，以便形成一个他自己为之奉献的目的王国。换句话说，这一目的王国将满足他对幸福的期待，仍旧是那个规律：按照只可能的目的王国中的一个普通立法成员的准则行动，仍然充满其力量，因为这一规律绝对发令。正是在此才存在一个悖论，这作为理性自然人的纯粹尊严，没有想要由此获得其他任何的目的和利益，也就是说，尊重一个纯粹的观念，才应该当作意志不可转变的规范。正是在这一准则对行为的所有如此诱因的独立中，才存在其崇高性；而正是这种崇高，才使得每个理性主体在目的王国值得成为立法成员，否则，他就会被认为只服从其所需要的物质规律。虽然我们认为自然王国和目的王国统一在一个君主制之下，结果是目的王国从而不再是一个纯粹的观念，而获得真正的现实性，那么它无疑增加了一个强大的诱因，可是其内在价值绝没有任何的增加。因为尽管如此，这个唯一的立法者必须总被认为，只是依据从那种观念（人的尊严）给他们自己规定的无私行为，评价这些理性者的价值。事物的本质并不由其外在关系改变，而撇开这些外在关系，只能由构成其绝对价值的东西评判，无论评判者可能是谁，甚至是至上者，也都如此。那么，道德就是行为与意志自律的关系，即与其准则之下潜在的通法的关系。与意志自律相符的行为是允许的，而与意志自律不相符的行为是禁止的。其准则与自律规律必然相符的意志是神圣的意志、绝对的善意。不绝对善良的意志对自律原则（道德的强迫）的依赖是义务。那么，这种义务不能运用于圣人。出于义务的行为的客观必然性称作责任。

从刚才所说的很容易看出以下这种情况是如何发生的，虽然责任的概念意味着服从规律，但是我们还是把某种尊严和崇高归于那种履行其所有义务的人。就那种人服从道德法律而言，其身上的确不存在任何崇高的东西。但是，就他是这个法律的制定者，而且也遵守法律而言，他又是崇高的。我们也已在上述表明，对道德法律既不畏惧也不偏好，而只是尊重，这才是能赋予行为以道德价值的诱因。我们自己的意志，就我们认为其只是在其准则为潜在普遍规律的条件下行动而言，这种对我们来说是可能的理想意志，才是值得尊重的合适对象。人性的尊严正在于这种普遍立法的能力上，尽管条件是人类本身要服从这相同的法规。

意志自律是道德的最高原则

意志自律就是意志由其成为自身规律的特性（独立于任何意志对象的属性）。那么，自律的原则是：总是如此，以便选择相同的意志必须理解我们选择的准则作为普遍规律。我们无法证明这种实践的规则是律令，也就是说，每个理性者的意志必然受制于这个作为条件的实践规则，可是，这个实践规则并不只是通过对其所具有的概念分析来证明，因为它是一个综合命题。想要证明这一综合命题，我们必须超越对象的认知层面，进而对主体的批判性考察，即对纯粹实践理性的批判性考察，因为这种绝对发出命令的综合命题必须能完全被先天认知。然而，这一点不属于本章节探讨的范畴。但是，考虑之中的自律原则是道德唯一原则这一问题，只能通过对道德概念的分析得以显示。因为通过这一分析，我们发现道德原则必定是一个绝对律令，而且这个律令所命令的恰好正是这个自律。

作为所有假道德原则根源的意志他律

如果意志寻求决定自己的规律，不是在其准则及其自身普遍立法的适应性中寻求，而是在别的任何地方寻求，因而如果意志背离自身，在其对象的任何特性中寻求这一规律，那么总会导致意志他律。意志在那种情况下并不给予自己以这个规律，而是客体通过其与意志的关系给予意志以规律。这种关系无论是基于偏好还是基于理性的概念，都只接受假设律令——“我应该做某事，因为我渴望别的事”。相反，道德律令也因此是绝对律令——即使我不该渴望任何别的事，我也该这样做。例如，前者说：“如果我想保持我的荣誉，我就不该撒谎。”而后者说：“即使撒谎不会给我带来一丁点儿的不信任，我也不该撒谎。”因此，后者到目前为止必须脱离对意志没有影响的所有客体，以便实践理性不可能受限于支配不属于自己的利益，而可能只显示作为最高法规的命令权威。因而，比如说，我应该努力促进别人的幸福，不是好像别人幸福的实现与我的幸福有任何关系（这种关系无论是由于直接的偏好，还是由于凭理性间接获得的某种满足），而是因为排斥别人的幸福的准则在同一个决意中不能作为普遍规律[①]来理解。

由他律的假定划分所有理性设想能够被找到的道德原则

在此就像在其他地方一样，人类理性在其纯粹使用中，只要未曾对它的批判性进行考察，在成功找到一条正确的道路之前，就已经先尝试了所有可能的错误方法。

所有能以此观点加以采纳的原则，不是经验的就是理性的。前者取自幸福的原则，建立在身体感觉或道德感情上；后者取自完美原则，不是建

① 我读过的是“allgemeines”，而不是“allgemeinem”。——著者注

立在作为可能效果的完美理性概念上，就是建立在作为我们意愿决定因素的独立完美的（上帝的意志）概念上。

经验原则是完全不能作为道德规律的基础的。应该对所有理性者都一样的道德规律普遍性，即强加给道德规律的无条件的实践必然性，当其基础是建立在人性的特殊倾向之上，否则建立在人性置身的偶然环境中，这种普遍性或必然性便也失去了。然而，个人幸福原则是最令人反感的，这不仅是因为它是虚假的，还总是与善良的行为和经验相矛盾，也不仅是因为它不利于道德的建立——因为使人富裕与使人善良，或为私利而使人谨慎且有锐利的眼光与使人有德行，这些是完全不同的两码事——而且是因为这一原则用以支撑道德的诱因反而破坏了道德，完全摧毁了道德的崇高，因为它们把善行的动机和恶行的动机混为一谈，只是教我们要更精于算计，善恶之间的具体差异消失殆尽。另一方面，至于道德感觉，当那些不会思考的人期望求助于道德感觉，甚至在有关普遍规律的事也如此时，这种假定的特殊感觉[①]显得很肤浅。另外，天生就有无穷差异的种种感觉无法提供善恶的统一标准，任何人也无权凭自己的感觉对别人进行判断：不过，这种道德感觉在这方面更接近道德及其尊严，这是因为道德感觉赋予德行以这样的名誉，即把我们对德行的满足与尊重直接归因于道德，可以说，道德感觉并不当面对德行说："我们并非为她的美貌所吸引，而是受利益驱动罢了。"

在道德的理性原则中，关于"完美"的本体论观点虽有其不足，却仍优于源自神学的"绝对完美意志"的观点。毫无疑问，前者的观点显得空洞模糊，因而，对在这可能现实的无限领域中找到更多适合我们的东西，也是无用的。此外，我们试图将我们正在谈论的现实问题同其他问题进行明确区分时，将不可避免陷入一种循环论证之中，从而也不可避免臆测本该应用这一观点来解释的道德观。虽然如此，本体论的观点仍然优于神

① 我将道德情感的原则分进了幸福原则里，因为每一个经验利益承诺的宜人性的事物提供了有助于我们的福祉，无论是立即还是无期的利润，无论利润存不存在，我们必须像哈奇森那样，在他的道德认识里同情别人的幸福。——著者注

定论的观点。首先，因为我们对上帝（神学）完美论缺乏认知基础，只能凭借直觉进行些推理，然后得出结论：我们直觉中最重要的部分就源自道德，因而，我们的解释也会陷入一种严重的循环论证中。其次，如果我们回避这一点，那么，留给我们的神学意志的唯一概念，就是由欲求荣誉和主宰这种欲望的属性构成，并且与权力和报复的可怕概念结合在一起，任何以此为基础的道德体系都将直接背离道德。

然而，如果我必须在道德感觉的概念和一般完美的概念之间做出选择（这两种体系至少都不削弱道德观，尽管它们都不能作为道德的基础），那么，我应该选择后者，因为它至少使问题的决断脱离感性，并将其带到纯粹理性的法庭。虽然甚至在此它没有做出任何决断，但是它无论如何使模糊的观念（关于本质上善良的意志）免于恶化，直到我们能给它下准确的定义。

至于其他，我想在此我可能不想详细反驳所有的这些学说。那只是不必要的工作，因为反驳起来轻而易举，连那些其职务要求其在这些理论中做某种决断的人，大概也能十分清楚地看出（因为听众不愿容忍判断悬而未决）。但是，在此让我们更感兴趣的是，明白所有这些原则所奠定的道德基础只不过是意志的他律，而由于这个原因，它们必然迷失其方向。

在意志的对象必须被假设的每种情况下，只要决定意志的规则能够得以规定，这种规则就只能是他律，也就是说，如果或因为人们想要这个对象，它们就应该如此行动。所以该律令绝非是在道德上发号施令，那是无条件的。对象决定意志是出于偏好，就像在个人幸福的原则中一样，还是出于通常说的导向我们可能决意对象的理性，就像在完美原则中一样？在任何一个情况下，意志直接决定自身从不能以行为的概念，而只能靠行为对意志产生的预期效果的影响。为此，我应该做某件事，因为我意愿另外的某件事。这时，在我的内心中还必须有另一条假设的规律作为其主体，通过这个主体，我必然意愿另外一件事，而这条规律又要求一条律令限制这个准则。因为根据其自然特性，客体概念在我们力所能及的范围内对主体意志的影响取决于主体的本性，即不是敏感性（偏好和品位）就是理解和理性。所以根据它们本性的特殊构造，这些特性在客体上的发展带来满足。由此可以得出，规律严格地说是由本性赋予的。像这样本性的规律必需通过经验加以认识和证明，所以总是偶然的，因此不可能像道德规则所必需的那样是必然的实践规则。不仅如此，而且规律必然只是他律；意志并不给予自己以规律，而且外在的冲动以适应接受它的主体本性的方式给予意志以规律。那么，绝对善良的意志的原则必须是绝对律令，至于所有的客体，绝对善良的意志将是不明确的，通常只包含决意的形式，而这个形式就像是自律。那就是说，每个善良意志的准则都能使自己成为普遍规律，其本身是每个理性者的意志强加给自身的唯一规律，无须假定任何诱因或利益作为基础。

这样一个综合实践的先验命题怎么是可能的，而为何它又是必然的？这是一个不属于道德形而上学解决的问题。我们尚未在此确认其真实性，更不用声称有能力去证明它。我们只是以普遍接受的道德观的发展表明，意志的自律不可避免地与这一概念相联系，或相当于它的基础。那么，不论谁，只要认为道德是某种真实的东西，而不是没有任何真实性的荒诞想法，他也必须承认在此所提出的道德原则。那么，同第一章一样，本章只是分析。现在要证明道德并非大脑的创造物，如果绝对律令及其相关的意志自律作为先验原则是真实的，也是绝对必然的，那么，这就假设可能综合运用纯粹的实践理性。然而，如果我们对这种理性能力不做一番批判性的考察，也就不能这样冒险地运用。在结束的一章，我们将给予这种原则以批判性考察的概要，直至达到我们的目的。

第三章 从道德形而上学过渡到纯粹实践理性批判的最后一环

自由概念是解释意志自律的关键

只要活着的人是理性的，意志与他们就存在一种因果关系，而自由就是如此因果关系的一种特性，以至于这一特性能够不受外在因素对它的规定而独立起作用，正如物质的必然性是所有非理性者的因果关系所具有的特性，在外来因素的影响下来规定他们参与的活动一样。

前面对自由的定义是消极的，因此还不足以使我们发现其本质。但是，它会导致一种更积极、更完整、更丰富的观念产生。既然因果关系的概念牵涉规律的概念，那么相应地，按照这一规律，通过我们称为原因的某种东西或其他的某种东西——换句话说，就是结果——必然产生（得以规定）；[①]因此，虽然自由并不是有赖物质规律的意志的特性，但是它并不是出于无规律的理性；相反，它必须是根据不变法则起作用的因果关系，只不过是一种特殊的因果关系，否则自由意志就是一个谬论。物质需要是动因的他律，因为每个结果只能根据这样一条规律，即别的东西决定动因。自律是成为自己规律的意志的特性，那么除了这种自律，还有什么会是意志的自由呢？但是，意志在每一次行动中对自己都是规律的这一命题，只表示这样的原则，即行动所依据的准则也能是以使自己成为普遍规律为目标的准则。现在，这正是绝对律令的公式和道德原则，其结果是，自由意志和服从道德规律的意志是统一的。

那么，以意志的自由为假设前提时，只需通过对概念的分析，道德及其原则就能随之得出。然而，后者仍旧是一个综合命题：即一个绝对善良的意志就是，其准则总是包含其自身，并认为自身是一条普遍规律，因为通过对绝对善良意志的概念分析，从来没有发现这个准则的特征。现在，这样的综合命题只是以这种方式才可能：那就是两种认知由与两者相关的第三个联合体结合在一起，同时这两个认知都将在第三者中找到。自由的积极概念会提供第三种认知，而第三种认知无法像物质原因一样成为感知世界的本性（在感知世界的概念中，我们发现，作为原因的某物的概念被连接到作为结果的他物的概念上）。我们现在无法立刻表明，自由向我们指明的和我们对之有先验观的第三种认知是什么东西。我们也无法阐明，自由概念是如何从纯粹实践理性中显示出来，以及绝对律令如何变得可能。不过，我们还需再做进一步的准备工作。

① 假设——最初有一部关于假设词源的剧本，该词源不接纳英语的复制品。坦白地说，如果没有这一复制品，陈述便无以自明。——著者注

自由必须假定是所有理性者的意愿的特性

如果我们没有充分的理由断言所有理性者的自由，那么无论凭什么理由都不足以断言我们自己意志的自由。既然道德作为规律为我们服务只是因为我们是理性者，那么它还必须对所有的理性者都有效。既然道德只从自由的特性推导出来，那么就必须表明自由也是所有理性者的特性。那么，在某种假定的人性体验中不足以证明自由（的确这是完全不可能的，而自由只能被先天证明）。可我们必须表明，自由属于所有赋予意志的理性者的活动。现在我要说的是，每个只能按自由观念行动的人，正是出于这个原因，从实践的观点来看，才是真正自由的。那就是说，所有与自由密不可分的规律对一个人来说具有同样的效应，好像他的意志通过理论上的归纳证明已显示其本质上是自由的。①现在我断言，我们必须承认，每个有意志的理性者都有自由的观念，并且完全按照这个观念行动。因为在这种人身上，我们构想一种实践的理性，即与其客体有因果关系的理性。现在，有种理性有意识接受来自与其判断相关的其他任何地方的偏见，我们不可能构想出这样一种理性，因为那时主体并不把自己的判断力归于其自身的理性，而是归于一种冲动。这种理性必然不受外在的影响，而认为自己是其原则的创造者。因而，作为实践的理性或者作为理性者的意志，理性必然认为自己是自由的。也就是说，如此理性者的意志只有在自由的观念中才可能是其自身的意志。因此，从实践的观点来看，这种观念必然归于每个理性者。

论隶属于道德观念的利益

我们最终已把明确的道德概念简化为自由观念。然而，我们无法证明，自由观念实际上是我们自己的特征，或人性的特征。只是当我们看

① 为了避免还得在理论上证明自由的必要，我采用了假设理性者只好像在理念中一样，以自由观念作为其行为的基础。前者足以满足我的目的。因为即使不该做出臆测证明，一个无法行动的人，除非有自由的思想，不然也会受到同样规律的约束。因而，我们在此可以摆脱在理论上有压力的负担。（请比较巴特勒在其《比喻》一书第六章第一部分中对自由问题的处理。）——著者注

到，如果我们设想一个人是理性的，并且意识到与其行为相关的因果关系，即就像富有意志，那么我们发现，正是由于同样的原因，我们必须赋予每个具有理性和意志的人以按自由观念决定自己行为的特征。

于是，还从这一观念的预示条件中导致，我们渐渐意识到一条规律：行为的主观原则，即准则，必然总是被如此假定，以至于它们还可能被认为是客观原则，即普遍原则，因而可以作为我们自己口述的普遍规律。但是，为什么只是作为一个理性者，我应该服从这一原则，因而其他富有理性的人也要服从这一原则呢？我要承认，没有什么利益驱使我这样做，因为利益并不会发出绝对律令，可我必须从中获得利益，并且看出这种利益如何传递，因为上述的那个“我应该”，恰当地说，是对每个理性者都有效的“我要”，只要理性毫无妨碍地决定他的行为。但是，对另外一些像我们一样的人受到不同类的诱因即感知的影响，在这种情况下，他们并不总是做只由理性要求其做的事，对于这些人来说，必然性只表达为“应该”，而主观必然性不同于客观必然性。

那么，在我看来，仿佛道德规律，即意志自律原则，恰当地说在自由观念里只被预先假定，仿佛我们无法单独证明其真实性和客观必要性。在这种情况下，我们仍旧收获颇丰，因为我们至少比之前所做的更准确确定了真实的原则。但是，至于这一原则的有效性和使自己服从该原则的实践必要性，我们应该尚未起步。因为如果有人问我们，为什么我们的准则作为一条规律，其普遍的有效性必然成为限制我们行动的条件，那么由于什么原因，我们赋予这种行为方式以价值——价值如此之高，以至于不可能有更高的价值。如果有人进一步问我们，怎么这么碰巧，正是只凭这一点，一个人就会相信他感觉到自己的个人价值，与之相较，一个符合或不符合条件的价值被认为是无关紧要。对于这些问题，我们无法给出一个令人满意的答复。

我们确实有时发现，我们能够在个人品格中获益，[①]该品格并不包括

① “兴趣”是意志的根源，因为如此，所以这一根源由理性加以体现。请参见原著第391页上的注释。——编者注

外部条件的任何利益，只要这种品格使我们能够参与到环境中，理性又影响到分配，也就是说，即使没有分享这种幸福的动因，只是值得幸福就能使我们对幸福自身感兴趣。然而，这种判断实际上只是已经假设的道德规律重要性的结果（按照自由的观念时，我们就脱离了所有经验的利益）。但是，我们应该从这些利益中脱离出来，即认为自己在行动上是自由的，却服从于某种规律，以便只在我们自己身上找到一种价值，这种价值能够弥补给予我们处境以价值的每样东西的损失。这一点我们还是无法以这种方式看出，我们也不明白如此行为怎么可能——换句话说，道德规律从何处源自其责任。

必须坦率地承认，在此有一种似乎不可规避的循环论证。在动因的排序中我们假定我们自己是自由的，以便在目的的排序中我们可能设想自己服从于道德规律。而我们后来之所以设想自己服从于这些规律，是因为我们已经将意志自由归因于我们自身，因为意志上的自由和自我立法都是自律，也因此是互易的概念。也正是由于这一原因，二者中的一个不能用来解释另一个或为另一个提供依据，可最多只能为了逻辑的目的，将同一对象的不同概念表面上简化为一个概念（就像我们将同一数值的不同分数约减为最小的公约式一样）。

我们还有一种方法，这也就是去调查，当我们以自由的方式认为自己成为先天有效的原因时，当我们从我们的行为中形成我们自己的概念作为我们眼前看到的效果时，是不是我们没有假设过不同的观点。

这是一种无须深思熟虑便可做出的评论，但是，我们可能以为，甚至通过最普通的理解也能做这样的评论，尽管它按照自己的方式，以它称为感觉的判断的模糊识别来这样做。我们还可能以为，我们偶然得到的所有“理解”[①]（就像感觉上的那些理解一样）使我们只能在它们的影响下认识客体。结果是，它们本身可能是什么对我们来说还是未知数，所以，至于这类“理解”，即使我们的理解力能将最密切的注意力和最清晰的辨别力应用于这些对象上，凭借这种理念，我们能获得的也只是对其表象的认

① 在此讲到的一般理解，我用“idea”一词表达通俗的意义。——著者注

识，而永远无法认识到它们的本质。一旦这种区分再次出现（可能只是源自我们从外部获得的理念与我们自身产生的理解之间的差异，在前一种情况下我们处于被动状态，而在后一种情况下我们则展示出自己的活动）。那么，由此得出，我们必须承认和假定表象背后还有非表象的别物，即物本身。我们必须承认，我们无法更接近它们，也无法知道它们本身是什么，这是因为，除了物本身影响我们之外，我们永远无法知道它们自身为何物。这必然在感性世界和知性世界之间产生差异，无论这种差异多么粗略。由于感觉能力上的差异，感性世界可能在不同观察者之间有所区别，而作为感性世界基础的知性世界则始终如一。一个人甚至对自己也不能通过自己的内在感觉而获得自己所有的知识，假装知道自己究竟是什么样子。因为就像他似乎无法创造自己一样，他不是靠先验而是凭经验得到关于他自己的概念，所以便自然而然得出，他能够获得甚至对自己的认知只是靠内在的感觉，因而只能通过其本性的现象及其意识受影响的方式。同时，在其主体的特征以外，他必须假设别的某种东西作为其基础，即自我，无论其什么特征都可能是本质上存在。因而，就纯粹的认知和感觉的接受而言，他必须认为自己是属于感性世界；可是，就他的内在而言，不论是有着什么样的纯粹的活动（即直接达到意识而非通过影响感官而言），他都必须要认为自己是属于知性世界，然而对于这个世界他却没有更多的认知。一个深思熟虑的人对所有呈现给他的东西必须得出这样的结论：这一结论甚至在最普通的理解者内心可能偶尔遇到，众所周知，这些人十分倾向认为，感官对象背后有某种无形却能动的东西。然而，通过即刻再次感化这种无形的东西，即想使其变成直觉的对象，他们却扰乱了这个结论。结果是，他们无法变得更明智一些。

现在，人们真的发现，在其自身内有一种将自己与其他一切事物区别开来的能力，甚至能将自己与对象所作用的那个自己加以区别，而这就是理性。这种纯粹自发的存在甚至高于知性。因为知性虽然是一种自发性，而且不像感官一样只包含受到事物影响才产生的直觉，可是它不能从其活动中产生其他任何概念，而只能起到把直觉置于规则之下的作用，从而将它们统一在一种意识中。要是不应用感性，知性就根本无法进行思维活动。而相反的是，在我称为理想（理想的概念）的情形中，理性显示出如此纯粹的自发性，以至于理性远远超越感性能够给予理性的任何东西，并展示出它自己的最重要功能在于，区分感性世界和知性世界，从而指出知性世界本身的局限性。

由于这个原因，理性者必须认为自己是理智的（并非根据他低能的那面），不是属于感性世界，而是属于知性世界。所以，他就有两种观点，以此品评自己，认识自己运用能力的规律，也因此认识自己一切行动的规律：首先，就他属于感性世界而言，他发现自己服从自然规律（他律）；其次，他由于属于知性世界，所以服从独立于自然的、不是基于经验而是只基于理性的规律。

作为理性者，因而属于知性世界的存在者，人们只能在自由观念的条件下构想自己意志的因果关系，因为感性世界的决定因（理性必然总是归因于自身的独立性）是自由。现在，自由观念与自律概念不可分割地结合在一起，而这个自律概念又与道德普遍原则不可分割地结合在一起，这种道德普遍原则理论上是理性者所有行动的根据，就像自然规律是所有现象的根据一样。

现在，已经消除了我们在上文提出的质疑，即在我们从自由到自律、从自律到道德规律的推理中有一个潜在循环论证的质疑。这个质疑也就是，由于道德规律，所以我们设置自由观念，而这样做的目的则是因为可能以后反过来从自由推导出道德规律。因而，我们根本无法为这一规律提出任何理由，而只能将它作为预期理由（呈现）[①]，这种理由尽管非常赞同的才智之士会乐意向我们让步，但是我们绝不能把它当作可证明的主张提[②]出来，头脑清醒者总是愉快地认可我们的主张，但是从未作为一个可证的命题提出。因为现在我们看到，当我们认为自己是自由时，我们就把自己转移到知性世界，作为其一员，并认识到意志的自律有其结果和道德。而如果我们认为自己负有义务，那么我们就会认为自己既属于感性世

① 原文中缺少动词。——编者注

② 原文中缺少动词。——编者注

界，同时又属于知性世界。

绝对律令怎样才是可能的

每个理性者都认为，自己作为智者属于知性世界，而正是只作为一种动因属于这个知性世界时，他才把他的因果关系称为意志。另一方面，他也意识到自己是感性世界的一部分，在这个世界中，他那只是因果关系表象（现象）的行为才得以表现。然而，我们无法看出，出自这种未知的因果关系的行为怎么可能发生。可相反，这些属于感性世界的行为必然被认为是由其他现象，即欲望和偏好所决定的。因此，如果我只是知性世界的一员，那么我的一切行为都会与纯粹意志的自律原则完全一致；如果我只是感性世界的一部分，那么我的一切行为都必然被认为是符合所有欲望和偏好的自然规律，换句话说，就是与自然和谐一致（前者以道德为最高原则，后者以幸福为依据）。然而，既然知性世界以感性世界为基础，因而也以感性世界的规律为依据，相应地，直接规定我的意志的规律（我的意志完全属于知性世界），必须被认为是这样做的，所以，由此得出，虽然一方面我必须把自己看作感性世界的一员，但是另一方面，我又必须把自己看作服从知性世界的规律即理性的智者，这种理性包括自由观念的规律，因此就要服从意志的自律。其结果是，我必须把知性世界的规律看作我的律令，而把符合律令的行为看作责任。

因而，使得绝对律令变得可能的东西是，自由的观念使我成为知性世界的一员，结果是，如果我只是知性世界的一员，那么，我的一切行为都总会符合意志的自律。但是，因为我同时直觉到自己又是感性世界的一员，所以我的一切行为也应该符合意志的自律，而这一绝对的“应该”意味着一个综合的先验命题，因为除了我的意志受到感觉欲望的影响之外，又增加了一个相同意志的观念，这个意志却属于知性世界，其本身是纯粹的、实践的，包含根据前一个意志理性的最高条件；明确地说，就是将通常自身只是有规律的形式的知性概念，增加到感性世界的直觉上，而以这种方式，物质世界中的一切知识所依据的综合先验命题才成为可能。

普通人类理性的实践应用证明了这一推理。没有什么人，甚至是最无耻的坏人，如果他不习惯应用推理，无论我们在他面前举多少关于意图诚信、坚定遵守善良的准则、同情和普遍仁爱（甚至结合极大牺牲个人利益和舒适条件）的例子，也别指望他可能也有这些品质。只是因为他的偏好和冲动，他不能依靠自己做到这一点，可同时，他希望能够摆脱这种对他自己来说也是沉重负担的偏好。由此他证明了，要是具有摆脱所有感性冲动的意志，他就能在思想上将自己迁移到一个完全有别于他在感性方面所期望的东西的秩序中。既然他不能凭这种愿望去指望获得其欲望的任何满足，也不能指望获得任何的地位，以满足他的任何实际或想象的偏好（因为从他身上产生这个愿望的观念本身就会失去其卓越性）——他只能期待他本人更大的内在价值。然而，当他无意受自由观念驱使，即受不由感性世界决定因素影响的独立性驱使，被迫将自己迁移到知性世界。当他具有该世界其他成员的观点时，他就会将自己想象成为这里更好的人，而从这一观点出发，他意识到一个善良意志，他自己承认，这个善良意志构成他作为感性世界一员而具有不良意志的规律——即使违背这一规律，他也承认它的权威性。那么，道德上他所“应该”的东西是他作为知性世界中的一员时，必然“意愿”的东西，而且只是因为他认为自己同样也是感性世界一员时，他才认为是“应该”。

论实践哲学的极限

所有人都把意志的自由归于自己。因此，就出现了对作为存在的行为的所有判断，例如对应该做尽管是尚未做的行为的判断。然而，这种自由不是一个经验概念，也不可能是经验概念，因为即使经验显示自由假设的东西与被认为是其必然的结果相反，自由仍旧存在。另一方面，所有发生的事都应该毫无例外按照自然规律决定，这同样是必然的。自然的这种必然性也不是一个经验概念，正是由于这个原因，自然必然性包括必然性概念，因而也包括先验认知的概念。但是，自然系统这一概念是由经验确认的，而如果经验本身是可能的，那么它甚至必须不可避免要以假定自然系统的概念为前提，就是说，对依据一般规律的感觉对象的相关认识。因此，自由只是一个理性观念（观念的概念），其本身的客观现实性是不可靠的，而自然是一个知性概念，而且这个知性证明，而且必须要证明其在经验例子中的现实性。

由此便出现一种理性的辩证法，因为归于意志的自由好像与自然的必然性相矛盾，处在两条路之间，理性在其思辨的意图中发现，自然必然性之路要比自由之路更为人常走、更为适合。然而，为了实践的目的，自由的羊肠小道是在我们的行动中可能应用理性的必经之路。因此，就像人类最普通的理性一样，最微妙的哲学不可能不停地争论自由。那么，哲学必须假定在自由和相同人类行为的物质必然性之间找不到真正的矛盾，因为它不能放弃自然的概念，同样也不能放弃自由的概念。

不过，即使我们从来不理解自由是怎么可能的，我们也至少必须用一种有说服力的方式来改变这一明显的矛盾。因为，如果自由的思想自相矛盾或与自然产生矛盾，而与自然产生矛盾同样是必然的，那么它必须在与必然性的竞争中被完全抛弃。

然而，如果那个将自己看成是自由的思想主体在声称自己自由时，与在同一行动中认为自己又是服从自然规律时，都是在同样意义上或在同种关系中设想自己的，那么这一矛盾就不可避免。因此，思辨哲学的一个必不可少的问题就是要表明，关于这一矛盾的幻觉依据这一点，即，当我们称一个人是自由时，当我们认为他作为自然的存在部分和包裹时，我们是在不同的意义上和在不同的关系中思考他。因此，思辨哲学不仅必须表明，自由与自然二者不仅可以融洽共处，而且还必须表明二者必然被看作必要统一在同一主体中，因为，如若不然，就无法给出任何理由来解释为什么我们应该以这样一种观念来承受理性的负担。这种观念虽然可能与另一个已充分建立的观念毫无矛盾地和谐统一，可是，它使理性在其理论应用中让我们极为窘迫，也让我们深感困惑。然而，这种责任只属于思辨哲学，以便它可能为实践哲学扫清道路。那么，哲学家就不必选择是清除这一明显的矛盾还是让其原封不动——因为要是让其原封不动，关于这个问题的理论就会成为空白领域，宿命论者就有权进入而拥有这片领域，将所有道德从它自己号称占据的想象领域中驱赶出去。

然而，到目前为止我们还不能说，我们正触及实践哲学的界线。因为解决这个争论的任务并不属于实践哲学。实践哲学从思辨理性的角度只要求，思辨理性应该结束使自己纠缠于理论问题的不和谐状态，以便实践理性可以歇息，有安全感，以免受到外来攻击，这些外来攻击可能使实践理性期望建立的基础遭到争议。

甚至由普通理性所做的对意志自由的种种要求，都基于意识和已被承认的假设，即理性独立于纯粹主观的决定因，这些决定因共同构成只属于感觉的东西，因而归入感性的总称。以这种方式认为自己是智慧的人，从而把自己既置于事物的不同秩序中，也置于和一个完全不同类的决定因的关系中，这时，他一方面认为自己赋有意志的智慧，因而赋有因果关系；另一方面他把自己又看作感性世界的一种现象（因为他真是如此），并确信他的因果关系根据自然规律[①]服从于外部的决定因。现在，他很快意识到，两者都能保持良好的关系，不仅如此，两者必须同时保持良好的关系。因为说一件事（属于感性世界）表面上服从于某些规律，其存在本身未受限于这些规律，那就不存在一点儿的矛盾。他必须以这样的两种方式设想和思考自己，至于第一种方式，是基于他意识到自己是一个受感觉影响的主体，至于第二种方式，是基于他意识到自己是智者，即意识到自己在其理性的应用中独立于感觉印象（换句话说，意识到自己属于知性世界）。

因此，这就是为何一个人要求拥有一种意志，这种意志不考虑任何出于欲望和偏好的东西，相反，认为行动对他来说是可能的，不仅如此，甚至是必然的，这些行动只能以无视一切欲望和感知的偏好方式而为之。如此行动[②]的因果关系存在于作为充满才智的人身上，也存在于（依赖）知性世界原则的结果和行为中，他的确知道，只有独立于感性的纯粹理性自身才能给予规律；此外，既然正是只在那个世界作为智者他才是真实的

① 原文的标点符号给出下列的意思："Submits his causality, as regards its external determination, to laws of nature." 我只是移了一下逗号，贸然做了一个似乎是必要的纠正。——编者注

② 巴尼先生仿佛读"desseblen"而不读"derselben"来翻译这一意志的因果关系。——编者注

自我（作为人的存在只是他自己的表象），那些规律就直接绝对地应用于他，以便偏好和欲望的刺激（换言之感性世界的本质）也都不能削弱他作为智者的意志规律。不仅如此，他甚至无须对前者负责，也无须将偏好和欲望归咎于他的真实自我，即他的意志：如果他允许偏好和欲望影响到他对意志理性规律产生偏见的准则，那他只好把他可能有的任何一种放纵行为归咎于他的意志。

实践理性认为自己进入知性世界时，并不会因此而超越自身的局限。如果实践理性试图靠直觉或感觉进入知性世界，它就会超越自身局限。前者只是关于感性世界的一种消极的思想，这种感觉在决定意志时不给予理性以任何规律，只有在作为消极特征的这一自由同时与一项（积极的）能力结合，甚至与理性的因果关系结合的那一刻，它才是一种积极的思想，我们称这种因果关系为意志，也就是如此行动的一种能力，以至于其行为准则符合理性动机的本质特征，即准则具有作为规律的普遍有效性的条件。但是，如果实践理性从知性世界借用意志的对象，即动机，那么它便会逾越其界限，假装了解它一无所知的某种东西。那么，知性世界的概念只是一种观点，理性为了想象自己是实践的，发现自己被迫在表面上采用这种观点。如果理性对人具有决定性的力量，那么理性就不可能认为自己是实践的，但这种情况是必然的，除非有人否认他意识到自己是一个智者，并因此意识到自己是理性的原因，靠理性用力，就是说，自由地运行。这种思想当然包含与属于感性世界的自然机械论不同的秩序和规律系统的观念，使得知性世界的概念成为必要（换句话说，理性存在的整个系统是自在之物）。但是，这种思想绝不授权我们对知性世界做进一步考虑，而将其认为是正式的唯一条件，即将意志准则的普遍性认为是规律，因而也认为是意志的自律，这种自律与其自由一致。然而，与此相反，所有指一个明确对象的规律赋予他律，而他律只属于自然规律，它只能适用于感性世界。

但是，如果理性承担起解释纯粹理性是如何可能实践的任务，理智总是超越其所有的界限，这就跟解释自由是如何可能是一样的问题。

因为，我们除了能把在某种可能的经验中所能给予的对象简化为规律外，别的什么也无法解释。但是，自由是一种纯粹的观念（理想的概念），其客观现实性绝不能按自然规律加以说明，因而也无法在任何可能的经验中加以说明；由于这个原因，自由从来无法加以理解或领会，因为我们无法用各类例子或类比来证实它。自由只有在这样一个存在者中作为理性的必然前提才适用，这个存在者相信自己意识到一种意志，就是说，意识到一种有别于纯粹欲望的能力（即意识到一种像理智一样决定自己行为的能力），换句话说，意识到一种独立于自然本能而按照理性规律的能力。现在，那里根据自然规律决定终止，那里所有的解释也都终止，而除了辩护——即排除那些假装已更深刻了解事物的本质，于是大胆断言自由是不可能的人的异议——之外，便没有什么留下。我们只能向他们指出，他们从中已发现的那种假定的矛盾，只是在他们为能将自然规律应用于人的行为而把人看作表象时才必然发生：那么，当我们要求他们也应该把作为理智的他看作自在之物时，他们仍旧坚持认为他在这方面也是一个表面。在这个观点中，假定同一个主体的因果关系（即他的意志）脱离感性世界的所有自然规律，这无疑是一个矛盾。但是，如果他们只要自己思考一下，理智地承认表象背后必然还有自在之物潜伏在它们的根基（虽然是隐藏的），并承认我们不能期望这些规律跟那些决定它们表象的规律是一样的，那么这种矛盾便会消失。

解释意志自由主观上的不可能性，与发现并解释人们能在道德规律中所获取的利益[①]的不可能性是相同的。不过，人们的确在道德规律中获得利益，这种利益的基础我们称为道德感，这个道德感被有些人误指为我们

① 按照这种利益，理性成为实践的，也就是成为决定意志的原因。所以，我们说到理性者只是在某件东西中获取利益；非理性者只是感觉有肉体上的胃口。只有当准则的普遍效力仅仅足以决定意志时，理性才对当时的行动有直接的利益。这样的利益只是纯粹的。但是，如果只以欲望的另一对象的方式或靠主观的特别感觉的建议，理性才能决定意志的话，那么，理性对行动只有间接的利益。由于没有经验，理性既无法发现意志的对象，也无法发现促使意志的特别感觉，所以后者的利益只是经验的利益，而不是纯粹理性的利益。理性的逻辑利益（即为了扩大其见识）绝非是直接的，却预示着人们应用理性的目的。——著者注

道德判断的标准，而道德感宁可被视为规律对意志的主观影响，其客观原则也只由理性来提供。

为了意愿那只有理性才规定受感性影响的理性者应该意愿的东西，的确需要一种理性的力量。毫无疑问，很有必要的是，理性应当有能力将快乐的感觉或满足感注入责任的履行中，也就是说，理性应当有一个因果关系，通过这种因果关系理性根据自己的原则决定感性。但是，一个本身不含任何感性的纯粹思想如何能产生快乐或痛苦的感觉，这一点是完全不可能辨明的，即这一点完全是先天不可能理解的。因为，这是一种特殊种类的因果关系，就像其他任何种类的因果关系一样，我们无法先天决定其任何东西，而必须求教于因果关系方面的经验。但是，因为除了在经验的两个对象之间外，这不能提供我们任何的因果关系，所以，在这种情况下，虽然这种效果的确在经验内制造谎言，可是这种原因通过不提供任何对象给经验的纯粹观念被认为是纯粹的理性行为。由此可得，要解释如何并且为什么准则的普遍性作为规律，即道德、利益，对我们人类来说是完全不可能的。唯有以下这一点才是肯定的，那就是：准则的普遍性作为规律之所以对我们有效，不是因为它引起我们的注意（因为利益总是他律，是实践理性对感性的依赖，即对一种作为其原则的感觉的依赖，在这种情况下，它从来无法制定道德规律），但是，它之所以会引起我们的注意，是因为它对作为人类的我们是有效的，因为它源自作为理智的我们的意志，因而也源自我们的真实自我。凡属于纯粹表象的东西都由理性决定，从属于自在之物的本性。

然后，“一个绝对律令是如何可能的”这一问题，可以这样回答：我们可以指定在其之上的绝对律令才可能的唯一前提，即自由的理念。我们还可以看出这一前提的必然性，这对理性的实践运用来说就足够了。也就是说，对这种律令有效性的确信，由此对道德律的确信来说就足够了。但是，这个前提本身是如何可能地从不为任何人的理性所辨别。然而，在理智的意志是自由的这一前提下，意志的自律作为其决定必不可少的正式条件是一个必然结果。此外，意志的这种自由不仅完全可能作为一种前提（不包含任何与感性世界相互联系中物质必然性原则的矛盾）——就像思辨哲学所能显示的一样——而且还能进一步表明，靠理性即靠意志（不同于欲望）意识到因果关系[①]的理性者，必须在实践中预设意志的自由为前提。也就是说，在观念中假设意识的自由为其一切自愿行动的基本条件。但是，不借助可能出自任何源头的任何行动诱因，纯粹理性怎么可能本身是实践的？也就是说，作为规律的一切准则的普遍有效性纯粹原则（这当然是纯粹实践理性的形式），不借助人们可能从中先行取得任何利益的意志的物质（对象），怎么可能自身提供诱因？它怎么可能产生一种被称为纯粹道德的利益？或者换句话说，纯粹理性怎么可能是实践的？——要解释这一点，人的理性显得无能为力，而为寻找这一问题的解释所做的一切努力都付诸东流，所承受的一切痛苦也都不复存在。

这个问题好似我试图发现自由本身是怎么可能作为意志的因果关系一样。因为那时我停止寻找从哲学上做解释的根据，而我又没有其他东西作为基础。的确，我可能沉迷于依然为我留下的知性世界，尽管我对这个知性世界有一个理由充足的想法，但是对它却一无所知，即使我竭尽理性的自然能力，也远无法对它有如此的认知。这个知性世界只意味着，当我只为了限制动机的原则以使其不超出感性的范围，从我意志的起动原则中把一切属于感性世界的东西剔除之后剩余的某种东西。同时，我还要确定感性世界的界限，表明它本身并不包含所有的一切，而在它之外还有更多的东西。但是，这更多的东西我却没有进一步了解。关于构建这一观念，在所有物质的提取，即对客体的认知之后，只剩下形式了。换句话说，只剩下准则普遍性的实践规律，以及与该实践规律一致的；与一个作为可能动因的，即与一个可能作为决定意志囿于纯粹知性世界关联的理性概念。在此必然完全缺乏诱因，除非知性世界的这一观念本身就是这个诱因，或者在知性世界中理性原来就获得利益。但是，要使这一点变得可解，正是我们所无法解决的问题。

到此为止，所有的道德探索已达极限。甚至由于这个缘故，确定这

① 把“einer”读为“seiner”。——编者注

一极限极其重要，一方面是为了——理性可能在人们对道德抱有偏见时，在感性世界中寻找最大的动机和可理解却有经验的利益；另一方面是为了——在被我们称为知性世界的越验概念（针对理性的）空空如也的太空，理性不可能无力地拍打翅膀却无法起飞，迷失在幻想之中。除此之外，作为所有理智系统的、我们自己作为理性者所属的纯粹知性世界（虽然另一方面我们也是感性世界的成员）的观念，对于理性信念的目的，这种观念仍然是有用且合理的观念，尽管所有的认知在入口处止步，换句话说，凭借自在目的（理性者）的普遍王国的高尚理想，在我们内心对道德规律产生浓厚的兴趣，只要我们自己小心翼翼依照貌似自然规律的自由准则行动，那么，我们就能成为该王国的成员。

结 语

从自然的角度看，理性的思辨运用导致了世上某种最高原因的绝对必然性——从自由的角度看，理性的实践应用也会导致绝对必然性，可这只是理性者本身行为准则的绝对必然性。现在，理性的重要原则不管怎样运用，都要将其知识推到对其必然性的意识（要是没有这种必然性，它就不是理性知识）。然而，正是对同一理性的同样重要限制，理性才既无法看出“是什么”以及“发生什么”的必然性，也无法看出“应该发生什么”的必然性，除非在“是什么”或“发生什么”或“应该发生什么”之上假设一个条件。然而，在这方面，靠不断追问条件的方式，理性的满足只会进一步推迟。因此，理性不断寻求无条件的必然性，发现自己被迫假定这一无条件的必然性，尽管理性没有任何手段能使这一无条件的必然性变得可理解，可是理性只要能找到与这个假设一致的概念，就足以感到快乐。因此，我们对道德的最高原则的推论并没有什么错，可通常应该对人的理性提出异议，这使得我们无法理解一种无条件的实践规律（例如绝对律令必须是无条件的实践规律）的绝对必然性。既然这种规律不再是道德规律，即自由的最高规律，那么，理性就不能因为拒绝以某一条件，即以假设某种利益为基础的方式，来解释这种必然性而受到责备。因而，我们不理解道德律令的实践的无条件必然性，而我们却理解它的不可知性，这就是哲学所公正要求的一切，哲学努力将其原则提升到人类理性的极限。

（刘世英　译）

拜伦与歌德

Byron And Goethe

〔意〕朱塞佩·马志尼

主编序言

朱塞佩·马志尼于1805年6月22日出生于热那亚，是一位为实现意大利的独立而努力奋斗的伟大的政治理想主义者。他得到父母遗传，崇尚民主，热心于意大利的自由解放。当他还是一名热那亚大学的学生时，就组织了一群与他有着共同理想的青年人。他二十二岁时加入了一个名叫“烧炭党”的秘密社团，之后便被送到托斯卡纳区去执行任务，不过在那里，他不幸被截留并逮捕。但他刚刚被释放，便又开始从被流放到马赛的意大利流放者中挑选人员着手，构建青年意大利党社团。这个社团的目标就是要建立一个自由统一的意大利共和国。他的活动惹来法国的逐客令，但他机智地瞒过了法国政府的侦探并得以继续从事他的活动。由青年意大利党密谋的全国起义被发现了，许多党内领导被执行死刑，马志尼也被宣判死刑。

不过几乎同时他又重新开始运作，这次是在日内瓦。但这次行动再遭流产，并招致瑞士的驱逐令。尽管他在伦敦找到了容身之地，但起初很难谋生。在这里，他采取了写作方式继续他的宣传活动。1848年意大利革命爆发，他回到意大利，与法国人进行激烈战斗，最终法国人包围了罗马，罗马共和国于1849年结束了，他们的战斗再度失败。

失败和困窘的他再次回到了英国，直到1857年意大利暴动，他才回国。他和意大利爱国者加里波第一起工作了一段时间，但由家福尔和加里波第建立起来的、由维克托·伊曼纽尔统治的王国，与马志尼一直努力的理想意大利王国相去甚远，在他生命的后期，他大部分时间都待在伦敦，直到生命的最后才回到意大利，并于1872年3月10日逝世。历史很难见证到比马志尼更加清廉、更加高尚的政治烈士了。

马志尼的散文《拜伦与歌德》并不仅仅是文学评论，因为它展示的是马志尼写作中突出的统一的哲学思想，无论是文学、社会还是政治方面。

查尔斯·艾略特

一天，我站在侏罗山脉脚下的一个瑞士村庄，目睹着暴风雨的来临。乌云密布，被西下的霞光镶上一道紫边，很快覆盖了整个美丽的欧洲上空，意大利也未能幸免。远处电闪雷鸣，阵阵刺骨的寒风正驱逐着大颗大颗的雨滴灌溉整个干涸的平原。仰头望去，我看见一只硕大的阿尔卑斯山隼，忽上忽下，正勇敢地浮沉于暴风雨中，我几乎认为它正努力地在与暴风雨抗衡。每听到一次轰隆隆的雷声，那高贵的隼都会向高空的更高处冲去，好似在回应挑战。我的目光追随它好久，直至它消失于东方。在我身后大约50步的地面上立着一只鹳，它超乎寻常地在战争的旋涡中泰然处之，无动于衷。它有两三次转过头来，带着难以描述的、一种漠不关心的、好奇的样子，迎着风迈出腿去；但是最后，它还是停下了那只高大肥硕的腿脚，而把脑袋藏于翼中，镇定地让自己平静地睡去。

看到这儿，我想到了拜伦和歌德：想到了悬于他们头顶的暴风雨的天空；想到了他们俩都是在犹如被暴风雨戏弄一样地生活着，一个一生都在挣扎，而另一个却一生都镇静无比；想到了出自他们之手的伟大诗篇，启发后人却令后人难以超越。

拜伦与歌德——这两个名字，不管发生什么事情，都将主导并且会永远主导我们在过去五十年间的任何回忆。他们是诗歌艺术的统治阶层；他们是整个诗歌艺术时代的大师，我想说是君主也不为过；他们光彩照人，却都郁郁寡欢；他们有着年轻的荣耀与勇敢，却因为蠕虫般的叮嗜而蚀于花苞，伤心欲绝。他们是两大学派的杰出诗人的代表；我们不得不将一些稍逊的诗人归在他们的外围作为对比，是这些诗人让我们看出这个时代的卓越辉煌。人们发现了他们的著作中有着让人钦慕的区别性特质，尽管同时代的诗人也零零散散地具有这些品质。当我们寻求文字来表现他们时代的趋势特征时，不知不觉挂在我们嘴边的就是他们的名字。这两个天才诗人追寻的是不同的道路，甚至是相反的道路；然而我们每想到他们中的一个时就不由得想起另一个来，似乎一个就是另一个不可或缺的组成部分。整个欧洲的眼睛都盯着他们俩，就像观众们正盯着竞技场上的两个强有力的摔跤对手。他们，就像高贵大方的竞争对手，相互间崇拜与赞扬，并会互伸援手。许多诗人都追随他们的脚印，却没人能像他们一样受到欢迎。其他人则成为他们的审判者和批判者，这群人曾经平静地、公正地欣赏着他们。但这群人现在却不了：因为对于诗人，要么成为他们的狂热者，要么成为他们的敌人，要么为他们献上花环，要么就向他们扔石头；只有当他们消失于茫茫夜空，因为夜空会包裹和改变人与事，诗人们的坟墓才能得以清净。渐渐地，他们的诗歌艺术一点一点地从我们的世界流走，看上去就犹如他们最后的叹息熄灭了圣火一般。

他们的诗歌已经开始有了回应。好的方面，它揭示了对新生活的渴望和承诺。坏的方面，它观点狭窄，趋向于对逝去的诗人进行不公正的评判，缺乏确定的规则或原则引导我们鉴别过去。人类的辨别力，就像路德笔下醉酒的乡下人，刚把他从一旁扶起，却又从另一旁摔倒。始于门泽尔的对歌德诗歌的回应，尤其在他自己的国度里，在他的有生之年，这种回应还算勇敢公正，但在他逝去后这种回应却已到达了夸大其词的程度。某些社会评论——我也属于其中，尽管是基于一套神圣的准则，但不应该被允许干扰我们进行公正地判断——在评判中起着举足轻重的作用。我们今天的许多人，年轻气盛、激情飞昂、满腔热情，却和女佣一道喋喋不休，说歌德是最糟糕的独裁者，是德国人身上的恶瘤。

英国人对拜伦的回应——我不想去谈论那些否认诗人拜伦的伪善愚蠢

之词，毕竟诗人已经安葬在威斯敏斯特教堂，我想说的是他们在文学上的反应——更加不能自圆其说。我遇到过英国浪漫主义诗人雪莱的崇拜者，他们否认拜伦的诗歌天赋；还有一些人严肃地拿拜伦的诗歌与英国作家沃尔特·司各特阁下的诗歌相比较。还有一个自命不凡的批评家写道："拜伦以自己形象为模板塑造男人，以自己心之所向塑造女人；男人是反复无常的暴君，女人则是百依百顺的奴隶。"这第一类人忘记了他们的崇拜者朗诵于口的诗文：

"永恒的朝觐者，他的不朽名声——
像天国俯身在其惟妙的头顶。"[①]

这第二类人忘记了在《异教徒》《哈罗尔德游记》出世之后，沃尔特·司各特阁下便宣布退出诗坛[②]。最后那类人忘记了当他在静悄悄地写评论时，拜伦已在希腊为新生自由而战。大家都在批判这两位诗人，拜伦与歌德，每个国家都有很多这样的人仍在批判，以他们自己头脑形成的绝对美丽、绝对真理、绝对错误的标准批判着；毫不考虑他们曾经或现存的社会关系所在的国度；从不去真正理解诗歌艺术的命运或使命；也不真正去了解人类生活中的任何艺术展现所遵循的规律。

地球上没有什么是绝对的：绝对只存在于神的思想（唯心主义观念）里；人类注定要逐步理解绝对的概念；尽管绝对不可能在地球上得以完全实现；尘世的生活，哪怕只是生命永恒演变的一个驿站，也在思想与行为中得以显现；因为过去的成就而得以加强，从一个时代到另一个时代思想得以逐渐完善。我们尘世的生活是我们灵魂永远存在、不断进步的必经之路，这是我们的生存规律；随着力量的增长和纯度的提炼，从有限上升到无限，从真实上升到理想，从现在的状态上升到将来的状态。诗人为他们的诗歌寻求灵感，他们在过去生命演变的普遍规律中寻求灵感；他们在人

① 出自Adonais。——著者注

② 出自Lockhart。——著者注

类灵魂深处血性本能的预言中寻求灵感。诗歌与时俱进，因为它是时代的表达；诗歌与社会同行，因为——无论是自觉的还是不自觉的——它诵出人的诗篇；尽管会因诗人个人的喜好不同或者环境差异受到影响，诗歌都会在他的字里行间中为现在或是将来着色，这是诗人灵感所能预见的。一会儿唱挽歌一会儿唱摇篮曲；要么创新未来，要么总结过去。

拜伦与歌德总结过去。这是他们的缺陷吗？不！这是时代的规律。然而，在他们停止吟诵的二十年后，现今的社会，开始谴责他们不该早出生了那么多年。对于那些受到上帝眷顾、出生在新世纪之初、沐浴在冉冉升起的金色阳光中的诗人们来说，他们是幸福的。人们一代接一代地吟诵他们的诗文，钟爱他们的诗歌，把新生活归因于他们，尽管他们只是萌萌预知。

拜伦与歌德总结过去。这是他们作品的哲学阐释，更是他们作品受欢迎的奥秘。欧洲的整个时代精神在消失前都以他们为化身，甚至正如在政治界，希腊精神和罗马精神在其消亡之前都以恺撒和亚历山大为化身一样。他们以诗的形式表现某个原则，他们描述英国的经济、法国的政治和德国的哲学，都体现了这个原则。这个原则，就是一个社会所有的准则、努力和结果都是基于个人主义原则。欧洲那个时代的使命是，首先通过希腊哲学的洗礼，后来经由基督教精神教化从而对个人进行康复、解放和发展。那个时代的精神似乎集中体现在他们身上，体现在德国哲学家费希特身上，体现在英国经济学之父亚当·斯密身上，体现在法国的人权派上，体现在他们所有的精力和力量上。他们努力表现和表达在那个时代人类所获得的一切。这确实很多，但不是全部，因此注定要消失。个人主义的时代看似接近了目标；但当你一瞧，呈现出来的却是宽阔的视野。在杳无人迹的森林里有着广阔未知的陆地，个人主义原则难以担当向导的重任来带领人们走出陆地。通过整个时代长期地、痛苦地努力，未知数量的人性已与包裹他们的各种各样的不同天性剥离开来，剩下的只是虚弱、孤独，因为恐怖从所立的荒僻之地不断后退。那个时代的政治派曾经宣称文明体制的唯一基础是自由和平等的权力（总称自由），但他们却突遭社会的无政府状态。那个时代的哲学派曾经声称人性自我的主宰，却因为对事实的崇拜、黑格尔的静止论宣告结束。那个时代的经济派幻想其组织了自由竞争，然而事实却是组织了新的压迫：弱肉强食，资本剥削劳动力，富人压榨穷人。那个时代的诗歌派在其每一阶段都表现出个人主义，细腻地传递了本该由科学从理论上所演示的，但它还是无能为力。好在正如社会最终发现人类的命运并不仅仅包含于自由，而更是包含于自由与联盟的和谐，诗歌也发现迄今由个性提取的生命因为需求营养而注定走向毁灭，其将来的存在依赖于扩大和改变其范围。社会和诗歌都发出了绝望的哭叫：一种形式的社会死亡前的痛苦激发了骚动，1815年来欧洲骚动不断增加；一种形式的诗歌死亡前的痛苦唤醒了拜伦和歌德。我相信这种观点才是引导我们公正有效地鉴赏这两位伟大诗人的唯一观点。

个人主义有两种形式：内在表现的个人主义与外在表现的个人主义；或者——正如德国人所说的那样——主观生活表现的个人主义与客观生活表现的个人主义。拜伦属于前者，歌德属于后者。拜伦的自我显现于对权力、自由和欲望的自豪感，显现于所有能力的充分发挥；显现于抓住任何可乘之机，热切抓住生命之精髓。他所处环境既不控制也不锤炼他。拜伦式的自我渴望控制环境；但仅仅是为了控制，他付诸自己强大的意志力。准确地说，不能说外界给他着色，让他拥有某种语气或是形象；是他着色，是他吟诵，是他的形象处处得到反映和复制。他的诗歌发自他自己的灵魂深处，从而扩散到外围事物；他置自己于宇宙中心，在那里，他绽放着思想深处之光芒，就像聚焦的太阳光芒一样灼热与强烈。因此，只有那些肤浅的读者才会把这强大的统一误认为单一。

拜伦身处于时代交替之期；拜伦身处于一个建立在贵族统治基础之上的社团，这个贵族统治已经不再有往日的风采；身处欧洲，除了左边一个拿破仑、右边一个皮特，再没有什么伟大之处了，天才屈尊于服务于自我；知识受制于服务过去。没有预言家预测未来；信仰已经荡然无存，存在的只是虚伪；虔诚的祷告已经没有了，仅有的只是在固定的时间里上下嘴皮的颤动，为的是家人，或者所谓的“人民”；爱已不复存在，取而代之的是欲望；不再是神圣的战争，只不过是利益角逐的冲突。追崇伟大思想的日子已经过去了。现实举起了腐朽传统的破烂旗帜；未来只会抬高身体上的需求标准以及物质上的欲望标准。在他周围全是废墟，在他远处尽是沙漠，前方一片茫然。拜伦心底爆发出苦难与愤怒的长号，回应他的却是革出教门。他被迫远走他乡；他匆匆逃往欧洲寻求伟大的理想；他横穿整个欧洲，却像乌克兰的哥萨克领袖马泽帕骑在脱缰的野马上一样心烦意乱、紧张悸动；强烈的愿望让他忍辱负重勇往直前；一群妒火欲生、造谣生事的豺狼追随其后。他走访了希腊；他走访了意大利；如果世界上还有一处圣火之星燃烧着，还有一处诗歌艺术的光芒被保留，那一定是在那里。结果他却一无所获。辉煌的过去，堕落的现在；没有生命的诗歌，没有丝毫进展，这可怜的苦难者只有卧倒在床以减轻痛苦别无他法。遭到流放的、孤寂的拜伦再次把目光转向英国；他开始吟诵了。他吟诵的是什么？从那神秘独特的、支配所有在无眠之夜离他而去的事物的意念里跳出来的是什么？尽管他自己不问，总有人要问。是葬礼赞美曲，是挽歌，是贵族统治思想的墓志铭；我们发现了，是我们欧洲大陆主义者发现的，不是他的国民。他以那些享有个人权力、美貌、力量的人塑型。他们英名显赫、诗情画意、英勇无比却落寞孤独；他们与他们周边的世界毫无瓜葛，除非要受他们的控制；他们藐视类似“善”与“恶”之类的道德原则；他们也不会屈服。在生死之间，他们靠自己的力量生存，他们抵制任何权力，因为他们自己是属于他们自己的，只为角逐：

> “至高境界的科学——需要苦修——胆量——
> 与观察的时间——大脑的力量——和技能
> 都存在于我们祖辈的知识中。”

他们每一个都是某种类型、某种思想做了细微改变的化身，那就是个人主义的化身；他们是自由的，但除了自由还是自由；就这样接于尾声的时代创造了他；歌德笔下的浮士德，在拜伦笔下就不会有那个让他向敌人屈服的契约，因为拜伦笔下的主人公没有这样的契约。该隐不向阿里玛尼斯下跪；曼弗雷德临死前还大声呼喊：

> “不朽的思想创造了自身，

以报答善恶的思想——
是其病理根源与结束——
还是它固有意义上的时空，
当不再有死亡，如果没有
瞬间即逝的事物不带有任何色彩，
只会沉浸在痛苦或者欢乐之中；
生来便知应得之赏罚。”

他们没有家族：他们自生自灭，憎恶人性，鄙弃大众。他们都说：“我相信我自己。”他们从来不说：“我相信我们自己。”他们都渴求拥有权力或者幸福。但这两样都同样地对他们敬而远之；即使没有说出来，甚至他们自己也不承认，但他们都心知肚明：生命预感告诉他们仅仅自由是不可能赋予他们这些的。尽管他们是自由的，他们的灵魂却受到铁架子的束缚。他们攀登了物质世界的阿尔卑斯山脉和精神世界的阿尔卑斯山脉，但他们的容颜烙下的仍然是沮丧和不可抹杀的悲哀。他们的灵魂——无论是该隐还是曼弗雷德，灵魂都坠入万丈深渊，“永世不得超生”，或是海盗和异教徒，游离于广阔的平原和无边无际的海洋，为神秘与无眠的恐惧所萦绕。看起来，仿佛他们命中注定要拖着枷锁向前艰难跋涉，断裂了，却死死缠着他们的双脚。不仅仅是在他们反叛的这个渺小的社会他们的灵魂才受到束缚与抑制，而且甚至是在这个精神的世界里他们的灵魂也同样受到束缚与抑制。这不是因为对社会的憎恶造成的，而是受到了无名的痛苦繁扰，是权势阶层的腐朽行为“低于他们的愿望与设想”造成的，是来自内在的欺骗造成的。他们能对如此辛苦换来的自由做些什么呢？冲谁？为了什么去发泄他们发自内心的满腔热血呢？他们势单力薄；这是他们悲惨命运和无能为力的原因。

他们“希望从善”——该隐代表他们所有人说过——但他们却从不了解善；因为他们没有使命，得不到信任，甚至不了解他们周边的世界。他们从来没有意识到“人类”作为群体的真正概念，而人类这群体就在他们前面，就在他们周围，并将追随他们左右。他们从来没有就他们自身的处境去思考过去和将来，他们从不去思考不停地劳作会使人类世世代代团结在一起；他们从不去思考大家共同的目的与此目标只有通过大家的共同努力才能来实现；他们从来不思考人在其死后他的精神生活仍将停留于世上，并通过他的思想传递给他的同伴；而且，如果他生于奉献死于信仰，通过合理引导，他的精神有可能鼓舞他深爱着的、活在世上的人。

尽管拥有自由，他们却不知道如何使用；尽管拥有权力和能量，他们却不知道如何让其发挥作用；尽管拥有生命，他们却不理解生命的目的和价值；他们碌碌无为、战战兢兢地缓缓度日。拜伦将他们一个接一个地摧毁了，仿佛他就是受命于天堂对他们进行判决的刽子手。他们倒下了，无人哭泣，就像一片枯萎的叶子随时光流逝。

> “不管是大地还是天空都没有掉下一滴眼泪，
> 也没有云层为其聚集，没有叶片为其掉落，
> 也不曾有大风为你们叹息，包括你们所有。”

他们死去了，孤孤单单地死去了，就像他们活着时一样；只有盛行的诅咒在他们孤寂的坟墓上空盘旋。

对那些能透过神的双眼阅读的人来说，这就是拜伦吟诵的诗歌；或者可以说这是人性透过拜伦吟诵的诗篇。从来没有人的诗篇能像拜伦诗篇概括的那样将生命的缥缈与个性的孤寂消亡总结得这么有力奏效。人们不理解他，但他们听他吟诵；他们着迷了一段时间，然后十分懊悔，通过诽谤和侮辱诗人来宣泄他们受到“蛊惑”的愤怒。他们把诗人认为的一种形式的社会即将死亡的直觉作为变态的自恋；他们把诗人为大众感到的悲伤误解为懦弱的自负。他们不珍视他勾画显示出来的痛苦迹象；他们不珍视时不时地就会从他颤抖的双唇透露出来的新生活的预感；他们不相信在他绝望的拥抱中他控制了整个物质世界——星球、湖泊、阿尔卑斯山脉和大海——并让自己与其合为一体，并通过这物质世界他得以与神合为一体，那——至少对他来说——是神的象征。不过，他们确实留意到了一些不愉快的时光，在这时，因为生活的空虚让他精疲力竭，他举起了那杯——我

相信他一定有些懊悔——让他纵欲的杯饮，认为在那里他可能忘掉自己。有多少次他的控诉者不也是喝干那杯酒，不是也没有做任何一件功德的事来赎罪吗？没有——我不会说“忍受”他们犯的罪——他们甚至没有资格来鉴别拜伦所承受的负担！并且，要不是拜伦自己摔碎不光彩的杯子，他会如此迅速地洞察到值得他奉献一生的事物吗？

歌德——渲染的是客观生活的个性主义——尽管和拜伦一样，他感到周边的世界是一个不真实的世界，是邪恶的世界——走的却是一条截然不同的道路。也是在他年轻时，在他借助维特之口发出极度痛苦的呐喊之后；在他借助浮士德，赤裸裸地暴露出那个时代的问题之后；他以为他已经做得够多了，不愿让自己继续再忙于找出路。有可能是因为维特一时迸发出的反对社会错误与邪恶的冲动让他的灵魂长时间处于极度痛苦之中；不过更有可能的是他这项改良任务已在他能力之外他因此陷于绝望。他自己后来曾提到：一个法国人第一次见到他发出惊呼“那是一张饱经风霜的脸”，他评论道，这个法国人应该这样说“那是一张一直奋斗不息的脸”；但对于此，在他著作中却只字未提。当拜伦因为罪恶感和罪孽感受到痛苦煎熬时，他却非常平静——我不能说那是胜利的平静——而是无动于衷的平静。在拜伦的诗歌中，人是主宰者，有时甚至控制住诗人本人；而在歌德的诗歌中，人完全受控于诗人。在歌德诗歌中不存在主观的生活；在他内心或是大脑中不会闪现统一性。歌德是一个擅长从外界事物去接收、描绘和重现许多诗歌的智者——从环境的各个角度；对他来说，外界事物是中心。他独自悬于高空；是造物中心有实力的旁观者。有着同样的洞察力和兴趣，通过他好奇详细地审查，他会说出海洋的深度，也会指出小花的花萼。无论他研究的是玫瑰向天空散发出东方的酥香，还是海洋将无数的残骸冲向海滩，诗人的眉宇之间表现出的仍然是同样的冷静——对他来说，这只不过是两种形式的美，是诗歌艺术的两大主题。

歌德曾被认为是泛神论者。我不明白这些批评者是以何种意义将这个含糊并且经常误解的词运用到他身上。泛神论有两种——唯物主义泛神论与唯心主义泛神论；斯宾诺沙式的泛神论，乔尔丹诺·布鲁诺式的泛神论；圣·保罗式的泛神论；还有许多其他的泛神论，他们各不相同。但不可能存在诗学的泛神论，除非包罗整个世界的千罗万象于一独特的设想之中——以神的统一感受和理解万事万物。在歌德诗歌中却没有这点。在英国诗人华兹华斯的部分诗篇里出现过泛神论；在《恰尔德·哈罗德游记》第三章出现过泛神论；在雪莱的很多诗篇中也出现过，但在歌德的大部分佳作中却都没有；在歌德诗歌中，尽管生命极好地被理解和复现于“连续的表征”中，却从没有被认为是一个“整体”。歌德是一个注重细节的诗人，而不是注重统一的诗人；是一个注重分析而不是综合的诗人。没有人能比上他去研究细节；没有人能比上他去辨析和润饰细微、显而易见、微不足道的点点滴滴；没有人能比上他把支离破碎的局部描绘得如此斑斓璀璨……但他忽视了连接。他的作品好似一本宏伟的百科全书，却毫无类别之分。他感受到了“万事万物”却没有感受到“整体”。兴奋于发现一缕灿烂的阳光洒在一片叶面的露珠上晶莹剔透；兴奋于在貌不惊人、平平凡凡的琐事中捕捉到诗的元素——他没能追溯这一切的一切于一个共同的源泉，他没能重组这一切的一切为更宏伟更高的规模。其中，引用德国哲学家赫尔德的一句名言：“每一个生物都是伟大分母——大自然——的分子。”如果他确实理解了这些事物，那他到底是怎样理解这些事物的呢？在他的作品或者在他心里没有人类的一席之地，而地上万事万物的真正的价值是应该鉴于人类这一概念决定的呀。“宗教和政治，”①他说，“是给艺术惹麻烦的因素。我总是让自己尽可能地远离它们。”对于万民的生与死的问题令他焦虑不安；德国响应了他与戈尔纳的战歌；德国哲学家费希特在结束了一次他的演讲之后便抓起了步枪加入了志愿者来为他们的祖国而战。（唉！《圣经》中的《列王纪》怎么就没有记载那么壮观的国民爆发的诗篇呢！）在他们的脚踏下，德国神圣大地也随之震颤了；他，作为一个艺术家，无动于衷地冷眼旁观；他的心没有因为震撼他祖国的激情而产生些许的悸动；他的精神，已完全消极被动，同那正扫荡着所有种族的现实脱离开来。他目睹了法国大革命的所有可怕的景象，也看到了在其摧毁下的旧世界正在被粉碎。然而即使是德国最智慧、最圣洁的人才，也

① 语出《歌德与他同时代的人》（*Goethe and his Contemporaries*）。——著者注

都把旧世界死前的痛苦挣扎误认为是新生儿分娩前的阵痛，所有人都在为这死亡前的壮观景象摩拳擦掌、翘首以盼。他看出来了，这将只是一个闹剧。他见证了拿破仑的辉煌与没落；他目睹了被践踏的民族的英勇反抗——歌颂各族人民的壮丽史诗注定迟早会拉开庄严的序幕——而他仍然是一个冷眼旁观者。他既不会尊敬他们，也不奉承他们，更不会与他们患难与共。如果我们排除铁手骑士葛慈·封·伯利欣根这个将美的代表为思想和行为的创造物，他的年轻和男人魄力能激发诗人的灵感；德国剧作家席勒在其戏剧中把未来的发明者描绘得如此高尚，可这样的发明者在他的作品中一个也没出现过。他甚至把他的冷漠带进了他的主人公们对待爱情的方式中去了。歌德的圣坛里摆着精挑细选的鲜花，散发着高雅的香味，供着大自然的最香、最甜的水果——但就是没有牧师。在他的第二阶段的作品中——无可否认确实如此——他经历了所有活生生、看得见的事物都会经历的轮回；却在七天前突然停下。上帝在那之前离开了他；诗人笔下的芸芸众生在轮回间游荡，他们悄无声息，没有人为他们祈祷；唯有等待有人能来给他们名字，告诉他们应该去往何地。

不，歌德不是泛神论诗人；他倒是作为一个艺术家某种意义上的多神论者；当今时代的异教徒诗人。他的世界是超越众生的多种形式的世界——一个多样的奥林匹斯山。马赛克天堂与基督教对他隐形了。像异教徒们那样，他把大自然肢解成片断，将每一部分自立为一位神；像异教徒那样，他崇拜感性而不是理想；他更多的是用眼睛去看、用双手去摸、用耳朵去听，而不仅仅是用心去感受。在这塑料裹着的艺术品里不知渗透了他多少的关注与劳作！对于事物的外部特征——我不会说对事物本身——不知他是多么的重视！他不是在某个地方说过“美丽是你站在正确的位置观察的结果”[①]吗？

这种定义隐藏着一个完整的唯物主义的诗学体系，取代的是对理想的崇拜；涉及一整套的因果关系，这种关系的逻辑结果就是引导歌德走向无动于衷，导致这位天才的诗人在精神上一些最具活力的东西被磨灭。对

① 我认为该句出现在《古代艺术》一书中。——著者注

每一个事物的观察都集中到要展现的每一个客体，并不涉足于整体；完全回避整体对那个客体产生的影响，有可能改变所观察中那个客体所得到的观点；这种集中与回避正是歌德手笔下诗歌艺术的最有效的方式。诗人，在他眼里，既不是一路狂奔、乱花四溅的小溪，也不是明亮闪烁的火焰，燃烧了自己，照亮了别人，最后灰飞烟灭；而应该是平静的湖泊，实实在在地折射出宁静的风景与雷鸣下的云彩，即使微风荡漾，也仍有着片刻平静的湖面。祥和被动的平静连同连续印象的绝对清晰显著，每一印象都那么引人入胜、扣人心弦，正是歌德诗歌的独特特征。“我让我向往的这些客体去理解和‘静静地作用于我’，”他说，“然后我感知从他们那儿获得的印象，‘接着我忠实地把这些表达出来’。”歌德就是这样将他笔下的每一特征描绘至完美境界。就像阿尼姆夫人所说，他在现实中代表着他死后的形象；一个庄严的老人，安详却容光焕发；穿着古袍，膝间竖着一根七弦古琴，正倾听着和谐的琴声，不管这琴声出自天才之手还是风的奏乐。弦之将尽，他的灵魂随着弦声飘向东方；飘向那片静静沉思中的土壤。正是时候，欧洲对他而言太躁动了。

这些就是拜伦和歌德的诗歌特征——都是伟大的诗人，却相异甚大。不过，对比他们却发现他们互为相补，尽管追随的是截然不同的道路，目的地却是同一个。生与死，人与诗，两位诗人对其观点不一，一个却会让另一个更完整。两者都是不幸的宠儿——因为尤其是在一个纪元的末期，指引时代方向的幸运之律呈现出个人宿命的相似——都被迫不知不觉地为一项伟大使命努力奋斗。歌德从局部透视整个世界，每逢恰当时机，就把从局部感受到的印象一个一个地展现出来。拜伦则从一个全面的角度审视这个世界；根据自己的高度来审视这个世界，他以自己的精神情感将所见所闻的外界事物进行加工，在灵魂深处形成高度，从而根据这个高度来审视这个世界。歌德将他自己的个性依次融入他所阐述的每个客体中。拜伦则将他描绘的每一个物体烙下他自己的个性。对歌德来说，自然是交响乐；对拜伦来讲，自然只是前奏曲。对歌德来说，自然是整个主题；对拜伦来讲，自然只是他诗歌的一个情景。歌德运用自然的和谐；而拜伦只是运用自然揭示的主题创作。歌德善于表现生命；拜伦善于表现生活。歌德描绘得更加宽广辽阔，拜伦描绘得更加深邃深远。歌德到处寻觅美的象征，最爱和谐与休止；拜伦追求的是崇高理想，钟爱的是行动与力量。对歌德来说，像克里奥兰纳斯或者卢瑟这样的主人公会让他心生厌烦。我不知道在他难以数计的评论中，他是否提及意大利诗人但丁；但我确信他一定会像沃尔特·司各特先生一样对他有些反感；尽管他会毋庸置疑地因为敬佩他的才华而将他加入到他的名流殿，然而他务必会在他灵魂之眼前戴上一片面纱，以此隔绝那个伟大而忧郁的、被放逐的幻想家，这个幻想家梦想着将来有一个属于自己国家的帝王世界，梦想着在其领导下世界和谐发展。拜伦深爱但丁，并从他身上获得灵感。他也喜爱华盛顿和富兰克林，接下来喜爱的是拿破仑，带着所有的同情喜爱他，他是我们时代一个渴望行动的灵魂，他是我们时代创造出的最伟大的、流星般行事的行动天才；让人愤愤不平的是——也许只是一个错误——他居然没有死于战争。

当游历于诗人们的第二个故乡意大利时，这两个诗人仍然追寻着不同的道路：一个经历的是“感觉”，另一个经历的是“情感”；一个让自己忙于自然，另一个则让自己忙于悼念死者的伟大，指正活人的坏事，捕捉人类的记忆[①]。

---

① 这两位诗人的对比之处没有哪里有在受到罗马的亲见亲闻影响下表现出来的写作方式引人注目。在歌德的《哀歌》和他的《意大利旅行记》，我们只找到了诗人本人的印象。他不了解罗马。这永恒的综合体，从美国国会大夏和圣·彼得的高度，在越来越广的圆圈里逐渐展开，首先拥抱一个国家，接着拥抱整个欧洲，仿佛他将最终拥抱整个人类，却没有展示于他。他看见的只是异教的内圈——最贫乏、最本土的一面。有人可能幻想他曾经也有过一瞥，因为他写道：“在这里看到的历史与宇宙其他任何地方看到的大不一样；其他地方我们读到的都是由外到里；在这里，我们好似读到的却是由里到外。”但是如果真是这样，那他很快又忽略了这些而沉浸于外在自然了。“无论我们是停止还是前进，我们发现景象成百上千次地为自己改头换面。我们有宫殿有废墟；我们有花园有独舍；水平线延伸向前方，或者骤然收缩；木屋、马厩、塔器以及凯旋门，都乱七八糟地堆在一起。它们靠得如此之近，我们甚至可以将它们装在同一张纸上。

在罗马，拜伦有一个伟大的想法，因此他忘却了激情、悲伤、他自己的个性，他忘乎所以。他目睹了一个灵魂生来就为奉献呐喊：

“噢！罗马！我的祖国！灵魂之城！

孤独的心灵都会求助于你，（转下页）

然而，尽管有这么多相异之处，这只是我随便一提，要说更加详尽的对比，应该是从他们各自作品的节录中展示出来：歌德，从客观生活展示个性的诗人，展示出的是无动于衷的自负；拜伦，从主观生活展示个性的诗人，展示出的是绝望的自负（我也遗憾这样说，但这确实也是自负）——这是对这个时代的双重判决！是他们的使命将这些展现出来并告一段落！

他们两者——我不只是在讲他们文学上的功绩，这是不容置疑且得到普遍认可的—— 一个充满反抗精神，这种精神贯穿他所有的作品；另一个带着怀疑讽刺情怀，无拘无束，怀疑讽刺情怀弥漫他所有的作品，所有社会关系上的无拘无束在艺术上得到体现——这一无拘无束大大地帮助了知识分子的思想解放，唤醒了人们头脑中的自由情感。他们两者—— 一个通过不可调和的战争直接向特权阶级的罪恶和荒谬挑战，另外间接地，通过授予主人公暴君的所有最杰出的能力，然后再愤怒地把他们撕个粉碎；另一个则用细节反映重要事物，通过诗歌复原最谦逊的形式，以最无关紧要的事物来抨击贵族偏见，在人们头脑中建立平等的情绪。而且，通过他们各自艺术的卓越，穷尽两种形式的个性诗歌，他们完成了一个诗歌时期；因此，同一圈子的追随者被降为地位低的模仿者，创造对诗歌艺术新秩序的需求；教会我们意识到某种“需要”，而当前我们感到的却只是某种欲望。他们一起将一个时代置入坟墓，并用一个棺罩盖住，没有人能开启；似乎是在向年轻一代宣称它的死亡。歌德的诗歌里写有它的历史，而在拜伦的诗歌里就雕有它的碑文。

现在该与歌德说再见了；该与拜伦说再见了！说再见吧，给那些压服却不能尊崇的悲哀；给那些明艳照人却不能给人温暖的诗情火焰；给那些支离破碎却没得到重组的嘲讽哲学；给所有在这个要做得太多的时代，教

（接上页）死亡帝国的单身母亲！控制住

他们的琐碎痛苦，怀抱于胸。”

但最后他回忆起他自己以及他的职位时，那是对世界的希望（第98节）与对敌人的原谅。从《恰尔德·哈罗德游记》第四章，拜伦的女儿就可能从中了解到他父亲的真实精神，胜过他可能听到的所有报告，胜过所有关于他的书卷。——著者注

会我们静静地思考的诗歌；给所有在这个需要太多奉献的世界，渗透绝望的诗歌。给所有漫无目的的权力说再见吧；给希望寻求奋斗目标却没找到目标，并且不知道如何应用躁动人生的孤寂个性的所有化身说再见吧；给所有自高自大的喜悦与悲伤说再见吧——

“一群灵魂的私生子；
闲散却又自负：除了杂草——没有其他——
自由跳窜出肥沃的土地比比皆是；
那些同一头脑欲望的溢出物，
具有正当的观点和确定的目标，
当与神物之爱结合，
就有了和平、满足和幸福。”

再见吧，与过去做个长久的告别！未来的黎明已经宣告来到，正如它的迹象所预示，让我们感谢它吧。

中世纪的二元性，在君主与罗马教皇的旗帜下努力上百年后，在智力发展的每一分枝上结出果实留下印记之后——它的使命已完成，在名叫歌德与拜伦的诗歌的孪生光芒照耀下已经再次升至天堂。迄今为止，两条独特的生活原理已化身于他们两人。拜伦是孤寂的人，仅象征生活的内在方面；歌德也是孤寂的人，仅象征生活的外在方面。

介于这两位不完美的生命更高处；在这两位渴求去往他们所不能及的天堂的十字路口，将展露的是未来的诗歌、人性的诗歌，充满新的和谐、团结和生命力。

但是，另一方面，在今天，我们可不可以因为我们开始预见，哪怕是模糊的、新的社会诗歌艺术，这诗歌通过人类的传播使灵魂上升接近上帝来安慰苦难的灵魂；可不可以因为我们现在站在一个新时代的开始——这，要不是他们，也许我们将不能到达新时代的门槛——我们就谴责那些不能为我们做得更多，只是搞形式主义，把巨大的形式掷入旋涡中，使我们变得疑心重重、忧心忡忡的人？早些时候就有天才的诗人都世世代代成为替罪羊的先例。社会上从不缺乏那些靠指责他们时代类似查特顿家人而得到满足的人，指责他们没有效仿自我奉献而选择了身体上或者精神上的自杀；从不问问他们自己，在他们有生之年，是否曾经努力想抓住什么东西到头来却只有疑惑与贫穷。我感到有必要诚挚地反抗由某些空想家着手的对付伟大思想的反动行为，这种行为就像一件斗篷，为人指指点点的平庸之才做掩护。有些人有着毁灭性的本能，有某种顽固的、排斥的、不领情的因素让他们常常忘记走在我们前面的伟人为我们做过什么，而只是一味地要求他们有可能还做些什么。怀疑主义的枕头真的就如此柔软，以至于就因为有时他将发烧的前额枕在上面就能得出“天赋来自自我中心”这样的结论吗？我们就真的没有他们诗篇中反映的邪恶所以有权去谴责他们的记忆？他们诗篇中的邪恶并不是由他们引入世界的。是他们看到、感觉到、呼吸到的；邪恶就在他们周围，就在他们附近，就在他们的一侧，他们因此是最大的牺牲者。那他们怎能避免邪恶出现在他们的作品中呢？我们并不能因为指责歌德或者拜伦而消灭掉我们身上带有怀疑的或者无政府主义情绪的无动于衷。我们只能选择相信并成为我们自己的组织者，才能消灭掉我们身上带有怀疑的或者无政府主义情绪的无动于衷。如果我们真的这样，我们就无所畏惧。大众如此，诗人也会如此。如果我们敬畏热心，尊敬祖国，崇敬人性；如果我们的心地纯洁，我们的灵魂坚定有耐心，我们就不会缺少得到灵感向天堂转述我们的渴望、转述我们的思想与苦难的天才诗人。就让这些雕像伫立吧。封建时期的贵族纪念碑并不会激发回到农奴时代的愿望。

但是我会被告知：效仿者是存在的。我太了解了——那些没有经历真实生活的人到底会给社会生活带来怎样的持久影响呢？他们只会无中生有，只要他们有空可钻。在“活着的人”站出来替死者说话的那一天，他们就会像鬼魂在鸡鸣前消失一样地消失掉。难道我们还不能足够坚定我们的信念，敢于向我们前一时代伟大又典型的诗人们表示我们适宜的崇敬吗？如果我们不能赶走旧神为新神设立圣坛，那么所谓的谈及社会艺术、人性理解等完全是白白浪费光阴。只有他们才敢于说出“进步”这一神圣的名字，他们的灵魂拥有足够的智慧去理解过去，他们的心地拥有足够的虔诚去敬畏其伟大。真正信奉者的神殿不是宗派的小教堂；那是一个巨大的万神殿，在那里，歌德与拜伦光鲜的神像伫立在他们神圣的位置上——即使在“歌德主义”与“拜伦主义”风靡一时之后很久。

当人们也遭受到类似的模仿与不信任之后，人们就学会了给予堕落的伟大诗人应有的尊敬，我不知道歌德作为一个艺术家是否得到了他们更多的钦慕，但是我敢肯定拜伦会激发他们更多的爱，作为人和诗人，即使他受到了迄今为止最大的不公正待遇，也会让这份爱蔓延。歌德远离我们，从他那威严的平静中似乎看到他蔑视般嘲笑着我们的欲望、我们的挣扎和我们的痛苦——而这时，拜伦正漫游于世界，悲伤、沮丧、焦灼不安；伤痕累累，伤口上还插着剑。他幼年孤独不幸；初恋同样不幸；更不幸的是他那欠考虑的婚姻；他的行为与目的都受到攻击与诽谤，没有问询没有辩护；没有朋友——我们在他死后将这点看得更加真切——在欧洲大陆依然被成千上万条的荒谬与臭名昭著的罪名穷追不舍；这个冷酷的充满怨恨的世界甚至将他的不幸扭曲为罪恶。然而，在不可避免的反击中，他仍保存着对他姐姐和女儿艾达的爱；他仍然怜悯不幸的人；他仍然忠诚于童年与青年时期的感情——从克莱尔到他的老仆人默里以及他的护士玛丽格雷。他慷慨大方，把钱分给那些他可以帮助或者需要的人——有他的文学朋友，也有地位低下、堕落的诽谤者阿西亚。尽管拜伦受脾气驱动，也有其生存的那个年代的原因，还有我提到的那使命的宿命的原因，拜伦诗歌朝着个人主义方向发展，这是我曾致力于解释的不可避免的不完美，但他绝没有以此为标准。他以一个天才的先见预知未来，这已在他诗歌艺术生涯中对诗歌的定义得到证实——这是迄今为止被误解的定义，却是我所了解到的最好的定义：“诗歌是对先前世界与将来世界的感觉。”尽管他是一个诗人，他认为行动比艺术更为重要。受奴隶与压迫者围困，游历于各国无人记得，但他从来没有抛弃民族的事业，从来没有丧失对人类的同情。他是王政复辟过程的见证者，他是神圣同盟条约胜利的见证者，他从不放弃进行勇敢的抵抗；他保存着并公开宣布他的信仰，为了民族的权力与自由的最终胜利而努力[①]。下面这段来自他旅途的诗篇高度概括了支配目前真正的党的进步的努力准则："前进！正是行动的时候；如果星星之火可以燎原，过去的付出也是值得的[②]，它的意义也就不言而喻了。那不是一个人可以做到的，也不是一百万人就可以做到的，但是自由精神必须得以传播。自由的浪潮冲向海岸，却被一点一点地粉碎；但是大海能征服一切。它会淹没西班牙的无敌舰队；它会吞噬岩石；如果我们相信海神尼普顿，它不仅摧毁了一个世界，更是建造了一个新的世界。"在那不勒斯，在罗马涅，在那里他看见了贵族生活的一丝火焰，他已做好准备为之献力献热；无论是否危险，将之燃成熊熊烈火。他不畏权势，一路揭穿卑鄙手段，指出虚伪行为，痛斥不公平待遇。

拜伦就这样生活着，一直被现实的不幸与对未来的渴望煎熬着；常常得不到公平待遇，时常被猜疑；但更多的是处于痛苦中——即便在大笑，也难掩其痛苦[③]；即便看起来在诅咒，实则充满爱怜。

没有哪个不受束缚的头脑的永恒精神给予我们更明亮的前景。他有时似乎是那个不朽的普罗米修斯的化身，他也曾歌颂他的高尚；他死前痛苦的呻吟，也是对未来的呼唤，响彻欧洲新世界这一沉睡婴儿的摇篮上空；他那伟大神秘的外形，虽受时间改变，却一代一代地重现于时代交替之间；他在为天赋唱挽歌，因为描述的理想却得不到及时实现而备受煎熬。拜伦还有着坚定的意志和深邃的判断力。他死得其所。当他听到来自钟爱

---

① "还要自由！即使旗帜已破，仍在飞扬，
溪流，如雷雨般，正对抗着大风；
你胜利的号声，尽管现在中断，声音渐远，
但最响亮的声音回响在飓风中。
树上的花瓣已经飘零，树皮剥离，
斧头砍伐了树干，看起来粗糙毫无价值，
但是树叶还存我们还会找到种子，
把它们深深埋于土壤，甚至即使种于北方，
也会结出更加香甜更少苦涩的果实。"——著者注

② 写于意大利。——著者注

③ "如果我嘲笑任何凡人，那是因为我不能为他们哭泣。"——著者注

的国土的民族与自由的呼唤，他弃笔从戎。当宗教势力正变本加厉或者更糟时——当宗教国家正在支持少数帮助基督教残害伊斯兰教；他，一个诗人，佯装质疑，随着抗战在第一线的人们，以自己钟爱的民族和自由的名义，奉献出其所有的财富，发挥其所有智慧甚至奉献出自己的生命。

拜伦战死于希腊是我知晓的最美丽的象征，象征着艺术的未来命运和使命。那是诗歌与民族事业的神圣结合；那是稀有的思想与行动的统一——这让人类这个词变得完美，也注定会解放整个世界；那是为获得神赋予每个子民的权力，为此所有的民族都要精诚团结，这些权力就是为了完成那个使命而存在的——现在所有这一切就是这个党让整个欧洲进步的宗教信仰与希望，这在拜伦这一光辉形象下典型地表现出来；而这些，正是我们这些蛮夷早就忘却了的。

终有一天，时间会记住拜伦为民主革命所做的一切。我希望，终有一天，英国也会记得拜伦在欧洲大陆完成的使命——我说的是整个英国文学，到目前却被完全忽视了；我希望，终有一天，英国人会记得，欧洲人在英国文学里的一席之地，他唤醒了我们去欣赏英国、同情英国。

在他之前，所有被称为英语文学的都是莎士比亚的法语翻译版，革出教门者都被伏尔泰称为"醉酒的野蛮人"。自从有了拜伦，我们这些大陆主义鼓吹者才学会了去研究莎士比亚和其他的英国作家。是受到他的启发，我们当中所有真诚相待的人为了这片土地的自由才聚集一起。他如此精描细绘的真正天职是代表被压迫者，他带领着英国的一代天骄漫游整个欧洲。

终有一天，英国会意识到自己的错误——不是因为拜伦，而是因为她自己——当某个异国人踏上她的国土寻找本应属于她的民族万神殿，却什么也没找到。要知道拜伦是受到了所有欧洲人民的爱戴与敬佩，希腊与意大利都为他的逝世而哭泣，仿佛失去的是他们最高尚的儿子。

非常遗憾，匆匆忙忙间，在这寥寥数页里，我并没有像世人要求的那样对歌德或拜伦做一些批判，我的目的，如果有可能，正如我在字里行间所透露的，希望能将英国文学批评引向一条更宽广、更公正和更有效的道路上，而不是随大溜。11世纪的某旅游者讲述了他们在特纳利夫岛看到了一棵巨大高耸的树，它的叶子往四面散开，聚集了空气中的大量蒸汽；为了驱散其水分，大家摇动其枝叶，纯净而清新的雨水一阵一阵地洒落下来。诗人天才就像这棵树，对他的批判就应如同摇晃树枝以抖落其“水分”而不伤其根。而如今的批判更似一个野蛮人，要将神圣的大树连根刨起啊！

（牟之渝　译）

译后记

本卷系哈佛百年经典丛书的文学、哲学随笔集部分，其题材领域涵盖了文学评论、作家评论、诗歌史论、人生哲学、理论哲学、教育哲学、美学教育等，包括蒙田的《相信直到死我们才会幸福》《探究哲理就是学习死亡》《论教育机构与儿童教育》《论友谊》和《论书籍》，圣伯夫的《蒙田》和《什么是典范》，勒内的《凯尔特民族的诗歌》，莱辛的《人类的教育》，席勒的《美学教育书简》，康德的《道德形而上学的基本原则》以及马志尼的《拜伦与歌德》等。

各位名家创作风格异彩纷呈，在翻译过程中，译者力求保持原作的风貌，尽可能将作者的本来风格传达给中文读者。在本卷的翻译过程中，刘世英参加了全书大部分的初译和三校工作，同时得到了重庆邮电大学外国语学院的艾治琼、陈民、陈卉、徐岚、牟之渝、高非、伍喆、徐秋群等老师，福建农林大学东方学院的高远老师，以及福建农林大学的徐广贤老师的大力帮助，刘世英参与了《道德形而上学的基本原则》，艾治琼参与了《什么是典范》，陈卉参与了《蒙田》，徐岚参与了《人类的教育》，牟之渝参与了《拜伦与歌德》，高非参与了《凯尔特民族的诗歌》，陈民、伍喆和徐秋群参与了《美学教育书简》，高远参与了《论教育机构与儿童教育》，徐广贤参与了《探究哲理就是学习死亡》和《论书籍》等随笔的初译工作，在此一并表示衷心的感谢。

由于本卷翻译工作任务重、时间紧、难度大、学科门类广，加之译者水平所限，错误与疏漏在所难免，望广大读者批评指正。

高黎平
2013年03月